萧茜宁 著

身如琉璃
心似雪

四川民族出版社

图书在版编目(CIP)数据

身如琉璃心似雪 / 萧茜宁著. -- 成都：四川民族出版社，2022.8

ISBN 978-7-5733-0756-9

Ⅰ.①身… Ⅱ.①萧… Ⅲ.①长篇小说-中国-当代 Ⅳ.①I247.5

中国版本图书馆 CIP 数据核字（2022）第 147409 号

身如琉璃心似雪

SHEN RU LIULI XINSIXUE

萧茜宁 著

出 版 人	泽仁扎西
责任编辑	周文炯
封面设计	力扬文化
责任印制	谢孟豪
出版发行	四川民族出版社
地　　址	四川省成都市青羊区敬业路 108 号
邮政编码	610091
印　　刷	成都兴怡包装装潢有限公司
成品尺寸	170mm×240mm
印　　张	23
字　　数	400 千字
版　　次	2022 年 8 月第 1 版
印　　次	2023 年 1 月第 1 次印刷
书　　号	ISBN 978-7-5733-0756-9
定　　价	88.00 元

版权所属，盗版必究。

前言

"有什么东西可以透明,可以不透明,或纯净,或有呼吸,或像璀璨的优伶,美得令人窒息,或像凝固的历史,静谧安详?好像存在,又好像不存在,忽光忽影,似静似动。可能晶莹夺目,可能粉身碎骨?"

琉璃!

故事简介

20世纪80年代末期,中国非物质文化遗产古法琉璃制作工艺,在失传近两千年之后,重新回到中国。青年范澄喻机缘巧合地在古旧物市场发现了琉璃,并产生了浓厚的兴趣,开始了古法琉璃工艺制作之路。在那个年代,放弃国企工作,专心古法琉璃制作,不被世人理解。奚凝霜是即将大学毕业并能够拥有一个锦绣未来的女孩子,自从认识了范澄喻,认识了琉璃,毅然决定拜范澄喻为师。她不顾父母反对,放弃毕业后可能留在大城市的好工作,回蠡巷和范澄喻一起做一件世人不曾想过的事——古法琉璃工艺技术的传承、保护、创新。

在人们以为他们胡闹的时候,他们想的不止是古法琉璃工艺品制作,还有非物质文化遗产的未来。可这在那个时代并不是一件容易的事,特别是在当时,工艺品的经济价值并不高,这让两个年轻人要面对许多考验。

种种误会之下,两个人分开了,各自在琉璃界发展,最终奚凝霜成为出色的女琉璃设计大师,她将现代的元素与中国概念完美地融入琉璃中,为琉璃工艺品国际化做出了巨大贡献。范澄喻将科技融入琉璃工艺品之中,将琉璃工艺品带上新的发展阶段。两个人在琉璃界取得了一些成绩。而随着时代的发展投资、版权、环保风波一浪接着一浪袭来,他们又有了更深的思考,最终两人冰释前嫌,相偕相伴保护古法琉璃工艺,在传承与创新中,完成他们的历史使命。

目 录
CONTENTS

楔　子 ··· 001
第一章　细雨霏霏笼江南 ····························· 003
第二章　落叶满空山，何处寻行迹 ················ 038
第三章　来往不逢人，长为蠹巷客 ················ 057
第四章　琉璃人似月，蠹巷凝霜雪 ················ 084
第五章　情愫蠹巷起，此时心转迷 ················ 117
第六章　情不知所起，一往情深 ··················· 151
第七章　齐心同所愿，含意俱未申 ················ 197
第八章　昨朝为此别，何处还相遇 ················ 234
第九章　再相逢，前尘往事不忆 ··················· 284
第十章　衷肠事，托何人？知音者，复又还 ······ 318
第十一章　俯仰流年七载，双燕终归 ············· 335
第十二章　触目皆新，谁知当年旧主人 ·········· 351
后　记 ··· 357

楔　子

　　传说，远在盘古开天辟地之初，世上本无生灵。女娲诞降，抟黄土造人，后水神共工与火神祝融为争帝位而引发天崩地裂之战，人类遭难，女娲目睹人类之祸，决心补天。她于汾河捞五色石，以火烧炼熔化成浆，取之补天，挽救众生。此五色石遇水成虹，静置温润光华。

　　春秋末。
　　"香喉清俊，听缥缈香喉清俊，似珠盘内滚，向秦楼楚馆绮席华茵。见莺声风外紧，袅袅起芳尘。袅袅起芳尘，婷婷住彩云。双黛愁颦，两眼波横，羡清歌入妙品。难消受花间数巡，难消受花间数巡。怎禁得灯前常近，一声声怨分离，欲断魂。"听得莺音婉转至，且见她国色天香，婀娜多姿，娉婷出群，款款而来。
　　范蠡不禁双目朦胧。
　　西施缓缓一礼，柔声轻音道："民女受大王、娘娘提携，自当粉身碎骨，以报恩义，唯恐资薄，不堪重托……"
　　勾践忙应："若得美人见允，则寡人夫妇万幸，群臣百姓万幸。后会有期，毋相忘也！"
　　西施含泪："谨领教旨，岂敢遗忘！"
　　勾践率群臣向西施拜谢，西施一一回拜，直到范蠡面前。
　　二人早有婚约，却如今国家事体重大，不容惜儿女私情，要亲自将心爱之人赠敌国之君，此刻范蠡心中五味杂陈，西施怎的一个深明大义、通达事理的小女子啊。

含泪相望，西施缓缓开口："西施是裙钗之女，蒙君王重托，务须捐生报主，在所不辞。只可怜我纤纤女子，孤身只影，远别乡关，天南地北，不知何年何日才得再见。"说着眼中泪珠沿玉颊直落。

勾践见范蠡敛眉肃色，紧闭双唇，一语不发，便知他心中难过，有意体谅道："范大夫，亲送美人到吴国去吧！"

赴吴之途是他二人最后的相处，西施一路落泪，让人心疼不已。

途经一条小溪，西施到溪边双泪复垂："当初与你溪边相逢，以身相许，三年姻缘尽付东流，三年里我为你心常病久，相见之后更添消瘦，想不到终究还须漂流异国，不得团聚。此去，不知生死。"

范蠡又怎不伤心，他却只能长叹一声："你以一己之身换得一国之安，记得我一句话：向花营唇枪暗藏，遇锦阵心兵休露。待到重逢之日，你我再续前缘。"

西施闻言又落泪，二人自一见钟情，情定三年，相逢之时本该花前月下，成其美满，却多了此番别离，又如何预料来日之事？

苎罗山下若耶溪畔，他赠纱定情，此刻，范蠡自怀中拿出两块五彩石，合而成圆，将其一递给西施，说："为越王历经三年烧制利剑。宝剑铸成之时，剑模内绿色粉状物，与有色水晶熔合后晶莹剔透，又有金属之音。它经烈火百炼，又得阴柔之美暗藏，既有王者之气，又有如水般的柔美之感，是天地阴阳之集大成。越王收下了宝剑，将这件特别的宝物赐臣，给这宝物命名为'蠡'。金银宝玉等天下俗物俱无法与你相配。我遍访越地能工巧匠，将这'蠡'打造成佩，你我各持一块，待团圆之日，也是见证！"

西施接过那精美的五色佩，轻吟："蠡！"不禁又有珠泪滴落其上，转瞬那泪滴似渗入其中，五彩流动，变幻莫测，有了生命一般，二人惊叹，西施喃喃又道："流蠡！"

数年后，吴败，范蠡接西施归，二人手中各持流蠡，终成团圆。

"我本楚人，久做越客，与卿相逢，屡经磨难，仍是重逢，再续已断之契，结三生未了之缘。"范蠡再不失言。

从此，他们浪迹江湖，杳无所踪，唯那一滴泪，长存于世，源远流长！

注：此节参考《浣纱记》

第一章　细雨霏霏笼江南

江南的雨最能衬出江南的气质，朦胧、虚幻、若隐若现间显出欲语还休的温婉。阳春三月，春雨时不时地来撩拨这片温柔的土地，而每次拨开这层薄纱之后，万物复苏，不知不觉间小镇就换了身新衣裳。

小镇有一条巷子叫蠡巷，和许多江南的巷子一样，蜿蜿蜒蜒，一眼看不到尽头，很难从这些相似的巷子中看出与众不同，但即便如此，每条巷子都在诗情画意之中蕴藏着神秘，就像藏了许多故事。

这就是江南，故事很多，也很美。

一阵有节奏的"叮当"声，清脆悦耳地从巷子深处移动。她的脚步也如这声音般轻快地向巷子深处移动，乌黑的长发束成马尾甩在脑后，随着"叮叮当当"的节奏左右摆动，粉唇半勾，白皙的鸭蛋脸儿上挂着浅笑，半个月牙儿似的眼睛看着前方，整条巷子氤氲的雾气都被这张明亮的脸推散了，一切都在这莫名的韵律中和谐而美好。

蓦然，"咔！"，一声脆响穿透万物，世界骤然静谧，脚步也不由自主地停了下来。思量间，紧接着一阵破碎的声音响彻整条巷子，零零落落。和前两种声响不同，第一种是带着节奏而愉悦的，每一声清脆悦耳仿佛敲击出希冀和期盼。而那声切断世界的碎裂毫不留情，亦不犹豫，干干净净的拒绝，是愤怒的、发泄的，似乎能从声音来处看到火花四溅。直到破碎声戛然而止，巷子里恢复一瞬间的寂静。随后，凝聚出另一种声音，如蜂蝇绕耳。

奚凝霜脸上沁出淡淡苦涩,深深吸气,给自己提振精神。刚要抬脚,身侧的木门"吱呀"开了。张阿姨探出头,向着巷子深处看,想必也是被那阵嘈杂的破碎声震出来的。

"哟,凝霜来了?"张阿姨看到奚凝霜,似有若无的狐疑从那双略有深意的眼睛里流露出来,欲言又止的神色,即便她不开口,奚凝霜也猜到了一半。

她樱唇微勾,浅浅一笑,以回应张阿姨的招呼。

奚凝霜继续向前走,后脑勺仿佛长了眼睛,将身后的一切看得真真切切。虽然身后的声音如蚊嘤般细小,她也知道,是张家的人拉张阿姨回去,张阿姨是这条巷子里的活广播,家长里短的事儿只要让她知道了,会以电流般的速度进行"时事报道"传遍家家户户。她替他习惯了巷子里的冷嘲热讽。她只是怕再传到母亲梁慧耳朵里,多生事端。不管奚凝霜怎么解释,梁慧一直不信什么才华,什么艺术,什么价值,什么传承……

接近那扇门的时候,奚凝霜再次停下脚步,调整呼吸,拉起唇角,可她还是没有想好一句开场白。奚凝霜心里清楚,那阵破碎的声音意味着什么,她踌躇片刻,垂目轻叹,脑海里盘旋着许多安慰的话儿。

"失败是成功之母?"

"没关系,这是一次纠错的机会!"

"看来是为了让你做出更出色的作品。"

诸如此类,千篇一律,几乎找不到更多新意。还是……她犹豫了片刻,不知该进该退,要不改天再来吧。须臾,又深吸口气,暗忖:躲得过初一,躲不过十五,还能不管他了不成?既然选择了,就要经过千锤百炼,不是么?

木门晃晃荡荡地开了一条缝隙,奚凝霜侧着头向里张望,她没看见以往那个杵在院子中央的男人。静谧,连粉尘都服服帖帖地躺地上,仿佛什么没发生过一样,还是怕了里面的困兽?

奚凝霜记得昨天离开的时候,他信心百倍地说一定能成功。那张充满期待的笑脸还在她眼前晃来晃去,他也从来不会拿自己的作品发泄情绪,可是刚刚的声音明明就是有意而为,不像是无心之过。她又看看手表,难道他真的提前开炉了？明明事先约好了，等她。

心念至此，她又叹口气，抬手推门，这门才推了一半，一张阴郁低沉的脸蓦地出现在眼前，吓得奚凝霜倒抽一口凉气。

"你，你，你怎么站在门后呀？"

蒙了一层灰似的脸上没一丝生气，看样子他又是一夜没睡。她伸手想去拉他的胳膊，不想指尖才碰到他手肘，他竟然直直地向后倒下去。"轰"的一声，霎时间，院子里腾起一阵白色的尘烟，烟尘将他包裹，再缥缈落下，那画面就像一尊雕塑倒在云层之中。

"范澄喻！"

奚凝霜声嘶力竭的喊声在整个巷子回荡。

宁静了一会儿的蠡巷，渐起嘈杂，不久，传来救护车的鸣叫。范澄喻被急救人员用担架抬出来。奚凝霜一脸焦急地跟着上了救护车。救护车在蠡巷居民的目送下扬长而去，抛下身后一阵阵窃窃私语。巷子里的人都转头去看范澄喻宅子的那扇门。

说来也怪，那扇门平日里半掩着，从未拒绝任何人进去，巷子里的人每天听着宅子里传出来清脆的声响，竟然从未有人敢真正地走进去。即便是此刻，那里已是空城，仍然无人踏入半步，连孩子们都只是扒在门口好奇地向里面探探小脑袋瓜儿，好像里面真的住了妖怪似的。

两年前，也是春天，蠡巷来了位青年，中等身材，衣着简朴，整洁大方，面孔英俊，头发浓密，年纪虽轻，却不失沉稳，一双炯炯有神的大眼睛里藏着神秘的气质。他不知怎么就看中了巷子深处那个神秘的老宅。住在里面的人家早年就搬走了，据说那家人也是替人看房子的。

老宅灰色的门檐下面是两扇漆着黑色油漆的木门，日久天长，风吹日晒，斑驳的油漆显露出木头的细纹，门环、合页这些五金零件亦是锈迹斑斑，因为缺了几颗螺丝歪歪扭扭地挂在那儿，让这门看起来形同虚设，但凡稍微用力，一脚就能把它们踹散了。走进去是大约一百平方米的露天院子，杂草丛生，青石砖铺成的地面上生出一层厚厚的青苔，角落里的一口石井被一块厚重的石板半掩着，井没枯，大约在三五米深处还能看得见水

映的天空。院子里的宅子是灰色石头砖砌成的，三个开间，中间那间的门和大门是一样的门板，上面的锁生了锈，看房人拿钥匙开了半天，才把那副锈锁打开，嘴里不住地对范澄喻解释："回头，换把锁就好了。"进门是客厅，连着一间卧房，里面摆着普通的木头家具，不见得这里住过什么富贵人家，简朴，空旷，除此之外，左右两边还各有一间。

"嗯，明天我们就签个租房合同吧。"范澄喻里外走了一圈儿后，突然说道。

看房人正忐忑不安，怕他瞧不中，搜肠刮肚地想找点好听的说，万万没想到范澄喻这么干脆地决定了，不可思议地半张着嘴，一时间竟然接不上话儿。

范澄喻又看了他一眼，挑了挑眉毛，像在追问。看房人连忙笑应："哎，好、好的呀！"便一句也不敢多说，生怕再出变故。他偷偷打量这房子，总算是再有了主人，无论怎么说，能赚笔佣金，最让他开心。

两人正往外走着，范澄喻又问："这家主人不会再来要房子吧？我可是要长租的。"

"不会，不会，听说这家主人出了国，去哪儿了，我也不清楚，只是有个亲戚偶尔会来看看，收收租。近几年，就只是打电话问问，来都没来过。"看房人姓何，是蠡巷老户。开始，只帮看房子，后来整条巷子里如若有人搬走了，都让他照看房子，再后来，他靠着租房的佣金过活了。范澄喻找来的时候，老何还以为是外地来打工的青年，可聊了几句才知道他的家离这儿不远。虽然不明白这年轻人为什么到他们镇上，但现在的年轻人，有几个能让他理解的，只要他们付租金，不干违法乱纪的事，别的他懒得打听。巷子里的住户多是代代相传，有几位上了年纪的老人，神神秘秘地不愿提那宅子。因此，谁也不知道这宅子的真正主人是谁，空置了八年之后，终于有人来租。新闻瞬间在巷子里炸开了，人们议论纷纷，有人还特意去看到底是什么人会看中这座年久失修的宅子。本以为是哪家老人要来躲清静的，都没想到会是一个青年男子。

第二天，范澄喻如约而来，他这一签就是十年。

人们总是喜欢捕风捉影地胡乱猜想。很快传言四起，有的说，这个青年男子一定是要做什么见不得人的事，才会找到他们这么僻静的巷子，租那么破旧的房子是为了掩人耳目。也有人猜测，会不会是这宅子主人的后辈来寻祖？还有些传闻说，蠡巷要变成商业街了，以后巷子里的房子都值钱了，会有很多人来租。一时之间，议论纷纷，更是生出许多划分地盘的闹剧。

可惜，传闻终究是传闻，范澄喻搬进来一段日子之后，这些坊间传闻就渐渐平息了。因为巷子里的人不见他大兴土木改造房屋，简单做修缮和加固，他把宅子生了锈的五金件儿都换了一遍，歪歪扭扭的门正了，门栓光亮了，上面的锁也崭新，仅仅这几样小小的改动，再从外面看这宅子就重新有了生机，精神不少。又搬进很多大大小小的箱炉，搬它们的时候，那些搬运工脸上青筋突起，足见其重量非同一般。后来，这扇门里的声响越来越多，越来越有生气儿，偶尔像在砍树，偶尔又像在凿石头，偶尔有清脆悦耳的敲击声，偶尔像碎了玻璃，每一种声响都能让巷子里的人议论半天。

让蠡巷里的人更奇怪的是范澄喻不像其他新搬来的住户，初来乍到，愿意与巷子里的人熟络，都是邻居，相互之间总会有个照应，而是躲在老宅的院子整天不出门。他的作息时间也与别人不同。巷子里几位喜欢管事的老阿姨造访，他就站在门口接待，也不把人往屋里让。但也不见他带旁杂人等回来，所以，慢慢的，巷子里邻里得出一个结论，这是来了个性情古怪的青年，于是关注度锐减。

这样又安静了没多久，根据宅子里传出来叮叮当当的敲击声，有些年长的人联想起他搬进来的箱炉，有人说他是个银匠，巷子的人就都认为范澄喻是个银匠了。总之，这种种猜测直到巷子里终于有了走进那院子的第一个人才结束。

奚凝霜大四那年寒假回家。临近春节，巷子里的人开始置办年货。奚凝霜写得一手好字，每年给巷子里的人家写春联是她的特殊任务，那年也不例外，她一天写了几十副，该领的都领走了，还剩一副。她给自家的宅

子贴好春联，津津有味地欣赏自己的佳作，突然一阵清脆的响声传来，她顺着那声音的来处向巷子深处望去。

回来就听母亲说起那宅子来了位奇怪的租户，总会传出一些奇怪的声音。奚凝霜琢磨，但这声音听起来悦耳，空灵的声响带着回音在巷子里打转儿，就像飞在空中的小精灵，东一下、西一下，忽高忽低，一会儿跑，一会儿走，让人浮想联翩。年轻人不像上了年纪的人总爱偷偷地背后议论，好奇心加上勇气，让她必须去探个究竟。她进屋把剩下的那两副春联儿带上，径直向老宅走去。

门依旧是半掩着，奚凝霜走到门前，驻足片刻便挺直腰板，叩响门环。

"铛、铛、铛！"三声金属的撞击与里面那种清脆悦耳的撞击声合而不同，就像好听的两重奏。奚凝霜紧接着喊道："有人在吗？"随后，她静静地等待里面的人回应，可是里面清脆的声响仍然继续。她猜里面的主人一定没听到，就提高了嗓门又喊："有人在吗？"这一次比之前大了几十个分贝，只听里面传来男人的一声惨叫，"啊！"随即，里面传来脚步声，半掩的门被拉开，眼前的男人左手紧紧握着右手，脸上略带痛苦地看着她。

"呀，我是不是打扰你了？"奚凝霜话才出口，就觉得自己简直是明知故问。

"没事，没事，有事吗？"奚澄喻万万没想到是个年轻的女孩子，忙敛去脸上的痛苦。

眼前这个女孩儿，这是他搬进巷子以来见到的第一个年轻人。不能说这条巷子里没有年轻人，只是他每天的作息与别人不同，即便是出巷子的时候，脑子里只盘旋着自己的事儿，根本没有去注意看过任何一张脸，他对这条巷子里人的记忆只有那几位调查户口似亲切的老阿姨和看房人老何。

奚凝霜穿了一件杏色的毛衣，外面套了一件同色棉衣，马尾辫子束在脑后，青春的气息毫无掩饰地迎面袭来，特别是那双闪烁着好奇的眼睛，让人看了就无法转移视线。她伸着右手要和范澄喻握手，范澄喻连忙用衣襟擦手，可还是有点羞涩地与奚凝霜握了握手，她的手很软，软得令范澄喻有点羞愧，匆匆握了一下就收回自己那只尽是老茧的手。

奚凝霜将手里写好的春联递上，大大方方地说："你好，我叫奚凝霜，是巷子里的老户奚家的老二，每年春节都给巷子里的邻居们写春联，多写了一副，就送给你做见面礼吧。"说话间，她的目光已经溜进院子。

范澄喻低头看着火红的春联，笑了，"谢谢。"接过春联，抬目见奚凝霜向院子里看，就也转过头，他不知道该不该把奚凝霜让进来。

"你是艺术家？"奚凝霜是个非常聪明的丫头，用很简单的一句话就能打开一个人的心扉。范澄喻虽然不是艺术家，但至少这个称呼比很多人说他是个银匠听起来好听，不由脸上现出一丝羞涩的笑意，"不，不，你要进来看看吗？"

八十年代末，从外面读了书回来的大学生，思想比巷子里人开放，范澄渝搬进巷子十个月后，终于有蠹巷的人走进他的院子，还是一位年轻的女孩儿。范澄喻稍显局促，侧侧身子，把奚凝霜让进院子。

奚凝霜只记得小时候和巷子里的伙伴们捉迷藏时，偶尔会偷偷从那扇颤颤巍巍的破门板钻进这座老宅，她还能记得院子里面除了杂草和青苔，空荡荡的，什么也没有。说来也怪，她们那一群孩子从来没想过走到房子里面去。那时觉得这三间灰墙黑门的屋子，就像是三个黑洞口，看着吓人，但又没那么可怕，偏偏就是谁也不会往里闯，进来了也只躲在大门边儿，等着寻她们的小伙伴过去了，就马上跑出来，谁都不敢多待片刻，这就是她对这里的记忆。现在，这么大摇大摆地走进来，心底有许多好奇直接从她那双水汪汪的大眼睛里流了出来。范澄喻只觉得她对自己院子里摆的东西好奇，跟在她身边，也不知该说些什么才好。

院子里，沿着墙边儿摆了一些木头架子，石井旁边的地上摆着五颜六色的东西，远远看上去像是一件工艺品。旁边的架子上，还有几块白色的方砖整齐地叠在一起，案面上一双白色的线手套已经变成灰黑色，两排排列整齐又看不清是什么的东西，像极了刚出土的兵马俑。架子前面的院墙上，大约和眼睛平行处有个小格板，放着的像是泥水匠用的工具。再往里的地上有个箱子，里面堆放着一些灰蒙蒙的雕塑。

奚凝霜的好奇心被未知激起，她勉强保持礼貌的笑容，范澄喻也不多

话，不像人家那般介绍介绍他这一院子的宝贝，只是腼腆地跟在奚凝霜身后。就这样，一个难为情问，一个又不说，院子里反而更安静了。

江南的冬天阴冷湿寒，蠡巷家的院子里比外面还要冷上几分，可奚凝霜觉得这个院子好像比她家暖和，她看到最里面那间屋子外面的平台上养了一盆绿色植物。这个季节许多绿植都不再生长，保持墨绿色沉静冬眠，而那盆植物生机勃勃得像春天来了似的。透过窗子，她看到那间屋子里好像有个奇怪的炉灶，显然不是平常人家厨房用的那种，她想进去看看，可范澄喻的沉默，让她无从启齿，只在心里暗忖，这宅子里面比小时候看到的还神秘。

奚凝霜收回目光，指着他手里的春联问："要不要我和你一起贴上？马上就要过年了。你在这里过年吧？"边说边打量着门口，像模像样地准备贴春联。

范澄喻很配合地跟着她："我明天就走。你稍等，我去拿糨糊。"那个年代还是用糨糊来贴春联的。范澄喻进屋后，有那么一瞬间奚凝霜真想跟进去，此刻的她觉得这宅子像随时都能挖到宝藏一样吸引着她。很快范澄喻就拿着一瓶糨糊和一把小刷子出来了，奚凝霜就知道他这里工具齐全。

两个人配合着把春联贴好了。上联：喜居宝地财兴旺，下联：福照家门户耀辉。横批：户纳千祥。

"你的字写得真好。"范澄喻憋了半天，只说出这句话。奚凝霜谦逊地憨笑，两个人生硬地寒暄几句就又没话儿了。奚凝霜只好告辞，范澄喻沉默地送她到门口。

走在巷子里的奚凝霜觉得范澄喻这个人，虽然面容看上去并不比自己大几岁，可是他脸上的神情和他身上透出来的气质却很老派、木讷，像是几千年前穿越来的古代人似的。脑海里电光火石般闪现在大学里看过的一部电影片《古今大战秦俑情》，那位被秦始皇做成兵马俑的忠臣，千年后随着古墓的开启而复活。对，刚才那个范澄喻就给她这样的感觉，再联想到他那一院子的古怪东西，神思飘忽地不知跑到哪去了。

那只是电影，人家编出来的故事，现实中怎么可能会有这样的事情？她自嘲地笑自己天马行空的想象力，甩甩头，哼着小曲儿踏着轻快的步子回家了。一路上她都觉得这个巷子好像有点不一样，而巷子深处又响起"叮叮当当"清脆的声音。

送走奚凝霜的范澄喻长舒一口气，对他来说与人打交道的确非他所长。他瞥一眼左边的房间，快要过年了，要不是奚凝霜来送春联，他差点又把时间忘记了。可再过二十四个小时就烧好了，他算计着时间，按说，他大可不必在这里等着，关了炉子踏踏实实回去过个年，等这年假过去了，回来正好开炉，可他那颗心就是放不下，哪怕像现在这样对着紧闭的炉门什么也看不到，都有种莫名的心安。不过，他答应过父母，小年夜一定回去，他站在炉子前，沉默地盯着炉门，心里盘算着。

他蓦地又想起还有个设计图没完成，转身回他的设计室，宅子正中间的那一间就是他的设计室兼起居室。路过门口时，那副火红的春联在这灰黑相间的院子里格外显眼，不得不让他多看两眼。

小年夜那天早上，范澄喻给炉子断了电，看着炉子门，一阵不舍，明明就算他在这里把眼睛瞪出来，也要耗满七天时间才能开炉门。七天，他完全可以回家轻轻松松过个年，偏偏那一脸的不离不弃，就像要离开热恋中的爱人。

咔嚓！宅子的大门上了锁，范澄喻垂着头，全然没点过年的喜气。快走出巷子的时候，他突然想起给他送春联的女大学生，是不是应该去感谢她一下再走？可这会儿脑子被抽空了似的，竟然没记住人家的名字，在巷子口站了一会儿，东张西望地四处看看，偶然有几户人家的大门探出个头来，像看怪物似的看看他，再缩回去。

范澄喻叹口气，走出巷子。蠡巷，七天后我再回来。这是他搬进这条巷子后，第一次离开这么长时间，仅仅七天。

范澄喻的家和蠡巷都在苏州城，一南一北，各在一方。那个年代的交通还不发达，大巴车一路颠簸，走了两个多小时。下了车，熟悉的气息扑面而来，他不知道自己为什么就扬起了唇角，和蠡巷里的人一样，乡里乡亲都在置办年货，年味儿浓浓。

一到过年过节，城里就唱起了空城计，人都往乡下的老宅跑。几代同堂，围在老人膝前，尽享天伦之乐是这里人最幸福而满足的事。范澄喻正

走着,就听到身后传来一阵急促的自行车车铃声,他转过头,见是自己的老同学刘远,刘远"吱嘎"把车停在他身边:"澄喻?你这家伙消失了大半年,去哪儿了?"

范澄喻笑意直达眼底,大半年了,第一次看到熟人,只有他知道那是种什么样的滋味儿。刘远跳下车,推着他的自行车与范澄喻并肩而行,"你不会真的像他们说的吧?"

"他们说什么了?"范澄喻含笑目视前方,问刘远。

刘远瞪大眼睛,看了范澄喻半天。他知道这位老同学从小就是个闷葫芦,而且特别喜欢收藏工艺品。前段日子听人家说改革开放了,范澄喻辞职下海经商倒卖工艺品去了。刘远怎么也不相信性格内向的范澄喻会去做倒卖的生意。此刻,他上下打量范澄喻,肩上背着个帆布背包,手里拎着两盒苏式点心,灰色的半长棉衣,黑色裤子,一双军工加厚翻毛皮鞋,发型自然蓬松,根本不像镇子里回来的那几个下海经商的商人,手臂下夹着一个黑皮包,黑皮大衣,黑皮鞋,西裤,头发和皮鞋都油光发亮,不管生意是不是真的赚钱,派头十足。

"是不是亏了?"刘远根据他这一身行头揣测,凑过去小声地问范澄喻。

范澄喻马上领会了他的意思,对着天空长笑了两声:"你们这些人,猜来猜去,就会猜。"说了半天,也没给刘远一句痛快话。刘远听得着急,加快步伐追上去,"你这话是什么意思啊?"

范澄喻仍旧笑得腼腆却很自信,也不解释。他看着前方,目光坚定,由心底泛在脸上的笑容耐人寻味。刘远琢磨不透,"喂,你失踪大半年,学会吊人胃口了?"

"有一本书上说过,人类的智慧在五个字里,你知道哪五个字吗?"范澄喻脸上挂着微笑问刘远。

"哪五个字?"刘远被他说得迷糊,憨憨地问。

"等待和希望。"范澄喻回答。

刘远听完,半天没回过神,等他反应过来,范澄喻已经走出去几米远,他推着自行车连跑几步跟上来说:"你这家伙,有话不能直说嘛?还真是闷葫芦,难怪一直找不到女朋友。"

范澄喻听了，剜刘远一眼，"就你急，你是不是快当爸爸了？"

刘远憨笑，"你咋这么聪明呢？"

两个人很快就把话题转向女人和家常，至于刚才的话题，不知不觉地被抛到九霄云外去了。范澄喻知道，对于他做的事情，很多人都不会理解，是啊，谁会理解他放弃让人羡慕的铁饭碗呢？

到了刘远家门口，两个老朋友又寒暄一阵，定下互访的日子，道了别。

江南的小镇乍一看十分相似，只有住在那里的人，才知道哪条巷是自己的家。范澄喻又转过一条巷子，看到熟悉的大门，门口高高地挂着红彤彤的大灯笼，还有红色的春联，突然就想起了奚凝霜，他会心一笑，深深吸口气，迈着坚定的步子，继续向家门走去。

"爸，妈，我回来了。"范澄喻推开大门，院子里摆满年货。范母从屋里走了出来，"臭小子，你走十个月，就只给家里打了两个电话？"话听起来是责怪，但声调温和，让人心头柔软，只有母亲才有的慈爱目光在范澄喻身上来回游走，好像想找到一点瑕疵，好来心疼一番。范澄喻走到母亲面前，将手里的点心递过去，笑着说："那边打电话不方便。"

范母接过儿子买来的点心，都是她最喜欢吃的，不禁鼻子微酸，差点落泪。她向屋内看看，给儿子递眼色，范澄喻当然知道父亲还在生他的气，憨笑着冲母亲点点头，推门进去了。

范父早就听到他们母子俩的对话，佯装镇定，坐在茶桌前，一边泡茶，一边喝，袅袅雾气升腾，微微叹息。

"爸，喝茶呢！"范澄喻走进屋，随手搬了一张椅子在茶桌前坐下。范父并未抬头，范澄喻拎起茶台上的茶壶给父亲的茶杯倒满，又给自己倒上一杯。

"我知道您还在生我的气，不过，知子莫若父，您能了解我。"范澄喻的话说得一点都没错。范父不吭声地继续看着他的茶杯。

"所以，您就别和自己过不去了。"范澄喻在父母面前倒是不腼腆，说完，干了自己的那杯茶。走了这么久，他还真是口渴了。可这一口，喝得太急，茶又热，呛得他连咳了几声。范父抬头看着他，面上嗔怪，眼里关切，指着他说："又没人和你抢，喝那么急干什么？"被烫得满眼泪花儿的

范澄喻只对着父亲傻笑。

人的命运只会有一种，有些事情冥冥之中自有天意。范父看着儿子的目光渐渐凝重，不禁喟然长叹，既然命中注定，就随他去吧。

范澄喻还有两个姐姐，这时也带着家人回来过年，看到范澄喻在家里，又瞄瞄父亲的脸色。范母笑着点点头，知警报解除，才敢笑出声来，这才是过年的样子，喜庆。

就像那个年代，一切都在孕育之中……

转眼就是大年夜，外面的烟花爆竹声响起，范家老少十几口坐在桌前吃团圆饭，喝团圆酒，窗外绚丽斑斓的夜空刺激到范澄喻敏感的神经，端着酒杯的手突然停在半空中。"烟花！"他在心中默念，对，一个流光溢彩的烟花夜空，留住团圆，留住美，想着笑得如烟花般灿烂，仰头喝尽了杯中的酒。

范澄喻的人虽然在家过年，但那颗心一直在蠡巷的老宅里没离开过，他尽量掩饰内心的焦急，大概这就是老话儿说的丢了魂儿了。那个年代放年假只放五天，大年初一到初五，正月初六开工的日子，上班的人叫嚷着年过得太快，唯独范澄喻归心似箭。

大年初五一早，他已经在自家院子里转了好几圈。上次离开家，一走就是十个月，十个月，他都不知道时间怎么会过得那么快，他对时间的概念只用在计算烧制了。那些一本又一本记得密密麻麻的时间表合起来，大概就是十个月吧？他没想过这一次离开，要过多久才能回来，他想有点成绩向父母证明自己的选择没错，而在这之前的所有忍耐都是必须付出的代价一样。

"你看他，在院子里转了一个早上了，这又是想走了。"知子莫若父，这句话没错。窗子里的范父低声对范母说着，范母坐在老式的藤编长椅上叠晒干的衣服，听到范父的话，抬头望望窗前范父的背影，深深叹息。老两口沉默了一会儿，范父转过身，边叹气边摇头。

"儿子这执拗的脾气，还不是和你当年一样。"范母温声说道。

"他想走，就让他走吧，我早就看出来，他这几天都魂不守舍。"范父在老伴儿的身边坐下，若有所思地看着老伴儿缓慢地将每一件衣服叠好，整齐地放在一起，"也许他还真能折腾出点名堂来。"像是自言自语。

随后，屋内又陷入沉默，沉默的空气里氤氲人间最亲的感情，这是中国许许多多家庭都会有的那种不舍。

吃过午饭，范家的女儿女婿们就回城了，范澄喻也去买了回蠡巷的车票。

初六一大早，还是那个旧背包，塞得鼓鼓的，比他回来的时候有过之而无不及，是母亲偷偷放进去的吃的。

"爸，妈……"他才开口，范父就摆摆手，抢先说："走吧，不过，我们要有个约定。"上次父子便因为范澄喻辞职的事大吵了一架，不欢而散，看来这次范父打算和儿子来个约法三章。范澄喻看着父亲，等他说下去。

"五年，你只有五年时间，如果五年没折腾出来名堂，你就要回来。"范父垂着眼睑。

"好，就五年。"范澄喻答应得很痛快，范母一声不响地看看他们父子。

范澄喻走的时候，范母一直将他送到院门外，还想继续陪他走一段儿，被范澄喻劝回去了，她只好站在大门口目送儿子的背影，直到那个背影消失了，仍然站了一会儿才回去。谁也不敢去想范澄喻选择的路能不能走下去，走下去会不会有好的结果，一切都是未知。

五年前的范澄喻只是一个古旧工艺品的收藏爱好者，他有一份稳定的工作，在一家国营企业里做司机，这份工作得天独厚的条件就是有四个轮子可以带着他走南闯北。每到一处，办完了公事，他就去附近的古旧物市场转转。年纪轻轻的小伙子偏偏爱这些古旧物件，见得多了，对古玩旧物就有了那么一点鉴赏能力。

有一次出差，他在临市的古旧市场里，垂目看着那些奇趣古怪摆了一地的旧物，其中的一个小摊上的东西不像其他摊上真假混杂，尤其是隐在一块鸡油黄石后面五颜六色围棋大小的东西吸引了他。说它是景泰蓝，不像，说是琥珀，颜色又比琥珀多，范澄喻越看越好奇。他懂古旧摊上的规矩，心知如果再这么看下去，被小贩发现了，一定会宰他高价。他佯装镇定地又挪了几步，假装没看到中意的物件儿，继续走向下一个摊位，可那

块五颜六色的"围棋"已经在眼前挥之不去，走到哪儿，能看到它似的，他心里知道这种感觉：一见钟情！

一直以来，范澄喻都对一见钟情的东西志在必得，那五颜六色的"围棋"像有魔法似的把他召唤回去。他走到那个小摊位前，蹲下来，伸手将那个五颜六色的"围棋"拿到眼前仔细观察。

"老板，好眼力啊，这可是稀罕宝贝！"小贩笑得神神秘秘。

范澄喻看了一会儿后，虽然心里疑惑，面上不露声色，垂着眼睑，"什么稀罕宝贝，不就是一块花玻璃嘛。"嘴上这么说，但他知道，这绝对不是一块玻璃。

"玻璃？玻璃怎么可能这么漂亮？"小贩撇撇嘴。范澄喻也知道这些都是小贩惯用的伎俩，以显买家外行，如果买家说不出个所以然来，那就天马行空任他信口开河地编个春秋大梦般的故事。

"那你说这是什么？"范澄喻索性两手一摊，装作无所谓地问。

"看你也是个有缘人，这叫琉璃。听说过吗？"小贩拖着长音，神秘地回答。

琉璃？范澄喻在心里默念，的确少有耳闻。

"你看看，还不就是个玻璃，烧得漂亮点而已。"范澄喻故意笑着打岔。

"哎，还以为你是个懂货的。"小贩叹息着摇头，微露遗憾之色。

不过，这也是小商贩的套路，范澄喻并没有上当。他有买古旧物的经验，如果是真的懂货的卖家，一般话都不多，眼底对每一件旧物都有特殊的感情，既摆着摊出来贩卖，又怕被别人买走他稀罕的这一地宝贝，个中滋味，无以言表。

范澄喻又将那下五彩"围棋"放了回去，起身就走，头也不回，就听那小贩在背后喊："你要真喜欢就开个价钱。"范澄喻笑了，他半回头，"也不是什么值钱的东西，只是好看罢了，你要几个钱？"一来二去，两个人成交了。范澄喻花了五块钱买了这块五彩"围棋"。他大概不会想到，就是这么一块小小的五彩石头，带他走进了另一个世界。

人对未知的事物有足够的好奇心，而好奇之心，又是人学习的最佳动力，"琉璃"这个词成了范澄喻心里的谜，他到处去找有关琉璃的文献资料。那时候互联网对老百姓来说根本接触不到,他就跑各种图书馆、博物馆、文史馆去查,可几乎是一无所获。这东西也只有在春秋战国有所提及,这更让范澄喻好奇,他以为琉璃是工业革命之后的产物,就像西方的玻璃一样,到底琉璃是不是玻璃,这两种物质之间有什么区别?琉璃又是怎么做出来的?这些问题就像一个神秘的洞穴,等着范澄喻钻进去。

琉璃让范澄喻魂牵梦绕。关注得多了,范澄喻偶然在报纸上的娱乐新闻上看到一对台湾明星夫妻,寻遍全球把中国的古法琉璃技术带回来的报道。范澄喻兴奋不已,四处打听。那时候的琉璃是一个被遗弃太久的孩子,刚刚回到人们视线,那些目光之中存着许多质疑,关心的人少,消息寥寥无几,更是无人问津。

功夫不负苦心人,经过不懈的努力,范澄喻终于打听到了一位为这对夫妻做事的琉璃师傅,而且离他的家不远,这无疑给了范澄喻信心。

那时,真正能掌握古法琉璃制作技艺的人寥寥无几,即使是现在也只有极少数人能掌握其精髓。最初,人家师傅根本就不理范澄喻,以为是来找活的学徒工,而人家不招人,所以屡屡将他拒之门外。范澄喻对自己感兴趣的事情十分执着,每个周末,他都要骑一个小时的自行车找那位师傅,这样跑了好几个月,就为了和这位师傅说两句话,师傅虽然不大回应他,但他提的那些问题,在师傅心里泛起了涟漪。

琉璃作坊并不起眼,从外面根本看不出来里面到底是什么样儿,范澄喻也不探头探脑地招人嫌弃,师傅大门一关,他就坐在外面等着。人心都是肉长的,师傅终于被打动了,这一次,他停在院门口,冲范澄喻招了招手。范澄喻刚要回路边守着,见师傅向他招手,一时之间没回过神儿来。

范澄喻怀着一颗探秘的心走进院子,随着大门的一开一合,地上的粉尘四起,游离在脚边,有点儿腾云驾雾的感觉。师傅径直向里面走,范澄喻紧跟在后,再往里走,他的脚步越来越慢,四周流光溢彩,美轮美奂的琉璃环绕,一时之间竟分不清这是现实世界,还是仙境。他脚步越来越慢,怔怔地看着这五彩斑斓的世界,蓦然周围所有的色彩好像都在流动,在运转,在变幻,美得令他瞠目结舌。万万没想到,外表平平无奇的小院里居然藏着这样一个神秘世界。

"师傅!"范澄喻脱口而出,快步到刚刚师傅面前,他看得出这个中年男人就是这仙境的创造者。中年男子用手指着四周的一切,对范澄喻说:"古法琉璃这手艺,非普通人能承受其中之苦。"

"我不怕苦。"范澄喻马上接道,师傅笑着摇摇头,他不知道见过多少立下豪言壮语的年轻人,最后,能坚持的寥寥无几。但又因为惜才,总希望有朝一日真能遇到知己,便笑问范澄喻:"你真想学?"

"想!"范澄喻双目一瞪,答得斩钉截铁。

就这样,范澄喻认识了他的第一位师傅王再山。从那天开始,下班后,节假日,不顾路途遥远,无论严寒酷暑,骑着他的自行车从未间断地去学习。师徒两人虽然年龄相差甚远,谈起琉璃却如知己。王再山越教越多,二人亦师亦友。四年后,范澄喻做了他人生中第一个重大决定,辞职。那个年代,辞去铁饭碗的工作注定遭到家人的反对,何况他打算用上班那些年积攒的"老婆本"置办自己的实验室,亲手砌烧炉,搭操作台,开始他的琉璃人生。也因此,他和家里闹翻了,为了继续自己的梦想,他找到了蠡巷。

为什么是蠡巷?因为范澄喻在史料上找到范蠡是第一个发现琉璃的人,而且,他又姓范,范澄喻常自嘲自己的选择是天意。而苏州恰好有个蠡巷,那就更是他该去的地方了,就这么一个念头,他去了蠡巷,租了老宅。他的琉璃人生就这样拉了帷幕。

回到蠡巷,春节气氛仍在,孩子们还在放假,包括奚凝霜。巷子里有风吹草动,局域内的传播速度不比现代的网络差,连巷子里外出的老住户回来过年,都没有这么多关心的眼睛,这待遇偏偏范澄喻有。

孩子们正在巷子里玩耍,回到蠡巷的范澄喻心情特别好,他从背包里掏出一些糖果分给孩子们,孩子们马上就觉得这位怪大叔叔是自己人了。

奚凝霜也听说范澄喻回来了,他那个神秘的院子,已经是她此次放寒假回来最关心的事,一听到巷子里有人说范澄喻回来了,正在家里闲得无聊的她,立即有了精神,走出家门。

"你去哪儿?"梁慧看着女儿匆忙出门,放下手里的东西大声喊道。

"去寻宝。"奚凝霜笑嘻嘻地回答,不及母亲再问,没了人影儿。

范澄喻正拿着钥匙开大门,余光看到有个人影,转首见是奚凝霜,腼腆笑道:"新年快乐!"

"新年快乐!"奚凝霜笑得灿烂,"那个,我们可以做朋友吗?"女孩子这么大方,竟然让范澄喻一时无言以对,他忙点点头,笑得仍旧腼腆,手里的门锁"咔哒"一声儿开了。

"实不相瞒,我很想知道你里面的那些宝贝是什么。"奚凝霜直截了当地问道,这句话她整整酝酿了一个春节。

说到这儿,范澄喻眼前一亮,整个人都来了精神,"你感兴趣?"

奚凝霜笑着点头,范澄喻推开大门,"请进。"

两人踏进院子,范澄喻也不招呼奚凝霜,径自向左边的那间屋子走过去,也是奚凝霜上次来一直惦记着的地方,可她还是稍作犹豫,不知该不该就这样跟进去,蓦地听到范澄喻在里面喊:"你不是想知道这里的宝贝吗?"

"哎!"奚凝霜闻言飞奔进去。

屋子中央有个石头砌成的五十厘米见方和小土灶相似的东西,上面还有个圆孔儿,烟囱似的,可谁会把烟囱通在屋子里啊?她不解地看着这个奇怪的东西,范澄喻从旁边打开一个小门,土灶还带门?奚凝霜可是头回见,不禁瞪大了眼睛。

范澄喻从里面拿出两个方方正正的白色石膏砖出来,走到院子里。奚凝霜也不出声,默默地跟在后面,就见范澄喻将那两个白色的石膏砖放在院子里的案板上,随手拿起旁边的锤子,"啪!"地敲了上去。

"啊!"奚凝霜被这个举动吓了一跳,跟着惊叫出声。转瞬间,石膏砖里露出一个五颜六色的"宝贝"。

范澄喻继续敲,奚凝霜凑到近前,看着那些白色的石膏脱落,渐渐看清里面的东西,"这是什么?"

"你听说过琉璃吗?"范澄喻笑着反问。

"琉璃?"

奚凝霜重复范澄喻的话,琉璃?她只听说过玻璃。

半响儿,回过神的奚凝霜眨着眼睛,不想驳了范澄喻的面子,除了那

双大眼睛里流露出的质疑，什么话儿也没敢说，傻笑着看范澄喻。范澄喻没多解释，随手又从案板上拿起一把小锉刀，继续打磨他手里那件看不清模样的东西，就像要帮它揭开面纱一样。

上一次进来匆匆一瞥没看清楚，这一次奚凝霜看得仔细，那个灰白相间的案台是因为这些石膏粉沉积在上面。她又走近几步，细细端详，一个黄蓝相间的细长条状的物件儿。范澄喻将它拿到眼前，吹吹上面的石膏屑，转身又到旁边的小池子边蹲下，打开池子上的水龙头冲洗，那物件儿的颜色和形状渐渐清晰。"如意？"奚凝霜兴奋地喊出来，范澄喻点点头，继续用手里的水枪冲洗，直到他满意为止。水池边有个切割工具，尖利的切割声音听得人浑身像是过了电似的不舒服。奚凝霜一边用手摩娑着自己的手臂，一边瞪大眼睛看着那件漂亮的物件被切割，心里有种莫名的紧张感，就担心它会突然碎掉。最终，她的担心是多余的，不但没有碎，在范澄喻的手里原本有棱有角的一件东西变得越来越圆润。范澄喻停下来，让人毛骨悚然的刺耳声音也停了下来，二十五厘米长，蓝黄相见的如意在奚凝霜眼前了。

"你是不是认为这是玻璃？"范澄喻猜到了奚凝霜的心思，奚凝霜一时之间无言以对，憨憨一笑。

范澄喻转身往中间的屋内走，奚凝霜好奇宝宝似的跟在他身后，见他从一个收抽屉里翻出和手中差不多样子的如意，同时递给奚凝霜，奚凝霜不解地看看他，一只手一个地接了过来。两个大小相同的如意到了奚凝霜的手里，她惊讶地瞪大眼睛，"它们，它们……"她掂掂左手，再掂掂右手，仔细对比着两只大小分毫不差的如意。

"重量不同是吗？"范澄喻得意地笑着接话儿，"其中一个是琉璃，一个是玻璃。"奚凝霜愣愣地眨眨眼睛，"它们的质量不同是吗？它们元素不一样？琉璃到底是什么东西啊？"随后就像一只小鸟似的叽叽喳喳地抛出一连串问题。

范澄喻仍是笑得意味深长，不紧不慢地在一个案台前坐了下来，拿起一个小小的电动磨具开始在琉璃如意上抛磨，忘了自己还有客人似的干起活来了。

"太神奇了，太神奇了。"奚凝霜赞叹不已，围着范澄喻转了一圈又一圈儿。

范澄喻觉得此刻的奚凝霜就和当初刚走进琉璃世界的自己如出一辙，他能想得到她心中的无数问题。不过，这个闪念一闪即逝，他目光凝重地注视着自己手里这件作品，想着把它抛到什么程度才能达到预期效果，至于奚凝霜还在说着什么，他像没听到一样。

抛磨的过程很漫长，不像刚才那两道程序那么简单。直到太阳西斜，屋内的光线昏暗下去，视线模糊了，范澄喻才抬头看看窗外，恍然发现奚凝霜还在，刚刚自己竟然专注得完全忘记了屋子里还有另一个人。

"哦，对不起，刚刚我……"他马上道歉，又找不到合适的词来表达自己的歉意。

奚凝霜心想，这辈子第一次遇见专注到完全听不见身边人说话的人。但她仍是礼貌地说："嗯，你做事真专注。"

刚才，奚凝霜见他专心致志地抛磨手里的如意，也跟着安静下来，静静地坐在旁边看着，看了那么久，同他一样忘了时间。

范澄喻手里的如意没见得有什么变化，只是弥漫在彩色如意周围的烟尘自带仙气，那一幕，她被迷住了。直到范澄喻手中的磨具停下来，奚凝霜才跟着回神，竟然已经过去几个小时，她突然懂了什么叫着迷。

"好了吗？"她盯着那个彩色如意轻问，就像是怕惊动了仙子。

范澄喻笑着说："早着呢！"

"啊？"在她看来，这已经是一件漂亮的工艺品了。

"起码还要一个星期。"范澄喻将琉璃如意拿在手里吹了又吹。

"那我明天还能来看吗？"

"可以啊。"

从那天开始，奚凝霜的脑子里闯进一个名字，不，不是范澄喻，是"琉璃"。

奚凝霜跑出去整整一个下午，梁慧见女儿回来，满脸写着不高兴，嗔怪："听李阿姨说，你跑到那个宅子里去了？"

自从范澄喻搬进蠹巷，他住的那间宅子就被巷子里人喻为"那个宅子"，没个具体的称呼，巷子里的人都知道说的是哪个宅子，有时候没有特指反而有特定的意义。

奚凝霜沉浸在发现新大陆的兴奋之中，没回答母亲，反问道："妈，你听说过琉璃吗？"

"我听说过玻璃。"梁慧的回答和奚凝霜当初的第一反应一样，不愧是母女俩。奚凝霜忍俊不禁，轻咬下唇，痴痴的样子，看起来真像是寻到宝了。

"我问你话呢！你一个女孩子家跑陌生男人宅子里一个下午？成何体统！"梁慧越说越生气，奚凝霜翻了翻她那双大眼睛，"大门敞开着，怕什么？"扬起下巴一副人正不怕影子斜的样子，也不知是向母亲示威，还是对巷子里那些人示威。

奚凝霜走后，范澄喻把母亲在他背包里塞的食物拿出来，随意热了几块糕凑合一顿晚饭，一边吃一边看手里的琉璃如意。学了两年了，捏模、雕模，终于像点样子，可他仔细再看，仍有瑕疵，总不满意。这手艺骗得了外行的奚凝霜，可过不了他自己的关。他暗忖：细节还不够精细，看来这手上的功夫，还要练。他左右端详，又咬一口手里的方糕。

这是他来到蠡巷建了实验室，启用新烧炉的第一件作品，他并不惊喜，结果都在他意料之中，也正是因为全在意料之中，他才多少有点失落。古法琉璃带给人们的感觉就应该是惊喜，变幻无常，那种惊艳的惊喜，他没有，这看似成功却又不成功的作品，让他有种说不出的滋味。他又看一眼炉子，至少说明这个炉的各项指标都是准确的，这对以后的烧制有重要的作用。

第二天一早，奚凝霜睁开眼睛，脑子里挥之不去的就是范澄喻那个宅子，特别是那个琉璃如意，最后会成个什么样子？她蓦地起身，掀起被子穿上外衣就想去找范澄喻。母亲已经备好了早餐，她灵机一动，去厨房取一个饭盒将盘子里的几个糍饭糕全倒了进去。

梁慧见了，嚷道："你要干什么？"

"哦，送人。"奚凝霜一边回答，一边坐下来，吃面。

"送人？送谁呀？"梁慧心里好像有了答案，脸色阴沉下去。奚凝霜知道接下来一定会是一段说教，抹一把嘴巴，顺手拿起饭盒就走。

"你这囡……"话音未落，女儿已经夺门而去。梁慧手里还握着筷子，从未见过这副样子的女儿，竟然一时间没了反应，半天才回过神儿，气得她将筷子重重地敲在桌子上。

老奚从里屋出来，见妻子这么大的脾气，问："怎么了这是？"

"你的乖女儿哟，天天往男人家里跑，成何体统喽。巷子里的人该怎么想呀？你快管管。"梁慧唉声叹气地捶打着桌子。

"什么男人？"老奚每天早出晚归地上下班，巷子里的事关心得少。女儿是他的心尖儿，听妻子这样说，不免有些担心地微皱眉头。梁慧说："除了巷子深处那个古怪的年轻人，还有谁？"

奚凝霜来到范澄喻宅子前，稍作停留，抬手敲门，心里想的是范澄喻说过，她随时都可以来。"是我！"清脆的声音，就像清晨的百灵鸟。

范澄喻刚刚洗漱完毕，听是奚凝霜的声音，忙答："请进！"

"你还真是从来不锁门啊？"奚凝霜推门而入。

范澄喻腼腆笑道："这里很安全。"好像他才是蠡巷的人。

"吃早餐了吗？给，我妈做的糙饭糕可好吃了。"她灿烂的笑容瞬间感动范澄喻，又让他不知所措，长这么大，除了母亲和姐姐还真是第一次有别的女人这么关心他。"这，这，这多难为情。"范澄喻垂着眼睑，害羞地说着。

"都是邻居嘛，你一个大男人，我看你肯定不会烧饭吃吧？"奚凝霜边说边扫视这院子，参观这里两次，就没见到厨房有烟火气。

范澄喻难为情地挠挠头发，憨笑着说："我一个人吃饭好办。"

已是清晨，太阳的光亮可以将屋子照得通透，屋内的灯光却还亮着，可见他大概是一夜没睡，还没来得及关灯。奚凝霜就指着屋内问："你是不是一个晚上都在……都在工作？"

"嗯，不知不觉天就亮了。"范澄喻并不掩饰，奚凝霜这才看到他那双微红的眼睛布满了血丝。"要不要看看？"他笑着邀请，脸上的疲惫瞬间一扫而空。

奚凝霜不住地点头，她惦记一整夜了。

跟着他进屋，看到桌案台灯下那个五彩琉璃。奚凝霜将琉璃如意小心

翼翼地拿在手里，细细端详，真的像拿着价值连城的宝贝似的。每个角度呈现的居然都是不同的颜色，不同的波纹，上、下、左、右、倾斜、侧背，明明是一个固体，拿在手里又好像在流动，生怕一不小心抓不住，甚至，每一眼都有不同的美。"天啊！太美了！"

范澄喻笑而不语，这只是琉璃中最普通的作品而已，琉璃几乎很难有人能去定义和解析其中的美，它的变幻和自我是一种特殊的魅力。

"这个很简单。"范澄喻说得轻描淡写，他看过太多作品，还有更多他没见过的作品，他只是刚刚走到琉璃世界的大门前。

奚凝霜看到他桌案上摆满了工具，有许多工具，她甚至叫不出名字，轻咬着嘴唇，怯怯地问："范师傅，我能学吗？"

"做琉璃？"范澄喻颇感意外地提高了声调。

"可以收下我这个徒弟吗？"奚凝霜这样说的时候，范澄喻笑得不行，这一次不是腼腆的微笑，是大笑。奚凝霜不禁尴尬，不收就不收，这般嘲笑，让一个女孩子情何以堪？

可范澄喻笑的是，就连他还仅仅是个学徒啊，何谈收徒？他连忙摆手，"别开玩笑了，我还在学习，哪能做师傅？"

"可是你已经做得这么漂亮了！"奚凝霜举着手里的琉璃如意，说得很认真。

范澄喻看一眼，苦笑，还真是隔行如隔山，不过，让他感动的是，奚凝霜喜欢琉璃，这让他对琉璃工艺品的未来充满信心。人们喜欢就会流向民间，他知道无论是什么，走向民间，才能真正地传承下去。

"这真的只是最简单的作品。"范澄喻拿回琉璃如意，低声自语，"没有什么技术含量，只要规规矩矩地操作就能完成。"某种失落的情绪渐渐笼罩上来。奚凝霜虽不懂琉璃，但她能看懂一点，范澄喻脑子里的想法很多。

"凝霜！"老奚一声喝，吓得里面两个年轻人一颤，纷纷向外走，就见老奚站在院子中央，双手背在身后，正透过窗子看着屋子里的两个人。

"爸？"奚凝霜脱口而出，忙走出屋子，"你怎么来了？"范澄喻跟在后面，看着老奚，沉默不语。

范澄喻一米七五的个子，不高不矮，五官端正，衣着朴素却干净整洁，是个儒雅的后生，眼底若有隐藏的神秘，让他不像很多年轻人那么浮躁。

老奚对他的第一印象不坏。

"你来这儿干什么？"老奚不答反问。

"我来拜师学艺。"奚凝霜一脸女儿态地撒娇。范澄喻可没答应她要教她做琉璃，这可不是一个女孩儿能坚持的事儿。"您好，小奚大概是好奇，来玩玩儿。"他忙解释。

"谁说我是来玩的？我可是认真的。"奚凝霜听了，倒不乐意地瞥了范澄喻一眼。

老奚打量范澄喻的宅子和院子里的摆设，觉得他是个手艺人，手艺人多半刻苦勤奋，便没再多说什么，只是让奚凝霜跟他回家，奚凝霜偏要留下来。碍于面子，父女俩总不能在别人宅子里吵闹，哪家的父母不都是向子女妥协的，范家如此，奚家亦是如此。老奚还是有涵养，瞥了女儿一眼。奚凝霜冲着父亲吐吐舌头，就是不走，闹得范澄喻倒有些尴尬。

"师傅，你就收下我吧。"见父亲走了，奚凝霜又到范澄喻面前继续恳求，范澄喻无奈地连连摇头，"我都说了，我也只是个学徒。怎么当你的师傅啊？"

"你能做这么漂亮的琉璃，就是我的师傅了，就收下徒儿吧。"奚凝霜寸步不离地跟在范澄喻身后，转来转去，两只小手合掌摩娑，一副虔诚的样子，范澄喻竟然有些哭笑不得。

那一刻，范澄喻想到曾经的自己，当初他拜师学艺，不也是这副样子么？豁然又懂了当初他的师傅收他为徒时的心境，将心比心，不禁莞尔。

"你答应了？"奚凝霜突然大声说道，语气中满含喜悦。

"我哪里答应了？"范澄喻瞪大眼睛，盯着奚凝霜绽放笑容的脸，又看着她失望，心底五味杂陈，"哎，就不要说拜师不拜师了，你如果喜欢就来玩吧。"

奚凝霜却不这样认为，玩和学在她心里可是两回事，连忙说道："不不，不是玩，我真的是要学。"面色肃然，一本正经。

"玩和学有什么区别呢？多少人都是玩成了专家。"范澄喻不以为然地笑着说，奚凝霜觉得这话儿有几分道理，不管那么多，她是铁了心地想走进这个奇幻的世界，并非儿戏。她看得出其中有无穷无尽的乐趣，仅仅这几次接触，她已经觉得自己仿佛进入了万象之都，有点迷茫，又莫名被吸引。

学做琉璃就像去西天取经一样，不经过八十一难，是取不到真经的。范澄喻心知其中艰苦，他瞥一眼奚凝霜那双白皙细嫩的双手，嘴角露出一个微小的弧度，再看看自己的手，一条条伤疤就好像是勋章挂在那儿。

"昨天你都做了什么？"奚凝霜见范澄喻又在神游，连忙插话，生怕他又进入无人之境，视她无睹。

"打磨。"范澄喻自然而然地回答。

"打磨？"奚凝霜紧跟着范澄喻，像个复读机似的复读他的话。范澄喻偶尔会忍俊不禁，他突然觉得自己好像有了同行者。现在他们还谈不上知己，能有一个人和他探讨琉璃的创作和制作是一件好事，他也就不再排斥奚凝霜，开始给她讲起古法琉璃脱蜡制作工艺。

纸上谈兵容易，实践起来可不是动动嘴皮子那么简单。他还是质疑地看了一眼奚凝霜，和许多初涉这个行业的人一样，她眼底的好奇需要现实的锤炼，而对于一个兴趣正浓的人说什么都不及真正动手，所以，他也不去劝了，就算多个帮手吧，只是希望她不要帮倒忙就好，范澄喻苦笑。

"师傅，这是什么？"

"师傅，这是干什么用的？"

"师傅，我能做什么？"

"师傅，需要我帮忙吗？"

奚凝霜像一只百灵鸟似的在范澄喻身边飞来飞去，问东问西。范澄喻偶尔会想把她留下来到底是不是对的。他还有那么一点执念，艺术创作是独立完成的，因为需要安静和全神贯注思考。不过，看到奚凝霜那张认真的脸时，又驱走了那些念头，耐心地给她解答每一个问题。

奚凝霜的加入，让这间小小的实验基地别有一番生气。每天早上起来，奚凝霜都给他带热气腾腾的早餐，这对独居的单身汉来说是难能可贵的温暖，只是他总会有点难为情。奚凝霜是大方的女孩儿，全然没在意他的扭捏，两个人的性格倒像是装错了性别。

"我自己能做早餐，不能总让你带早餐过来。"范澄喻偶尔也会婉拒。奚凝霜却说："反正我妈做早餐总是做一大桌，省得你再开火了。"就这样随意地扔下一句话就去到处看范澄喻的作品了，根本不想就此话题过多交流。

今天的早餐是面条，范澄喻就端着面条跟在奚凝霜身后，他有个新想法，正想找个人商量商量。他垂头吃两口面条，略有所思后才说："我最近有个想法，一直想试试，不知道能不能成功。"

"什么想法？是新的作品吗？"奚凝霜兴致盎然地问。

范澄喻"哧溜"一声，把吃了一半儿的面条吸了进去，"嗯，过年回家的时候，看到烟花在夜空绽放，那一瞬间谁能留得住呢？所以，我很想做一个夜空中绽放的烟花。"

"留住绽放的瞬间？"奚凝霜被范澄喻的话打动了，女孩子大都浪漫而喜欢美丽的事物，只是想想都美得令人神往。

范澄喻仍是腼腆地笑着。是的，他觉得如果能做出烟花的神韵，不但是一件漂亮的作品，更有美好的寓意，工艺品的寓意是工艺品的灵魂，他还有一个想法，就是它会有商业价值。

"我觉得如果把这个作品用在某种奖项的奖杯上或者纪念杯上，一定是很不错的作品。"范澄喻把自己的想法说了出来。过去，他只会一个人想想，现在有了一个倾听者。

奚凝霜眼睛里闪着异样的光芒，转而又满含笑意，范澄喻仿佛从中看到些什么，便问："怎么了？"

奚凝霜微微一笑，"我以为艺术工作者都像飘在天上的神仙似的，视金钱如粪土呢！"她直言不讳。

范澄喻露出些许羞涩："艺术是梦想，要去追寻、追求，但脱离现实的艺术，是不是真的艺术？这个课题留给真正的学者吧，我只知道，如果没有经济来源，我就没办法持续追求梦想。"

他的话说得实在，奚凝霜对范澄喻又有了新的认识，人就该是活生生

的。她心里对艺术家的定义遥远而缥缈，是在报纸、杂志中看过的那些留着长发和胡须不修边幅的人，再打量眼前的范澄喻，除了有一点不修边幅，别的都不沾边儿。

范澄喻好像猜到了她的心思，多解释一句："我可不是艺术家，我只是个手艺人。我只是不想在我还没等琉璃被世人认可，就先饿死了而已，是不是很庸俗？"

"庸俗不庸俗我说不清楚，但是一个想将中华文化传承下去的手艺人，让我很敬佩。"奚凝霜紧跟着说了一句，两只手握成拳，举在眼前拜了又拜。范澄喻不禁抿唇不语，似笑非笑，一副欲语还休的样子。

有了创作思路，范澄喻就开始下笔设计草图，他拿着画笔在画板上认真地画夜空里的烟花。奚凝霜看得全神贯注，直到范渝喻停下了，看到她稍显稚气的脸："怎么？是不是画得不好？"他脸色凝重地问。

奚凝霜摇摇头，"好，就是太好了。看来，学做琉璃真是不容易，还要有美术功底？你是美术系毕业的吗？"奚凝霜心里的疑惑随着琉璃这一道道程序越来越多。

范澄喻释然一笑："不是。"

"那就能画得这么好？"在奚凝霜看来，范澄喻的画绝不普通，极有功底。八十年代，可还没有那么多艺术类的学习班、培训班，多半都是在学校里跟着老师学。

"功到自然成，只要你想学。"范澄喻面对奚凝霜的夸奖，说了一句大实话。

"想学就能画好？艺术是需要天赋的。"奚凝霜仍旧不信。范澄喻向门外看了一眼，对她说："你既然能写好书法，为什么不相信自己也能画好画呢？"这个理由说得奚凝霜无言以对。

中国人讲究太极，太极分黑与白，象征阴阳，阴阳又在某种程度上代表男女性别，或许正是因为如此，一种阳刚与一种阴柔融合在一起，更加完美，特别是琉璃集金属之坚硬与变化之柔美，所以，一切皆是机缘。

"琉璃界有一位女士，叫杨惠姗。"看着奚凝霜认真的样子，范澄喻突然觉得或许她真的可以走上这条路。

奚凝霜的目光还盯在范澄喻那张画了烟花的画纸上，一副全神贯注的样子。"不知道琉璃界的杨惠姗，倒是知道有个非常漂亮的女明星叫杨惠姗。"

"就是她。"范澄喻说完，奚凝霜错愕地转眸，看向范澄喻，"真的？"

范澄喻点头："是的，离开了星光闪闪的银幕，开始琉璃创作，也是她把琉璃艺术重新带回了中国。"

"就是那个非常漂亮，看起来文文静静的女明星吗？"奚凝霜不可思议地追问。

范澄喻笑了："当然。"

奚凝霜虽然嚷着拜师学艺，但这几天跟着范澄喻粗浅地了解了一番制作琉璃的工艺之后，深知这绝非一件简单的事，到现在，她都没找到门在哪呢！范澄喻为了教她，将新的作品设计思路告诉她，也是想用这个作品一边教她，一边实现自己的一次创作。

所以，对于奚凝霜来说，她知道这二十七道工序是要学会十八般武艺，才能摸到些门路。女明星是琉璃界大师，这和她以往对女明星们的定义有太大的出入。

"人不可貌相啊，是我有偏见了，以为女明星都是喜欢在人前光鲜亮丽，不会吃苦呢。"奚凝霜唏嘘。

范澄喻笑着说："琉璃能充分诠释坚强女人的美。"他看着他画板上的烟花，仿佛看到做成琉璃后的惊艳，目光之中的期待不仅仅是对一件作品。"这个作品恐怕会有很大难度。"范澄喻突然严肃。

时间过得很快，奚凝霜的学校就要开学了，她要回去完成最后一个学期的课程，刚刚掉进琉璃的世界就要离开，她有万般不舍，不过，她走的时候，范澄喻给她布置了一项作业。

"素描！"

"素描？"奚凝霜反问。

范澄喻一本正经地板着脸说："对，你要先学会了画，才能开始捏模。"

"师傅，你学了多久？"奚凝霜一脸难色，完全没有自信地虚声问。

"因人而异。"范澄喻的话没错，每个人对某一种艺术的理解和领会都不同，不能一概而论，"你到底想不想学吧？"

"学！当然想学！"奚凝霜急忙回答，"我画就是了。"

虽然不知道她到底能不能坚持下去，但范澄喻也是个喜欢探索的人，万一撬开了一块璞玉呢？

奚凝霜离开蠡巷的前一天，范澄喻将前几天做成的琉璃如意拿给她，经过打磨和抛光后的如意，晶莹剔透，既有玉的温润又有金属的重量和坚硬，如意内蓝黄相间，像墨汁掉入水中而变幻无常地氤氲开去，飘逸空灵，如水中舞动水袖的仙子，与之前方凝霜看到的五彩美石多了神韵。

"每天看你拿着它打磨，也没什么变化，没想到，最后会如此惊艳。"奚凝霜拿着如意左右端详，忍不住夸赞。

"送你了。"范澄喻话音还未落，奚凝霜手里的如意差一点落下去。两个人连忙托住如意，"不不不，这，这可不行。"奚凝霜把如意推给范澄喻。

"怎么不行，就当，就当，这半个月来的早餐费，不然以后我都不吃你们家的早餐了。"范澄喻眼睛一瞪，说得严厉。奚凝霜还是第一次看到他这么严厉，如果再推脱下去，恐怕他还真要生气了。

"可这，这是你的心血啊。"奚凝霜紧紧地握着如意，生怕再被自己弄掉了。

"你带着它，或许对你学习怎么画琉璃作品有些启发。"范澄喻语气缓和下来。

奚凝霜得到宝贝似的激动十分，深深地鞠了一躬，坚定地说："一定不辜负师傅。"

"也是希望你毕业之后，找到一份如意的工作！"范澄喻鼓励她。

"如意的工作？"奚凝霜重复范澄喻的话。

回到家里，奚凝霜把范澄喻送给她的琉璃如意放在自己的书桌上，仔细端详。

"这是什么？"梁慧伸手就要去拿，被奚凝霜抢先拿在手里，"琉璃。"

"什么？"梁慧没听清楚，奚凝霜得意地笑着，神神秘秘地凑到母亲跟前说，"没听说过吧？"

"那小子就是用这个东西骗你的？"梁慧还是对范澄喻有成见，听她这样叫范澄喻，奚凝霜撇了下嘴，"什么那小子，他叫范澄喻。"

"马上就要开学了，我可警告你，好好学习，最后一个学期最关键，能不能有一份好工作，就看这个学期了。这些没有意义的事少费脑筋。我让你爸爸托了城里的朋友，给你找份好工作。"梁慧边帮女儿收拾行李边唠叨。奚凝霜手里拿着如意继续端详，不知道到底在没在听。梁慧停下来的时候，她放下如意，对着母亲连连点头，态度乖巧地说："知道了，知道了。"

次日清晨，范澄喻从院子里转身向屋子里走的时候，身后有欢快的脚步由远及近，转头看了几次没有半个人影。他苦笑着摇摇头，走到自己的简易煤油炉子前，今天开始要自己做早饭吃了。

人最怕的就是习惯。养成一种习惯和戒掉一种习惯都不是容易的事。

十个月来，他都是一个人，今天怎么就突然不适应了？他自嘲自己也会对人有依赖感，这不像他，他以为自己只对琉璃有依赖感呢！不过，很快他就用工作来代替这些情绪的变化。前几天，师傅王再山托人给他带信儿，他们有一个新的作品正在研发，希望他也一起进行创作。每一个新作品，特别是高难度作品，都是学习与挑战的机会。奚凝霜走了，他也打算去师傅的厂里住几天，一起把新作品的难关攻下来。

所以，宅子黑色的木门上了锁。

几天后，巷子里传言，范澄喻一定是进城去大学里找奚凝霜去了。这传言传到奚家，可把梁慧急坏了。晚上，老奚正坐在客厅里看新闻联播，就听到梁慧突然拍着桌子说："不行，我明天要去凝霜的学校。"

"不是刚走吗？你就想女儿了？"老奚边看着电视节目边嘲笑妻子。

"想她？这丫头，真不知道被那个臭小子灌什么迷魂汤了，一个寒假每天去报到不说，现在那小子也锁门走了，你说，会不会？"梁慧不敢往下说，却敢往下想，狠狠地一拍大腿，"老奚，明天我就进城。"

老奚被梁慧这样一说，收敛了笑容。不过，回想起几次看到范澄喻，印象不坏，不像是个不良青年，拿起他的大茶杯喝了口茶，安慰妻子说："你别瞎操心了，我看那小子不像是个坏人。"

"哪个坏人把'坏'字写在脸上啊?"梁慧不高兴地瞥了丈夫一眼。

"再说,你也要相信自己的女儿。"老奚继续安慰妻子。

"我的女儿肯定好,但如今这年轻人,可不是我们那个年代,有些事,还真是不好说。"梁慧喃喃自语。

"要不你等星期天,我休息,陪你一起去。"老奚妥协。

梁慧寻思了一会儿:"你上你的班,我自己去,不能给他们时间逃跑。"像是真要去抓一对私奔的小情侣。

老奚无奈地摇摇头:"你这话说得,好像他们真的在一起怎样了似的,无凭无据,你先不要瞎想,你这么想不也是在诋毁自己的女儿吗?"显然是不高兴了。

梁慧此刻哪里听得进老奚的话,现在她只能听得进巷子里的传言,人言可畏,人言可畏,的确可畏,很多时候甚至可以击退至亲至信。

苏州城。

"奚凝霜,你妈妈来了。"

班长刚进教室就喊,奚凝霜先是一怔,立即夺门而出往学校门口跑。她远远地就看到妈妈站在收发室门前双眉紧蹙,一副心事重重的样子,没等气儿喘匀,急问:"妈,你怎么突然来了?家里出什么事儿了吗?我爸呢?"刚离开家没几天,妈妈就赶来了学校,奚凝霜只能猜测家里出事了,又不见父亲,更是着急。

梁慧瞥一眼四周,拉着女儿走到一边,"带我去你们宿舍再说吧。你不出来,门卫不让我进去。"奚凝霜去校门卫室办了入校手续。

梁慧走进校园就直奔奚凝霜的宿舍,奚凝霜一路小跑地跟在后面,从母亲这急速的步伐判断,还是家里出事了,一颗心不禁提到了嗓子眼儿。

进了宿舍,梁慧上下打量,奚凝霜的室友张颖笑脸相迎:"阿姨来了。你们聊,我先去食堂吃饭了。"说着拿起饭盒准备出去。

张颖是奚凝霜的同学,住在同一间宿舍的室友,也是形影不离的好朋友,张颖没有奚凝霜漂亮,是长相没什么特点的邻家女孩儿,乡下考出来的金凤凰,全村人的骄傲,身上背负的责任也多。

梁慧走到女儿的床铺前仔细地查看一下，开口说："哦，张颖啊，转眼快毕业了，这几天你们俩是不是都在一起啊？"

"是啊，阿姨，最近我们都在赶毕业论文。"张颖笑答，又冲着奚凝霜眨了眨眼睛。这小动作被梁慧看得一清二楚，认为这两个孩子一定有所隐瞒，脸色越发难看。

"阿姨，你们先聊吧。凝霜，用不用我帮你和阿姨也打饭回来吃？"张颖又问，奚凝霜还不知道妈妈来意，正犹豫，梁慧便说："不用了，你快去吃饭吧。"

张颖蓦然觉得气氛不对，又对奚凝霜使了个眼色，就走了。

毕业在即，其他室友有的出去做兼职，有的去约会，也都不在。奚凝霜关好门，拉着妈妈坐下，急切地问："妈，是不是我爸出什么事了？你怎么没打个电话就突然来了？"

"我倒是要问问你，最近也不给家里打电话，在做什么？"梁慧一副兴师问罪的气势看得奚凝霜大感不解。

"我在写毕业论文啊。"奚凝霜放开妈妈的手，坐直了身体，眼前的妈妈让她觉得奇奇怪怪。

"论文？谁能证明？"梁慧继续追问，奚凝霜摸不到头脑，看着妈妈愣怔了一会儿，"妈，到底发生了什么事？你再不说，我可要生气了！"

梁慧继续在女儿的宿舍里打量，每一个细节都没逃过扫描，好一会儿才稍微舒口气，她瞥一眼女儿说："今天晚上，我能不能住在这儿？"

"妈？"奚凝霜被反常的母亲搞糊涂了，转念凑到梁慧近前，小声问，"和我爸吵架了？不会啊，我爸肯定让着你啊。"

梁慧"哼"了一声，一副今晚不走了的样子，奚凝霜笑嘻嘻地说："妈，不是我不留您啊，学校有规定，不能留非本校人员过夜。"

"有这个规定？"梁慧颇有兴致地反问，奚凝霜连连点头，"那学校管不管晚上不回宿舍的学生？"

"那可不管。"奚凝霜被母亲问得越发迷糊了，"妈，你到底干什么来了？你可别说是想我了？"

梁慧嗔怪地"哼"了一声，"凝霜啊，女孩子一定要懂得自爱啊……"

"妈，你在说什么呢？"奚凝霜越听越离谱，打断母亲的话。

"那个小子来过吗？"梁慧终于进入正题。

"哪个小子啊？"

"少装傻，还有哪个？就是那个给你迷得晕头转向的臭小子，就，就用破玻璃，给你骗了？"梁慧看到奚凝霜床边放着那个琉璃如意，拿起来在奚凝霜眼前晃晃，气急败坏地抬手就要扔。

奚凝霜见状，一把将琉璃如意夺了过来，"妈，你干什么？"

梁慧总算将来意和盘托出。奚凝霜气得满脸通红，霍地站了起来，面对着梁慧，责备道："妈，你到底在想什么？你就这样想自己的女儿？"

这话和老奚说过的一样，梁慧一时语塞，咬了咬嘴唇，稍作迟疑，又理直气壮地说："改革开放了，现在的年轻人太开放，我不是怕你上当受骗吗？巷子里的人都说……"

"妈，你真应该出去学习学习，巷子里的流言蜚语，怎么能当真？时代变了，但不是变成你们想的那个样子，哎……"奚凝霜打断母亲的话儿，无奈地叹了口气，要让母亲的思想转变，恐怕不是一朝一夕的事，即便母亲一个人能转变思想，可整个巷子里的人呢？不过，她不打算妥协，因为，时代真的要变了，这一点她深信不疑。尽管母亲的怀疑和不信任让她很懊恼，可她还是压下火气，无论怎样，母亲大老远跑来，看看时间，就知道她是赶了个大早，也一定因为今天要来找她而一夜没有睡好。可怜天下父母心，她出来上了大学，不能愚昧片面地思考事情。毕竟让母亲安心，才能解决问题。刚刚母亲话中的意思是范澄喻也离开了巷子，这一点倒是她没有想到的。

"妈，你是说范澄喻也走了？"

"你走第二天就走了。哼，所以，你们是不是约好了？妈也年轻过，知道这热恋中的男女一日不见如隔三秋……"梁慧一边说一边恼，又想劝女儿不要和范澄喻谈恋爱，又自顾自地给两个人年轻人预设了一切，听得奚凝霜哭笑不得。

"妈，我们没谈恋爱，而且，我回到学校后就没有见过他。"奚凝霜不想再任由母亲去发挥她的想象力。梁慧正讲得起劲，听女儿这样一说，半张着嘴，瞪大了眼睛，竟然没有回过神儿来。

范澄喻去哪儿了？

一番安慰和保证之后，梁慧才算相信女儿的话。看样子，两个年轻人离开蠡巷之后，的确是没有联络过，那个年代移动通信不发达，他们之间除了写信，大概没有更多的联络办法了。奚凝霜也只能写信到蠡巷的宅子，她根本不知道范澄喻其他地址。

安抚住梁慧之后，奚凝霜带梁慧找了一家饭馆吃饭，那天晚上，她陪妈妈住了一宿。第二天一大早，就把妈妈送上回蠡巷的车。独自返回学校的途中，她一直在想范澄喻会去哪儿呢？走之前，他还说要认真做《烟花》这个作品，怎么会她才离开，他也离开了？范澄喻是一个闷葫芦，她怎么猜得透他的心思。

范澄喻这个男人和她认识的很多男孩儿都不太一样，她能感觉到他脑袋里藏了很多秘密，对她来说就像那个琉璃的世界一样神秘。不过，她也知道，就算是想破了头，她也是想不出结果的，毕竟除了那个宅子和琉璃，她对他一无所知。她痴痴地笑了，牵挂什么呢？难道怕学不成做琉璃？她甩甩头，不让自己再胡思乱想下去，回到学校的宿舍取了书就往教室赶。她气喘吁吁地坐在教室里，翻开书的第一页，夹着她练习的素描，这是范澄喻交给她的学习任务，不禁又让她失神，讲台上的老师在讲些什么一个字也没进耳朵里去。

梁慧刚进家门，家里的电话就响了。她接起来，听到是女儿的声音："妈，我猜你应该到家了，你平安到家，我就放心了。"听到女儿这样说，梁慧心里一软，嘴上却还不忘嗔怪："你不让我担心我才安心。我刚进家门，你算得还挺准的。"

奚凝霜憨笑了两声，"我是你生的嘛，是你肚子里的蛔虫呗。"

"就你嘴巴甜。"

"妈，那，家里没别的事儿吧？"奚凝霜小心地探问。

"你爸还没下班，能有什么事？"梁慧向家里四处打量一眼，一切如常。

"哦，没事儿就好，没事儿就好，那我挂了。"奚凝霜支吾了几句才挂断电话，其实她是想问范澄喻有没有回来？但听妈妈的口气，也是一无所

知，悻悻地挂了电话。

春天，学校的操场上有人在放风筝，五彩风筝在净蓝的天空飞舞，越来越高，越来越远。奚凝霜仰着头，看着天上的风筝良久，心底隐约有一种预感，那根风筝线会断，断了会怎么样？风筝会很快消失于视线之外。就像范澄喻吗？她问自己，难道才拜师，就变成了弃徒？这是什么师傅嘛！她低下头，风筝线并没有断，眼前的情景，也没有配合她心里的剧情，她嘟着嘴，继续往宿舍走。

张颖见她失魂落魄的样子，凑过去关心地问："凝霜，你怎么了？家里出什么事了？"

"没事儿。"奚凝霜把身体扔在自己的那张小床上，看着上铺已经被她用各种风景画贴满的床板，目光呆滞。

张颖又凑近，坐在她床边："你爸妈吵架了？我和你说，父母都是这样的，他们一天不吵架就像过不下去了似的，所以，吵是正常的，不吵才不正常。"

"哦，那他们从来就没有正常过。"奚凝霜的神思游离，说得漫不经心，张颖听这话一怔，再看奚凝霜那副魂不守舍的样子，伸手推了推她，"你没事儿吧？"

奚凝霜没回，直盯盯地看着上铺床板，叹了口气，才说："张颖，这个假期回家，我遇到了一个怪人。"

"啊？你谈恋爱了？"张颖尖声喊，奚凝霜像被她喊醒了似的腾地坐了起来，"你瞎说什么呀？"

张颖眨巴几下眼睛，扑哧笑了："你看，你看，还想否认，你这失神落魄的样子，我还能不知道？"

奚凝霜气得翻过身去："你们这些人啊，天天就知道谈恋爱。我才不是……"话还没说完，脑海里浮现出范澄喻那副腼腆的笑脸，她就说不下去了，紧闭上眼睛，"我是发现了一件非常有意义的事情，谈什么恋爱啊！"

"快说说，到底是个什么样的怪人？"张颖也不和她争辩，执着地反问她。

奚凝霜又坐了起来，把自己床头的那个琉璃如意拿给张颖看，"就是它。"

"玻璃？"张颖一脸疑惑，看精神病似的看着奚凝霜，她目光里的不解，又让她想起了范澄喻，她突然正色，范澄喻一定经常看到这样嫌弃的目光吧？她夺回张颖手里的如意，垂目看着如意说："这叫琉璃，中华民族遗失了几千年的制作工艺，现在重新回到了中国，过年回家的时候，我认识了一个会做琉璃的人，他很执着，也很有想法，我想和他学做琉璃。"

奚凝霜一边看着琉璃如意，一边说，说得很投入，没有看到张颖那脸不可思议的表情，当她抬起头，看张颖的时候，蓦然觉得她脸上的表情好像在看一个怪物。见奚凝霜看着自己，张颖回神笑了笑，深吸了一口气，"我现在明白你妈妈为什么要来看你了，凝霜，你没事儿吧？"

奚凝霜学的是财经专业，经济复苏的年代，这个专业特别的火热，毕业之后，也不愁找不到工作。工艺品？那都是没有上大学的人，自谋生路才会选择的事，所以，她的话张颖根本不能理解。张颖还是认为奚凝霜一定是恋爱了，只有恋爱中的男女才会智商为零，头脑发昏。

"那个手艺人很有钱吗？"张颖的这个问题，问得奚凝霜一怔，"什么？"

"不然，怎么会去做这些东西？不找份稳定工作。"张颖第二句话抛出来，奚凝霜翻了个白眼，"好了，好了，我和你不是一个世界的人。"

梁慧走的时候，偷偷和张颖说让她帮忙看着奚凝霜，万一有什么事儿，就打电话给她，张颖当时还觉得是梁慧小题大做，现在，她和梁慧完全站在同一战线上了。她抢过奚凝霜手里的琉璃如意，又看了看，她承认，那个琉璃如意确实有点与众不同，但现在的张颖恨不得把它当成魔法石，觉得这东西肯定是给奚凝霜施了什么咒语了。

第二章　落叶满空山，何处寻行迹

　　琉璃的技艺可追溯到商周时代，到春秋战国时期就已经有了高度的发展。起初，厚重的青铜、华丽的景泰蓝、质感的陶瓷遮掩了琉璃的光彩和它的清灵，然而琉璃的华彩逃不过那些具有独特美感的中华文化工匠的眼睛，它开始召唤许许多多中华儿女，重新回到孕育它的地方。

　　越美越浑厚越宏大就越需要时间堆积，亦要经过冷却的考验，最终连时间都不能让其沉默。

　　范澄喻带着他画的草图来找师傅王再山。王再山五十多岁，个子不高，脸庞好像长年被炽热的烧炉烤成了黑红色，稍有点发福的肚子，也是手工艺人一坐数个小时的结果。他把范澄喻画的《烟花》图纸拿在手里，双眉紧蹙。见师傅不吭声，范澄喻心下也有点紧张，半天才开口问道："师傅，您觉得可行吗？"问得小心翼翼。

　　王再山深深地吸了一口气，再缓缓地释放，他的肚子也跟着起伏，抖了抖图纸，挑目看范澄喻："你想怎么做？"不答反问。

　　范澄喻这几天在画这幅作品的时候就一直在琢磨怎么实现这个作品，他认真地回答王再山说："我想过两个办法，一个是做成平面的，用琉璃的色彩来表现烟花的形态；另一种就是做一个空中绽放的烟花出来，当然第二种最好，毕竟第一种只能让人去想象，太抽象，而第二种就不同了，绽放的美感可以让它有很多不同的意义。"

　　王再山轻轻一笑，"年轻人的想法就是多，不过，想法虽然好，但实施起来的难度很大，你不知道吗？"

"知道。"范澄喻语气之中的失落很明显，就是因为难，他才跑来找王再山，希望有那么一点可能。范澄喻两只手不停地揉搓着，像个犯错的小孩子，垂目看着自己画的图纸。

王再山看他那副样子，摇摇头，叹了口气："澄喻啊，你应该知道，琉璃最大的特点就是有些是可以控制的，有些不可控制，你想用它自然流淌的痕迹来表达烟花绽放的形态的可能几乎为零，反而破坏了琉璃的自由性，你觉得可行吗？"

范澄喻抬头看着王再山的目光中充满希望，轻声说："制作成功率不高，烟花绽放的线条太多，也太细太密，难在脱模工艺，几十个线条，只要有一个敲坏了，一件作品就毁了，恐怕不是件容易的事儿。"

古法琉璃的脱模工艺，就是将在石膏模里烧好的琉璃，待其降温冷却后从炉内取出，小心拆除石膏模，取得琉璃作品的粗胚。如果琉璃的线条过细、过密，就很难拆解出来，或者在拆除过程中断裂破碎。

王再山继续说："就算拆除成功了，那研磨抛光呢？"说着，似已陷入制作这个作品中般沉思。

古法琉璃的研磨抛光，是将作品不断重复地打磨，直至使琉璃的光泽透射出来，展现晶莹的质感。

"你可知道，这两道工序基本是一件作品最后的工序了，万一有意外，那前面的一切都会功亏一篑。"王再山思量了片刻后，看着范澄喻说道。一件琉璃作品制作的时间可不是一天、两天，十几天到几十天都有可能。

"虽然难，但还是有可能的，是吗？"范澄喻声音微颤地问王再山，心底激动之情不言而喻。他也想过会难在脱模工艺，但无论怎样，还是有几分可行，就这几分可行，就能让他有跃跃欲试的冲动。任何艺术创作的初期，大概都是由那点不信邪、不服气的心气儿支撑的。

听他这么一说，王再山转目看着范澄喻，的确有可能，但其代价，他无法预估。他放下图纸，语重心长地说范澄喻说："澄喻，听我一句劝，有些理想可能需要不计成本才能实现，但你我还没有到不计成本的时候，这可都是要真金白银去实验啊。你总要有了生活的基本保障才能创新、创

造，实现自己的梦想吧？"

王再山说得没错，他们哪有那么大的财力去做创作实验呢？范澄喻不是不懂这个道理，但心底的那点执着，偶尔会让他失去理智。他一边点头，一边忍受着心底的抗拒，不过，至少他知道还是有可能实现的，这无疑给了他鼓励。

王再山看着范澄喻，心知他不会善罢甘休，也许回去了，还是要亲自试试才能服气。他比谁都能明白，曾经，他也如此。所以，他知道这个作品要面对的挑战是什么，但这一行，谁不是从不断的打击与失败中走过来的呢？他觉得范澄喻年轻气盛，总想有一两个特别的作品，这些想法，他又何尝不能理解呢？历史就是一遍遍相似地上演，不同的只是演员换了一批又一批。过来人经常会把自己的经验告诉后辈，大抵是想避免其重蹈覆辙，但后辈都有一颗实现奇迹的心，该说的都说了，该劝的也都劝了，王再山不再多说，有些事就一定要试过才能死心，他更明白的是这一点，他看到范澄喻两眼放光的样子，多半是要一试才肯罢休了。

王再山的唇角不经意地流露出一丝笑意，眼底亦闪烁着光芒，这算是考验，但他心底会期待着范澄喻真能让奇迹出现，这样就能重新激活他那些被磨掉的激情。做琉璃这么多年，别的经验先不谈，就失败的经验，他可是攒成了小山。心念至此，他的目光也跟着瞄了一眼院子角落处堆成山的琉璃废品。

世间万物皆大同，所谓圆融，还真不知道是不是最好的，但至少琉璃作品是，越圆润越好。

"既然你来了，就别白来，前几天我做了一个作品，正好今天开炉，干脆你帮忙完成拆除石膏吧。"王再山起身往他的炉房走，范澄喻应着跟在后面，"师傅这次做了什么？"

"千手观音。"王再山说得云飞雪落似的轻松，他垂着头，不知道这算不算一种巧合。

"千手观音？"

范澄喻看着王再山打开炉子，取出石膏模。"师傅，你太厉害了！"千手观音，可想而知会有很多手和手臂，每只手上有五个手指，每个手指都要清晰可见，他见过泥塑的、画的，就是没见过琉璃的，这可是一件大作品。

"就这一个？"范澄喻见炉子里只这一个石膏模，惊讶地问王再山。

做琉璃的都知道，琉璃制品的失败率接近百分之七十，王再山敢只烧一件，足以说明他对这个作品的把握。范澄喻对王再山佩服得五体投地，惊喜地半张着嘴，良久没说出话儿来，不过，另一个念头又浮上心头。这么一件独一无二的订制作品，拆除工作交给他，其中的艰巨和信任是不言而喻的。

蓦然间，范澄喻好像意识到了什么，他抬眸看着王再山，眼底尽是感激之情。王再山却仍是垂目看着那个石膏模，片刻后才说："你可仔细着点儿，别给我敲坏了。"

"师傅……"范澄喻哽咽，这个作品肯定是王再山的倾心之作，能交给他来拆除石膏，除了信任与培养，还有就是对范澄喻的支持，为他要做的烟花进行提前训练，他领会到王再山的良苦用心。

"怎么？不敢？"王再山严肃地看着范澄喻。范澄喻被他这一问，瞬间收起他的感动，正色看着王再山，郑重地点头，应战。

范澄喻突然想到了什么似的问王再山："师傅，真的有四十二只手？"

王再山笑得有些不怀好意，笑而不答的神情，就是答案，范澄喻觉得背上突然像是背了一座山，反正无论怎样，他都打算试试，不经过八十一难，怎么能取得真经？他不知道这算不算在安慰自己，路是自己选的，必须坚定地走下去。

之后的几天，他把自己关在王再山的工房里，与世隔绝，每天近十个小时的工作，细细地拆除，那手指的细微处，耗时之长，不是普通人可以想象的。

王再山每天都过来看范澄喻，进进出出几次，范澄喻都不知道，他那入定的劲头，王再山能懂，所以也就不像奚凝霜那么稀奇。只有在吃饭的时候，才走到范澄喻身边，又不敢出太大声儿，生怕他受了惊吓，一不小心拆坏了。所以，总要好一会儿才能把范澄喻这个活动着的人喊醒。范澄喻总会看着王再山憨笑，看他那双眼睛，王再山就知道他的脑子根本没有

醒过来,还在那琉璃里呢。

"吃饭,吃饭。"王再山温声说着,生怕惊到一个梦游的人。

范澄喻的魂儿,渐渐归位,人才有了活气儿,恍然回神说:"师傅,我交点伙食费吧。"他难为情地挠挠头,每次来这里,都在王再山家里吃喝,让他有点过意不去。

王再山瞥他一眼,"你将来能做出点名堂来,就算是报答了,我看你这小子这一年来,也没把你的作品变成钱吧?这可真是烧钱的玩意儿。"

过来人眼光就是独到,范澄喻学成之后,自己建了烧炉,一直在做各种实验,打磨自己的工艺水平,要说赚钱,还是王再山有几次让他一起分担几个订单,他才没饿死。

"我还有些积蓄。"范澄喻一脸羞涩地憨笑。

王再山只管往屋外走,根本就没理会范澄喻的话。范澄喻走到院子里的水池旁边洗手,看到王再山的老伴儿正在另外一间忙碌着摆饭桌,连忙喊了一声:"师母,辛苦了。"

王再山的老婆也是老实人,她觉得他们才辛苦,听范澄喻说"辛苦了",一时答不出话,只抿着嘴笑了笑,温声说:"赶紧吃饭吧。"

这个琉璃工坊,虽然另有主人,但所有的烧制工作都交给了王再山,王再山带着几个工人,在这里吃住。那些工人和范澄喻不同,他们只是为了赚点工钱养家糊口,所以分别负责琉璃制作的其中一道工艺,没有一个像范澄喻这样二十七道工序全学了一遍的。所以,他们在外面的大房间里吃饭,而范澄喻吃小灶似的和王再山夫妇俩在里屋吃饭。

师徒二人就经常在饭桌上,聊些和琉璃有关的事儿,讨论如何去攻关技术难题。王再山突然和范澄喻说:"最近,有一批新订单,老板让尽快做出来,幸好你来了,那个千手观音像还就只能交给你了。"

"什么订单啊?"范澄喻顺嘴问了一句。

王再山喝一口小酒,继续说道:"越来越多的人下海经商,经商的人都想发财,从古至今,商铺里摆的最多的是啥?"

"元宝?"范澄喻瞪大了眼睛,没咽下去的菜把腮帮子撑得鼓鼓的。

王再山瞪他一眼,拍着大腿摇头,"你这小子,做工艺品的基本功就没学好。做工艺品为了啥？美观只是其一，还要有美好的寓意。寓意这就有文化了，中华五千年文化里面的东西可多着呢，求富贵的就要想到牡丹，求余庆就要数锦鲤，那求财就是财神、貔貅、蟾蜍啊！经商的人求财，都愿意在店铺，或者办公室里摆上个吉祥物。所以，我预测啊，接下来，这蟾蜍的订单不会少。"

"蟾蜍？"范澄喻停下筷子，"师傅，为什么不是貔貅啊？"他一脸认真。

王再山笑着凑近他，"傻小子，这就不懂了？貔貅太小气，只进不出啊！那是要把别人的钱拿来。蟾蜍和它正相反，负责吐钱的，这就是一个主动一个被动，和气生财嘛，当然主动拿钱出来的比被动吸财好了！"言罢，放声大笑起来。虽是玩笑话儿，但范澄喻和王再山的老伴儿听着有点道理，跟着笑了。

"不过，师傅，这算不算迷信啊？"范澄喻收了笑声，"真要是能摆什么就如愿以偿，人都不用劳动了。"

"嗨，这不就是图个吉祥嘛。小子，什么事儿可都不要太较真，太较真了，那是跟自己过不去。"王再山说着，又一杯小酒下肚了。

范澄喻知道，对王再山来说，这并不是一件难事，王再山就是这个行业里的活教科书，他突然又抬头看着王再山问："一炉能烧几个？"

"最多四个。"

一个炉子里出来的成品，要么全部成功，要么全部报废，可谓是一荣俱荣，一损俱损。

范澄喻又问："多大？"

"25厘米立体。"

"这么大？"范澄喻不免有些担心，至少以他现在的水平，他不敢保证百分之百成功。

"怎么样？想不想和我一起试试？"王再山这一问，范澄喻坐直了身体，任何他没有经历过的，他都想尝试，这就是初学者的心态。

他连忙点头。

范澄喻含蓄地笑着，继续吃饭，脑子里盘旋起琉璃蟾蜍的制作工艺。

蟾蜍的显著特征就是那个大大的肚子，许多中国画里，画蟾蜍的时候，还会在蟾蜍脚下画上一个大大的元宝，加上许多铜钱儿，这样才有招财进宝的寓意。这个作品的难度就是厚度，实心的肚子，几乎占整个作品的三分之一，厚度大的作品，最考验的就是烧制时间和冷却时间的判断和把握，非一般师傅能胜任，一定要有丰富的经验才能有这个判断力。

制作琉璃有其特殊之处，很多手艺人都是功到自然成，但琉璃还真是需要点灵感。对时间、对温度的把握，与天气、空气湿度、温度，作品的大小、薄厚都有关系，哪一个环节失误都不行，这些工艺也无法用计算机和机器代替，算是真正的人工制作。即便有些能用机器制作的作品，都是非常小，或者工艺要求不高，观赏和艺术价值也就大打折扣，这是现在，在八九十年代，还没有机器制作的琉璃。

喜欢琉璃的人，就因为喜欢它的变幻莫测，柔中带刚的美，自然要求都高。所以，好的琉璃制品一定是纯手工完成的。

如今，我们经常看到的琉璃制品，多数经过几十年的进步，工艺已经成熟，但在八十年代，二十五厘米立体蟾蜍，对他们来说绝对是考验。

王再山也是实干派，马上找来油泥开始捏模。这道工序不难，像王再山这样的老师傅做起来得心应手。蟾蜍制作难在烧制与冷却时间的判断，王再山紧锁眉心，边雕蟾蜍，边思考。范澄喻继续去拆他的千手观音，休息的时候也在想这样厚度的实心蟾蜍到底烧多少时间合适，但终究是经验尚浅，想不出个所以然，只是每天和王再山交流的时候，一边学习，一边听。但他现在最重要的任务还是那个千手观音。

范澄喻拆石膏模就拆了七天，相对于很多作品来说耗时比较久，可想而知，他要做的《烟花》线条更多、更细，难度也就更大。他边拆千手观音，边在心里总结经验。为了他的《烟花》是耐足了性子，细得不能再细，总算完好无损地把千手观音的石膏模拆掉了。王再山验收的时候，颇感欣慰地点点头，松了口气。老实说，这七天，他也是提着一颗心，不管怎么说，这尊观音的成本可不低，也独此一件，带了范澄喻几年，他觉得这小子应该能行。可万里长征才第一步，接下来，仍旧是一道道的考验，王再山都不知道他哪来的勇气拿这么重要的订单给范澄喻练手，不由得又觉得这小子命好，能赶上这部作品，至于能不能成，就看他自己的造化了，也算他这个师傅一番苦心。

"接下来，开始打磨抛光吧，你要小心一点，不要受伤。"王再山看看范澄喻拆出来的千手观音说。

古法琉璃的品质鉴别可以参照玉石，有六条标准，即"色、透、匀、形、敲、照"。首先，色，好琉璃的色泽艳丽，表面光可鉴人，流光溢彩，而成色差的琉璃表面黯淡，光泽度和鲜艳程度都差。透，不同角度注视有不同的观赏效果。要达到这两点最重要的一道工序就是抛光。加沙打磨和抛光对普通的作品来说可能不是最难的一道工序，可对眼前的这尊千手观音来说，就有难度了。所以，古法琉璃的制作难度在哪一道工序上是根据作品决定的。

打磨抛光是细活儿，又因为千手观音细节太多，操作起来，势必靠眼力和手的灵活敏感度，范澄喻刚松一口气，又提一口气。这七天，他明白了自己要做的烟花比千手观音要难上加难。看着被他拆掉石膏初露模样的千手观音，那些手臂可比他设计的烟花线条粗多了。王再山突然笑道："怎么样？要不要放弃？"

范澄喻苦笑："不放弃。"

王再山没有继续劝，只等着打磨抛光之后，再看他是不是还这么坚定，"你的烟花和我的蟾蜍，一个极细，一个极厚，一个考验技术，一个考验脑袋啊。"

这话不假，范澄喻不禁笑了。

师徒二人，各处一案，分别埋头做事，工作室内只能听到一些细碎的抛磨、雕刻的声响。王再山手中的蟾蜍早就雕好了，单是处理细节又耗了几天，包括蟾蜍身上的毒瘤，连眼睛都再三雕琢，有了神韵，眼看着一眨眼它就能纵身一跃，跳下案台一样，栩栩如生。王再山放下手中的刻刀，看着眼前的作品，笑意直达眼底，这算是过了自己的一关。这边正满意地端详手里的雕塑，突然听到一直很和谐的"嚯、嚯"声断了一下，随之一个声音，闷得很，才爬上笑意的脸倏地严肃下来。他抬头去看范澄喻，果不其然，看到他一脸的痛苦。

"伤着了？"王再山忙问。

范澄喻额头上瞬间渗出汗珠，钻心的痛从指尖一直传到心尖，痛得他一时间说不出话来。王再山放下手里的东西，起身走过去看，范澄喻这才喘上来一口气，说："没事儿。"

王再山脸上并无太大波澜，这种伤，对他们来说，太多了，多得已经记不住手上那些疤痕到底有几条了。"去你师母那上点药。"他淡定从容地说道。

范澄喻指尖的血已经流了一手，看得人触目惊心。"看看，这个作品上有了你的心血了，一定是部好作品。"

王再山喊老伴儿过来帮范澄喻包扎伤口，一边说，"今天，就先不做了，你休息休息。"

"我没事儿，我还……"范澄喻正干得起劲。他刚刚给其中一只手指上的纹理抛光，用力过度，他感觉到手上的力度不对，想收点力，没想到碰到自己的手指，直接给自己的手指抛了光，十指连心，着实让他吃了点苦头。

王再山根本不理会他，有时候，他会纵容范澄喻的任性，但有时，他还是会强势地下命令。范澄喻了解师傅，见王再山严肃的神情，说了一半儿的话咽了回去。其实，指尖那阵阵钻心的痛，即便他强撑着继续打磨，又怎么能更好地完成任务？这一点，他懂。

王再山回到自己的位置上，继续修他的蟾蜍蜡模。手受伤了不能干活，但眼睛还可以学习，范澄喻就凑过去看，看王再山雕模，自叹不如地说："我什么时候能达到师傅这样的水平呢？"

"就这？"王再山瞪大了眼睛，"你能不能有点出息？这是基本功，日子久了，就成了。你要把心思放在其他几道工艺上才行。说说吧，你有没有想法，烧多久？"

范澄喻沉思良久，摇摇头，"难。"

王再山哼笑了一下，继续雕。范澄喻便追问："师傅是不是有什么想法了？"王再山不言语，范澄喻便知道，王再山心里一定已经有打算了，他没有追问，他们这些做琉璃的人，都这副样子，神秘得跟琉璃似的，你最好别猜，因为，肯定猜不对。

然而，这不问也是一种默契，那种感觉，才是一切艺术的来源。

经过王再山细细雕琢的蟾蜍模型终于完成了，范澄喻直说，哪怕不烧，单这雕模也可以摆放了，真是生动逼真。接下来要进入第二道工序，准备涂抹硅胶，制作硅胶模。

王再山转身到墙边的案台上调硅胶油，调好的硅胶油拿到案边，坐下，再次打量他雕好的蟾蜍模型，蟾蜍背上凹凸不平，最考验他涂硅胶油的技术。

原来做琉璃根本就是学海无涯，永远都可能出现新的高度和难度。范澄喻没敢吭声，静静地站在王再山身后，等着他涂硅胶油。

王再山将小油刷拿在手里，又轻轻地落在雕塑上，油刷涂抹的轨迹，仿佛书法家在书写一部书法作品，起起落落，刷头粘在雕塑上面，不曾离开过。看得范澄喻惊叹不已，"师傅，每一次来，我都有新收获。"

"小子，学着吧。"王再山很自豪地边涂边说。的确，这技术绝不是所有人都能轻松驾驭，哪里轻，哪里重，在这个崎岖不平的蟾蜍雕塑上，全凭手感来掌握，没有个十几年的功夫，根本做不到。

涂硅胶的目的是给接下来的蜡模做阴模，内部空心，形成空心模后，才能将适合熔点的蜡倒入其中，制成蜡模，此后才是传说中的脱蜡琉璃制作工艺，这才是第二道工序，已经经历重重考验。

不过，硅胶油的涂抹除了需要技术还需要耐心，毕竟，前前后后要涂三层，而每一层都要等涂好的硅胶彻底干透，才能进行下一次涂抹。

王再山将挂在胸前的眼镜戴上了，范澄喻便知道，他要开始处理细节了，也跟着把脑袋凑过去，王再山却停下来，转头看着他，"你把光线都挡住了。"

范澄喻这才回过神连忙伸手，把台灯端在手里，替王再山照亮。

师徒二人屏气凝神地看着小油刷在整个雕塑的每个细节之处游走，不漏掉任何一点死角，才一起喘上一口气。王再山将雕塑放下，说："等着吧。"

硅胶油涂完需要一段凝固的时间，待凝固后，还要进行同样的两次涂

抹，一共三层，才算是完成硅胶模的制作。

他看看范澄喻的手，"得，咱爷俩儿可以先喝一杯去了。"

"师傅，你到底打算烧多久？"范澄喻心里还在惦记着这件事，王再山仍然不言语，抬起屁股就往屋外走，范澄喻跟在后面。

"急啥？再等等，再决定。"王再山头也不回地边走边说，范澄喻本以为王再山胸有成竹了呢，万万没想到师傅会这么说，不禁笑了。他突然明白那种感觉，那些创作中的不确定和精益求精的心情。

因为蟾蜍雕塑太大，第二天下午，第一层硅胶模才干透，王再山又进行了第二层的涂抹。硅胶和硅油的调和比例也是有严格的要求的，这关系到所制阴模的延展性和韧性，也就关系到蜡模制作，所以必须严格对待。范澄喻手指上的伤口还有点隐隐作痛，他的心就已经长了草似的闲不住，总想继续打磨抛光千手观音，又怕王再山反对。王再山洞悉他的心思，硬是不吭声，这沉默就是命令，范澄喻连请示的心思都没敢有。

此刻的范澄喻就仿佛不知在哪里沉睡了几千年的琉璃，创作的源泉在体内流窜涌动，随时等待一个契机喷涌而出，但又总差那么一点儿，他不知道差在哪儿，但他知道自己有这份热爱，就一定会成功。

所以，这个时候的人啊，看在过来人眼里，最有趣。就像现在的王再山，任由范澄喻前前后后、里里外外地转悠，就是不和他搭话儿，认认真真地做涂他的硅胶油，范澄喻只当师傅全神贯注，不敢打扰。王再山心里知道，做琉璃的修行可不是三年两载就成的，范澄喻虽然学会了二十七道工艺，但做到不同程度的作品时，还会碰到各种各样的难题，而遇到这些难题，甚至能让他怀疑自己。

现在范澄喻只是受了点小伤，必须忍住心急，不能操之过急，何况他要做的可是细活儿，慢工才能出细活儿，王再山是故意磨磨范澄喻的性子。

那些看似偶然的事情，就像冥冥之中早有注定，王再山瞥了一眼摆在那儿的千手观音，四十二只手拆除不容易，打磨也不容易，范澄喻若不沉下心来好好想想他为什么会伤到手，恐怕后面的打磨还是要出问题的，想到这儿，他的脸又沉了下去。而他这一沉，正好让范澄喻看到了。

跟了师傅两三年，他还是有些了解王再山的脾气，不禁静了下来。他猜，王再山一定是对他有所不满意，目光再次落在千手观音上面，不像刚刚那么急躁了。

凝思片刻后，脑子里不断地闪回王再山在教他做琉璃时，那么些看似不经意的话儿，他猛然间有所顿悟，就转过头，看看正在涂硅胶油的王再山，看着他认真沉稳的样子，不由惭愧得红了脸。师傅已经技艺超群，仍然能沉心做每一个细节，不急不缓，有条不紊，这才是保证成功的根本。他拿起千手观音，吹掉上面的细尘，又找来一把小毛刷，一点点去清洁上面的杂质，细细地端详，揣摩。

王再山眼睛并没看他，但唇边不觉向上扬起，得意之色一闪而逝。就这样，师徒二人又在工房里待了一天。

王再山有个习惯，每顿饭都要喝点老酒，不多，二两足矣。他总说，搞艺术创作的人都要喝酒，当酒精将神经麻醉到一定程度的时候，那种飘飘然的状态，可以打开被任何原因禁锢的灵感闸门，才会有好的作品，而下手，也会有神来之笔助力，所以，酒仙才是这世上最大的艺术家。

范澄喻也不知道师傅的这些话是真是假，但他还是没有学会喝酒，偶尔也只是浅尝，大概他体内和酒精作对的那些细胞太弱，还没等战斗几个回合，必然败下阵来，那时他整个人就只有去周公那报到的份儿，根本等不来酒仙驾临，就更谈不上灵感突破了。

王再山收范澄喻为徒之后，几次想培养范澄喻也成为他的一个好酒友，可范澄喻的酒量实在是太差，还没等他酒劲上来一抒胸臆，范澄喻就两眼一闭，梦周公去了。王再山见此总会说他的人生少了几分乐趣，在这酒中的乐趣。但有的人就是酒量不济，很难培养，范澄喻偏偏是那个清醒的时候才灵感闪现，创意不断的人。

晚饭的时候，王再山又倒上了他的老酒，对范澄喻说："怎么样，和那个千手观音温存了一个午，有感情了吧？"

被王再山这么一问，范澄喻不禁怔住了，瞪着眼睛看了王再山半天儿，才回过神来，领悟了师傅的意，"有，有，还真有了。"他笑着回答。

王再山笑得更深了，"这才对嘛，手工制作的意义是什么，除了技艺，

还有情感啊，你要对你的作品有感情，才能把灵魂注入进去，这样，你的作品才和别人的不一样，懂吗？"

范澄喻连连点头，"师傅，和您在一起，真是学无止境啊。我明白了。"

最初的两年，王再山不过是把古法琉璃的制作程序教给了范澄喻，那些都是死的，如行尸走肉，有形无神。如果范澄喻一去不回，那他也就和外面吃饭的那些工人一样，只是一个制作工具。要想做出点名堂，哪一件工艺作品、艺术作品不是靠人文精神和灵魂赋予的生命力？这要有此心意的人才能悟得通透，才能真正地投入其中，然后再传承下去，因为会爱上琉璃，"爱"这个字实在是太玄幻。

"所以啊，你不要以为是在浪费时间。"王再山等范澄喻真的沉下心了，才和他说这些话，就是想看看范澄喻是不是想往深里走。

范澄喻到底还是喜欢琉璃的，王再山一说，他就懂了，腼腆地笑着说："师傅用心良苦，差点就被我辜负了。"

王再山闻言，便不再说下去了，只顾着喝自己杯里那点小酒，只到他每天定量的二两老酒喝完了，才捧起一大碗米饭吃起来。

艺术创作这点事儿，只能意会，不能言传，即使是言传，领略不到其中深意也是枉然，这话儿说到一半儿，能接住的就不必多言，接不住的，你就是再多说个几遍，也是白费力气。此刻，这师徒二人感觉心意相通，人生得一知己足矣，得一好徒，更是无法言喻的幸运，能培养出第二个自己，那比什么作品都有成就感，王再山心里就这么想的。当初，他看范澄喻做事入定的劲头，就觉得这个小子是块材料，只是不知道他能坚持多久，现在，有才华的人不少，但做事情有恒心的才少得可怜，也弥足珍贵。过去的基础学习此刻看来皆是序章，现在才算真正的开始。

范澄喻哪里知道王再山有这么多想法，只觉得王再山是琉璃界的宝藏，他脑子里的东西，挖也挖不完，什么时候自己才能练得师傅的技艺，这辈子都知足了，就可以肆意地去创作，去完成自己的梦想。

饭桌上的三个人，大概只有王再山的老伴儿最对得起这桌子菜，今天的鱼烧得有点咸了，明天再少放一点盐，饭也硬了，他们怕是吃完胃会不舒服，想着，伸手分别给师傅二人舀了一勺汤。

"师傅,我看明天我这手就好差不多了,要不我继续抛吧?"范澄喻这一次不是因为着急,他的手休息了一天,已经不那么疼了。

"行。"王再山回答得干脆。

得到师傅的首肯,范澄喻不禁笑了,师徒二人惺惺相惜,实属难得。

第二天清晨,王再山和范澄喻一前一后来到工房里,其他工人还要两个小时后才来上班,这师徒二人都有一个想法,早来工坊里没有那么多闲杂的声响,更适合边做边思考。

"师傅早,这是第二层?"范澄喻先走到王再山的案台前,弯下腰端详案台上的涂好硅胶的蟾蜍雕塑,抬腕看看手表,算起来已经超过已经24个小时了,应该凝固得没问题了。过去他们制作的作品小,2—4个小时基本能完全凝固,但这个蟾蜍相对来说体积比较大,王再山延长了等待凝固的时间,两层各按10个小时计算。

王再山不用看手表,全凭他的眼睛,也看得出硅胶凝固程度有没有达到他的标准。

"这东西,将来一定还会有人订制,硅胶模要做结实点。"王再山摸了摸,随后就坐下来,开始涂第三层,就这样,他一天的工作开始了。

一个好的硅胶模可以反复使用,等有大批量订制产品时,就不再重复这道工序,所以,硅胶模的制作用在量化产品上,需要考验其耐用性。急欲完成硅胶模的人会加入过量的硅油或硬化剂,虽然可大大地缩短硅胶凝固成型时间,但会造成硅胶延展性不够,影响后面拆作品的蜡模,环环相扣的工序,容不得半点马虎。

见王再山开始工作了,范澄喻也回到自己的案前,先是盯着那尊千手观音半晌儿,才戴上手套,把它拿在手里,按下抛光器的开关。这一次,他更加仔细了,不但细细地打磨手臂,将每一个手臂都打磨抛光得圆润光滑,甚至手指上每一个指节的细微转合处都抛光得精细,一边抛磨一边忍不住佩服王再山的雕工。如此精致的工艺,是十年磨一剑的本事,多少光阴和血汗融入其中,这份价值该如何估算?越是如此,范澄喻越觉得自己差得太远,路仍漫漫。

第三层的涂抹要比之前两道涂抹容易一些,毕竟硅胶模是阴模,重点

在其内部的细致，以便浇灌蜡模，使其还原雕塑。王再山放下手里的刷子，走到范澄喻背后，看他打磨，一边不住地点头，脸上笑意融融，这回算是满意了。只是，看到范澄喻才完成了四分之一，还有几十只手和手臂等着他，等他圆满完成，再赞许不迟，就转身出了工房。

王再山的蟾蜍阴模终于完成了，脱模下来，十分成功，浇蜡就是比较简单的工序了，第一次新作品的浇蜡都是他亲自上阵，确保万无一失。

这道工序不难，范澄喻没去围观，把心思用在王再山交给他的任务上，不过，四十二条手臂打磨一半之后，他进入了困难期。王再山浇好蜡模出来的时候，看到范澄喻正在院子里一圈一圈地转，再看他紧锁眉心，心里咯噔一下，不过，马上又平静下来，他想应该不是出什么大的问题了，不然范澄喻肯定不止是在院子里转圈。

"运动运动不错，不然，你也快成一尊佛像了。"王再山故作轻松，打趣儿范澄喻。

范澄喻见师傅出来了，几次欲言又止，看得王再山着急，"有话就说，这婆婆妈妈的性格能找到老婆不？"

被师傅这么一说，范澄喻无奈地叹了口气，"师傅，已经打磨了二十几只手，可我觉得没有一点进步，而且速度越来越慢。"

"做啥不都有个瓶颈期，既然你懂这个理，就不知道熬过去？手艺是要练的，哪能一朝一夕就能信手拈来？有的人是做了一辈子，才纯熟得毫无破绽。你想这二十几只手就能练多好？是不是想得太多了？"王再山放下半个心，只要作品没出什么大问题，就好。就算他有心培养范澄喻做《烟花》，但终是不希望他的千手观音有闪失，每一个作品都是钱和心血堆出来的，他雕千手观音所耗费的时间不比这蟾蜍短，他心疼着呢。

范澄喻懂，但懂道理和能做到可是两回事。

"你要是心躁，就在院子里再多跑几圈儿，把那些浮躁的心思跑没了，再进去干。"王再山板着脸，这种时候，他从来不纵容范澄喻。

范澄喻没应声，闷头接着在院子里跑，越跑越快，直到大汗淋漓，上气不接下气才停下来。王再山泡了一壶茶，坐在院子里的茶台前喝得津津有味，见范澄喻停了下来，又洗了一个杯子，给他倒上一杯热茶，范澄喻坐在王再山对面的小板凳上喘气,"先别喝,等茶凉一凉。"

范澄喻一边擦汗,一边看着热气腾腾的茶,现在他只想跑到井边喝两口清冽的井水,哪里喝得进去热茶?他刚要起身,被王再山那双严厉的眼睛一瞪,顷刻像被钉住了似的,屁股愣是没抬起来。

"坐着,等茶凉。"王再山说完,自己一边喝茶,一边扇着手里的蒲扇,一会儿工夫,茶上的热气无踪,他拿扇子指指茶杯,示意范澄喻可以喝了。

范澄喻端起茶杯一饮而尽。

"怎么样?舒服点没?"王再山问,血气方刚的年轻人,偶尔耐不住性子是人之常情。被这阵运动消耗了体力的范澄喻觉得心里平静了许多,点点头。

"千手观音有四十二只手,你的烟花呢?需要多少线条才能有华丽的绽放感?你想过吗?"范澄喻盘算着图线上自己画的烟花,他还真没去数过有多少线条。

"四十二你都耐不住,那些细细的烟花线条,你怎么做?"王再山追问。

范澄喻沉默地垂着头,"师傅,烟花这个想法是不是太过理想化了?"

王再山又将他们的茶杯倒满,这些天,他在做蟾蜍之余,脑子里也替范澄喻盘算过,烟花的成功机率有多少。

"任何创作都是因理想而起,理想化就意味着难度,有难度去挑战,去克服,也是正常的事,但也要考虑到合理性。"王再山慢条斯理地说着,"不过,不试试怎么知道结果?"

范澄喻看着王再山,充满了希望,只是王再山抬眼看着他说:"但你有没有想过,一件工艺品的价值是什么?"

"美感,美好的寓意,美化人们的生活,给人们带来幸福感。"范澄喻毫不犹豫地回答。

"美感,烟花肯定符合,但美好的寓意呢?绚烂?辉煌?但终究,它只是昙花一现啊!你觉得,烟花哪里更吸引人,吸引哪一类人,这关系到成品的价值定位,说白了就是它的价格。"王再山直接说出来,毕竟他年

近五十，生活经验丰富，不像年轻人那么理想化。他觉得一件作品要有它的价值，不仅仅是艺术价值，还有商业价值，王再山的心里还是认为被大众所接受和认可的作品，最好。谈艺术，他觉得那是艺术家的事。

范澄喻年轻，除了追求经济价值，多少还是有些艺术梦想，这师徒二人对此稍有分歧，也是他们之间唯一的分歧。范澄喻明白王再山言下之意，终究，他们要先能养活自己，再谈艺术。

"你看多少画家、书法家不靠卖字画熬到最后的？"王再山又抛出一个现实的问题，想让范澄喻清醒，"如果说，烟花这个作品可以批量生产，那还可以走流行市场，在普通商铺售卖，或许有人图它漂亮，会买它。但你看这个千手观音，你都要耗这么多的时间去做，烟花至少要再多个两倍的时间。"

范澄喻沉默地边喝茶边听王再山的话，理想与现实之间总是很难平衡，特别是在事业的初期。他承认王再山的话句句在理，但心有不甘也是真的。

王再山是过来人，但既然为人师，他要把困难先说清楚，他最不喜欢让人盲目乐观。

"我思前想后，考虑了几天，一是想看看你这千手观音做下来，自己体悟做烟花的难度，二是想再劝劝你。"王再山终于说了实话，"毕竟做琉璃和其他东西不一样，不能回收，返工就意味着成本的增加，而你对市场更没有完全的把握，我怕你赔了夫人又折兵。"

范澄喻明白王再山是为了他好，虽然他一直不明白王再山为什么一直将做琉璃和经济效益挂钩，这是他头脑发热创作时候的想法，当他从钱包里掏钱的时候，他自然明白王再山的心意。听着王再山的话，他一句也应对不上，只能低头搓手。

王再山从藤椅上站了起来，叹了口气，"你再想想。"先离开了。

范澄喻坐在茶桌前，看着已经渐渐变冷的茶水，刚刚一直等着茶凉，偏偏茶凉得那么慢，而现在，想喝一口热茶，茶偏偏就是冷的了。人的心境大抵如此，想要的都是那一刻最希望的，偏偏不是什么事都能如愿。

王再山再次路过院子的时候，茶桌上的两个茶杯还在原来的位置上，却不见了范澄喻。他摇了摇头，理想与现实永远是道困难的选择题。王再山无法预料范澄喻的选择，活到他这个年纪，早就不去预测任何人了，他尽了心意就对得起自己的良心。

王再山走到工房门口，门留着一道缝，推开门，看到范澄喻坐在案前专注地继续抛光那尊千手观音像，心底说不出怎么样的滋味，就因为他懂范澄喻的心，他才会这般无奈，也因为他懂，他又不得不劝，不禁又是一叹，关上门，没去打扰范澄喻。他在院子里来回走几步，工人们也陆续下班，一一和他打着招呼。

等老伴儿将晚饭摆上了桌子，王再山才又去工房。再次推开门，下午那一幕重新出现在眼前，就像时间倒流了似的。他走进去，轻声说："澄喻，吃饭。"

范澄喻停了下来，看看王再山，这一次他反应倒是很快，马上将手里的东西放下，没吭声，跟着王再山出了工房，师徒二人，这一次没有任何交流。

饭桌上，王再山的老伴儿看了他们俩好几次，一个沉默，一个严肃，不知道他们师徒闹什么别扭了。范澄喻吃完最后一口饭，把饭碗放在桌子上，擦了擦嘴，终于开口说："师傅，烟花虽然是我突发异想，考虑得不成熟，我知道难，但我想挑战，不是异想天开，我是想借一部作品，来考验自己的技艺。"这是大实话。

王再山放下手里的小酒杯，点点头，"你只要不掉进虚幻的怪圈，知道自己要什么，就去干。"

范澄喻抿着嘴，嘴角一直弯成了月牙儿，跟着用力地点点头，才说："放心吧，我会一边养活自己，一边实现梦想，不会让自己饿死的。"

范澄喻出去的时候，王再山的老伴儿看着王再山，一脸不解："你一会儿支持他，一会儿又打击他。这不是折磨孩子吗？"

王再山却笑了，"搞创作的人，不都是这样，一会儿否定自己，一会儿又坚定不移。"

王再山老伴儿一听，看着自己的丈夫，无奈地笑了："这小子，和你年轻时一样。"

"就是不知他有没我这么命好，碰到一个好婆娘。"王再山笑着恭维自

己的老伴儿，两人目中交换的神色亦是千言万语，无尽风霜。

"自从老板建了这工房，这几年来，还真是只有澄喻有这个心。"王再山的老伴儿感叹。这几年陪着王再山在这个院子里，虽然她不会做琉璃，也没有王再山那么多奇思妙想，她做的，只有帮他料理好家事和工房里工作的后勤工作。老一辈人和现代人不同，嫁给王再山她就没有别的心思，一心一意支持丈夫。她也没想到当初只是一个泥水匠的丈夫，最后会去做琉璃，还成了这个行业数一数二的师傅，普通的泥水和砖瓦变成了美轮美奂的琉璃，美的事物真能愉悦心情，现在的她别无所求，日子这样就好。她起身收走了王再山的小酒杯，王再山继续吃饭，吃得津津有味。

又过了一个星期，千手观音终于打磨抛光完成，纯白的琉璃色泽温润，每条手臂都折射出晶莹的光泽，通透的质感，拿在手里就能感受到那种美好，范澄喻看了又看，又洗了几遍，擦拭干净交到王再山面前，王再山微微挑目。范澄喻能把这个千手观音打磨抛光得这么好，是他意料之中的事，他对范澄喻的期待一直很高，所以，也就不那么意外了。

"不错，不错。"王再山仍是赞许了几句，他心想范澄喻又要走了，还有几分不舍。

范澄喻像猛然想到了什么，"对了，师傅，这几天我只专注抛光千手观音了，你的蟾蜍呢？已经烧了？"

王再山冷哼了一声，故作不满地说："难不成还等着你？"

"烧多久？"范澄喻急忙追问。

"这个，暂时保密。"王再山故弄玄虚起来。

范澄喻憨笑地看着王再山，有些话不说，他也懂，烧这么厚的琉璃料，恐怕不是一次就能定下时间的，多半是边烧边看，还要根据情况而改变烧制的温度。哪有那么严格的标准呢？这都是王再山多年的经验，就算是现代的计算机，都不可能精确地计算时间和温度，这就是匠人的绝技了。

第三章　来往不逢人，长为蠡巷客

范澄喻决定回去做他的烟花，他收拾好自己的背包，就去和王再山夫妇告别。王再山夫妇看着范澄喻的背影，就像是看着自己的孩子离去，隐约间有几分不舍。人的缘分大概如此，师徒有时就是父子，王再山转身时，自言自语："这小子还要吃些苦头。"王再山的老伴儿听了，深深地叹口气，过来人就是过来人，有些感觉无法用语言来形容，而劝解基本上没什么用的，偏偏要人一步步走过来后恍然大悟。

范澄喻重新回到蠡巷，他对这里已经有种陌生又熟悉的感觉，就像他走进琉璃世界一样，他会遇到琉璃，制作琉璃就是命中注定，上天早有安排的事。蠡巷是苏州城里老旧城区的一部分，范澄喻很喜欢这条老巷，他觉得这样的地方才有苏州的气质，苏州城不需要高楼大厦就美得极有韵味儿，街就应该铺着青石板，没有汽车，偶尔有骑着自行车的人，可以清晰地听到机械的车轮声，苏州城就应该是这样的。

万物复苏的春天，蠡巷里被薄纱笼罩，有时候是春雨细密的雨丝，有时是雾，但此刻是人间炊烟。蠡巷说深不深，却也很难一眼望到尽头。这里有奇特的吸引力，吸着他往里走。他走进巷子，唇边不禁勾起一抹浅笑，大步流星地朝他的宅子走。但凡走过之处，就会有目送，特别是他范澄喻。他这一回来，又成了巷子里的新闻，只是这新闻好像最先传到了奚家。

范澄喻一走，走了一个月，一个月来巷子里除了少了原本就不属于这里的"叮叮当当"的声音，没有任何变化。人是最容易适应环境的物种，

几乎两天就适应了，只有一个人这一个月来最焦虑，那个人就是奚凝霜的妈妈。自从梁慧打奚凝霜的学校回来，看似被解除的疑虑一点也没少，她几乎每天都要给奚凝霜的宿舍打电话。奚凝霜当然知道妈妈的心思，每天接到电话都无奈地哄几句。这会儿，梁慧一听说范澄喻回来了，那颗悬着的心终于放下，特意跑到那个老宅子去看，果然，门锁不见了，门又像在等人进去似的半掩着。所以，那天晚上，梁慧总算睡了个好觉。

在大学里的奚凝霜在宿舍里总觉得哪里不对劲儿，她拿着书半倚在床上看得心不在焉，想了半天，终于想起来，今天没接到妈妈的电话，她伸头对上铺的张颖说："不对，今天我妈怎么没给我打电话啊？"

"天啊，你接了一个月的电话了，还没接够啊？"张颖都被梁慧打怕了。

"我妈都坚持了一个月了，会不会是生病了？"奚凝霜不安地起身下地，"我得给家里打个电话。"

"我真是服了你们母女。"张颖话音未落，奚凝霜已经出去了。

奚凝霜跑到传达室，传达室的宿管员是位上了年纪的女人，每天都有奚凝霜的电话，她们已经熟悉了，这会儿看到奚凝霜，宿管员还特意看了一眼放在桌子上的电话，今天，这电话还没来啊？便笑着对奚凝霜说："你妈妈还没来电话呢。"

奚凝霜尴尬地笑了笑，"就是没来电话，您说是不是不太正常？"

宿管员听了一怔，奚凝霜已经拿起电话拨号码了。

"喂？"梁慧接起电话，"凝霜，有事吗？"

奚凝霜兀自翻了个白眼，她这个妈是她认识的最强势的女人，"妈，你没事吧？"

"什么事儿？"梁慧那无辜的语气，听得奚凝霜想直接挂了电话，不过，听起来好像真没什么事儿，难不成这就是惯性？她回过神，对着电话说："没事儿就好，你突然不给我打电话了，我有点不适应。"

听女儿这么一说，梁慧才回过味儿来，不过，她不想告诉女儿范澄喻回来了，半张着嘴半天才想到个理由："哎，妈妈这不是相信你嘛，知道你没和那小子联系，相信你，相信你了。"说得信誓旦旦。

"这就对了嘛,我是不是算通过考验了?"奚凝霜笑着和妈妈撒娇。

"对,通过了。"梁慧顺着女儿的话儿说,"好了,好了,快毕业了,你还要全力以赴准备毕业论文,把精力都用在学习上才是正事。"

"知道了,知道了。"奚凝霜愉快地挂断了电话。回到宿舍就告诉张颖,她妈终于不查岗了,张颖惊讶得从上铺跳了下来,"咦?怎么突然就不查了?"

"想通了呗,打了一个月的电话,这得多少钱啊?再说,她变换了多少个时间段来电话,我哪次不在?重新获得信任了呗。"奚凝霜笑着说,张颖一脸狐疑地转了转眼睛,"你说,会不会是那个琉璃范回来了?"

要不怎么说,当局者迷,旁观者清呢?奚凝霜被张颖这么一说,脸上的笑容瞬间敛去,一动不动地凝视着张颖。张颖继续说:"你妈突然就不来电话,还说信任你?你不觉得奇怪吗?她可是坚持打了一个月的电话呀。"

张颖的话不是没有可能,奚凝霜垂眸沉思片刻后,不禁露出一丝笑容,她根本就没想她妈,只想着范澄喻真是个怪人,来去无踪,倒是很符合他的古董人设,神秘。这一个月来,奚凝霜给范澄喻写过几封信,寄到老宅,如果真是他回去了,他应该已经看到她的信了,那他会不会回信呢?心念至此,奚凝霜心底有那么一点期待了。

张颖笑着贴近她,"呦,这含羞带笑的表情,你还说你不是喜欢上他了?"

"什么乱七八糟的,我要看书了。"奚凝霜推开张颖。

"你还能看得进去吗?还是看你的琉璃吧。"张颖故意逗奚凝霜,奚凝霜果然瞥了一眼床头的琉璃如意。

范澄喻打开大门就看到地上有从门缝塞进来的信件,他没想到,会有人给他写信,打开一看,只有一张素描图,不禁笑了,不用想也知道是奚凝霜寄回来的。

范澄喻将那张画纸翻到背面,想找到只言片语,但什么也没找到,仅仅是一张素描图,画的是一只小鸟。哪里都很好,就是画得太肥,本该有的灵气就没有,倒像是一只鸳鸯。范澄喻边看边笑,走进自己的屋子,将

背包放好。再拆第二封信，仍是一张素描图，这一张画的是桃花，桃花朵朵开的季节，画中是一枝树枝，上面开着五朵桃花，女生画花大概是有天赋的，每一朵都像量过的似的，花瓣对称、均匀、饱满，处理得恰到好处。

  范澄喻没想到奚凝霜会这么认真，有志者事竟成，没有学不会的本事，有天分的快点，没天分的以勤补拙，少有不成功的。这张素描图仍是一个字也没有。范澄喻拿着信走到桌案前，从抽屉里翻出信纸，看着两张素描图提了一点意见，又在素描图上做了简单的修改，标上标记之后，放进信封，按着奚凝霜寄来的地址，算是回信。

  一个星期后，奚凝霜学校传达室有一封她的信，看到信封上的地址，奚凝霜就笑了，他果然是回来了。纤细的手指捏了捏厚厚的信封，迫不及待地拆开，里面是她那两张素描画，上面有改动过的痕迹，第三张纸上写着：

    画得不错，看起来你的悟性很高，但神韵还差一点，小鸟欠些灵气，花儿最逼真，如果做雕塑也可以做到几分像，只是形似不等于神似，形神兼具最佳。你再体会体会。范澄喻。

  寥寥数语，便没有别的内容了，只字未提他前些日子去哪儿了。

  奚凝霜捏着信纸琢磨了一会儿，又仔细地看着范澄喻帮她修改的素描图，"又不是学画画，需要这么严格吗？"兀自嘟囔，青春的脸上掩不住不经意的笑意。

  还有两个多月，她就可以回蠡巷了。脑海里突然涌出个念头，去年暑假，为了找实习单位，她根本就没想过回蠡巷，今年她马上就要毕业了，她最该想的是去各单位应聘，却在此刻偏偏想的是那条巷子。

  有些召唤永远是无法预见的，就像他们。

  张颖回到宿舍就看见奚凝霜坐在桌子前，走过去看她正在画画，顺口问："你的论文写完了？"

  "嗯，基本上完成了。"奚凝霜头也没抬地回答，张颖没再问，她不懂琉璃对奚凝霜怎么会有那么大的吸引力，大概她的艺术细胞被现实吞噬了，她不懂欣赏，但她尊重别人的爱好，所以，她没再打扰认真的奚凝霜，坐在自己的桌子前，继续写她的毕业论文。

奚凝霜画得很认真，直到她觉得那只小鸟的眼睛里开始闪烁生命，她兴奋地将修改稿拿给张颖看，"看，像不像真的？"

"像，你别说，你还真有点天赋，去美术系看看吧。"以张颖的欣赏水平，只觉得奚凝霜的小鸟画得惟妙惟肖，最主要的是奚凝霜根本就没有专门去学绘画，不过，她也知道奚凝霜为了画画，专门去找美术专业的同学请教，下足了功夫。

奚凝霜不禁得意。这会儿，她觉得自己真有点艺术天赋，"有几分像就可以了，如果早一年，或许我还真去选修美术了，范澄喻也只是自己学着画的。"不由得想起寒假里在范澄喻那儿看他画画时说过的那些话。

人们面对自己想做的事，总会排除万难。

"哟，你这么了解人家呀？"张颖调侃起来，奚凝霜已经习惯了她玩笑似的阴阳怪气，瞥她一眼，又说："我真的对琉璃很感兴趣。"

张颖这回放下了手中的笔，看着正在那儿津津有味欣赏着自己杰作的奚凝霜，"凝霜，说真的，你要想清楚，你是因为好奇才想学做琉璃，还是其他的原因，只有你想清楚你要的是什么，你才有方向。毕竟，我们考上大学不容易，而且，父母对我们都有期待。"话锋突然一转，一本正经的让两个女孩儿都沉默了。

如《月亮与六便士》里的故事一样，月亮是梦想，六便士是生活，上天故意捉弄人，少有人能两者兼顾，且都能做到极致，世间不是没有这样的能人，但实在是少得不足以当作参考数据了。

奚凝霜读的财经专业毕业之后，在那个时代有大好的前途，而做琉璃，至少此刻看起来，就像小朋友过家家，没人看得到未来，就算视为艺术，在当时，艺术这件事儿，像月亮那样远在天边，遥遥无期。

"这些，我当然懂。"奚凝霜半晌儿才说，"只是，从看到琉璃开始，就被那种神秘的感觉吸引，很想了解它，走近它，至于有什么意义和道理，我没想那么多。"

"让你好奇的到底是人？还是琉璃？"张颖又凑近问奚凝霜，青春年华的女孩子难免情窦初开，或许，对这个未知的神秘事物感兴趣，仅仅是因

为那个人。张颖看着她摇摇头,有些事都是从好奇开始的,这一个月来,奚凝霜的变化看在她眼里,张颖突然笑着说:"哎,等毕业了再说吧。"才一个月,或许过两个月奚凝霜的这阵新鲜劲儿过了,自己就放弃了。

奚凝霜狠狠地剜了张颖一眼,"你以为所有人都只想着谈恋爱啊?"

"这倒不一定啊,很多人想谈,还谈不成呢。"张颖想缓和一下两个人之间略显沉重的气氛。

"天天说我,你呢?这几天你回来这么晚,是不是也在谈恋爱啊?谁呀?我怎么一点都没发现?"奚凝霜戏谑地借机转移了话题。

张颖被她问得脸色微变,奚凝霜看在眼里,没想到还真被她问着了?张颖不像她,她没觉得自己在谈恋爱,但张颖若有心事的样子,让奚凝霜有一瞬的内疚,最近是忽略了好朋友,就伸手拉起张颖的手说:"张颖,快毕业了,这段日子你一定很多事,我最近沉迷在琉璃里,都没有关心你。"

张颖撇撇嘴,垂眸,"你的未来,早就有答案了,你却不珍惜……"话说到此,便没继续说,怕说多了,伤了两个人的感情。

奚凝霜用力甩甩张颖的手臂,嗔怪:"说什么呢?你学习成绩优秀,现在不也投了很多单位,都有意向录用你呀。"

"我想留在城里,除了工作,还有别的。"张颖轻轻地叹着气。

奚凝霜看着她,蓦然明白了张颖的心思,即便是好朋友之间,有些伤对方自尊的话还是不能表达得太直接。奚凝霜知道张颖一定是在和城市里的男人交往,而这一切都是想在城市里更好地立足。这就是奚凝霜和张颖不同之处,奚凝霜似乎从来没有考虑过这些现实的问题,或者用什么手段去实现那些现实的需要。难怪张颖一直在提醒她面对现实,她理解地拍拍张颖的肩膀,尽管她觉得自己永远不会有张颖这样的烦恼,不是因为她有多么优渥的条件,而是她的幸福感不在此。

那天之后,奚凝霜变得沉默。有时候怔怔地看着她的素描图,没再动过一笔,可她打开自己的论文笔记,也一笔没动。张颖不知道她在想什么,但无论她想什么,都不是别人能左右,有些事儿就要自己想清楚,虽然当事人未必能想清楚。

奚凝霜那天晚上做了一个梦，她回蠡巷了。转过弯走进蠡巷的入口，青石板路面就是家的感觉，走着走着，脚下的青石板和以前走上去的声音变得不同。脚上的低跟小皮鞋，竟然把青石板沉闷的声音踏出清脆的声响，就像向巷子里的所有人宣告，她回来了。青石板的路面越走越亮，泛起五颜六色的光晕，如洪流般由天而降，将她裹挟其中，巷子里的路也悬在半空中，如行走在云端，失重的感觉让她整个人失控，只能听到自己脚下的脚步声叮当作响，原来她正踏在琉璃桥上。她来不及惊讶，脚下的琉璃桥美轮美奂的色彩旋转起来，把她卷进宏大的流光溢彩之中，四周的房子也变成了琉璃，通透、迷幻。周围的一切越转越快，直到她闭上眼睛。猛然从梦中醒来，黑漆漆的宿舍结束了流光溢彩的诱惑，她翻了个身，面对着墙，就再也睡不着了，不自觉地，她伸手摸到那个琉璃如意，玉石般的手感让她十分安心。

那是物质生活还不足够发达的年代，有些追求并不被大众认可，只能放一放，就像是在心里种了一颗种子，等有适合的土壤，才能破土而出，茁壮生长。

自从认识了琉璃，奚凝霜在大学的图书馆到处查找与琉璃相关的资料，虽然收获寥寥，但她意外地找到一个范蠡与西施和琉璃有关的传说，是一段凄美的爱情故事。就像玉器意味着传世，金银意味着财富一样，有些事物总能找到适合的寓意，琉璃由多重元素融合，火里来水里去，千万般锤炼，像极了爱情的梦幻、缥缈、绚丽，全无道理，也无缘由的吸引力。爱情的魔力，从古至今都没人能解释得清楚，只知提及这二字，有人淡淡一笑，有人酸涩蹙眉，还有人不知所以地轻轻一叹，各人有各人的滋味。面对五彩琉璃，少有人会无动于衷，亦如面对爱情的人们。

范蠡和西施，他也姓范，恰巧，她姓奚。奚凝霜被脑子里突然闪现的想法震慑了。

回到蠡巷的范澄喻开始修改《烟花》的素描图，烟花在空中绽放的瞬间，展现的美是某一瞬间最美的一刻，他始终认为艺术品就是把瞬间变成永恒。整幅烟花并不是孤单地绽放，整整三朵，粗粗估算，也有一百多个

线条，而且是极细的线条，这还仅仅是烟花的主线，还辅以旁枝，旁枝也要同样的数字，近三百根细密的线条，范澄喻画的时候，只追求画面的美感，等他画完了，满意地看着素描图，亦是隐忧重重，这可比千手观音多了近十倍的难度和工作量。

范澄喻不得不承认王再山提出的那些问题是存在的。他估算，这个烟花琉璃做完，至少要三个月到半年的时间，而它的价值呢？范澄喻摇摇头，尽量让自己不要去深想，因为他知道那些现实永远是桎梏创作的枷锁，虽说要面对现实，但人永远都希望可以找到现实与梦想的折中点。尽管很难，尽管少有人找得到。所以，就算一起走在艺术之路上的人们，走着走着会走出不同的人生。

自从自己造了实验炉，王再山会给他几个简单的订单，如意就是其中之一。所以，范澄喻的实验成本可以从他的劳动中获得，即便如此也只能维持收支平衡，远远谈不上赚钱。如果范澄喻听王再山的只接订单，不搞自己的创作，还是能养活自己。所以，目前范澄喻多数时候还是靠吃老本过活。

《烟花》这个作品，肯定是要动他的老本了，他去房间里把自己的存折拿出来看看上面的数字。什么叫坐吃山空？他已经很节省了，还是要从他以前上班存的"老婆本"里拿钱出来。他不想做一个穷困潦倒的手艺人，他有自己的计划，看着存折上的数字越来越接近自己为自己设定的底线，他皱了皱眉。

"小范啊！"看房人老何敲了敲范澄喻宅子的大门，人已经走进了院子。范澄喻将存折放回抽屉，迎了出去，"老何，我在这。"

老何正在院子里四下张望，打量范澄喻那些奇怪的宝贝，见范澄喻出来了，脸上堆起笑容。他不像巷子里的其他人，看怪物似的看范澄喻，不管怎么说，范澄喻是他的财神爷，人哪能和钱过不去，所以，老何觉得范澄喻才不是怪人，再正常不过了。见范澄喻出来，他指指大门外，笑着说："有你的电话。"

老何家有一部电话，在那个电话还不普及的年代，老何在自家临巷子路边的窗边挂了一块牌子——"公共电话"，打电话每分钟两毛，接电话一毛。老何家就成了巷子里的联络站。

电话？范澄喻只留了两次电话，一次给父母，一次给王再山，都是他生命中最重要的人，他快步往外走，无论是谁来电话，一定是非常重要的事情，老何紧跟在后面。

"喂！"范澄喻拿起电话。

是王再山打来的。王再山兴奋地告诉范澄喻："小子，蟾蜍烧出来了。"

"烧出来了？成功了？"范澄喻替师傅的每一次成功高兴，随后，他算了算时间，他已经回来半个多月了，如此推断，这个蟾蜍至少烧了七天，而这当中的温度控制王再山肯定也是熬了几天几夜，不敢睡觉。

"拆了吗？"范澄喻紧张地又问，对于厚度大的作品，烧这一关过了，还不算什么，还要看冷却后。

王再山笑着说："拆出来了，完全没问题，所以，我想问问你要不要接这个订单？"王再山这么一说，范澄喻心底不禁五味杂陈，"师傅，我知道，您是怕我……"

"哎呀，别说这些，先回答我的话。"王再山最讨厌婆婆妈妈，他做事情从来都干干脆脆，行就行，不行就是不行，说一不二。范澄喻心里清楚，王再山这是怕他把自己饿死，又给他点赚钱的活干。

不过，范澄喻不免有些担心。毕竟他那个小炉子照王再山工房里的烧炉相差甚远，他怕这个蟾蜍的烧制时间和王再山的大炉烧出来会有差异，烧琉璃可和烧饭烧菜不一样，差一分一秒都关系着成败，但王再山给他分析过，目前琉璃蟾蜍的市场好、订单多、利润也比较可观，是非常值得批量生产的作品。

"明天，我去你那儿看看，看看你的炉子能不能烧。"王再山猜到了范澄喻的顾虑，范澄喻受宠若惊，一时语塞，只听王再山又说："我就买你回去那趟车的票，你记得去车站接我。"

范澄喻拿着电话一阵猛点头，好像王再山能看着似的，"好，好，那明天我准时去接师傅。"

挂了电话，范澄喻往回一阵狂奔。老何探出头喊："六毛钱！六毛钱！"范澄喻笑着又跑了回来，从衣服的口袋里掏出六毛钱递给老何，连

说了几声谢谢，又狂奔而去。

刚刚，老何在旁边有一句没一句地听范澄喻打电话，要么怎么说老何这儿不但是联络站，还情报站呢，老何听得太多了。这会儿老何就最后一句听得最清楚，听到范澄喻说明天接人回来，再看范澄喻那兴奋的劲头，笑得意味深长，兀自叨咕着："年轻人啊，怎么可能熬得住？"不禁暗暗笑了起来，回首正看到梁慧走过来。

"刚才那个是范澄喻吗？"梁慧看着巷子深处问老何，老何想起巷子里那些传言，神秘兮兮地对梁慧说："是，接了个电话就乐成什么样了，好像明天要接人回来呢。"

"接人回来？"梁慧跟着问一句，老何便一脸意味深长的笑容，梁慧当然明白老何笑什么，瞥了老何一眼，就回家了。梁慧看看时间奚凝霜已经下课了，就拿起家里的电话。老奚在当地的教育部门工作，为了方便工作，自己家装了一部电话，那时候装电话的费用很高，也不是谁家都有的。所以，梁慧不用去老何那里打电话。

奚凝霜接起电话，梁慧便问："毕业答辩都结束了吗？"

"还有一个月呢。"奚凝霜觉得今天妈妈真奇怪，别看她离得远，但自己学业上这些重要的日子，一直比她自己记得都牢，今天这是怎么了？突然这么问？

"妈，是不是有什么事儿啊？"奚凝霜心里大概能猜到妈妈这么奇怪，八成是和范澄喻有关。她这个妈绝不是信任她不打电话了，根本就是跑去监视范澄喻才放松了对她的监控。

"没事、没事，你明天上什么课呀？"梁慧问得奚凝霜莫名其妙，"没课啦，都是自修。"

"没课？那你去哪儿啊？"

"妈，你到底有事？没事？"奚凝霜终于按捺不住，到底姜还是老的辣，就不如梁慧沉得住气。

"没事、没事，你明天去哪儿啊？"梁慧仍旧执着，奚凝霜翻了翻眼睛，"我？我能去哪儿呀？我和张颖去图书馆继续写论文啊。"

"哦，哦。"梁慧应了两声后，就直接把电话挂了。奚凝霜听着电话那端传来"嘟、嘟"忙音,怔了半天才回过神儿。她把电话挂好,尴尬地看看宿管阿姨,回宿舍的路上,边走边琢磨,这通电话太奇怪,绝不会像母亲说的没事,难道范澄喻又离开蠹巷了?

张颖从后面拍了拍奚凝霜的肩膀,奚凝霜一惊,脱口而出:"吓死我了。"左手放在胸前,安抚那颗刚刚被惊吓到的心脏,张颖却说:"我喊了你半天,你没听到?"

"你喊我了?"奚凝霜的眼睛告诉张颖,她是真的没听到,"你想什么呢?"张颖又问,奚凝霜与她并肩往宿舍走,她没说梁慧今天打电话来说的那些奇怪话,免得张颖又要说她喜欢范澄喻。两个女孩子很快就扯了些有的没的,聊着回到宿舍。

第二天,奚家的院门大敞四开,梁慧坐在院子里摘刚刚从集里买回来的荠菜,荠菜土多,摘起来特别费工夫,梁慧慢条斯理地摘着,一点也不着急。梁慧在镇上的一家百货商店上班,三班倒,所以上班时间不固定,有时候是上午,有时候下午,还有晚班儿,今天她正好晚班儿,所以时间很充裕。她摘得特别仔细,每片菜叶都打理得漂漂亮亮的,好像它们下了锅还能维持现在的姿态似的。

"奚妈,摘荠菜呢?是不是要给老奚包馄饨吃呀?"巷子里的邻居经过看到了,笑着问梁慧,梁慧亦是满脸堆笑,头不抬眼睛仍旧盯在她的荠菜上,说:"是呀,是呀,时令蔬菜,才好吃呢。"

菜摘了一大盆,才看到范澄喻从巷子深处走出去,他低着头,一副心事重重的样子,蠹巷的人都已经习惯他这副样进进出出。昨天老何说范澄喻要接人回来,看样子,这是去接人了。梁慧眼睛一转,看地上剩下还没摘的菜不多了,她这菜,必须要摘到范澄喻回来,他回来之前,可不能摘完。梁慧干脆放下手正在摘的荠菜,在院子里东摸摸西摸摸,隔一会儿摘两棵,半个小时都过去了,也没见范澄喻回来。这小子不会接了人不带回蠹巷吧?她一心想抓个现形,好告诉她的宝贝女儿范澄喻的品行有问题,奚凝霜还没想明白对琉璃的心意,梁慧先给女儿定了性,认为他们两个年轻人在谈恋爱。

梁慧干等也等不到范澄喻回来,眼看着地上的荠菜,任她再拖延也是

越摘越少，只好将剩下的摘完，就在她把最后一棵荠菜放进盆里的时候，她听到两个男人低沉的声音，声音并不熟悉，她向院门口看，正是范澄喻和一位年纪与自己相仿的男人经过。

两个人边走边讨论着什么，全然没有顾及四周的目光，这巷子里除了梁慧，其他人也都看到了他们，毕竟范澄喻是蠡巷的特殊人物，特殊人物都会受到特殊的关心。

师徒二人走到老宅门前，王再山抬头打量大门，对范澄喻说："你小子，还真会找地方。"

"师傅，不瞒您说，这里真是上天安排给我的。"范澄喻笑着去开门锁。

王再山很满意地看着宅子里的一切，不住地点头，"麻雀虽小，五脏俱全，你认真了啊。"

"师傅，我对自己喜欢的事，一向都很认真，我和琉璃有缘，和您也有缘。"范澄喻一边跟着师傅在自己的宅子里转，一边说，好像王再山才是这里的主人。王再山里里外外巡视了一遍之后，满意地点点头，他对范澄喻更加另眼相看了，"这里比我想象的好多了。"

听到王再山夸奖，范澄喻不禁抿嘴憨笑。王再山最后走到他的烧炉前，这个小烧炉不大，烧不了太大或者太多的作品，毕竟他这里的电不能过度消耗，所以，能有这么一个小烧炉，已经很不错了。王再山围着烧炉转了两圈后说："看来，最多一炉就能烧两个。"

范澄喻心知王再山所言之意，沉默地看着他的烧炉。

王再山又说："也总算能烧两个，就是慢了点。"

"师傅，我担心我这个烧炉的烧制温度和时间都和你的烧炉有差异。所以，第一次烧，时间和温度我没有把握。"范澄喻谦逊地看着王再山。

范澄喻说的没错，古法琉璃制作讲究的就是经验，但凡有一点判断误差，后果就是巨大的损失，绝没有第二种可能，丝毫没有补救的机会。这批琉璃蟾蜍的尺寸大，成本也相对比较高，范澄喻有所顾忌，不是没有道理，但王再山来，就是想帮他解决这个问题，不看到他这里的条件，凭空去想是不行的。

王再山继续绕着范澄喻的小炉子转了两圈儿，"里面没烧东西？"挑眉问道。

范澄喻摇摇头，"回来我就开始画烟花，完善烟花……"他说得声音极小，心知王再山不支持他做烟花，这般一意孤行，在王再山面前有点难为情。

这完全在王再山的意料之中，便只是笑笑，"我就知道，所以，这几天我又做了一个蜡模，去，把我包拿来。"

王再山对范澄喻可谓倾囊相授，范澄喻不知所措地看了一会儿王再山，王再山见他那婆妈的劲儿又上来了，一脸嫌弃地说："快去呀！"

范澄喻脸上绽开了笑容，连忙跑到院子里，把放在石桌上的一个大拎包拿了进来。王再山拉开包，从里面拿出用衣服包着蟾蜍的蜡模，他小心翼翼地把衣服拿掉，"和我那个一模一样，这世上可就这两个哈。"边开玩笑边递给范澄喻。

人生一世，最难得是遇良师，有益友，范澄喻那脸感激之情，又让王再山看不下去了，"行了，行了，快接着。"

范澄喻感动得喉间哽咽，说不出话儿来，他也知道王再山不是婆妈的人，接过来，稳稳情绪才说："师傅，你说我这做徒弟的该怎么报答您呢？"

"嗯，万一闯了什么祸，别说我是你师傅就行了。"王再山背着手，端详着范澄喻的烧炉，若无其事地开起玩笑，听得范澄喻含泪而笑。

"我只负责这些啊，琉璃料可得你自己出钱。"王再山又板起脸，一本正经地说。

刚入琉璃市场的范澄喻，因为没有生产量，不够规模，自己无法采购琉璃料，所以，每次都是王再山帮他带一些出来，但王再山的琉璃工房毕竟不是他自己的，背后还有老板，所以，王再山照顾范澄喻却从不违背原则。

范澄喻连忙点头，"那是当然，师傅已经帮我很大的忙了。"

"嗯，我瞧你这炉子，恐怕不如我那的炉子保温效果好，所以烧的温度和时间，都要调整。"王再山话锋一转，谈到正事儿上了。

这和范澄喻判断的一样，如果想测出他的炉子烧出琉璃蟾蜍的时间，恐怕又要重头做一遍。因为烧制设备还不够先进，基本上第一次烧制都要人工监测，整夜不睡算是很正常的事，王再山离开工房的时间有限，他不能多作停留，在王再山的工房里都要烧上一个星期的琉璃蟾蜍，那在范澄喻这里恐怕需要消耗的时间只长不短。他担忧地看看王再山，"师傅，您年纪也大了，不能总熬夜。"

"又婆婆妈妈，别说那么多了，试试。"王再山就是这样的人，与其空想，不如实干。

范澄喻何尝不是如此，但他只对自己苛刻。

"玻璃蟾蜍主料是黄色，你这里有吗？"王再山嘴上问着，眼睛已经在四处扫视。

"有，黄色是基料，大部分琉璃作品里都有，所以我囤得比较多，应该够做一个蟾蜍。"范澄喻马上接道。

"去拿来。"王再山下令，范澄喻已经跑去拿料了。

师徒二人忙了起来。

范澄喻吃力地抱着一个箱子进来，小心谨慎地放在地上，这可是他全部家当的一半，他爱护得紧。王再山蹲下身，用手在里翻了一会儿，都是从王再山那里拿来的，一块大约四五厘米的黄色圆形琉璃母，看起来就像路边的萝卜丝饼，王再山拍拍手上的灰尘说："嗯，差不多，这些包球也就是做一次实验的料。"这是他们专门称呼水晶琉璃母石的叫法。

范澄喻垂眼看看他那一箱包球，再看看王再山，也就是做一次实验？他可舍不得这只是一次实验，每一次烧他都希望能成功，这和功利心无关，只和钱有关。

"熔蜡，做蜡模。"王再山解开外套的扣子，将他身上这件干净整洁，只有出门才穿的深蓝色外套脱下来，他向四面的墙上看，想找个地方把外套挂起来，范澄喻眼明，上前接过王再山的外套，放去旁边的一间房间。两个人挽起袖子，开始干活。

这道工序相对简单，他们把蜡泥放进高温炉融化，将熔好的蜡倒进王再山给范澄喻做好的模具里，接下来就等着这些蜡泥冷却。师徒二人做事的时候，几乎没有语言交流，每一道工序都配合得天衣无缝，范澄喻像个初学者一般认真跟着王再山边做边观察。

"杨惠珊真是一个了不起的女人。"范澄喻自言自语。

王再山不禁笑了，他明白范澄喻的意思，这道工序虽然简单，但对于琉璃制作来说，正是因为有这了一道工序，才是追回了古法琉璃制作的工艺。而也是因为如此，让琉璃制作无法机械化，也无法代替人工，成为一种有灵魂，有思想的工艺。

师徒二人到院子里点了一根香烟，静静地、认真地抽完那支烟，熄了烟，才放松下来的神经让他们二人不约而同地吐出最后一股烟圈。王再山看着范澄喻说："把你回来做的事，给我看看。"他们开始讨论范澄喻的《烟花》，再次看到范澄喻的图纸，觉得烟花的确是华美壮丽，但王再山仍有隐隐的忧虑。世上无难事只怕有心人，铁杵都能磨成针，还有什么不可能的事儿？难是难在对于所做之事的衡量标准。如果把这个作品和经济效益挂钩，王再山该义无反顾地阻止他。要是说为了参加创作比赛，或许还有一定的价值，只是那个年代，艺术类的赛事甚少，何况还是不被老百姓认识和熟悉的琉璃，谁会为琉璃开办一场赛事呢？不被承认的艺术品，给制作者极大的压力和考验。

范澄喻不是不懂这个道理，但偏偏这会儿钻进牛角尖，根本出不来，不，是根本不想出来。他站在王再山身后，一声不敢吭，王再山亦是沉默。

"我建议你，在这些线条外面做一层薄薄的罩子。"王再山突然开口，范澄喻马上竖起两只耳朵，"师傅的意思是？"

"不然，我怕你拆石膏模的时候，一锤子下去，就会有线条断掉。"王再山面孔严肃，若有所思，"如果有个罩子，最起码在敲掉最外面大体积的石膏模时，可以保护里面的线条，然后，再想个办法把这层薄薄的罩子切掉。"王再山看完范澄喻的素描图后，想出这么个办法。

范澄喻凝视着自己的图纸，脑海中正在刻画成品的模样，良久才笑着说："如果这样，哪怕不把外面的保护层去掉，将外面的罩子打磨通透，也可以体现出它的美。"

王再山终于将目光从那张图线上移走,看着范澄喻哭笑不得地说:"你想得美,你那是在做蘑菇,如果你不拆掉外面的一层罩,怎么打磨里面的线条?你这异想天开的脑袋的确适合创作新作品,但切记要脚踏实地!"

王再山的一番训诫听得范澄喻羞涩地笑了,他那个漫无边际、天马行空的脑袋的确有那么一点不靠谱。

做琉璃就像从新学一遍理工知识,从熔点到温度上升和下降的时间控制,再到膨胀与收缩的各种指数,都要一点点去计算,这些还没有哪一本书上教,只能自己摸索。每一个做琉璃的人,都有这样的体会,都攒下一部自己的武功秘籍。王再山的秘籍就快写完了,范澄喻这本才刚刚开了个头,之后的修行与他们人生的轨迹息息相关,谁也猜不到谁的绝学是什么。

屋内渐渐暗了下来,范澄喻蓦然想到了什么,拉着王再山说:"天都黑了,师傅,我这儿可没您那幸福,有师母负责伙食,我们俩今天先去巷子口的一家小馆儿吃晚饭吧。"

"你平时吃什么,我们爷俩就吃点什么,何必破费呢?"王再山是真心实意这么说,但范澄喻不肯,直摇头,"不行,不行,先不说我拜师这么久,都没请师傅吃一顿好饭,喝一顿好酒,今天师傅风尘仆仆地赶来,吃顿饭再应该不过了,您要是再推辞我这徒弟可无地自容了。"

王再山边摇头边说:"好,那我们爷俩儿就去下小馆儿。"他一直都是个爽快的人。

师徒忙了一下午,笑呵呵地边聊边往外走,梁慧正在院子里干活,听到声音后忍不住又向外望望,见王再山的模样憨厚老实,心下猜测和范澄喻是同行?还是他家里的长辈,只觉得这二人看起来十分亲密。

梁慧回到屋里一直沉默不语,老奚问她在想什么,她想了想,还是没说,怕老奚又要说她操那没用的心。只是她这种安静,让远在城里上学的奚凝霜一天都有点魂不守舍,她放学后,给家里打了个电话,"妈,巷子里有没有新闻讲讲听呀?"

女儿这一问,梁慧马上提高了警惕,"没,没新闻,每天还不都是那个样，有什么新闻？没新闻。"只字都不透露与范澄喻有关的事儿。

奚凝霜明知母亲这是在故意掩饰，一定问不出个所以然，闲聊了几句，又说要和老奚聊几句。梁慧把电话递给老奚，老奚问女儿毕业论文写得辛苦不辛苦，之前去的几个实习单位有没有进一步的接触，又问女儿有没有基本的意向，不住地点点头，看上去是表示赞同女儿的话，梁慧听不到，就眼巴巴地盯着老奚的一举一动。挂了电话，老奚免不了又要答疑一遍，父亲和母亲的宠爱明显不同。在老奚看来，梁慧的那些想法担忧都是杞人忧天。

奚凝霜是一点情报也没得到，回到宿舍，她把素描本拿出来，端看良久，她突然明白了范澄喻为什么总有一种欲言又止的感觉，那是一种不被理解和接受的心理，当初范澄喻刚刚做琉璃的时候，一定和她有相同的窘境，而他坚持了，她却犹豫，这大概就是他们对琉璃喜欢程度不同。她想起在范澄喻的院子自己信誓旦旦地说想学做琉璃，也肯定会坚持，脸突然像被什么烧到了似的烫，她轻轻地咬住下唇，坐在椅子上，拿出她的画笔，开始认真地完善她的画儿。

张颖回来的时候，看到她又开始画，就没再说话儿。该说的都说完了，她们已经是成年人，应该对自己的选择负责。

奚凝霜不知道自己画了多久，肚子"咕咕"响了两声儿，才觉得饿了，大概只有要考大学那年，曾这么废寝忘食、发奋图强。她放下笔，才看到坐在桌前写论文的张颖，居然那么安静，没有批评她。奚凝霜悄悄走过去，俯下身，将手肘放在张颖的桌子上，轻声问："吃了没？"

张颖抿嘴笑着看她，两个女生也有默契，几个眼神就完成了对话，各自收拾好书桌上的东西，拿上饭盒手挽着手去食堂了。宿舍里的其他人都因为毕业的临近搬了出去，各自都有归宿，现在只剩下她们两个人，这种清静让她们更享受，更增进了友情，感情越到临近离别，越显得珍贵。

"哎，食堂里的人越来越少了。"奚凝霜莫名感慨。

张颖垂目，边吃边说："我是穷，只能留在学校里住，还能省几个月钱。你怎么也不走啊？"

"为什么要那么早离开学校？我不明白那些人，我还不想结束我的学

第三章　来往不逢人，长为蠹巷客　073

生时代。"奚凝霜嘟着嘴说。

张颖不禁笑了,"只有你这样无忧无虑长大的孩子,才没有那种压力。毕业班里有几种人,有的人想捷足先登,等大批毕业生涌入市场,找工作就不容易了是吧?还有家里条件好的,早已经找了工作;再有一种人呢,就是靠感情给自己争取一份事业,我们单纯可爱的学生时代呀,早就结束了。"

这些奚凝霜都懂,只是现在她有些迷茫,遇到范澄喻遇到琉璃,好像很多事情都有了微妙的变化,她不承认她是喜欢上了范澄喻,一想到这儿,奚凝霜苦下脸,不知道这份犹豫是从何而来。

"你成绩一直很好,之前投的简历也有很多单位都有意向,而且有个好爸爸,就算不留在苏州,回到你们那儿总不愁份工作。我可都要靠自己。"张颖的语气略显失落,奚凝霜马上振作地说:"你这么优秀,是你太挑剔了,才迟迟定不下去哪一家上班。张颖,有时候,你想得太多了,瞻前顾后未必是好事。"才说到这儿,恍然顿悟了似的停住,突然对张颖说:"你说得对,我可以回去,在家附近上班。"一双大眼睛骨碌一转,顿时脸上神采飞扬。

但张颖心思还在她们刚才讨论的话题间,并未多想,只是轻轻一叹,"对呀,如果能在家附近有份好工作,也很幸福,孤苦伶仃在外面打拼哪是容易的事。"

梁慧一直希望奚凝霜留在大城市,也一直让老奚替女儿筹划留在苏州工作。老奚虽然嘴里没说,应着梁慧,但他私下和奚凝霜达成协议,女儿的未来,让她自己做主。有父亲的支持,奚凝霜决定和父亲谈谈。她在心里盘算这个电话是不能打回家的,万一让母亲听到一定会问东问西,老奚夹在母女中间也会为难,干脆等着父亲上班后,打到父亲单位去,下了决心,心情也变得大好,食欲大增,吃光了饭盒里所有的饭菜,张颖还剩了一半的饭,因心事吃不下了。

蠡巷所处的城镇并不大,别人都觉得能留在大城市工作才是出息,奚凝霜心知她做这样决定,一定会让母亲跳起来。奚凝霜虽然不像张颖要用考上大学来摆脱农村户口,那年代出个大学生本就不是一件容易的事,所以，她毕业后留在苏州工作几乎是公认的事情。

与此同时的蠡巷，夜色渐染，华灯初上，也到了晚饭的时间，巷子里已是炊烟袅袅，偶尔传来的脚步声，是归家的人们。家家户户的菜香在整个巷子里回荡，不管人吃没吃，先喂饱了这条巷子。蠡巷的巷子口有几家家常菜馆，来吃饭的，多是熟人，老板也住在巷子里，看到范澄喻来了，先是一怔，又打量打量他身边站着的王再山。范澄喻其人，在这条巷子可是家喻户晓，与他有关的事儿，都是新鲜事儿，与他有关的人自然也备受关注。

范澄喻礼貌地打着招呼："老板，今天有什么好菜？"随后，两个人你一言我一语地简单交流了一会儿，点菜的过程王再山也没看到个菜单。

饭店老板笑着说："喝点茶，喝点茶，菜这就烧好。"转身奔后厨去了。

"你经常来这吃饭？"王再山见范澄喻点菜的架势，好像对这家饭店的菜烂熟于心。

蠡巷巷子口这几家小饭店，和别的地方的饭店有点不同，每一家都有几道拿手好菜，也从来没有菜单。因为价格亲民，童叟无欺，一般巷子里的人来吃饭，只管说想吃荤的素的，鸡鸭鱼肉虾蟹蛋，老板就按自己的心意炒菜，保证让客人有宾至如归的感觉，绝对是家的味道，所以，点菜不要菜谱，一说有什么好菜，就是让老板看着他后厨的备菜自作主张，绝对是几十年的信任培养出来的经营模式。

王再山觉得新奇，就听着小饭店的老板报了几道菜名，偌大的苏州，每个地域的饮食也小有差异，各有各的老味道。单一道糟油鱼干，他就没吃过，眨眨眼睛，连喝了两杯老板倒的茶水，这才反应过来，忙活了大半天，竟然连口水都没喝，范澄喻单身汉的日子可想而知了。他有点心疼地看看这个爱徒，范澄喻那似笑非笑的表情，简直是自带害羞气质，不禁担心他这好徒弟，整天把自己关在宅子里做琉璃，大门不出，二门不进，跟古时候大户人家的大小姐似的，什么时候能成家立业？

"你要是留在工房，工资也不会少，还能有个照应。只是……"王再山欲言又止，只是他懂范澄喻的心，他是关不住的蛟龙，他有很多想法。

王再山偏爱他，觉得他那些想法，万一实现了呢？又或者，看到了另一个自己，一个更勇敢的自己，王再山期待一个结局，一个和他不一样的结局。

饭店老板的手脚麻利，没一会儿的工夫，冷菜就端上来了。白斩鸡、水煮花生，这一看就是下酒菜呀，正寻思着，一瓶黄酒递了上来。范澄喻二话不说，开酒，给王再山倒满，"师傅，我拜师以来，都在工房里混吃混喝，这该是我第一次请您喝酒吧？"

王再山笑了，"嗨，谁的酒不都一样喝？"眉眼间流露的喜色，像个孩子。

范澄喻将倒满的两杯酒，一杯递到王再山的手里，两手擎着自己的那一杯，"遇到良师，如兄如父，倾囊相授，澄喻不会说什么，先干为敬。"话音未落，酒杯送到唇边，一仰头，干了里面的酒。

范澄喻不胜酒力，王再山非常清楚，见此，瞠目结舌，转瞬，又笑了，"小子，逞能？"话虽如此，已经拿起酒杯，也是一饮而尽，"今天，你师母不在，我们俩不醉不归。"

二人喝着，菜一道道端了上来。地方菜有地方菜的特色，吃得津津有味，聊得更是起劲，范澄喻的话儿总离不开琉璃，而王再山绝对是民间琉璃专家，单做琉璃发生过的故事，就能用一卡车来拉，他总说，他那个琉璃工房，若是几千年后，有人来挖，一定以为挖到了宝藏，无论是成功的，失败的，就像一个巨大的琉璃冢。他说，他都不会把那些琉璃废料到处扔，他挖了一个地窖，藏起来，看来每个人都幻想着一个千年梦。如此说来，王再山和范澄喻还真像，都有一颗不平凡的心。

开饭店的是对夫妻，闲下来就坐在里面的桌子上剥蚕豆，时令蔬菜最畅销，他们这是在准备明天的食材。夫妻俩剥得熟练麻利，时不时瞥一眼师徒二人一眼，来吃便饭的顾客吃完了饭都走了，他们俩说的话儿就听得更清楚了，像听天书似的，不懂，觉得高深莫测。所以，从那天以后，这家小饭店多一道菜，琉璃豆，就是他们现在剥的蚕豆，逢人便说，范澄喻将来一定是位艺术大师。也是从那天开始，蠡巷的人从开始的不敢去范澄喻租的宅子，到想进去一探究竟，想知道里面到底藏了什么宝贝，但还是没人敢真的进去，像是在等着邀请。

王再山和范澄喻聊得畅快，不知不觉地喝了两瓶酒，此时四目相对，彼此眼里都是一张粉红的脸颊，笑成一条缝的眼睛，不管说出来的话儿是什么，成不成句子，清不清楚，都会换来一阵肯定和喝彩。饭店老板一看，这是醉了，先拿着他的小账单都走过去，"谁先结个账吧？"

范澄喻马上说："我，我结。"账单上的数字忽远忽近，跳着舞似的看不清，听着饭店老板的话给了个整数。老板把找零放到范澄喻的手里，像是怕他把钱丢了似的，一再叮嘱："找零，放好喽。"范澄喻应着，将那把零钱放进衣服口袋里。

师徒二人酒足饭饱，月光水银似的洒在青石板铺成的弄堂路面上，徐徐清风拂面，又添几分醉意，不知经过哪一户人家，闻得几声犬吠，也不知是谁惊扰了谁，只有一个人把外面弄堂里的声音听得清清楚楚。

"师傅，我这里地方乱，您就，就将就几个晚上吧。"回到宅子，范澄喻帮王再山收拾床铺，自己抱着被子到外间的长藤椅上。王再山纵有不忍，也了解他这个徒弟的脾气，只好依从："比这苦的多着呢，你这里已经蛮好了。我们跑江湖的时候，什么地方都睡过。"

范澄喻看着王再山，一部活的年代史，不禁腼腆一笑，"我去烧点水，您洗洗就睡吧。"醉得红彤彤的脸，眼睛都快睁不开了，王再山连忙摆摆手，"不洗了，不洗了。"说着栽进床里，很快就听到鼾声渐起。

范澄喻本就没有酒量，靠着最后的一点意识支撑到现在，王再山这一睡，他缩进长藤椅的被子里，没一会儿的工夫就睡着了。

清晨，金色的朝阳照进巷子，巷子醒了。范澄喻一翻身，从长藤椅上摔到地上，这声音不小，连带着撞翻了旁边的桌几，桌几上的东西掉了一起，噼里啪啦的声音，惊醒了王再山，师徒二人都醒了。

"哎呀，喝酒误事，喝酒误事。"王再山用手搓了一把脸，"你师母说得对，没人管着我，真是收不住。"

范澄喻这一摔，摔懵了，睁开迷蒙的眼睛，他倒是感激这酒，让他睡了一个好觉，多久没睡得这么沉了。听到王再山的话，不禁笑着说："师傅是不是想师母了？"

王再山哼了一声，"老夫老妻，哪会那么矫情。"话虽如此，事实上越是老夫老妻，越是离不开彼此。王再山只是嘴硬罢了，范澄喻抱着被子从地上爬起来。

"昨天晚上回来，该看看蜡模有没有凝固好，凝固了还要再微修一下，瞧，这一醉，耽误了工夫。"王再山一脸懊悔。

范澄喻心知王再山是急着回工房，"都怪我，只想请师傅喝顿好酒。"

王再山素来自律，什么时间做什么，做哪一步，从来都是有条不紊，偶尔打破这种自律，不免要自责一会儿，给自己点警醒，听范澄喻自责，又安慰起来，"是我贪杯，除了你师母，谁能管得住我？别说这些了，干活！"

两个男人匆匆洗一把脸，洗去昨夜的醉意。范澄喻又跑出去买早点回来，他们就一边吃一边开始把蟾蜍的蜡模拿出来端详，很快就进入下一个阶段，精修蜡模。王再山终于用他那双火眼金睛看到了一个小小的瑕疵，蟾蜍的双眼皮变成了三眼皮，他用手指着对范澄喻说："哎哟，怎么会出这么大的差错？"

"是不是我注蜡的时候进了杂质？"范澄喻双眉紧锁，脑子里想着该如何修复，这对他们俩来说并不是难事，范澄喻取来小刻刀，"都说单眼皮不好看，可多了也不好看，我给它做个整形手术吧。"便坐下，拿着刻刀细细修。

没一会儿的工夫，蟾蜍就变回大眼睛双眼皮了，一眼看上去觉得这蟾蜍通了灵性似的，对他们俩眨眼睛。

"这回美了。"范澄喻满意地看看被他修好的大眼睛双眼皮说。

王再山点点头，下一步就是做石膏坯了。先将石膏粉放在做石膏坯的方木盒子里，木盒是自己做的简易木槽，范澄喻在木槽四周的缝隙处涂上了熔好的蜡油密封，再将蟾蜍蜡模小心翼翼地放进去，倒进湿石膏粉，振动，使其均匀，直至上面的石膏粉平整，可以把蟾蜍蜡模完整地没过，加木板封住，为了防止还有空气，拿压缩机进行抽真空处理，这样是为了保证做出来的石膏模可以完全还原蜡模。石膏模是琉璃制作至关重要的一步，琉璃作品什么样，全靠石膏模对蜡模的还原。抽完了真空就等着石膏粉干燥凝固，做琉璃大概有三分之二时间都是在等待，极考验耐心。

每完成一道工序的等待空档，两个人就讨论烟花这部作品，王再山此来的目的之一，也是想给范澄喻一些经验之谈。聊得起劲竟然忘了吃午饭，直到肚子饿得咕咕响，范澄喻看看表，已经到了晚饭的时间了。

今晚，他们吃面条，王再山一再说不让范澄喻破费，平时他吃什么，他们就吃什么。范澄喻别的菜不会烧，就会煮面，阳春面煮得恰到好处，再配点酱油、葱花和香菜，让巷子口饭店的老板炒了几样拌面的浇头，也能吃得津津有味。

"澄喻啊，你得成个家，才能干这些事儿。"王再山此刻倒真是想他家里的老婆了。几十年来他可以全情投入到喜欢的事业中去，没有家里女人的支持，他可能早就饿死了。心念至此，他抬眼看范澄喻，总觉得他一副营养不良的样子。

范澄喻的面条一半在嘴里一半在外面，听王再山这话，不禁挑目看他，没听懂。王再山就继续说："你这样下去哪来的力气做琉璃？"这话儿真不假，做琉璃确实是个体力活。

范澄喻只是憨憨地傻笑，他还没想过这个问题，或者说他还没开始想这个问题，就被琉璃吸引了，爱情暂时敲不开他的心门，哪还会注意女人，猛然间，一张笑脸窜进脑海，他盯着自己碗里的面条，没做声。

"澄喻，你想找个什么样的女人？"王再山又问，一副要做媒的架势，范澄喻差点呛着，咽掉嘴里的面条说："师傅，我根本就没考虑过这个问题。"

"那也要考虑啊，虽然我不是你的父母，也没见过他们，但我要是他们，肯定着急。我猜，他们也不同意你做琉璃吧？不然，你也不会跑到这儿来。"王再山是过来人，一针见血。范澄喻苦涩一笑，又沉默地继续吃他的面条。

"我本想让你师母给你留意一个，可你这小子啊，肯定有自己的想法。"王再山真了解范澄喻。别看范澄喻一副老实巴交的样子，心里的想法可不少，对琉璃如此，对他要做的事如此，想来对未来妻子的人选更是如此，王再山也只能提醒提醒他，不要错过了年华，艺术这东西是永无止境的追求，绝不能提什么功成名就之后。

"师傅，你说夫妻是不是也像和我遇到琉璃一样，有那么一个人冥冥中早就注定了会来到我的生命中？"范澄喻眼睛盯着他那幅烟花的图纸。

"小子，你这意思是已经遇到了？"王再山狡黠地一笑，范澄喻连忙摇头否认，"没有，没有，我只是这样觉得。"

"不管有没有，小子你记住了，如果是一个愿意支持你的女孩子，一定要抓住喽。"王再山郑重其事地告诉范澄喻，范澄喻仍旧是那脸腼腆的笑容。

那天夜里，他们睡得很晚，石膏坯凝固了之后，就要开始脱蜡了，这是古法琉璃最著名的一道工序，虽然没什么难度。只要把包在石膏里面的石蜡融掉就好。先给已经凝固的石膏砖下面钻几个洞，让融化的蜡从石膏里面流出来，形成一个空心石膏模。这一道工序不用温度太高，大约四五十度，石膏模里面的蜡要充分融化，不能有一点残余，再注入清水，称重。清水和琉璃的重量相差不多，也有一定的比例可计算，按着这个比例配琉璃包球。一气完成了这些程序之后，已是深夜。

按着事先称好的重量，开始配包球，也就是琉璃母石。这个蟾蜍因为寓意着财源广进，做成金黄色，单独一种颜色的包球即可，所以，对于配色和包球的摆放位置并没有太多的要求，如果是做颜色多样的琉璃作品，各种颜色配比，摆放就另有一套规矩了。

王再山把石膏坯上面摆好范澄喻所有的黄色包球时，瞥了范澄喻一眼，看他那凝重的表情，一定对烧制时间没有把握。其实，此刻他也没有把握，毕竟这里的烧炉和他工房的炉子比起来差距悬殊，就算是温度一样，保温效果如何，炉子的大小又决定受热的程度，必须有所考虑，"昨天那点酒喝的有一个好处，就是睡得好，今天晚上恐怕没得睡喽。"

范澄喻沉默地点点头，熬夜做琉璃对他们来说已经是家常便饭。这一次有王再山陪着他，往日里他一个人与这烧炉相伴，真是伴了个寂寞。

王再山一再确认之后，缓缓地关上了炉门，与范澄喻默契地交换了神色之后，开始调试烧制时间和温度。因为对范澄喻的烧炉没有足够的了解，他不断地问范澄喻一些问题，师徒二人根据实际情况确定了烧制时间，但无论如何王再山都无法等这个作品出炉，毕竟，那是需要半个月后才能见分晓的事。

王再山嘴里说着烧制的时间和温度，范澄喻拿着笔记本边听边记录，每隔半个小时，王再山都会观察一下烧炉四周的温度，然后对烧制温度进行手调，"烧炉的大小不同，很多数据也不同，你都记好了？"

"嗯，记好了。"范澄喻非常认真地学习，耳朵听着王再山对温度和时间的如何判断，同时自己也在心里计算，偶尔与王再山相吻合，就会沾沾自喜。不知不觉地，天已破晓，烧炉的温度也基本稳定，范澄喻看看窗外透进的灰色光亮，对王再山说："师傅，你去睡一会儿吧，现在温控稳定，我来守。"

"好，我去睡一会儿再来换你。"王再山起身回房间去了。

王再山一觉睡到中午，饭香把他叫醒了，这一醒来，肚子果然是饿了。来到院子里，见范澄喻正笨拙地烧菜，单身汉的日子最大的好处就是能学会生存的技能，虽然菜炒得不怎么样，但看上去都熟了。范澄喻见王再山醒了，涩然一笑，说："师傅，今天您就只能将就着吃点了。"

"行啊，吃别人烧的饭菜，就不能挑食。"王再山笑着说，脚步却转弯先去了炉房，范澄喻在后面喊着："温度基本稳定了。"

王再山看了一会儿，从炉房里出来，说："你这个小炉子，也有好处，不过，我那儿烧了六天六夜，第六天开始降温烧，你就不用降了，按着以前的操作递减就好。"王再山把观察后的判断告诉范澄喻。

烧六天，王再山肯定是不能在这里待这么久，今天说这些话，想必是要准备回去了，范澄喻点着头，"我记住了。"

"还有，我的炉子冷了七天，才开，千万不能提前，你看它的厚度就知道提前的后果是什么。"王再山一脸严肃，颇有些担心，毕竟年轻人心急，小的作品或许早一点并无大碍，但这一次重中之重就在冷却时间上面，"宁愿晚一天，也不能早。"

"师傅，我明白您的意思。"范澄喻对此十分了解，这么大个琉璃蟾蜍，冷却时间宁长勿短，他也早就决定，晚一天开炉。

王再山和范澄喻一边吃饭一边又交代了几句，直到快吃完了，王再山才说："你这个炒鸡蛋，是不是没放盐啊？"

范澄喻恍然回神，苦笑着点头，而此时这盘没放盐的炒鸡蛋已经所剩无几，师徒二人不禁大笑，看来，还真是师徒，充分诠释了什么叫心不在焉，竟然可以如此投入。

"我看，在你这儿做的蟾蜍应该没什么大问题，那明天我就回去了。"王再山沉声说道，范澄喻心里些许不舍，有那么一点难过，也不知是不是因为寂寞，那些独自一人行走的路上，偶尔有人同行，便是最快乐的时光了。他只点点头，憨然一笑，"行，明天早上我送您去车站。"

王再山垂目沉思了一会儿，"我做琉璃蟾蜍大概要用25天，大部分时间在烧和冷却，你这个烟花，估计时间要更长，时间花在雕刻和拆，所以，今年你要靠这个琉璃蟾蜍养活自己了。做仔细点，别大意。"

范澄喻明白师傅的一番苦心，不住地点头。师徒二人又都陷入沉默，一声不响地继续吃饭。

王再山又观察了几次炉子，觉得基本稳定。那天夜里，他们整整一夜都在讨论琉璃，在案前讨论，躺在各自的床上继续讨论，最后是谁先睡着的都不知道。

次日清晨，太阳的光辉洒进巷子，巷子里的光影分明，范澄喻那个宅子的门"吱呀"开了，师徒二人走出来。

梁慧正巧看到他们离开，这一次没有预谋，纯属巧合，她看到他们手中的行李，猜想范澄喻大概是去送那年长的人离开，她好奇地往巷子深处看看。前些日子巷子头的小饭店老板已经把这师徒的醉话传遍了巷子，大概只有范澄喻不知道。梁慧有点好奇，琉璃是什么？不就是玻璃么？不过，梁慧最近有个奇怪念头，范澄喻这个小子看起来，不坏。每当这个念头从心底冒出来，她都会生自己的气，然后还要告诉自己，就算他不是坏人，但也不是她心中理想的女婿人选，一想到这儿，她都觉得自己不着边际。

范澄喻送走了王再山，再回自己的宅子，更觉得寂寞。他向四周看看，那些美轮美奂的琉璃，好像需要一点朝气，属于人类的朝气，这一刻，他想起了奚凝霜。

范澄喻赶走脑中杂念，他深知任何外界的干扰都可能会动摇他，所以，他必须让自己保持对琉璃专一，做任何事情的初期，若是没有这样的信念和决心，恐怕一不小心就会前功尽弃。他又去看看炉子，一切都很稳定，王再山回去的时候说会再给他配送一些做琉璃蟾蜍的包球过来。他和王再山计算过，等料配齐了，他就可以一炉烧两个。他这个炉子最多就能放两个，他看着师傅带过来的蟾蜍硅胶模，决定依着样子再雕一个做成树脂模，不然，三个月后，这个硅胶模恐怕就不能用了。三个月，他最快也只能做八个成品，依着王再山和他分析的市场需求，远远不够。

炉子里的琉璃还要烧上四五天，就用这四五天雕一个一模一样的出来。他拿起王再山做好的硅胶模细细揣摩，毕竟王再山雕这个蟾蜍模型的时候他一直在旁边看着，大抵心里有数，就开始动手捏模了。范澄喻干起活来专注的劲头可以让他摆脱心里的杂念。

第四章 琉璃人似月，蠡巷凝霜雪

老奚在单位接到女儿的电话，有点惊讶，平常女儿都是打电话到家里的，正写材料的笔停了下来。他猜女儿一定有重要的事要说，而且还是不想让妻子知道的事，所以，他非常认真地对女儿说："有什么事儿要和老爸商量？"

奚凝霜在电话的另一端听到父亲的话不禁抿唇笑笑，知女莫若父，"老爸，你真聪明啊。"

"别给我灌迷魂汤，你爸不吃这一套，说吧，到底什么事？"老奚很是清醒，心里却在猜测女儿这一通电话到底要讲些什么？都说女人的心思难猜，家里的老伴儿整天想东想西，毫无边际，的确难猜。自己的女儿虽然了解，但年轻女孩儿的心思谁都不能猜，也肯定猜不中，所以，他也就不猜了，直接问个明白。

奚凝霜一只手拿着电话，另一只手绞着螺纹电话线，咬了咬下唇，虽然电话那端是从小就对她宠爱有加父亲，她仍然犹豫了片刻才开口："爸，我想回蠡巷。"

这让紧张了半天的老奚松了口气，宠溺地说："想家了？想家就回来待几天。"

"不，爸，我的意思是，是毕业后，我想回家。"奚凝霜听父亲误解了自己的意思，连忙解释。

老奚先是一怔，随后拿着电话直点头，"好啊，回家玩几天再上班，上了班可就没有寒暑假喽。"笑着哄女儿。

奚凝霜在电话另一端急得直跺脚，"哎呀，爸，我是说，我打算在我们的镇里找工作。"

"啊？"老奚瞪大眼睛，张着嘴，一时间没回过神。自从奚凝霜上了大四，梁慧就在老奚耳边吹风，说一定要让女儿留在苏州工作，还让他找找老朋友、老同学，多打听打听哪个好单位需要人，好像奚凝霜会留在苏州工作的事已经是这个家心照不宣的事。

奚凝霜还有一个姐姐，奚凝雪，两姐妹都成绩优秀，姐姐早一年考去上海读大学，毕业后就留在上海工作了。梁慧曾经说，养两个女儿，上了大学就已经嫁出去了似的，回不到自己身边了，不过，看似抱怨的话儿，听起来却满是自豪。奚家两个女儿都那么优秀，自然是要找更优秀的婆家，梁慧只想着，一个女儿在上海成家立业，一个女儿在苏州成家立业，他们老两口在巷子里都挺直了腰走路，都说奚家两姐妹有出息，和男孩子比，有过之而无不及，将来一定能带回两个更出色的女婿。好像自己的人生都被别人预设好了，很多人会不知不觉地默认这种别人的预设。

老奚终于回过神，"凝霜，你，你这是，发生什么事儿了吗？"他不知所言地问道。

奚凝霜早就知道父母对她的决定肯定会有一堆的疑问，腹稿不知打了多少遍，此时缓缓地深吸一口气，说："爸，我想好了，外面的世界虽然很精彩，但我有我想追求的东西，而那些我想追求的，就在我们镇，就在蠹巷，所以，我想毕业后回镇里找份工作。留在你们身边，这样还可以一直陪着你们，怎么样？是不是很开心？"她故意把话儿说得轻松愉快，但可惜，电话另一端的男人可不是那么好哄的。

老奚在听女儿说这些话的时候，脑海里却是妻子整天和他唠叨的那些他一直认为是杞人忧天的事。

"凝霜，爸爸问你，你是不是真的喜欢那个小子？"老奚这一问，问怔住了奚凝霜，她心里知道父亲说的人是谁，也完全能听懂父亲的这没头没尾的话，沉默了下来。

奚凝霜的沉默倒让老奚捏了一把汗，难道这就是所谓的默认？

"爸，你是不是又听我妈说什么了？你们总是认为男女来往就是谈恋爱，这是错误的。"奚凝霜觉得说这些话的时候，有点心虚，但她不觉得自己喜欢范澄喻，至少现在为止不是男女之间的那种喜欢，她一直这样告诉自己的。

"女儿啊，说是说男女交往不一定都是谈恋爱，但至少百分之八十是，你是那百分之二十？都是年轻人，就是谈恋爱也很正常啊，但爸爸希望你能对自己的未来负责，理智地做这个很可能决定你前半生的决定。"老奚到底是搞教育工作的，尽管事情发生在自己身上很多人都会自乱阵脚，但老奚很快调整好心态，开始和女儿谈判。

"爸，我知道我在做什么，先不说男女之间是爱情还是友情，我只是觉得，他做的事，吸引了我。我不知道琉璃是什么，但是一眼就被它征服了，好像是命中注定了一样，着了魔。"奚凝霜这回说的是大实话，她目视前方的那双眸子虽无焦点，却闪闪发光，就像她看到了美轮美奂的琉璃世界一样。

"什么？那，那……"老奚一时语结，大脑迅速旋转关于琉璃，关于女儿的工作，两个完全不相干的事情，怎么会结合在一起？

"爸，我想在镇里找工作，我相信能找到适合我的工作，而且，或许我还能利用我的专业知识，改变镇里的行业标准呢，您说是吗？这样，我还可以进一步接触琉璃，又能离你们近一点，你看，是不是好处多多啊？"奚凝霜像是已经得到了父母的允许似的沾沾自喜，脸上的笑容藏都藏不住。

这可为难了老奚，他叹口气，"这事儿，你妈要是知道了，肯定要大闹一场。"他大脑一片混乱，想东想西，这个家，三个女人，足够一台戏，哪个都要捧在手心里宠着，哪个也不敢得罪，他这个老父亲为难坏了。

"所以，我这不是先和您商量嘛，不然，我妈肯定马上就杀过来，和我拼命。"奚凝霜边撒娇边说，声音也越来越小。老奚听明白了，这是拉他当后援团，他无奈地闭上眼睛，那一脸的懊悔，怎么就没生个儿子，三个女人一起宠的日子也太难了。

"爸，求求你了。"奚凝霜乘胜追击，继续恳求。

老奚了解自己的小女儿，别看她表面上乖巧懂事，但心里若是决定了要做的事，那是九头牛也拉不回来。他记得奚凝霜小时候要学书法，升学考试时学业紧张，梁慧让她以学业为重，书法只能抽空去学，不能占用学习时间。但奚凝霜偏偏着迷得无法自拔，梁慧把墨汁和纸都收走了，她拿着毛笔蘸着清水在青石板上写，笔被梁慧收走了，她就跑到临巷一个做毛笔的老师傅那去要报废的笔，继续练，为了不让梁慧知道，每天都把毛笔藏在外面。几次都被老奚撞见了，但他一直觉得女儿的这种执着是可贵之处，就偷偷地帮女儿隐瞒了下来。直到奚凝霜考上了大学，梁慧才让她重新拿起毛笔，而那时奚凝霜已经写得一手好字。梁慧以为女儿真是有天赋，不练都能写得这样好。所以，老奚知道，就算是他不同意女儿的决定，或许她会瞒着他们，那是他不想看到的，只好先应着："好，我知道了，还有一个月的时间，你再考虑考虑。"

"谢谢爸爸，我就知道爸爸最好了。"奚凝霜如释重负，眼睛笑成了月牙儿，恨不得穿过电话线去亲亲另一端的父亲。

"行了行了，你妈那一关过了再说吧。"老奚说的是重点，奚凝霜仍是欢喜地转着眼睛，母亲的确不是一个容易说服的人。"我马上给姐打个电话，把她也拉到我们的阵营来。"她鬼机灵地一转眼珠，就有了馊主意。

老奚来不及说什么，奚凝霜已经挂断了电话。老奚半天才挂了电话，哭笑不得地摇摇头，心里合计如果奚凝霜回来，找份工作应该是很容易的事，毕竟，那个年代的大学生少得可怜，只是职业发展前景和工资待遇肯定比不上苏州，他可没有奚凝霜那么乐观，还要改变行业标准，想到他这个壮志雄心又做了这么奇怪的决定的女儿，除了无奈只剩无奈了。

奚凝霜给奚凝雪打电话的时候，奚凝雪正在上班，直说忙，让她长话短说，奚凝霜就笑着说："姐，你就把你这么忙的事告诉老妈就行了。"

"什么？"奚凝雪没懂妹妹的意思，"我可不想让爸妈担心。"

奚凝霜把自己的想法告诉了姐姐，奚凝雪沉默良久。奚凝霜紧紧握着电话筒，没有继续说话儿，姐姐一直是她的榜样，她也很争气地没让姐姐失望。此刻，她不知道自己的决定会不会让姐姐失望，她不愿承认从小她就下了决心不能输给姐姐，那是小孩子的妒忌心，现在，她的想法变了。

奚凝霜终于从电话中听到了一声叹息。

"姐……"她轻声地唤了一声。

"你只要知道自己的选择意味着什么，而内心确定这个选择，即使有一天你后悔了，你仍然能承受后果，那我就支持你。你也不是小孩子了，很多道理你都懂，但你现在执着于此，谁也无法预测未来，那么你也可以用自己的行动改变别人的预测。事实上，人生都是无法预估的。作为姐姐，我可以支持你，我知道你想让我帮你说服妈妈，但这样她会伤心，你要想办法抚平妈妈的心情。"奚凝雪郑重其事地一口气说完。

奚凝霜不知不觉间眼底凝了一汪水，"姐，我是个不懂事的妹妹，永远都不及你优秀。"

"说什么呢？奚家的女儿怎么可以妄自菲薄？无论你在哪里，无论你做什么，但记住都要做到最好。"奚凝雪嗔怪妹妹。

"嗯，我懂了，姐，谢谢你。"奚凝霜吸两下鼻子，忍住她感动的泪水。

"行了，我就去忙了，不过话说回来，你回爸妈身边，我也很高兴，照顾他们的责任就多担一些了，姐还要先谢谢你呢。"奚凝雪的语气一直平稳，有时听不出她的感情，但句句都满含着感情。

奚凝霜拿着电话点头，"当然，当然，姐你可以放心。"

"好了，不能多说了，我已经占着公司的电话聊私事很久了，同事会有意见的，我先挂了啊。"没等奚凝霜回话，那边的电话已经只剩忙音。

这就是奚凝霜的姐姐，奚凝霜也不知是哭着笑，还是笑着哭，挂了电话，擦干眼泪，心里洒着一片阳光。

回到宿舍，她就把自己争取到家里四分之三支持票的事兴奋地和张颖分享了。张颖看着她竟然不知该不该祝贺她，一辈子的事就因为一个琉璃？张颖又瞥一眼奚凝霜当宝贝似的琉璃如意，马上收回目光，她甚至觉得是不是那个东西真有什么魔法，迷人心智，才让奚凝霜有这么大的变化。

老奚下班回家的路上都在想着女儿的话，又想想家里的妻子，走到自己家门口的时候，他停下脚步，踌躇片刻，复又往巷子深处走去，直到那扇黑色的门前，停下了脚步。门依旧是半掩着，透过门缝，里面仍是静谧一片，没有之前的各种声响，像一座空宅。老奚定定地站在门外，站了很久，进？还是不进？拿不定主意。

突然，宅子里面有响动，老奚被惊醒了似的透过门缝看到范澄喻从主屋匆匆走出来，到了旁边的屋里去。老奚好奇，这小子到底是在做什么，脚步就由着这好奇心向前迈去。

范澄喻查看炉子的温度计，手里拿着笔记本记录，抬腕看看手表，继续在本子上记录，合上本子后又看看烧炉，才转身向门外走，刚走到门口，看到已经走进院子里的老奚，不禁一怔。

"老师！奚老师！"范澄喻马上礼貌地打招呼。因为老奚在教育局工作，年轻的时候做过老师，又姓奚，巷子里的人都喊他老师。范澄喻虽然不和巷子里的邻居走动，但这个称呼，他是知道的，脱口而出之后，又因为是奚凝霜的父亲，不免又加一句尊称。

"哦，我，我是……"老奚一时困窘，转瞬就横下一条心，决定多了解了解范澄喻，"小范，我能和你谈谈吗？"尽管他并没有想过范澄喻说不准就是他未来的女婿。

范澄喻对老奚的突然造访还没回过神，但眼前是前辈，连忙谦逊地说："好，好，那，那屋里坐吧。"便引老奚进屋。

老奚进了屋，看着简单的摆设，目之所及处尽是些工具和材料，除此之外再没有什么别的东西。上次来找女儿的时候，他只站在院子里，没进过屋，这会儿他看得仔细。老奚的目光被一面打满格子的展示柜吸引，里面摆着五颜六色的工艺品，色彩鲜艳得引人侧目，他听女儿提起过琉璃，而眼前这些应该就是琉璃工艺品，他不知不觉地向那个展示柜走过去。

"哦，这些都是我做的琉璃作品。"范澄喻沿着老奚的目光，向老奚介绍。

两人已经来到展示柜前，老奚的目光落在一个立体长方形的琉璃上面，远远看去，就被它吸引，像是一个苏式古建筑，屋檐、墙脊，十分精致，屋檐上的雕刻清晰可见，更神奇的是屋顶是土黄色，通身整体透明，边缘处是蓝色，偏偏正中心有一个拱门形状呈绿色，单这几个色彩，清透

通灵，把这块琉璃要表达的神韵展现得淋漓尽致。

"这是一枚印章。"范澄喻见老奚看得出神，轻声介绍。

"太美了。"老奚忍不住赞叹。

范澄喻抿嘴微笑，那是他难得满意的作品之一，"很有苏州特色的一个作品。"

老奚不住地点头，范澄喻将那枚印章取了下来，递给老奚。老奚稍稍迟疑，因它太过通透，甚至觉得用手去触碰都是一种亵渎，他最后还是抬手接过来，拿在手中时就感觉到与一般的玻璃制品不同，极有质感不说，温润得像玉石，那一刻，他似乎明白了点什么。他挑目看一眼范澄喻，发现范澄喻的目光落在他手中的琉璃上，眼底流露出莫名的情感。那种眼神老奚有点熟悉，单位里有位喜欢字画的老师，他看字画时也是这样的目光。

老奚扫视展台，看到倒挂的荷叶，跃起的锦鲤，静怡的荷花，怒放的牡丹，还有各种趣味不同的十二生肖，个个惟妙惟肖，老奚很少关注工艺品，不得不承认，他被这些工艺作品的美感震撼了。

"这些都是你做的？"他轻轻抚过那些华丽的琉璃作品。

范澄喻微笑着点头，"嗯，这些都是基础作品。"

老奚点点头，转过身往另一侧的案台走，他终于明白奚凝霜这丫头为什么喜欢跑到这里来，这些东西的确有魔力，他甚至觉得自己再多看几眼，也会掉进去，索性不再去看。案台前的画板上是范澄喻画的烟花图纸，案台上放着一个范澄喻刚捏的蟾蜍模型。老奚面上无波，心下暗忖，难怪小丫头着迷，眼前这个年轻人多才多艺不说，这五彩缤纷的摆件，最讨女孩子喜欢。

老奚是过来人，看完了这些，心里就有了大概，转过头，对范澄喻说："这是你的职业？做琉璃卖吗？"

范澄喻被问得有点尴尬，垂目腼腆一笑，"艺术品也有价值，改革开放以后，人们的日子越来越好了，对美有了追求，所以这也可以是一条创业之路。"

20世纪80年代末，这种想法还是非常前卫的，并不是所有人都能认同。老奚博览群书，游离于思想开放与保守之间，他能理解，也能懂范澄喻的心思，但到了自己家人的身上，他还是会犹豫。

"可我在外面没看到有售卖琉璃的。"老奚把自己的疑惑说了出来。

范澄喻又笑了，"目前，琉璃工艺品还处在订制阶段，大多数都是有人订才做。所以，市场上很少能看到。"

"哦，那真的可以养家糊口吗？"老奚问得非常认真。

范澄喻却有些摸不到头脑，但他还是老老实实地回答说："以我目前的产能，只能养活我自己吧。"说完，羞涩地微微垂下头。

不管怎样，老奚至少觉得范澄喻是坦诚的，没有夸夸其谈，也没有信口开河，这让老奚对范澄喻的印象又加了几分，只不过，那是因为范澄喻暂时和他没有什么关系，但女儿的心思是什么，他还摸不透，再抬目看范澄喻，看得越发仔细。范澄喻的目光正碰上老奚的审视，才觉得有那么点奇怪。

"奚老师，您问这些是？"范澄喻问。

"哦，我只是好奇。"老奚淡淡一笑。

这是范澄喻第二次见老奚，他并没有多想，因为在蠹巷主动走进他院子里的人，除了租他房子的老何，就只有奚家父女俩了。他心想，可能这父女俩和他一样，都有点艺术细胞，对工艺品感兴趣，而他最明白这种兴趣是没有原因的。

老奚犹豫了片刻，还是没有提女儿，只是若有所思地看了范澄喻几眼，就转身要回去了。梁慧看到老奚进门，叫了他一声，老奚毫无反应地走进屋里，像是没听到似的。看他一副魂不守舍的样子，梁慧走了过去，"你想什么呢？"

老奚恍然回神，"没想什么，没想什么。"他没想好怎么和梁慧说奚凝霜的事。

"没想什么才怪，刚才我喊你，你都没听到，说吧，单位里又出什么事了？"梁慧真是长了火眼金睛，这个家里什么事都瞒不过她。家里的女主人大概都是如此，精神都放在家里这几口人身上，家人的一颦一笑尽收眼底。

第四章　琉璃人似月，蠹巷凝霜雪

"真没事。"老奚生怕被妻子逼问，忙又解释说，"哎，单位里有个同事，喜欢字画，突然想辞职专心搞字画。"

"啊？谁呀？"梁慧追问，老奚怔住了，他单位里的同事，梁慧可都认识，万一哪天跑去问人家，可就麻烦了，"哦，不是我们科室的，只是听说了这件事，有点感慨而已。"

"哎，人家的事，你操什么心，人家那是有艺术追求。"梁慧瞥了老奚一眼。

老奚心下苦笑，若是妻子知道自己的女儿也要追求艺术而放弃留在苏州，不知道她是不是还是这么说，"哦？你也觉得追求艺术是件不错的事？"

梁慧刚要开口，突然面色凝重，像是想起了什么似的，低声说："艺术这东西，只能是个爱好，不能当饭吃，这么好的工作都不要了，除非他家里有个金矿。"

老奚才想试探妻子的口风，就被梁慧接下来的话堵住了。看来，女儿想说服妻子，不是件容易的事，他只好先打预防针说："也许他能靠着字画赚点钱呢？"

"艺术之路，哪是想的那么容易。"梁慧的声音很轻，眼神里带一点复杂的东西，老奚第一次见，他以为梁慧只会不屑，可刚刚她眼神里闪过一丝别样，意味深长，他怀疑自己是不是看错了。

"但是，将来，人们会越来越重视生活的品质，到那时，艺术就有价值了。"老奚给妻子做心理铺垫。

"那是将来的事，我还不知道能不能活到那个时候呢。"梁慧白了老奚一眼，就去厨房准备做晚饭了。

奚家有个小院，在这条巷子里进了门能有个小院的人家没几户，除了范澄喻租的那套神秘的老宅之外，奚家、管事的张阿姨，还有几个老户，加起来都不足十家。其他的人家大都开门就是巷子，苏式老巷大都是木板门，白天，就拆开门板，一扇门永远敞开着，里面一张桌，或者一套藤椅，有的人家在四角桌上摆一台电视机，想和邻居聊天，就坐在门口，一条巷子都像是自己家的走廊似的。但这样的巷子自带江南韵味，即便是再破旧都不被嫌弃，每当晨曦或是夜幕初降，远远看去，就是一幅民间画卷。当初范澄喻选这里，其中原因之一也是如此。

梁慧到院子里取来摘好的菜，面色平和，洗菜、切菜，再把配料一一分配到即将要待炒的每一盘里，一边做这些，一边整理、擦拭，厨房始终保持清洁，就像什么都没发生过一样。哪怕是炒菜时溅出了油渍，她都会随手擦掉，反反复复，奚凝霜在家的时候，就问过她，为什么不等菜都烧好了一起擦？梁慧只是笑笑，因为她习惯了，她没有办法去忍耐那些油渍在她面前炫耀自己的溅落。习惯真是可怕的事情，很难改掉，所以，她的手边总有一块小抹布，随时重复着那些擦拭。

梁慧今天依然如此，将一盘盘烧好的菜摆在餐桌上，奚凝霜在家的时候，家里会炒四个菜，女儿不在，老两口就只剩下两个菜，偶尔会有一个汤，但大多都是两个菜，通常一小荤一素，偶尔有一大荤，梁慧说年纪大了，要讲究健康饮食。

"老奚，吃饭了。"梁慧将两双筷子放好，冲着屋里喊。

老奚习惯地先去洗了手，来到桌前坐下，拿筷子吃饭，才吃了两口，垂目看着饭碗说："女儿不在家，我们俩还真是清苦。"

"怎么了？你又没瘦。"梁慧瞥他一眼。

老奚了解梁慧，觉得自己不能再多说，他这个老婆可是非常敏感，很容易被她看出破绽，他还是做女儿的后盾比较合适，正面交锋的事儿，交给女儿吧。一边想着，他还一边叹了口气，梁慧又看他一眼，老奚连忙赔了个笑脸，直说："今天的菜真好吃。"

梁慧看着桌上的一盘干丝水芹，一盘番茄炒蛋，这么普通的两道菜，能好吃到哪去？不禁停下了筷子，看着老奚说："你今天真没事吧？"

"没事，没事，我能有什么事？"老奚垂头否认，只顾往嘴里扒饭，言多必失，言多必失，心里念叨着。

梁慧盯着老奚看了半天，没看出端倪，继续吃饭了。心虚的老奚打从回到家，就觉得电话随时会响，直到夜深，电话也没响，老奚的心被折腾了一晚上，躺在床上竟然有些失眠，时而是女儿的话在耳边萦绕，时而范澄喻那些琉璃工艺品在眼前晃悠。

"老奚，你今天肯定有事儿。"梁慧被翻来覆去的老奚折腾烦了，干脆

起床拉开床头灯，质问老奚。

老奚假装闭着眼睛，"哎呀，有什么事儿啊？就是，就是有点肚子疼，不知道是不是晚上吃坏了。"

"吃坏了？我怎么没事啊？"梁慧直接把老奚的被子一掀，"说，到底怎么回事？"

老奚连忙起身抢被子，嘴里说："都说了没事，那要是有事儿，就是那个辞职的同事，让我有点触动。"

"又不是要好的同事，你操的哪门子心啊？"梁慧白了老奚一眼，任由老奚抢回了被子。

"睡觉，睡觉。"老奚躺下，再也不敢动了。

女儿的事儿成了老奚的心病，范澄喻的琉璃柜也成了老奚的心病，当父亲的都为子女的未来担忧，老奚脑海里总会出现一个画面，就是女儿和范澄喻一样忙里忙地在那些泥巴和玻璃中间，这和他这个教育工作者的想象差距太大了。所以，那些天，他总会无故叹气，摇头。要好的同事见了，不免要关心地问几句，老奚每每都是一副欲言又止，有苦难言的表情，随后又是叹气，又是摇头。爱女心切，不得不担忧妥协后的后果。有时候，老奚觉得如果自己能像妻子梁慧那样果决就好了，但未来的路谁又知道呢？

梁慧觉得老奚一定有事瞒着她，女人如果勇敢起来，男人是无论如何也无法预料到结果的。几天后，她就到老奚的单位去了，手里拎了一篮枇杷，说是家里两口人吃不完，正好她今天有空，就送到单位来，人多吃得快。

老奚办公室里的小李说，老奚去学校里调研去了。梁慧笑着说不巧，其实早上老奚走的时候就告诉她今天要去学校调研，她根本就不是冲着老奚来的。梁慧和小李聊了几句就问："小李，听说你们单位有个同事辞职搞艺术去了？"

"啊？谁呀？"小李这一问，梁慧不禁一怔，"你不知道？"

"不知道啊。"小李来了好奇劲儿，盯着梁慧等着她继续说下去。

梁慧眨眨眼睛，今年四十五岁的梁慧皮肤白皙，五官秀气，能看出她年轻的时候一定是个美人，现在打扮得干净利落，清爽怡人，加上几十年的服务工作，在外人面前总是挂着温和的笑容，也只有家里的几口人知道她凶起来的样子。

"不是说，你们单位有位喜欢字画的同事，要辞职搞艺术去吗？"梁慧支吾地说出来。

小李听了，皱起眉头，"没听说陌老要辞职啊，再过几年他就退休了，拿退休金再搞艺术多好啊，怎么可能辞职啊？"

梁慧没有继续问，心下狐疑，不过，此刻，她笃定一点，老奚在说谎。到底他隐瞒了什么秘密？

老奚回家的时候在家门前停留了一会儿，像在犹豫，屋里梁慧偷偷地看他，老奚垂着头，终于推自行车进了院子，锁好车，往屋里走。

梁慧和每天一样在厨房里忙碌，吃饭的时候，她说："今天我去你们单位送枇杷，你吃到了吗？"

"嗯嗯，小李说了。"老奚沉声回答，突然又停下筷子问，"你怎么会去给我送枇杷呀？"这时四目相对，就那么一瞬间，老奚仿佛从梁慧的眼睛里看到一把利剑，不禁半张着嘴，不知道说什么了。

"说吧，到底什么事儿？"梁慧这个女人，什么都别想瞒过她，并不是因为她有多聪明，仅仅是因为她有一颗爱思考的脑袋，而这种思考，往往都是基于她的个人理解和判断。老奚非常了解妻子，所以，他才怕呀！那句话怎么说来的，秀才遇到兵有理说不清。

"别说没事儿。"梁慧咄咄逼人的眼神，射出几十支利箭，支支中目，老奚从来不说谎，这一刻真是不知如何是好。

"哎，你还是问你的宝贝女儿吧。"老奚终于缴械投降，对他这位老婆他是一点抵抗能力都没有。

"凝霜？"梁慧都不用多想就知道是小女儿，见老奚没有否认，筷子往桌子上一放，就要去打电话，老奚忙喊："吃完饭再打。"

"吃不下。"梁慧的语气严厉，老奚只庆幸女儿的学校离得远，不然，真会像女儿说的，梁慧非杀到学校去不可。老奚只有在心里替女儿默默祈祷了，毕竟这件事，他不想瞒着妻子。

奚凝霜这几天的心情特别好，除了开始继续画她的素描，还在找工作，只是这一次她把目标放在了蠡巷的镇子。她没想那么早打电话和母亲摊牌，是因为她想等工作有着落了，再和母亲说。没想到，宿管阿姨来叫她，说是她妈妈的电话，奚凝霜深吸了一口气，像是要去就义似的去接电话。

"你和你爸说了什么？"梁慧问得直接，能让老奚几天来魂不守舍定然不是小事，这一点，梁慧心里非常清楚。

奚凝霜猜到一定是父亲的戏没演好，缩短了她最后谈判的时间，看来，到了该面对的时候了，"妈，其实，我是想给你一个惊喜，所以，没让爸和你说。"

"惊喜？"梁慧才不相信。

"对啊，妈，你看你这样问，不就没惊喜了吗？"奚凝霜嬉皮笑脸地打太极。

"你不给我惊吓就不错了，还惊喜，别绕圈子，说，什么事？"梁慧根本不吃奚凝霜那一套，继续逼问。

"是这样的，妈，我和姐商量了一下，你看，你们二老在蠡巷，我们俩都在外地，你们身边没个家人，哪能放心啊？所以，我决定我牺牲一下，回我们镇工作，这样一来，我就可以陪在你们身边了。"奚凝霜气都不敢喘地说完。

梁慧已经怔在那儿，瞠目结舌，奚凝霜的话她听懂了，但人还不及回神。

"妈，你是不是很高兴啊？"奚凝霜继续笑着说，连她自己都能听出来自己笑得有多假，可是戏要演下去啊。

"奚凝霜，你疯了？"梁慧的喊声穿过电话筒，直接射进奚凝霜的耳朵里，奚凝霜马上将话筒远离耳朵，双目紧闭，完全和她预想的情节相同，只是她还是没猜到穿透力会这么强，震得她耳膜发疼。她能听到电话筒里还在不断地传过来咆哮声，她没有再把听筒放在耳边，不然，她的耳朵真是要不保了。

直到那边稍微安静，奚凝霜猜一定是梁慧骂累了，才将电话筒拿到耳边，说："妈，你别激动，别……"

"不行！"梁慧喊出这两个字就挂断了电话，留下奚凝霜一脸苦笑。她耷着肩膀回了宿舍，进门就扑在自己的床上，耳边好像还在回荡着母亲的怒吼。

张颖见她那副模样就知道事情不妙，"你妈知道了？"

"嗯。"

"怎么说？"

"还能怎么说呀？"奚凝霜无奈地拖着长音。

张颖不禁笑了，这结果，她们俩早就预演过很多次了，看来，还是超出预期了。"早就和你说了，肯定要引发一场家庭大战，好在你有两个同盟。"

"那两个同盟太弱，根本不堪一击。"奚凝霜嘟起嘴，脑海里想象出父亲面对母亲无力抵抗的样子。而姐姐更是好女儿典范，根本不会反驳母亲的任何一句话，这个家也只有她，最不听话。

"阿姨明天会不会直接杀来啊？需不需要我让出战场，你们打得痛快一点？"张颖打趣奚凝霜。

"你们这些叛徒！"奚凝霜佯装哭腔喊道。

"你必须为自己的选择承受考验啊，这是你艺术追求之路上第一个考验，你要扛住。"张颖仍开着玩笑。

范澄喻和奚凝霜并没有深入的交往，仅仅是那个寒假十几天的相处，就要改变早已设定好的人生轨迹，无法接受看起来才更正常。只有同类相遇，才会懂那是种什么样的感觉。

王再山和老伴儿那个年代的婚姻，只要在一起互相照顾着过日子就好，什么精神共鸣是从来不会去想的，那时候的人还没那么多精神追求。但范澄喻这一代人显然会有所不同，奚凝霜会不会是他的精神伴侣，这时候，他们俩谁也不知道，甚至也没有去想。奚凝霜是女孩子，偶尔还有些少女怀春的心思，范澄喻就真是块木头，哪怕他做的是变幻莫测流光溢彩的琉璃，也没生出一颗玲珑心来，不过，也不尽然，在没遇到那个人之前，在没有那一丝奇妙发生的时候，很多人的心大概都是深藏不露的璞玉。

目前看来，所谓的感情都是过来人捕风捉影的预测。生活中的伴侣好找，精神上的伴侣相遇不易。只是有些理想就怕成为现实中的肥皂泡，一碰就破，年轻人看不破，过来人能，所以，老奚才会那么犹豫，梁慧是这世上活得极现实的人，她就更不允许任何不切实际的梦想出现在这个家里，例如：追求艺术。

梁慧打完电话，气急败坏地拿着扇子狂扇，还是六月，天气也没那么热，老奚不紧不慢地吃好了饭，此刻的场面，他早就在脑袋里预演过了，并不慌张，还有一个原因就是他不想那么快进入战场。他心知梁慧肯定不会再回来吃饭了，就将饭碗叠在一起，收拾到厨房去。平常这些活都不用他干，梁慧一手包办了，今天老奚只想拖延时间。刚才，她对着电话的那通怒吼，他一个字都没落下地听到了，他猜奚凝霜都没他听得清楚。

老奚开始洗碗，就像犯错的那个人是他一样，但他今天洗得心甘情愿，不像以前偶尔梁慧让他洗碗，他都找点借口，不干。老奚洗得很认真，用清水冲洗了好几遍，再用抹布擦干净，看着整洁的餐具，心里竟然有点喜悦。他猜，梁慧的气儿也该消点了，拿手巾擦擦手，走进客厅。

梁慧仍旧狂扇着扇子，老奚见了说："有那么热吗？"故作轻松地走到已经被他坐得好像油漆过一样亮的藤椅上。梁慧知道老奚是故作镇定，但凡在一起超过二十年的夫妻，就真会过成一个人儿，彼此了解得十分通透，她也知道老奚回避什么，扭过身背对着他，不理他。

其实，老奚心里就希望梁慧不理他，见梁慧不吭声，赶紧闭上嘴，假装看着电视里的新闻联播，这是他每天的固定节目。客厅里就只剩下电视机里的声音，好像观众都极认真，事实上，梁慧和老奚大概都没听明白今天的新闻在说些什么，梁慧突然把扇子往小几上一扣，"你是不是同意了？"

老奚看着妻子，一本正经地说："我没说同意啊。"但他也没反对。

"是不是凝雪也知道了？"梁慧在家里是说一不二，也就小女儿总给她来点惊吓，但毕竟是自己的女儿，自己怀胎十月生出来的，能做什么，她这当娘的总能猜出一二，既然丈夫知道了，那这丫头肯定也把大女儿收买了。一想到这儿，刚刚稍微平息的怒火，又蹿上头顶。

"这我哪知道。"老奚说的声音很轻,嘴里不承认,但还是有点心虚。

梁慧白了老奚一眼,她根本就不想打电话给奚凝雪,免得奚凝雪劝她。"明天我就去她学校,你同学李铆不就是负责分配的吗?明天,我去苏州见见他去。"这是要直接干涉奚凝霜毕业分配了。那个年代的大学生少,许多靠毕业统一分配。

老奚刚要开口劝妻子,就被梁慧目中那抹冷意冻住了,识趣地闭上了嘴。他这位老婆大人想做的事,真就没有办不成的,这一点他特别佩服。

"我警告你,如果你告密,我就和你离婚。"梁慧使出了杀手锏。老奚听了有点生气,别的话儿怎么说都行,这话儿不能随便说,他瞪大了眼睛,"孩子大了,有自己的想法了,你不能一直替她们决定人生吧?"

"她们有什么社会经验,我这叫为她的未来负责。"梁慧振振有词。

老奚虽然没想好女儿的决定是不是正确的,但他还是反对妻子的做法,电视里的新闻联播还没完,他就起身进了卧室,这是他唯一表明自己生气了的方式。

那个服从分配的年代,有自己的追求是奢侈的,也不被理解。梁慧突然就想到了范澄喻,她开始怨恨范澄喻,好像什么事儿都因为他来到这个巷子而发生了改变。她越想越觉得奚凝霜的这个决定肯定和范澄喻有关,有了这个心魔就挥之不去了,最终,她起身走出家门。

范澄喻还在捏他的蟾蜍,突然听到院子的大门有响动,是有人在敲门。心里纳闷,最近这是怎么了?居然又有人来找他,平常他这个宅子可像块禁地似的无人问津,这样也正合他的心意,免得总被打扰。他放下手里的泥料,一边擦手一边往外走。

夜色之下,他隐约看到一位妇人,不是张阿姨,还有谁会找他?一边思量,人已经到了大门口,只觉得眼前这妇人眼熟,肯定在巷子里遇见过,但他不知道是奚凝霜的妈妈。

"您是?"范澄喻问道。

梁慧对范澄喻倒是十分熟悉,看到范澄喻的一瞬,她尽量压住脾气,毕竟这巷子里有点动静,就能传出故事,她可不想搞得满巷风雨,轻声说:"能进去说话吗?我是巷子里的邻居。"

"哦，请进。"范澄喻将梁慧让进屋里。

走进这个宅子的人免不了好奇地四下打量，梁慧更不例外，她想知道这里到底为什么会那么吸引女儿，但在夜色之下，那些乌漆麻黑的东西，根本看不出个所以然。范澄喻主屋一进门就先是一个客厅，中间摆着一张四方桌，两边各一张椅子，平常也没什么人来，范澄喻也不坐在这儿，只有偶尔来人说说话才坐在这里。桌子上有个凉水瓶，旁边摆着几个玻璃杯，范澄喻一边招呼梁慧，一边要倒水，梁慧见势马上阻止他说："不用忙了，我不喝水。"

"哦。"范澄喻是个实诚人，停了下来，看着梁慧不知所措，更不知她这么晚找自己是什么事。梁慧的目光在屋子里游走，和老奚一样，看到了那面琉璃墙，就是这些东西把女儿的魂给勾走了？她不禁瞥了范澄喻一眼，范澄喻正一脸尴尬地等着她说明来意。

"小范，你以前做什么工作的？"梁慧一脸严肃地问道。

范澄喻觉得眼前这个妇人有点奇怪，"您是？"他没有回答梁慧的问题反问道。

梁慧不想说自己是谁，但谁让她来了呢，"我是奚凝霜的妈妈。"

范澄喻略感惊讶，这两天先是奚凝霜的父亲，现在又来了奚凝霜的母亲，难道奚凝霜出什么事儿了？他突然想到，很久没有收到过奚凝霜的素描画了，不禁紧张地问："是不是小奚出什么事了？"

梁慧垂目，略作思量，再抬目，目光犀利，"小范，我本不应该直接来找你，和你说什么，但是我不能放任自己的女儿走错路。"

范澄喻听得一头雾水，梁慧继续说："今天我女儿打电话回家说要回来镇里工作，是不是因为你？"

听到这儿，范澄喻终于明白了，他哭笑不得地说不出话，"我，我，阿姨，我……"语无伦次，"哎！"他长叹一声，"阿姨，我不知道小奚做这样的决定和我有没有关系，我们已经很久没有联络过了，小奚喜欢琉璃，但你确定她要回来是因为……"他没有说是因为他，这个理由让他觉得有些不可思议，"因为琉璃。"他豁然开朗，奚凝霜和他当初一模一样，那种被某种东西征服，而无法自拔的感觉。他们是同类，此刻，他心如小鹿乱撞。

梁慧那先人为主的想法很难改变，就算范澄喻这么说，她并不相信，瞥了范澄喻一眼，"好好的一个女孩儿，自从寒假到你这儿之后，就变了个人似的，小范，凝霜是个有前途的孩子，你不该耽误她。"

范澄喻越发不明白自己到底怎么耽误奚凝霜了，可他不想和梁慧争执，他能理解父亲当初反对他，就能理解梁慧此刻的心情，"阿姨，这件事，我起不了任何作用，您还是和小奚好好谈谈吧，不过，一个人的职业追求，大概也有很多因素是因为热爱，只有热爱可抵岁月漫长。"

梁慧被范澄喻的话说得一怔，没听懂。

"不过，如果需要，我可以帮你劝劝她。"范澄喻的话让梁慧听不懂了。"你到底是什么意思？"梁慧不确定地追问。

范澄喻抿唇一笑，他也在想奚凝霜若真是因为琉璃回来，那这个决定非同小可，他想知道奚凝霜对琉璃是否和他一样热爱，而这份热爱绝不能是三分钟热度，是需要付出一点代价的。

"我说的是真心话，我也不希望小奚因为一时的兴趣而做错一生的决定。"范澄喻有一张十分诚恳的脸，这让他说什么话都很有可信度，哪怕梁慧不想相信他，还是被他目中的坦荡打动了。

"好吧，那，谢谢你了小范，阿姨不是来兴师问罪，但这件事发生得太突然了。"梁慧有点佩服眼前这个年轻人了，"小范，艺术这条路，不容易走。"

范澄喻笑了。"阿姨，我还不敢确定做琉璃是在搞艺术，但我想任何美的东西都应该与艺术有关。难与不难和心里的认可有关，不在其中的人，和我们的认定是不同的，心里的满足感让我很幸福。"

梁慧摇摇头，搞艺术的人大概都是这副样子的，执着，不，她认为是固执，几头牛也拉不回的固执。梁慧走了，范澄喻重新坐在案前，刚拿起泥模打算继续捏模，手却不听使唤，找不到一点感觉，浓眉紧锁，脑海里想的是奚凝霜。

所以，那一夜，范澄喻失眠了。

辗转反侧良久，他拿出纸笔，又从书桌的抽屉里翻出奚凝霜寄过来的

信封和信纸，决定给奚凝霜写一封信。毕竟这两天她的父母分别到访已经说明了一切，他也很想知道奚凝霜到底是怎么想的，关于琉璃。

不止范澄喻，梁慧和老奚，还有学校宿舍里的奚凝霜这天夜里都睡得不好。第二天早上，老奚看着梁慧几次欲言又止，梁慧怎么会不知道，她就是不问。

老奚推着自行车往外走的时候，又犹豫了片刻，正好梁慧也出来了，老奚轻声说："你真要去学校？"

"对。"梁慧二话不说，坚定地回答完抢先一步出了院子，"锁门。"下命令给老奚。

老奚的同学李铡看到梁慧，也知道一定是有关他们的女儿分配的事情，毕竟奚凝霜刚入学的时候，他们夫妻俩就找他关照过，现在马上要毕业了，家长最关心的事儿就是分配工作，但他也为难，有些事不能违背原则。

"老奚没一起来吗？"李铡笑着寒暄。

"他忙，我的班时间自由。"梁慧和李铡都知道这次会面的意义，说什么都显得有点假情假意，李铡干脆先开口说："孩子要毕业了，这丫头成绩好，应该能分配得不错。"

梁慧叹了口气，"老李，不瞒你说，最近我也不懂现在的年轻人在想什么，她突然往家里打电话说要回去，不在苏州工作。"

"啊？"李铡的眼镜还真的差点掉下来，这么多年的工作，还头一次有人来找他不是为了分配到苏州工作。

"你也不能理解吧？"梁慧一脸愁容。

"为什么啊？"李铡大惑不解，他之前也了解过奚凝霜在苏州找一家好单位是没什么问题的，也安排去实习过了，有几个实习单位对奚凝霜有意向，梁慧的话倒真是李铡没想到的。

"我也不知道，所以，我今天才来，想问问你，能不能强制她服从分配？"梁慧给李铡出了个难题。

李铡将倒好的茶水端到梁慧面前，"这可不行，分配也是要经过毕业生同意的。她不同意，学校是没有权利强制她服从，但会给她进行说服开导工作。"

说服教育有用的话，就不是奚凝霜了。梁慧太了解这个女儿，无奈地叹了口气，看样子，学校是不可能帮她解决问题了，家里的事还是要家法解决，她和李铡又聊了几句就告辞了。走在学校的院子里，看到那么多热情洋溢的年轻笑脸，他们脸上的朝气预示着一个个美好的未来，她不明白自己的女儿怎么会突然喜欢做手艺活儿，那在过去是读不起书的人不得不学的手艺，以此养家糊口，即使说得高级一点，说成艺术作品，艺术……她的心越来越沉重。

既然已经来了学校，就一定要去见一见奚凝霜，梁慧努力稳定自己的情绪，母女俩总不好在学校里吵起来，她可不想女儿在学校里以这种方式出名。梁慧这个女人虽然读过的书不多，但大是大非还是懂得一些。

梁慧站在奚凝霜的宿舍门口，张颖和奚凝霜从教学楼回来，两个年轻的女孩儿都看见了梁慧，不禁放慢脚步，张颖对奚凝霜说："你妈还真是行动派，你说吧，是需要我留下来，还是回避？"

奚凝霜知道这是一场不可避免的谈话，既然母亲已经来了，她只有迎战，她对张颖说："你去图书馆吧。"

"嗯。"张颖冲着梁慧笑着打招呼，"阿姨，你们聊，我还要去图书馆。"说完，挥手再见转身逃走了。奚凝霜拿出宿舍的钥匙，开了门。母女俩谁也没有先开口，心知肚明彼此想说什么，就不必开口了。进了宿舍，这种沉默仍持续良久，好像谁先开口谁就输了似的，母女俩较着劲儿。

六月的天说变就变，上午还艳阳高照，下午乌云就来抢占天空，不管太阳多么顽强地想留一丝光芒，越积越厚的云团硬是倔强地把太阳的光辉掩去，直到雷声渐近。奚凝霜瞥一眼窗外，心下暗忖，不会吧，天气也这么配合？这不都是书上写的情节，还在现实中出现了？

当一道闪电划过，尽管是白天，还是有点惊心动魄。"这天真是说变就变啊！"奚凝霜不知是为了打破尴尬，还是什么原因，随口这么一说，就跑过去关窗户。

"和你一样！"梁慧的话很冲，奚凝霜听出母亲话里的火药味儿，故作

若无其事，外面的雨噼啪噼啪地打在窗子上，一会儿的工夫，外面已经变成水的世界。

"这雨可真不小。"奚凝霜还是有一句没一句地说着，突然倾盆而落的大雨让屋内的气氛更加紧张，奚凝霜关好窗后，已经无法再回避梁慧的目光了。

梁慧坐在女儿的床边，目光一瞬也没离开奚凝霜，这大概是做母亲的底气，根本不需要任何回避。

没错儿，奚凝霜根本抵挡不了梁慧严厉的目光，突然撒起娇，冲着梁慧微笑，那笑容看起来特别的真诚，为了笑而笑，"妈，我知道你生气，可是，这是我的选择，您能不能尊重我的选择？"最后这几个字她说得很轻，可现在屋里只有她们母女俩，都是有心人，再轻也听得清清楚楚。

"尊重你的错误选择？"梁慧两只手抱在胸前，身体坐得挺直，一看就真是一副打架的气势。奚凝霜都没见过母亲现在的样子，虽然母亲在家里只手遮天，但对家人的生活安排，家里家外的事务都处理得井井有条，所以，父亲从来不会因为她一时的不讲道理和她吵架，总偷偷和她们姐妹俩儿说，女人偶尔是需要发泄一下情绪，这样不容易得病，这是更年期的女人都有的特点。因此她们姐妹俩一直觉得母亲的更年期特别长。

"您怎么知道是错的呢？"奚凝霜一直有一个原则，敌强我弱，敌弱我强，此刻面前的敌人太强，她就只好示弱，硬碰硬一定两败俱伤，所以她每句话都说得特别轻，嗲声嗲气的，让对手一拳打过来，像打在棉花糖上似的，那种滋味也特别的难受。

"反正，我不同意，你最好马上打消这个念头。"梁慧中气十足地继续说，即使奚凝霜的示弱的确让她的怒火无法燃烧得更旺，可这种软绵绵的抵抗更让人心里痒得发狂。

"妈，我已经决定了。"奚凝霜轻声坚持。

梁慧被激怒了："你明明知道，你这样的选择意味着什么，为什么？你给我一个合理的理由。"

奚凝霜知道，如果她说出真实的原因，母亲能把范澄喻的宅子给拆了，她在脑中想象着那个画面，然后，摇着头说："妈，我只是想离你们近一点，而且我回去也会有一份不错的工作。"

"镇里哪比得上苏州？你在苏州可以有自己的事业，改变你的人生，你怎么不懂呢？"梁慧稍稍缓和了语气，算是苦口婆心地劝女儿。

奚凝霜却不以为然，"我在镇里可能更受器重呢。"

看奚凝霜那份坚持，梁慧终于决定戳破她们母女之间那层窗户纸，"是不是因为那个姓范的小子？"

"妈，你又乱想什么呢？和人家有什么关系，都是我个人的选择。"奚凝霜马上反驳，毕竟是年轻女孩儿，没抵挡住母亲的激将法，就冲她这激动的情绪，和范澄喻没关系才怪，梁慧马上就有了答案。

"一个做玻璃的，值得你这大学生放弃大好的前途？"梁慧压不住火气，指着奚凝霜质问。

年轻人最无法接受的就是这种否定，以过来的人身份压制他们的追求，此刻的奚凝霜就是如此，收去之前的撒娇态度，挺直身板，说："妈，请你尊重别人。"

"尊重？我……"梁慧也气得站了起来，可她动作太快忘了奚凝霜的床上面还有上铺，头顶重重地撞了上去，撞得眼冒金星，又"噗通"一声跌坐在床上。

奚凝霜急忙上前去扶母亲，"妈，你没事儿吧？"

眼泪唰地涌出梁慧的眼底，这一撞撞得是真疼，直疼到心里头去了。奚凝霜从来没见过梁慧哭，在家里梁慧就是她们家的女皇，单位里她也人缘极好，没人给她脸色看，所以，奚凝霜被母亲这一哭，也跟着掉眼泪，一边帮母亲揉头顶。

"你这个不听话的孩子呀，怎么就这么不让人省心？"梁慧也不知是借机煽情还是真的撞疼了，反正那眼泪是一对一双，一串一行地流个没完了。奚凝霜也像被什么触动了泪腺，一边心疼妈妈，哭着说："妈，我只是遇到了一种力量，让我很想接近，很想去探寻。妈，我的人生我想自己走，都改革开放了，未来一定是不可预估的，人们的生活也越来越好了，精神追求，将是人们接下来最需要的。我回到学校，问了很多教授，提起琉璃，提起中华民族古老的文化，被耽误了太久太久的文化发展，需要有

人去继承、复兴、传承下去。"

这番话是梁慧万万没有想到的，听起来有那么点值得敬畏，很有道理。可这个道理不是梁慧心里的道理，她止住眼泪拉着女儿的手说："让小范去传承吧，我看那小子能传承下去，你是女孩子，你的幸福不是那些。"

"妈，都什么年代了？为什么女孩子的幸福不是这些？那是什么？"奚凝霜还以为自己的话能感动母亲，母亲还是那么坚定不移，谁的孩子像谁，奚凝霜尤其像梁慧，同样的坚定不移。

梁慧听完，气得咬牙瞪着奚凝霜的目光里迸发着怒火，简直要把奚凝霜吞噬才肯罢休。她紧紧咬着的下唇不住地抽搐，眼泪再次溢了出来，"精神追求？文化传承？艺术……"她喃喃自语。

"妈，我能明白你不理解那种感觉，所以，你不能理解我。只有同类才能明白，为什么我们会被一种事物打动，并被征服。"奚凝霜好像很无奈，就像她回到学校这几个月来，和张颖提到琉璃，张颖的眼神中都透着游离在外的感觉，她就明白，张颖不是她的同道中人。

"你又没有接触过的东西，你就那么笃定自己喜欢？"梁慧不解地问女儿。

奚凝霜承认，除了喜欢书法，她对做雕塑、画画，那些和做琉璃有关的事儿，她都不懂，但就是不懂，又给了她强大的冲击，在她的脑海里挥之不去，这就是无形的吸引，她抗拒不了的吸引。

所以，梁慧不能理解，也是很正常的事，母亲那个年代，生活不易，能生存已经是最大的幸运，还谈什么艺术？也只是因为父亲在教育部门工作，接触到几个艺术类教师，多少才懂一点艺术类别。奚凝霜学书法的时候就经常遭到梁慧的反对，一个有艺术细胞的人绝不会拒绝那么美的事物。梁慧就这样被女儿定义成不懂艺术的人。

梁慧心知这样和女儿争论下去根本不会有结果，小女儿已经把丈夫和大女儿都收买了，那就是做足了心理建设和她一决高下，她现在除了以母亲的身份命令，根本就没有什么胜算。心念至此，梁慧用手在脸上胡乱擦了一把，奚凝霜把床边的一块手帕递给她，都被她推开了。

"你如果还当我是你妈，你就老老实实地在学校等着分配，如果你不服从分配，政治上就会有记录，回镇里，也没什么好的工作给你，你想毁了自己的前途就毁吧，你不在乎你妈这番苦心，你就一意孤行吧，我，我，我就当养了个冤家。"梁慧说完就站起来，要走。

外面还下着雨，奚凝霜马上拉住她，梁慧用力一甩，还是走出宿舍。

"妈，雨还在下呢。"奚凝霜的喊声没有阻止母亲的脚步，气得她赶紧找了把雨伞追上去，"妈，等雨停了再走吧。"

梁慧沉着脸不看追上来的女儿，也根本就没有停下的意思，奚凝霜只好说："那你把雨伞拿着。"梁慧把雨伞夺了过去，走出宿舍楼的大门。

看着母亲在雨中的身影，奚凝霜的眼睛又湿润了，为什么母亲不能理解她呢？宿舍楼大门口人来人往，奚凝霜垂头回宿舍，进门就趴在自己的床上大哭。哭得特别伤心，她从来没想过，不被母亲支持和理解竟然让她这么难受。她突然起身擦干眼泪，夺门而出。

老奚今天的班儿上得魂不守舍，坐立不安，在办公室里转了好几圈儿，办公室里的小李纳闷地看他好几次，见老奚愁眉不展，也不敢问，办公室里的电话响了，小李走过去接了起来，转头对老奚说："奚老师，你的电话。"

老奚接过电话听到女儿叫了一声"爸"之后就哭，铁汉的心瞬间就软了，心疼地问："看到你妈了？"

奚凝霜直点头，哽咽得说不出话，老奚像是明白女儿的心情似的安慰道："你妈的脾气你也知道，行了行了，受点委屈没啥。"

"嗯。"奚凝霜一边哽咽一边说，"我妈回去了，您早点回家，我不放心。"母亲临走时失神的样子一直在她脑海里盘旋。

"哦，好，我请个假去接你妈。"老奚又安慰了女儿几句。放下电话，就请了假，准备提前回家，他估算着梁慧大概会坐哪一班车回来，离到家的时间还早，老奚决定去菜场买点好吃的先回家准备准备，为了这个家的和谐做努力。

坐在大巴车上的梁慧望着窗外的雨幕，心想，有些事就像藏着一个能夺人心魂的魔鬼似的，让人欲罢不能，女儿说她不懂，她的确不懂，从来

就没有懂过,她只记得小时候家里很穷很穷,经常吃不上饭,母亲和父亲总是争吵,母亲说父亲尽做一些无用的事。她永远记得母亲挂在嘴边儿的那句话:"识字的人都没有几个,何况是写字的。"母亲让父亲出去找份差事,赚点钱,不然一家人都会饿死。可是父亲好像根本听不进去母亲的话,后来,他们一家六口开始了逃难的日子,一路上父亲卖了很多黑色的东西,她不知道那是什么,父亲和母亲也不对他们说,但每次,父亲都会很难过,沉默很久。父亲临终前,对他们说的一句话,她记住了,这手艺是要失传了。最后,把那些黑色的东西交给了哥哥,并在哥哥耳边交代了几句。

梁慧长大之后,才知道那些黑色的东西叫墨砚。只是,父亲留下的那些放在哪儿了,她不知道,后来的岁月,因为逃难,她和家人走散了,被现在的父母收养,直到现在。后来,她再也没见过那些黑色的东西,只是有一次她去临巷抓偷偷学写字的奚凝霜时再次看到了墨砚。一看到,她就认出来了,那一年她已经三十几岁了,她与家人走散时仅仅八岁。所以,后来她一个人去过临巷做毛笔的手艺人那里,问过关于墨砚的事,想起自己失散的亲人,可寻了那么多年,都没有找到,她就死心了,对于那段儿时的记忆,梁慧只有一声叹息。

梁慧万万没想到,做琉璃的范澄喻来到蠡巷影响的不止是巷子里的人,不止是女儿,竟然连她自己都想起了父亲。梁慧甩甩头,父亲的脸在她记忆中已经模糊不清,那时候她真的太小了,偶尔在脑海中闪现的画面却从未褪色,她曾以为奚凝霜喜欢书法或许是宿命,但做琉璃让她无法接受。

老奚不会烧菜,就在巷子口的饭店买了几个菜,响油鳝糊、肉汁萝卜、白斩鸡,还有一碟花生米,一瓶黄酒,一边摆桌子一边在脑子里盘算着和妻子的对话,他又担心梁慧会不会直接把这桌子菜都掀了。

院门口传来脚步声,老奚急忙迎了出去,看到梁慧那张阴冷得可以冻死人的脸,硬扯出个笑容,"回来了?我准备好了饭菜。"他猜妻子肯定没吃饭,听奚凝霜说他们吵起来的时间大概就是午饭的时候,以梁慧的心情,她肯定是空着肚子回来的。

梁慧根本不想理老奚，这个时候这个家里只有她在孤军奋战。"我不饿。"她没好气地说，走了一天，肚子是真饿，只是她没心情吃罢了。

老奚拉住她，"我们是大人了，孩子的问题共同面对，我知道你生气，但现在不适合硬碰硬。"

梁慧本来还想发火，听老奚这言下之意，又觉得他是不是有别的办法，加上肚子确实饿了，就任由老奚把她拉到饭桌前坐下。

老奚给梁慧倒上酒，语重心长地开始说："凝霜从小就机灵，学什么都快，她突然这么决定我也和你一样意外，那天她给我打电话说这件事之后，我也是想了很久，也去看了那个小范的宅子。"

梁慧听到这儿，抬头看一眼老奚，天下的父母都是一样的，她鼻尖发酸，眼圈儿就红了，"我也去看过了。"

老奚颇感意外，他给梁慧夹菜放到梁慧的碗里，梁慧是真饿了，香味飘过来，终于拿起筷子，听着丈夫的话吃起来。老奚见梁慧放松下来，也轻松不少，继续说："年轻人的那种精神，越是被反对就越有斗志，所以，凝霜肯定不会听，我这几天也想过了，这事儿还要和小范谈谈。"

"和他谈？"梁慧咽下嘴里的食物，瞪着眼睛看丈夫。

"我看小范也是个通情达理的人，所以，我们不如迂回作战。"老奚给梁慧使了个眼色，一副煞有介事的样子，梁慧白了他一眼，心里倒也认同了老奚的说法。今天与女儿这番谈话之后，她也觉得不是那么容易能说服小女儿的，再说多了，还不知道这丫头做什么没有退路的事呢。

"我昨天也去找过小范了。"梁慧把昨天见范澄喻的事也说了一遍，他们夫妻二人对范澄喻的印象并不坏，只不过，自己家女儿和他在一起，他们就觉得不好，至于为什么，他们也说不清。

老奚和梁慧就这样一边聊，一边吃，一边喝酒，奚家的战火从地上转入地下，老奚到底是哪一边的战友，只有老奚自己知道。

酒也喝了，夫妻俩也达成了某种共识，梁慧因为喝酒而微微泛红的脸有了温度，她突然指着饭桌说："呀，这一桌菜不少钱呢。"老奚苦笑，"可不是嘛，我一个月的零花钱没了一半儿。"

梁慧剜了老奚一眼，虽然嘴上责怪，可脸上似有若无的笑意还是不自

禁地流露出来，只有老奚无奈地又喝了口酒，哎，家里三个女人的滋味不好受哟。他不想让妻子太难过，也不想让女儿太委屈，但现实终归是现实，这两天他也想得很清楚，无论如何还是要劝劝女儿，如果女儿真的坚定，劝也没用，那时候再投降也不迟。

第二天一早，范澄喻刚洗漱，又听到有人敲门，开门见是奚凝霜的父母，心里也就明白了他们的来意，"叔叔阿姨请进。"

老奚和梁慧笑着进门，梁慧手里还拿着一个饭盒，那个饭盒范澄喻很熟悉，奚凝霜寒假里一直都用这个饭盒给他带早餐，此刻一见，心头蓦然一热。

"小范，你还没吃早餐吧，阿姨带了点，你要是不嫌弃就凑合吃一口。"梁慧递上饭盒，范澄喻摆手想拒绝，但看他们夫妻二人一脸诚恳，接了过来，垂目看着饭盒对他们说："我昨天给小奚写了一封信，一会儿我就寄出去，我在信里劝她不要冲动做这么大的决定。"

范澄喻的话音落地，老奚夫妻不禁怔在那儿了。

六月天，孩子的脸，不知不觉地落了雨，先是几个雨滴，随即就连成了线，三个人还站在院子里，本能地抬手挡着头，范澄喻向后退了几步，"先进屋吧。"把老奚和梁慧让进了屋内。

一个年轻男人的房间就是清冷的，虽然屋子里摆放的琉璃五光十色，绚丽多彩，美轮美奂，但终究是没有温度，加上这古老的宅子空置得久，更显阴冷，尽管六月江南的天气渐渐热了，但老奚和梁慧总觉得屋子里有丝丝凉意。

范澄喻比奚凝霜大五岁，在他们夫妻眼里也算是个孩子，这一刻心头泛起的怜悯不知是不是因为刚刚的感动。

门外的雨越下越大，一会儿的工夫已经变成雨幕，连缝隙都没有似的。

"这雨可真大。"这下想走都走不成了，梁慧不禁有点尴尬。

"是啊，雨真大，你们坐一会儿再走吧。"范澄喻亦是看着外面的雨瀑说着。

梁慧回首看老奚，两人眼神互换，也别无他法，只好暂时留在这里。

范澄喻找了两个干净的杯子，帮他们倒水，算是待客之道了。"我这儿实在没什么可招待的，就喝点水吧。"说着不禁又露出他惯有的腼腆笑容来。

梁慧拿起水杯，好像这样才能掩饰她心底的尴尬，她轻轻地将水杯里的水吹起波纹，是不是就可以不用和范澄喻交流，这样可以缓解他们同处一个屋檐下的窘境？她吹得很认真，从来都没有这样认真地吹凉自己要喝的水。老奚沉默片刻之后，再次扭头走到范澄喻那个玻璃柜子前面，仍然是一眼被他上次看中的琉璃印章先夺去眼球。三个人之间的气氛不免有些诡异，老奚背着手，又端详了几件作品，都不算复杂，一看就知道是范澄喻的早期作品，明显与他昨天最中意的印章不同，也没那么通透，他指着其中一条头在上，鱼嘴张成个O型，翘着尾巴的锦鲤问："这件作品是早期的吗？"

一提起琉璃，范澄喻的精神头就来了，两只眼睛放光了似的走过去，随之一笑，"对，奚老师眼光独到。"

"嗯，这个很明显不如那几件好。"老奚顺手又指了几件作品，每个人都有对美的基本欣赏能力。

"这几件作品是我最初还掌握不好琉璃包球时烧制的，总会有些细尘，所以不那么能透，也是下料的比例掌握得不够好。"范澄喻认真地解释给老奚听，老奚点点头，一本正经地说："也就是残次品？"

范澄喻点点头，"没有出现更大的损坏已经是万幸，摆在这儿是为了时时刻刻提醒我不要再犯同样的错误。"

梁慧也走了过来，不得不说，那些琉璃物件很讨人喜欢。"奚老师您抽烟吗？"范澄喻问，老奚一怔，"啊，抽。"就看范澄喻去翻了半天，再回来的时候，老奚正背对着范澄喻，听到脚步声，转身作势要接烟，却见范澄喻手里拿着一个水墨画儿似的东西，"那这个送给你吧，这是我做的琉璃烟灰缸。"

老奚和梁慧的目光都落在那个琉璃烟灰缸上去了，心里啧啧称赞，这烟灰缸的底部，黑灰白相间，不像玻璃那么通透而又白得毫无深度，那是一种缥缥缈缈的山雾一般，若隐若现的山峦，灰黑相间的渐变色显出神秘，俨然一幅中国水墨画，谁会舍得往里面弹烟灰呢？一不小心都会破坏

了这份禅意仙境。

老奚不敢接,梁慧也不敢接,就像接了会对范澄喻有亏欠似的,这样怔了会儿,才回神过来,两个人齐齐摆手拒绝:"不,不,不,不行。"

"这也是我的一个实验品,底部没有做最后的打磨处理,反而有另一种美感,如果你们不嫌弃,就收下,算是,算是,我给你们的早餐费了。"范澄喻又将手里的琉璃烟灰缸往他们面前递了递。

老奚和梁慧面面相觑,不知如何是好。范澄喻继续说:"小奚开学的时候,我也送了一个琉璃如意给她,希望她能找到一个如意的工作,也是早餐费。"

面对这样的范澄喻,老奚和梁慧真的不知该说什么才好了,他们继续摆手,坚决不收。

"这点早餐没几个钱,你这些东西做出来肯定不容易。"梁慧自己都没有想到自己会说出这句话来。

"还好,都是用一些残料做的。"范澄喻从来不会浪费琉璃包球,不管剩了什么料,他都会动脑筋做一个特别的作品出来,这种创意,经常会让他有很多不错的点子,做点新奇的东西出来。

梁慧突然发现外面的雨小了,甚至好像已经停了,只剩下不知是不是屋檐流淌的雨水断线珠子似的落下来,她马上拉着老奚说:"哎呀,趁雨停了赶紧走吧,再不走,你上班要迟到了。"

"哦,真是不早了。"老奚抬腕看看手表,就和梁慧往外走,两人回头和范澄喻告别,终究是没有拿那个琉璃烟灰缸。

范澄喻看着他们离去,走到他的玻璃柜子前把琉璃烟灰缸放了上去。他把桌子上的饭盒打开,一看是糍饭糕。

"我妈做的糍饭糕可好吃了!"奚凝霜的声音就这么在耳边响起,说来真奇怪,奚凝霜的样子在范澄喻的脑海中并不清晰,偏偏她的声音总是那么清楚而且会一字不落地回荡在耳畔。

他又看向另一张桌子,画纸上面的那个孤独的信封安静地躺着,老老实实地等着有人把它送走,有点无奈,也有点不舍似的安静。

范澄喻拿起糍饭糕。夏天吃糍饭糕比过年的时候吃更好吃,油还没冷，咬下去嘴边都浸着油，特别香。范澄喻很快就吃完了，他把饭盒清洗干净，还是把琉璃烟灰缸放了进去，背上了他的帆布袋，把写给奚凝霜的信放了进去，手上拿着饭盒，走出家门。他要把饭盒还给奚家，可才走了几步，他突然觉得自己好像并不知道奚家是哪一户。他挠了挠头，一个一个门打量，总算看到一个"奚"字，他向里面张望，院门上了锁，家里没人，奚家的门口有一个矮小的石柱，这都是旧时留下的，不知经过了多少年，也不知哪一代，大概是拴马的石柱吧？石柱上面的平面刚好可以放下饭盒，巷子里安全，邻里关系也好，没人会拿别人家的东西，范澄喻将饭盒放在那个石柱上面，确定不会被碰掉，才走。

范澄喻把给奚凝霜的信投进信筒，就又折回巷子了，他心里记挂着继续捏他的蟾蜍，经过奚家的时候，饭盒还在那儿放着。

回到家里，他坐在桌案前对着自己捏的蟾蜍发了一会儿呆，大脑虽没有去想什么，却像一片热带丛林，纷乱而没有章法。他什么也没想，但又无法集中自己的注意力，是什么分散了他的心神，连他自己也不知道，他也不想知道。他闭上眼睛深深吸气，再睁开眼睛，那一刻，眼里就只有那只灰色的、此刻看起来有点丑陋的蟾蜍。他眉头紧锁，伸手继续捏模，捏模有时候也像做其他艺术一样，突然之间有如神助，每一次捏削都十分准确到位，一气呵成，无须修改，而且会越看越觉得完美，这大概就是手脑合一的感觉。往往这时，整个人的神经都处在亢奋状态，心底会不断泛起喜悦的浪花，幸福感油然而生，这就是范澄喻的幸福和快乐。

这样一种忘我的境界，懂的人自然会懂，不懂的就会觉得是疯子。他一直不明白为什么有时候无论是捏模，还是画草图，一笔都画不好，有时候就像现在这样，好像神仙附体了似的。他只能当成一种感觉，那是人大脑发出的特殊信号，没有缘由，自然而然，强求不得，那种感觉大概就像爱情，范澄喻没谈过恋爱，他还不知道那是相同的感觉。

范澄喻自己都没有想到，他会这么快就完成了捏模，原本他以为至少还要两天的时间，今天手到之处皆成功，根本不需要太大的改动，他不禁笑了，是一种愉悦的笑。他决定明天就做成树脂模，他能感觉到这只蟾蜍就像它的寓意一样有商业价值。王再山和他说了那么多，他不是一句都没

听进去，追求艺术的前提是他要能生存下去。

那天晚上，范澄喻睡得很早，也睡得不错，少了一份心思。总要给自己一点奖励，他一直对自己有某些规定，不用别人督促，自己立下规矩再自己去完成，从来不会自欺欺人。因为这个世界上，没有第二个人知道，一切都由他一个人设定规则，他又何必欺骗自己呢，即使是他没有完成，自己惩罚自己也好，总不会失去面子，所以，他都能坦然地去面对自己的守则。睡个好觉就是这一次他对自己的奖励，白天发生的事儿好像并没有影响他。

是不是真的没有影响呢？有些潜意识的东西，大多都不会被很快发觉。一间大宅，一个人，一堆琉璃作品，这是他一个人的世界，这个世界看起来很孤独，心在其中的人才不觉得那是孤独，唯有热爱可抵寂寥。范澄喻的心里这个世界变幻莫测，乐趣无穷，深邃而神秘，他正在其中遨游，又怎么会觉得孤独？所以，很多人说他是怪物，是异类，有一类人，真的就是这样的异类。

梁慧先下班回家，看到门口放着饭盒，拿回家里。饭盒比她送去的时候还沉，打开一看，竟然是那只琉璃烟灰缸。这一天，她在单位里都心事重重，她有种预感，而且是很不好的预感，尽管早上在范澄喻那听说，他给女儿写信奉劝她三思，可真的能说服她那个女儿吗？她太了解奚凝霜了，她也知道奚凝霜不会轻易改变这么大的决定。

老奚回来的时候，看到梁慧沉着脸低头烧菜，根本没听到他回来。

"我回来了。"老奚怕吓着梁慧，轻声说道。

梁慧恍然回神，又翻了几下菜就盛进盘子里，夫妻俩开始吃晚饭。梁慧说："我总觉得事情不会这么容易解决。"老奚和梁慧的感觉一样，但他没有马上表态，继续吃饭，听梁慧继续说什么，梁慧又说："凝霜这丫头想做的事，没人能阻挡。哎，真是个害人精，怎么偏偏这个时候到我们巷子来了。"

胜负好像已经在眼前，只是没有一个人想认输罢了。老奚依旧沉默，他心里更清楚即将到来的结局，经过几次接触之后，范澄喻这个年轻人无论从品性还是才华，都有一种让人无法抗拒的魅力，何况还有那些美轮美奂的琉璃为衬,他都抵挡不住的诱惑,能指望一个年轻女孩子抵挡多少?老奚也想了一天,得出这样的结论,现在他倒是在想,奚凝霜如果真的要回来,哪里有岗位更适合她,这才是实际问题。

晚饭后来在他们夫妻的沉默中进行,形式似的吃完了。

第二天清晨,范澄喻醒了并没有马上起床,脑子里终于又浮起昨天早上的画面,这让他想起了奚凝霜,他不知道为什么在之前的这几个月中,他很少想起奚凝霜,他只觉得她是一个对万物都有好奇心的女大学生。范澄喻没有考上大学,他觉得能考上大学的人都很了不起。他根本没想过奚凝霜会有这样的决定,他承认琉璃的魅力,但还是不敢相信有人会像他一样。可即便是这样想着,心底莫名地有某种期盼,他不知道那是什么,就像心里像长了草,风一动就会乱晃个不停,让心里痒痒的。

现在,范澄喻又在想,奚凝霜收到信后会怎么回复他,多半是倾诉对琉璃的着迷吧?着迷和沉迷的意义可不同,范澄喻笑着叹了口气,思想活动了半天,才起床,今天还有今天的工作,他先去旁边的炉房看看温度和变化,和往常一样记录好时间。

他开始继续做他的事情,他要在这一炉烧完之前把树脂模完成,下一炉就要两个一起烧了,这是他目前的生存保障。间隙他就转身到另一个绘画案台上,画烟花,这两天,他的工作效率特别高,总有新的灵感闪现,做什么都很顺畅。

范澄喻抓着他的灵感在创作的路上奔走,外界的一切仅仅是他生活中的插曲,就算是他惦记着奚凝霜的信。他大概不知道奚凝霜事实上是这一切的原因。

那时候邮政慢,慢日子熬人,也考验人,奚凝霜看到信的时候很惊讶,她能认出范澄喻的笔迹,从一开始就记住了。范澄喻虽然没练过写字,但因为会画草图,字也就不太丑,写得很工整。她捏着薄薄的信,判断应该不是画纸,之前他们书信往来的都是画纸,交流素描图,这一封信显然不是。母亲回去三天了,父亲曾经打过电话给她说母亲的情绪平静了很多,她只想着不要再惹母亲,免得她激动起来自己招架不住,但范澄喻怎么会给她写信,从时间来看,她又不得不把一切与母亲联系在一起,一

定是母亲去找了范澄喻吧，心念至此，微微叹息，撕开了信封。

只有一页纸，字也不算多，范澄喻真是言简意赅：

小奚：

你好，好久不见！

昨天听你母亲说起关于你的事，才知道你要放弃在苏州工作。我不知道你是否因为琉璃选择回蠡巷，很感激你对琉璃有这样的热爱，曾经我被它深深吸引的时候，也和你一样，所以，我能体会到你的心情。可是，我又不得不说，曾经我为了琉璃放弃了工作，但我的工作仅仅是一名司机，每天奔走在路上。你不同，你是大学生，这个时代的骄子，也是你父母的骄傲，你可以有非常好的前途，让你的人生走上一个新的台阶。并不是说蠡巷不好，随着改革开放的发展，我相信整个中国都会有翻天覆地的变化。但可能要很久以后。而我为了这个选择同样和父母的理念背道而驰，一度他们不愿见我，我让他们很伤心。

我给你写这封信就是希望你能三思而后行，我不想看到你的父母和你像我当初那样，尽管现在我的父母接受了我的固执，但我知道他们每天都在为我牵肠挂肚。我和他们有个五年之约，若是我做不出什么名堂，就回去。但我知道，我是不会回去的，我有信心做出一番不一样的事业。虽然男女平等了，我还要说我是个男人，这个活太辛苦，对女孩子来说并不容易。

写到这儿，我突然觉得，我劝你放弃琉璃是不是错的。毕竟当一种无形的吸引出现的时候，恐怕谁也劝不动。我只是希望，你再重新考虑一下，如果你仍然做相同的决定，那我欢迎你加入琉璃的世界。如果，你改变主意了，我也衷心地祝福你可以找到如意的工作。

切记三思而后行！

范澄喻

奚凝霜看完信，沉默了很久。

第五章　情愫蠢巷起，此时心转迷

范澄喻的蟾蜍烧得差不多了，他开始给烧炉降温，这也是重中之重，有厚度的琉璃烧的时候只管升高温度，恒定温度再烧，而降温的过程才最是考验，如果温度降得过快，造成琉璃蟾蜍里外温差过大，还没等开炉，可能自己就粉身碎骨了。王再山打过电话给范澄喻，再三叮嘱降温的时候要控制好速度，范澄喻捏着一把汗，每半个小时都要记录观测情况，这48个小时是关键，范澄喻索性把他屋里的长藤椅搬到了炉房，白天在这画图，晚上在这里睡觉。他放了闹钟在旁边，不仅仅是怕自己夜里扛不住睡着了，更是防止自己画图的时候太专注把时间给耽误了，所以，他那个闹钟每隔半小时就响一次，最后的几个小时，他实在是熬不住了，打起瞌睡，全靠这闹钟了。直到完成了整个降温烧制的过程，范澄喻才敢回屋里睡觉，现在就要等炉子里的蟾蜍冷却，在那个大大的寓意存满元宝的黄色琉璃肚子没有从里到外冷却之前，这个炉门万万不能打开。

王再山给范澄喻讲过，他曾经做的一只琉璃猪就因为早开了半个钟头，才打开炉子，刚看到猪颜，那头笑得憨态可爱的小猪身体里传来一声穿透灵魂的脆响，随后，变成了一只花纹猪，损失巨大。所以，王再山给范澄喻的警告就是宁可晚一点，晚一个小时、晚一天，心急一时往往得不偿失啊。

范澄喻在炉子前转了好几圈，有几次都把手放在炉把上，准备开炉了。虽然这是王再山做过的作品，但毕竟这么大一个作品范澄喻还是第一

次操作，他也期待着看看烧出来的成品。最后，他还是忍住了，这些琉璃原料他可损失不起，那都是钱啊。别看范澄喻表面上沉稳冷静，但一遇到琉璃，他心里那只猴子就上蹿下跳的，要不是这一年来，自己的积蓄越来越少，他急需赚钱维持他追求梦想，恐怕他早就开炉了。就是觉得这一次不能有任何意外，他才一忍再忍。就这样，他等着琉璃蟾蜍降温，等来了奚凝霜的信。

范师傅：

你好，见字如面。

师傅的劝诫我都明白，也猜到我的父母亲一定让你为难了，我替他们道歉。不过，我想对师傅说的是，我看到琉璃的时候只被它的美征服不假，或许这都是女孩子通病，对美好的事物，无法抗拒吧？回到学校以后，在我继续了解琉璃的时候，很多很多有关琉璃的知识让我越来越想接近它。范师傅，这不仅仅是做工艺品，是中华文化，古老的文明在吸引我，我想为它做得更多。所以，我的决定并不是因为范师傅来了蠡巷，也许是它在呼唤我。我会和我的父母好好谈，这回范师傅相信我真要学琉璃了吧？嘿嘿！

……

范澄喻看到这儿，像被施了法术似的一动也不会动了，热血瞬间流满全身。他终于明白了一个大学生的追求和心思，他也许没有奚凝霜想得那么高尚，仅仅是因为喜欢，但奚凝霜的话竟然让他感动得想掉眼泪。中华文化，古老的文明，他真不知道该怎么形容此刻的心情，他不用再孤军奋战了，他有同行的人了？不是王再山那里的那些学徒工，不是王再山，而是和他一样被吸引而走入这个世界的奚凝霜，真的有和他一样的人了？

范澄喻咧开嘴笑了，只是笑得再开心，他都没有发出一点声音，这是他自己的世界，他想怎样表达自己的开心都可以，他在自己的屋子里连着蹦了几下。奚凝霜后面写的大多是她回学校后到处查找关于琉璃的文献材料，还有她去拜访过的，所有对琉璃有所了解的教授和老师。这些内容也让范澄喻很感兴趣，毕竟，那是学术领域的知识，是他这个实践派不了解的，两者结合一定会做出更好的琉璃作品。

当有人同行，一起去编织一个梦的时候，那个梦就会变得越来越近。知己，这个词儿就是那么奇妙。要是梁慧知道了范澄喻和奚凝霜通信的内容，八成会被气晕过去。梁慧这几天也在等着奚凝霜的回信，她可是比范澄喻还要心焦。老奚看出妻子的心思，心里估算着范澄喻应该收到回信了，万事已经尘埃落定，只是他们不知道结局罢了。

范澄喻兴奋了一阵，又眉头紧锁，虽然奚凝霜的图纸画得一般，但她的理论知识学得很快，他准备写信让她帮忙多找些资料回来学习，继而又和奚凝霜探讨起了烟花的制作方法。王再山能给范澄喻很多经验，但在范澄喻心里，总觉得奚凝霜或许可以和他一起走出一条关于琉璃的创新之路。

这个突然变化，让范澄喻的生活又多了色彩，他都不觉得等待琉璃蟾蜍冷却是件熬人的苦差事了。他看着炉子发呆，想着奚凝霜和他说的那些学校里学来的、听来的琉璃知识，很快度过了两天时间，这个时候开炉绝对万无一失，范澄喻打开了炉门。

琉璃蟾蜍很重，一个人抱起来十分艰难，包裹它的石膏坯想从炉子里拿出来更需要力气。范澄喻艰难地搬出来时累了一身汗，这绝对是个体力活，当他把石膏模放在案台上之后，已经没有力气挥锤子敲碎外面的石膏了。他坐在院子的古井旁边喘气，休息了一会儿才走过去，拿着锤子轻轻地敲打，石膏模渐渐脱落，金灿灿的黄色从中露了出来，就像矿工在开采黄金一样。

再没有任何时候比此刻心情愉悦了，刚刚那个累得直喘的年轻人不见了，他又恢复了沉稳的样子，小心翼翼地敲打着，让他的作品渐渐露出真颜，现在他心里觉得自己无比的幸福。

没过多久，琉璃蟾蜍外面的石膏已经被他全部清理掉了，金黄色的琉璃蟾蜍像掉在雪地里似的，范澄喻拉来水管给它冲洗干净，已经可以看清模样，漂亮极了，师傅果然经验丰富，连他这个小炉子都能掌握得恰到好处。范澄喻不知自己该不该高兴，踏着别人走过的路走，少了一点成

就感。

　　"为了生存。"他安慰自己。给自己暗示这是为了赚钱而做的作品，不是真正的创作。搞创作的人，无论什么创作，那种复制的感觉最没有成就感，而创新总是要付出代价的。范澄喻后来经历的代价足以证明他现在有多么的顺利。

　　范澄喻这样说服了自己之后，就开始准备烧第二次，这样在第二批烧制的过程中，他就可以对现在的成品进行打磨加工，两不耽误。他突然想起他要做的琉璃烟花，不禁又莞尔，是不是要等到奚凝霜回来，才能开始制作？

　　有些事就是需要一群有执念的人去完成。

　　奚凝霜毕业的时候交了一份漂亮的毕业论文，毕业成绩优秀的她写了一份申请书，申请把她分配回家乡的乡镇去工作。从来都是有人托关系卖人情地为了分配的时候留在苏州，极少有这样的申请书，校方还真是为难。老奚接到老同学的电话，知道女儿最终还是没有改变主意，只好接受现实，只是这个现实的结果就是回家不好受。

　　梁慧和女儿冷战的这段日子，暗中也不时地打听消息。知道了女儿的最终决定后，心知做什么都没用，气得要和奚凝霜断绝关系，和老奚说奚凝霜要是回来，她就收拾行李去上海大女儿奚凝雪那住一段时间，免得看到奚凝霜忍不住她的爆脾气。

　　老奚听说镇里教育局今年新建的高中在招工，马上给女儿报了名。以奚凝霜的学历在高中做名会计，并兼职一份社会学科的教学工作绰绰有余。这样一来，就等着奚凝霜正式毕业回家了。

　　梁慧因为女儿的事从此再也不理范澄喻了，偶尔在巷子碰见了，就像没看到似的。范澄喻心知梁慧把气都撒在他的身上了，并不计较，反而理解。老奚并没有什么明显的表示，对范澄喻不咸不淡的态度，令范澄喻有点尴尬。自然老奚夫妻俩再也没去过他的宅子。

　　范澄喻和奚凝霜的书信越来越频繁，但凡奚凝霜在大学里或者经一些教授的引荐而得到更多关于琉璃的学习资料，就会马上写信给范澄喻，两个"饥饿"了很久的年轻人在琉璃艺术这条路上越走越远。

奚凝霜没有急着毕业就回家，她最近都泡在学校的图书馆，有时候还到城里的图书馆，但能找到的中文资料太少了，经人指点，她听说有很多外国文献资料，她就找精通英文的同学帮忙，将古法琉璃的脱蜡技术相关的材料整理出厚厚的五个笔记本，连张颖都不可思议地看着她。

"难怪你的论文早就写完了，还天天跑图书馆，原来你在做这件事？"张颖惊讶地瞪着眼睛，翻看那些关于琉璃的笔记。这一次她不得不承认，奚凝霜是认真的，非常认真，她又瞥了一眼那个琉璃如意，这东西一定是她的紧箍咒，才让奚凝霜变了一个人。

奚凝霜笑着从张颖的手里抽回笔记本。今天是张颖离开学校的前夜，两个女孩子说好要出去庆祝一下。张颖最终被分配到本来应该是奚凝霜去的单位，也不知道是机缘巧合还是什么原因，但奚凝霜并不介意，只要她的朋友有好的归宿，她就很开心，何况，如果真是她让出这样的机会轮到张颖的头上，她也算是做了一件好事。

"明天你就要离校了。"奚凝霜岔开了话题。

张颖的笑容里有一点点说不出的东西，"嗯，那边要去报到，而且有宿舍提供，我想尽快熟悉新的工作环境，所以，还是搬到单位宿舍里比较好。"

"哎，这一别，真不知道什么时候再见了。"奚凝霜抿着嘴唇，那些伤感的话儿似乎只要出口，眼泪就会紧随其后，跟着掉下来。

张颖拉起奚凝霜的手，"苏州离你们镇又不远，还不是说见就能见。"

"说得轻松，上了班可不像上学，还有寒暑假，你这种拼命三郎，肯定是为事业奉献青春的人，到时候还能想起我？"奚凝霜是个重情重义的姑娘，"反而是我，在镇里应该会比较轻松，到时候我来苏州玩，你可不许嫌弃我是乡下人。"

张颖被奚凝霜的话说笑了，"你说什么呢！"

"难道不是吗？将来你就是城里人了。"奚凝霜的话不假，那个年代，都向往城市户口，希望能做城里人。哪像现在，但凡功成名就的人，都去乡下买块山头，或者圈一块地，盖幢房子，自称享受惬意的田园生活，完全忘记了曾几何时拼命去争一个城市户口的事儿。

奚凝霜能从张颖的眼底看到她的得意，但奚凝霜并不嫉妒，她的确是可以骄傲一下的。奚凝霜虽然放弃了这些，但心灵里的满足能够让她坦然面对别人的优越。

两个女孩子手挽着手出门，一路上都在聊着未来，可惜她们谁都猜不中未来。到了饭店，她们偷偷地点了一瓶啤酒，喝得两张青春的脸像桃花儿似的娇俏。她们吃饭的小饭馆就在学校附近，因为都是毕业生，几乎每天都爆满，生意好得不得了，就她们是两个女孩子，如花似玉的年纪，难免有旁边桌上的青年人频频望过来。有一个男孩子突然站起来，朝她们走来，脸上粉红的，显然是喝了酒。

"奚凝霜，我认识你，毕业了，你是不是也留在苏州工作？我们可以做朋友吗？"那个男孩子尽量保持着清醒，让自己的舌头不要在这个时候捣乱。

张颖已经笑得伏在桌子上了，奚凝霜的桃花面看不出是不是害羞，只是笑得尴尬，"对不起，我回老家了。"

"什么？你那么优秀，怎么会没有留下来？"男孩子显然不信任奚凝霜的话，"这算是拒绝对吗？"

奚凝霜挑起眉毛，但她放弃了解释，憨然一笑，算是默认。男孩子沮丧地回到他的那张桌子，被同伴们嘲笑得垂着头。渐渐那张桌子上的人又开始怂恿男孩子再次表白，奚凝霜起身拉着张颖走了。背后，留下那群男孩儿的哄笑声，这大概就是青春。

往回走的时候张颖问："你真的不会后悔吗？"

"谁知道？"奚凝霜说的是实话，"只有走过了才会说后悔，没走过的路都觉得是最好的，所以，反正都要后悔的，为什么不让现在随了自己心意呢？"

张颖一直觉得奚凝霜是一个活得很清醒的女孩儿，她羡慕奚凝霜的这种性格，笑着对奚凝霜说："你不会后悔的，即使有一天，这个选择不是你想要的，你会找到另一条你想要走的路去走。知道吗，凝霜，这就是我最羡慕你的。"

奚凝霜仰头大笑，借着淡淡的酒意，"张颖，这是我第一次喝酒，感觉真奇妙，就像，就像，就像我第一次看到琉璃的时候。"她望向天空的黑眸里尽是喜悦，也许人生都要为自己真心所爱的东西无畏一次吧？

"看来你是真的爱上它了。"张颖故意把这句话说得暧昧，女孩子之间的悄悄话就是如此，此它，还是彼他？管他是什么，反正爱就是那么奇妙。

奚凝霜收回目光，狠狠地剜了张颖一眼。张颖知道奚凝霜对范澄喻还谈不上爱情，只是女孩子喜欢这样开玩笑罢了，她不能理解奚凝霜对琉璃的执着，但能理解一个女孩子的玲珑心，谁也说不清，也不要猜，就让时间和经历证明一切吧。

那天晚上，两个女孩子聊到很晚很晚，最终是谁先睡着的都不知道，她们仿佛预料到，这将是她们的最后一夜。明朝，各奔前程，无问东西。

张颖搬走了，奚凝霜送了她很远，张颖没让奚凝霜送她到新的单位，奚凝霜也没强求，有些关系，这样就好。她们都尊重彼此，这样她们可以做一辈子的好朋友，因为那些不说破，不点透，也是一种珍惜。

这回，宿舍里可就只剩下奚凝霜一个人了，而且她也必须在一个星期后离开学校的宿舍。奚凝霜叹了口气，再躲也要回家呀。爸爸已经偷偷告诉她，母亲这几天收拾好了行李，随时准备去姐姐家住，连单位里都请好了假，可见决心。看起来，回家又是一场硬仗要打，她苦苦一笑，但这种苦笑又好像在回甘，耐人寻味。

抱着一颗对未知领域勇于探索的心，奚凝霜做出她人生中第一个重要的选择。青年人就是有股无畏的精神，"不听老人言"成了他们挑战生活的方式，非得经历过了，才感悟一番，至于后不后悔就因人而异了。

一个星期后，奚凝霜收拾好自己的行李，并没有那么急不可待地离开生活了三年多的宿舍，看着空荡荡屋子，床铺冷了，不知是谁的发带，或者哪里不经意遗落的点滴，是舍友们故意留下的，还是真走得太匆忙，都成了可以回忆的故事。脑海里浮现这间宿舍里六个女孩子初识的一幕幕，此刻，人去楼空，她不禁笑着嘟囔了一句："这群没良心的。"她只能安慰自己，所有的离别都是为了重逢。

年轻的她们热情地拉开人生真正的序幕，她们还相信在这世界上看到

的一切都是美好的。

奚凝霜关好门，特意又向里推了推，像是在试试门有没有关好，这是她一直以来的习惯动作，而这个习惯是梁慧帮她养成的。小时候，每次跟着妈妈出门，梁慧因为两手推着自行车，就会回头喊奚凝霜关门，然后还要多说一句："推一下，看看有没有关好。"长大后，无论在哪儿，每当关门时，她就附带着这个习惯，这一刻会想到梁慧自然也是因为马上要回家了，父亲电话里告诉她，她妈妈随时准备在她到家之前离开。她猜，这会儿母亲梁慧是不是也和她一样，正拿着行李往外走，心情莫名低沉。

奚凝霜扬着头走出宿舍，宿舍楼里的这一层的人都走得差不多了，不似往日那么热闹，也没有经过哪一间门前可以闻到的女孩子各种日用品的芳香，人走了，仿佛连空气都被换了味道似的。走到一楼的时候，奚凝霜放下行李，进了宿管室。里面没人。她把一条崭新的毛巾放在宿管阿姨的桌子上，转身要走，刚巧宿管阿姨回来了。宿管阿姨眼明，这大概也算是职业病吧？一眼就看到桌子上的毛巾，又看向奚凝霜。奚凝霜笑着说："阿姨，我毕业了，这算是毕业留念吧，这条毛巾是新的，感谢你三年来的照顾。"

平常严厉的宿管阿姨，笑着说："真是个有情有义的孩子，谢谢，谢谢。"对于宿管阿姨来说，奚凝霜只是一张熟悉的脸，至于名字，并不记得那么真切，哪怕她接过许多找奚凝霜的电话，喊过几十次这个名字。宿舍楼里的学生太多了，再好的记性也难记住几个，铁打的宿舍，流水的学生。不断地到来，离开，心都被磨成石头了。

奚凝霜给父亲打了个电话，这应该是她在学校最后一次打电话。她告诉父亲回家的时间，她没敢打到家里，哄不好的母亲，她不想再火上浇油。放下电话，和宿管阿姨再次道别之后就继续拖着她的行李往外走，回家见不到母亲梁慧的感觉很不是滋味，也是她任性的代价，她深深地吸了一口气，甩甩头，想把恼人的思绪甩掉。反正她所做的一切就是一支射出去的箭，无论前方是迷雾，还是险山，都要面对。而现在的她只有继续前行，没有人会安慰她，她选择忠于自己，忠于自己内在的声音，她就要有勇气拨开迷雾，寻找属于自己的灯塔。

大巴车在路上颠簸了两个小时，太阳正当头，纵然有再多心事，还是被摇晃得昏昏欲睡，直到听见司机师傅大声喊，到站了！才如梦初醒般睁开迷离的双眼，没工夫缓过神，急忙拖起行李跟着人群下车。看到父亲那一瞬，竟然鼻子发酸，不知是感动还是委屈。

老奚正眉头紧锁地看着从大巴车上走下来的人，看到女儿，马上去拎起女儿的行李放在自行车的后车座上，父女俩肩并肩沉默地往回走。没见面之前心里酝酿的许多话儿，这一刻，好像一句都想不起来。老奚看着前方，奚凝霜像个犯错的孩子似的垂目盯着自己的脚尖走。

良久，老奚终于说话了："你妈坐你回来前的那班车去你姐姐那儿了。"

"哦。"奚凝霜低声应着，也不知道接下来该说点什么。她在心里告诉自己沉默是金，沉默是金。

"镇里的新高中正好需要人，我帮你报了名，后天就面试，你好好表现一下。"老奚继续说，到底是父亲，有些不能改变的事实就不再去纠结。

"爸，对不起，辜负你们了。"奚凝霜终于说出这句话。老奚闻言，喟然长叹，该说什么呢？他转头看看女儿，也替女儿的美好前程惋惜，"你自己的选择，你对得起自己就好。"女儿大了，再多的话也听不进去，做父母的有提醒子女的义务，毕竟是他们的人生，老奚并不是个古板的人，但也没那么开化，只是爱女之心罢了。

"等我新工作搞定了，我亲自去接妈回来。"奚凝霜不想气氛这么沉重，故意笑着对父亲说。

老奚可没有她那么乐观，几十年的夫妻，彼此了解，梁慧走时生气的样子还在眼前，她带了很多衣服，看起来不住个半年是不会回来的。梁慧去奚凝雪那之前打过电话给大女儿，奚凝雪有点犹豫，这又让梁慧浮想联翩，和老奚说是不是奚凝雪谈恋爱了，正好去看看究竟，短期内不想见到奚凝霜。老奚没有把这些话告诉小女儿，最近，他被家里这三个女人可折腾坏了。

回到家里，奚凝霜把行李拎进自己的房间，开始收拾。整理好自己的东西，又到厨房，女儿大了，到底还是贴心的，很快厨房就变成奚凝霜的阵地。老奚在一旁看着，也不知道妻子到大女儿那里怎么样了，这个爱管

事的妻子，他生怕又和大女儿闹得不开心。此时此刻，心里突然有种想法，宁愿妻子在自己的身边，哪怕她偶尔不讲道理，偶尔和他闹脾气，几十年的夫妻，早就习以为常，也不会真的伤了感情，至少比和两个女儿闹矛盾好解决。

父女俩从始至终都没有提起琉璃，也没有提起范澄喻，虽然他们的心里都荡着这个名字。表面上配合得十分默契，闲话家常，直到电视机里新闻联播的音乐响起，这是老奚的固定节目。奚凝霜收拾好厨房，擦干手坐在父亲旁边一起看着电视，谁也没再说话。老奚几次看向女儿，他以为奚凝霜一定要去见范澄喻的，但奚凝霜没有，只是坐在那儿认真地看电视。

第二天清晨，奚凝霜早早做好了早餐，只是早餐不仅仅是两人份儿，老奚心知肚明，也没点破，女儿真的大了，他心中感叹，吃好早饭就上班去了。

奚凝霜拿出饭盒装好早餐，拎着向巷子深处走，一路上，那张青春洋溢的脸笑得宛如春风，可以吹开七月巷子里的闷热。

"咚咚咚。"

安静了好久的门又被敲响，一大清早，范澄喻还没来得及开大门，"吱呀"一声拉开门的时候，看到那张年轻俏丽的脸，轻风拂面，"你……回来了？"

奚凝霜俏皮地歪着头，"徒儿取经回来了。"

范澄喻看着她调皮的样子，心里就像打开这扇门时投射进来的阳光那般明媚，侧开身，作势让奚凝霜进屋，嘴笨得说不出话。

奚凝霜大大方方地走进去，将手中的饭盒一递，"你的早餐。"就二话不说地往屋里跑。这个饭盒看在范澄喻眼里，各种滋味。

范澄喻的房间和别人的不太一样，他说这里是他的实验楼，要看他的宝贝就必须进屋去看，屋子里唯一有生活气息的就是凹进角落地里的一张床，被一个竹编屏风挡着，几乎不被人注意，所以奚凝霜根本就没觉得自己是进了男人房间，也就不觉得有什么尴尬。

"这是那个琉璃蟾蜍？"奚凝霜指着案台上的像挂了一层灰似的琉璃蟾蜍，没有她想象中那样金灿灿让她有点失望。信中他们讨论过琉璃蟾蜍的事，奚凝霜还没见过那么大的琉璃作品，也是带着一颗好奇之心回来的。

范澄喻看出她眼底的失望，含蓄地抿嘴一笑，说："我正准备喷沙打磨。"

"我看过一些资料说起这道工序，为什么要喷沙？是为了有更好的打磨效果吗？"奚凝霜那好奇的劲头一来，拦都拦不住，俯下身去看，又伸出食指在上面轻轻地摸了摸，摸了一层细尘在指尖，"这是细沙？"

"嗯。"范澄喻应了一声，奚凝霜煞有介事地感叹，"还真是够细的。"

"要不要试试？"范澄喻突然这么一提，奚凝霜怔住了，半天才回过神来，"我行吗？"

"好像不行。"范澄喻笑得比以前爽朗得多，奚凝霜也笑了。

"你没经验，还是用练习品练熟练了再说吧，我可舍不得让你动这个财神。"范澄喻半开玩笑，半认真地说，"不过，你回来得正好，我正准备做第二批，你可以一起做了。"不和奚凝霜见外，马上就有了伙伴儿的感觉。

奚凝霜闻言惊喜万分，摩拳擦掌，跃跃欲试，恨不得现在就要开始。

"你画的图纸有没有自己满意的，这样，我可以帮你完成一个心愿。"范澄喻问奚凝霜，这个提议让奚凝霜始料不及，既兴奋，又不知所措，脑海里是她画的那些小动物，植物的图案，可是这些好像都不是她想做的琉璃作品，只是一种绘画练习，"我画的那些，都不行啊。"

"那你想想，做个什么？想好了告诉我。"

"是！"这个提议让奚凝霜的脑子里突然乱成了一锅粥，什么东西都在闪现，又一一被她否定，一时之间也想不出一件合意的东西。她只好凑过去看范澄喻做事，这段日子，通信的时间虽然不长，但迅速地拉进了他们之间的距离。

不过，范澄喻脸上似笑非笑的神情渐渐退去，略显严肃地说："听说，你的这个决定，家里人的意见很大。"

"这个问题，我们不是在信里已经讨论过了，还去纠结干什么？我只能把自己现在的行为定义成革命，目前革命尚未成功。"奚凝霜看似云飞雪落般地轻松，这决定一生命运的事儿，是不是真像她表面这般轻松，只

有她自己心里最清楚。

范澄喻会心一笑，他想起自己当初做这个决定的时候，和她面临相同的困境，他的革命算不算胜利？他摇头笑了笑，反正已经无法挽回的事，现在他们都是没有退路的人，必须为自己的选择拼一次。

"师傅，现在我能做什么？"奚凝霜迫不及待地想动手。

范澄喻看看四周，想给找点她能胜任的工作，就想起当初刚到王再山那里，也是这番心情。他理解地笑着说："在你想出来自己想做的东西之前，就先帮我配重吧。"

"配重？"奚凝霜那双柳叶眉一拧，显然是没听懂。

范澄喻指了指门外叠起来的许多箱子，"那里都是琉璃料，我把做一只琉璃蟾蜍的重量告诉你，你去把料配出来。"

"琉璃料？"奚凝霜瞪大了眼睛，她跑到那些箱子前打开了箱子，看到一块块金黄色，像烧饼似的琉璃包球，"这是怎么做出来的？"

"熔炼出来的。"范澄喻脸色微沉，思绪万千，眼前又出现了那个1400度高温的熔炉，站在上面做包球时汗流浃背的自己，那滋味真是难忘。他转目瞥一眼奚凝霜，现在学做琉璃可比过去容易多了，至少不需要去那个高温熔炉边站上一天，考验皮肤的耐热度。不然这如玉般白皙，吹弹可破的肌肤真站在熔炉边会是什么样子？范澄喻抿唇一笑。

"现在有现成的包球给我们用了，当初，都是我们自己熔炼出来的。"他拿起一块包球，又指了一指旁边的称，对奚凝霜说，"你把重量称好之后，摆放好，等石膏模做好了，就可以放上去了。"

"这活是不是太简单了？"奚凝霜质疑地看着范澄喻，"菜市场的大妈都能做。"

"那也是一道工序，在你没想好自己的目标之前，先磨炼一下耐性。"范澄喻马上就有了师傅的样子，奚凝霜噘嘴，谁让她心里没有想好自己做什么呢？她只好听话地去干活。

范澄喻交代好奚凝霜的工作，自己开始打磨那只肥胖的蟾蜍，以他的速度，一天就能完工，这样，他可以空出时间继续做点别的事。

院子里叮叮当当的声响特别悦耳，范澄喻偶尔会默然一笑，这院子里终于不再是他一个人。

奚凝霜也终于明白，偶尔听到这个宅子里的清脆的声音也许是范澄喻在配料称重，干着干着，越来越能精确地判断多少块包球再配多大的碎料，她将那些大块、完整的包球先称出大概，然后用细碎的包球一点点配，最后惊奇地发现，一只琉璃蟾蜍的重量比看起来要重得多。她又看一眼正在抱着那只琉璃蟾蜍打磨的范澄喻，如果不是自己配料，还真难想象那只在案台上的琉璃蟾蜍竟然有二十五斤重。

范澄喻的宅子在巷子深处，阴冷潮湿，可因为烧炉的高温，冬天不冷，夏天更热。七月酷暑，太阳上来，就热得汗流浃背。奚凝霜到井边打了一桶水，冲脚，洗脸，解解暑气，再看屋子里的范澄喻，蓝色的短袖棉衫已经湿透，变了颜色，她向四周看看，见院子里的晒衣绳上面搭着一条毛巾，取来用井水浸湿，走到范澄喻近前递给他说："擦擦汗吧。"

范澄喻正全神贯注地打磨，刚刚还听着奚凝霜称重的声音，就一会儿的工夫就又进入自闭状态，突然有个人出现在身边，吓了他一跳，手里的打磨枪差一点走偏，那可就要在蟾蜍肚子上划出一道疤。

"啊。"奚凝霜忘了范澄喻那全神贯注的习惯，懊悔不已，范澄喻反应还算机敏，按下了开关。

原来什么事儿都需要适应，他一个人的世界突然变成两个人，范澄喻原本一身热汗吓成了冷汗，所幸，没有铸成大错。两个人异口同声地互相安慰，"还好，还好。"

奚凝霜歉意地递给范澄喻毛巾，范澄喻接过来，板着的脸让奚凝霜忐忑不安，生怕范澄喻嫌弃她似的问："你没生气吧？"

范澄喻笑得很勉强，显然是一种礼貌，摇摇头，什么也没说，不想辜负别人的一番好意，又不想为难自己。

"下次，我尽量不打扰你。"奚凝霜怯懦地低声说道。

范澄喻知道她是无心的，但他没有安慰她，如果刚刚不是他及时关了开关，那么大一个琉璃作品就报废了，无论是时间和金钱都损失不起，这让他心有余悸。他是一个真实的人，从不掩饰。

奚凝霜犯错了似的回去称重，偶尔瞄一眼范澄喻，范澄喻继续打磨，

整整一天，院子里只剩两种声响交织，再无杂音。

奚凝霜分好了二十份琉璃包球之后，已经下午四点多了，父亲下班的时间快到了，她要回去做晚饭。这几天，她必须做好一个乖女儿，让原本隐藏着定时炸弹似的家里，不会因为任何事爆炸。她想和范澄喻打招呼，见他仍然专注地打磨，犹豫片刻，悄悄地离开。

走出院子，她才放松地呼出一口气。

老奚下班还没进门就闻到了菜香，和梁慧在家的时候一样。他无奈地摇摇头，又向巷子深处望望。父亲对子女的了解，凭直觉也能猜到几分，他不想戳破是觉得已成事实的事情，没必要再大费周章地阻止。

奚凝霜见父亲回来了，笑脸相迎，父女俩开始吃饭，吃到一半儿，奚凝霜说道："我今天去范澄喻那里开始学习做琉璃了。"她也不想欺骗父亲，无论做什么都心里坦荡，这是她人生的信条，所以，她每次做决定都会直面可能到来的疾风骤雨。

老奚垂目看着饭菜，沉默地吃着，没有表达任何态度。见父亲没接话，奚凝霜欲言又止，终是把自己心里这一天来的感受憋了回去，看来还需要时间。她心里想，至少没有反对，已经算是对她的支持了。

刚吃完饭，家里的电话响了，父女二人对视一眼，奚凝霜没敢去接电话，她怕是母亲梁慧。而梁慧根本就不会打电话回家，她白天已经和老奚通过话了。

老奚接起电话，询问了几句就对奚凝霜说："你大学同学张颖。"

奚凝霜紧张的脸瞬间绽露出笑容，忙跑过去，虽然才分离没多久，女孩子之间的话题竟然也会那么多，但张颖并没有多提她工作的事，毕竟，这份工作原本是属于奚凝霜的，而在张颖心里，奚凝霜的牺牲太大了。张颖希望奚凝霜的选择会让她幸福，有的没的聊了一会儿，这个电话主要是把联络方式告诉奚凝霜。

去面试之前的空当，奚凝霜抓紧时间去范澄喻那里学做琉璃。老奚第二天早上上班前，脚还没走出家门，踌躇了片刻，回到屋子里对奚凝霜说："我知道你去小范那儿，爸爸知道你大了，但有些事，还要是注意分寸，毕竟男女有别，女孩子要自爱。"

"爸，您说什么呢？我很自爱。"奚凝霜有点委屈，不过，她也明白父亲的心思，毕竟这条巷子里的人可不都像父亲那么了解她，所以，她马上又补了一句："您放心吧，我懂。"

懂？老奚要是相信才怪，可事已至此，他还能说什么呢？每天都安慰自己：儿孙自有儿孙福，女大不中留。他叹口气，心事重重地骑上自行车上班去了。

奚凝霜去范澄喻那儿的时候，院子门都是大开着的，比范澄喻一个人在的时候，开得还要大，虽然身正不怕影子斜，但她也不愿意被流言所扰，毕竟他们还有更多的事情要做，那些有的没的，会耽误大事，这个道理奚凝霜还是懂的。

才踏进范澄喻宅子的大门，就看到院子中间又多了一个小炉子，里面的炭火烧得正旺，上面还有口锅，里面煮着东西。奚凝霜拿着饭盒围着炉子转了一圈儿，锅里煮的像是老街口手艺人捏东西用的糖浆似的，但色泽浑浊。她好奇地看了半天，范澄喻才出来，奚凝霜指着锅问："你做的是什么吃的啊？"

"吃的？"范澄喻顺着奚凝霜的手看去，便又抿嘴一笑，"这是油泥啊。"

"你们那里的特色小吃？怎么叫这个名字啊，不像吃的啊。"奚凝霜凑过去闻闻，不闻还好，凑到近前用力这么猛地一吸，一股刺鼻的味道直呛进喉咙，呛得她忍不住猛地咳起来。

"什么吃的？这是捏模用的泥料。"范澄喻一脸严肃地告诉她。

奚凝霜一只手捂着鼻子，一只手还抱着饭盒，瞪大了眼睛，她把饭盒往范澄喻手里一塞，"今天的学费。"话音未落，人就又凑到煮着油泥的锅前，保持一定距离，味道也没那么呛人了。她这才看清楚里面大概有什么东西在渐渐融化。范澄喻给她讲过做琉璃的程序，她指着油泥问："快化成水了，怎么捏啊？"

"拿出来就会慢慢凝固。"范澄喻拿来铁板和各种工具，用一把铁勺将油泥从锅里盛出来，放在铁板上，边说，"现在我开始教你捏模。"

奚凝霜正看得出神，听了范澄喻的话，马上问："我还没想好做什么。"

"你是新手，做个简单的吧。"范澄喻也不抬眼看她，目光只盯在那些油泥上，一勺一勺地将油泥铺在铁板上，奚凝霜想伸手，又不知道从何下手，"师傅，我来吧。"

"嗯，你就这样，把这块铁板用油泥铺满。"范澄喻把手里的勺子交给奚凝霜，"不过，要小心，油泥很烫。"

有句话是说起来容易，做起来难。看着容易，做也难。这勺子到了奚凝霜手里，怎么都不听使唤似的，她第一次从锅里盛出来的油泥铺在铁板上，都不像范澄喻铺得那么工整，就像是个一岁的孩子，把米糊吃得碗里碗外到处都是。奚凝霜立即涨红了脸，她做事素来仔细，可是油泥完全不受她控制，她偷偷瞄一眼范澄喻，生怕被他笑话，但他似乎很淡定，仍是看着她那一铁板凹凸不平，里出外进的油泥。

"这油泥像化了的糖浆似的，怎么可能给它们堆出厚度？"这一刻，她玩心大起，这不是和小时候看到巷子里那些男孩子玩泥巴一样？只不过，她玩的是热泥。

"耐心一点，不要急。慢慢来，我那儿还有点活儿，你铺满了大概四厘米厚度，二十厘米长，五厘米宽的时候，再叫我。"范澄喻面无波澜地走了；留下一脸茫然的奚凝霜。她看着那块二十厘米见方的铁板上，油泥软软踏踏，完全不成形状，感觉范澄喻说的是天方夜谭。

"啊？"她眼睛瞪得铜铃似的大，不明白范澄喻是不是在和她开玩笑。可范澄喻根本没有纠正的意思。

那些油泥缓缓地流得到处都是，根本无法堆砌，"这，这怎么可能铺出四厘米的厚度啊？那我们为什么要融化本来的油泥？"不管她说什么，范澄喻都像没听到一样，她转念想到那只硕大的蟾蜍，如果也是捏模捏出来的，又是怎么做到的？她定定地坐在那，半张着嘴。

不过，很快奚凝霜就发现，最初铺在铁板的油泥开始凝固了。这让奚凝霜惊喜万分，像是发现了新大陆。遇到事儿都要动脑子思考，这大概也是人类本能，她聪明地先浇筑围墙，再向里面注实心，豁然开朗，眼见着那些油泥被她困住，成就感顿时冲昏了她的头脑，一勺下去用力过猛，从油泥锅里的盛出来的油泥飞溅，溅在手上、衣服上，连发丝也挂了泥浆，所幸没有溅到脸上，不然是不是已经毁容了？她摸着自己的脸后怕。只片刻愣怔之后，奚凝霜将锅里那个没有完全融化，但已经在融化的油泥捞了出来，放进她筑起的围墙里，夯实地基，再向上筑起，刚刚的抱怨很快被成功代替，好像自己完成了一个人类奇迹似的兴奋。

终于，一坨看起来极不雅观的油泥堆砌好了。奚凝霜目测基本达标，就兴奋地去找范澄喻。

不知道今天范澄喻是不是不够专注，她一进屋，范澄喻就听到了。"好了？"他抬眼看向奚凝霜。眼前的奚凝霜，额前的刘海上沾着几缕油泥，雪白的T恤上也是星星点点的油泥，还真像是刚从工地回来的，那副狼狈相，到底逗笑了范澄喻。

奚凝霜挑着眼睛，瞄向自己额前的刘海，刚才只顾着铺泥，这会看到范澄喻笑，恍然明白自己有多狼狈。刚要开口说话，范澄喻就说："还好没弄到脸上。"当初他做学徒那会儿，也是这副样子，比奚凝霜还惨，有一次，一大块油泥掉在手背上，烫出一个鸽子大的水泡，养了半个月才好，"下次一定要小心。"

"肯定啊，我还要我这张脸呢。"奚凝霜倒是个乐观的人，没事似的和范澄喻开起玩笑，一同来到院子里的石桌前看她那一坨油泥，"师傅，这是要做什么啊？"

范澄喻顺手从院子里的操作台上拿起一根像是椅子腿似的木棍，至少此刻在奚凝霜的眼睛里是根木棍，在她面前晃晃说："把你这个……"范澄喻看着她做的那一坨东西，一时之间竟然找不到一个合适的词来形容，含糊不清地嘟囔说："做成这个样子。"

"啊？"奚凝霜抢过那根木棍，仔细一瞧，正是凝固后的油泥，"这是没化之前的样子吗？那我们为什么要把它融化呀？"

"不是，这是我做的，就是把你这一滩油泥打磨得这样光滑整齐，这就是你要做的作品，镇纸。怎么样？"正是因为奚凝霜送给他的那副对联启发了他，他想做一件对她有用的东西，只是他说这话的时候，没看奚凝霜的脸上那副生无可恋的样子。

奚凝霜盯着这两件东西看了半天，"打磨设备在哪？"既然拜师学艺，

怎么能轻易打退堂鼓,虽然会遇到这么多的难题是她从未想过的。事到如今,她只能硬着头皮做下去,不然,脑海里突然浮起母亲的脸,立即击退她所有的犹豫,虽然看起来有点像铁杵磨成针,也必须坚持下去,这仅仅只是开始。

范澄喻递给她一把美工刀片和一把精巧的切刀,"用切刀去掉多余的突起,然后用刀片磨平,磨到三厘米厚度吧。"

"啊?"奚凝霜好不容易堆到四厘米厚,现在让她磨掉,而且是用一把美工刀片?可是,她所有的不可思议在望向范澄喻的时候,他脸上仍然传递过来的是不可反驳,就像他说的是一件喝水那么容易的事儿似的。奚凝霜盯着那一摊油泥,虽然油泥稍微凝固,但因为正是七月,天气炎热,还是软的,一碰就变形,别说把它变薄,就是变整齐都难。

"师傅,我能做点别的吗?"奚凝霜无奈地问。

"这是最简单的,别的?你用手去捏一下油泥,就知道你的手根本承受不了那个温度。"范澄喻在屋子里大声回答。

奚凝霜用食指和大拇指去捏,果然温度高得烫手,刚才她用勺子盛油泥,只需要把油泥铺在铁板上,不直接接触油泥,虽然能感觉到油泥的温度,但还是没想到温度会这么高。

"不用着急,等它慢慢冷却吧,以现在的温度,要到晚上,你才能上手。"范澄喻继续说,仍然一副若无其事的样子。

奚凝霜似乎明白了任何一件美丽的事物都不是轻易获得的。等待的时候,范澄喻告诉她也有另外一种脱模的办法,只是远不及油泥的效果,等她能熟练地掌握了古法,再慢慢教她。范澄喻始终认为替代办法往往是不得已而为之,终不是古法琉璃的根本。在王再山那里的时候,为了快速出作品,会用替代的办法,其中利弊他和王再山都非常清楚,也就没有去传授他人了。

闲暇之余,奚凝霜就坐在范澄喻旁边看着他打磨,看着他磨了洗、洗了磨,反反复复,如此看来,做事终是需要耐心,而且是极大的耐心。

就这样,两个人默不出声,一个做事,一个在旁边看着学着,不知不觉就日落西山,斜阳余照了。奚凝霜觉得光线暗下来,起身去开灯,一时之间想起那油泥是不是冷下来了。

　　江南的七月，早晚温差几乎没太大的区别，被烘烤了一天的土地更是恣意地散着白天炙烤的热气，很难感觉到晚上比白天凉爽了多少。所以，油泥不容易冷，奚凝霜摸上去，仍然是热的，但已不像白天那么烫手了。

　　奚凝霜不禁一笑，站在院子当中冲着屋里的范澄喻喊：“凉了，凉了！”岂不知，范澄喻那打磨机嗡嗡地响，根本就听不到她在外面说什么，只是听到她的声音，范澄喻就停了下来。他走出来一看就明白了，抬头看看天色，就笑着说：“要不，你拿回家去继续做吧。”

　　奚凝霜这才惊觉，自己竟然忘了时间，她还要给父亲做晚饭呢，便连忙拿起院子石桌上的油泥和几件工具，边往外走边说：“好，我今天晚上完成。”说着，人就出了院子，不见人影。

　　范澄喻虽然让她拿回去做，但还有些话没说完。奚凝霜就急急忙忙地走了，他摇摇头，嘴里喃喃地说：“哎，你倒是想今天晚上就做完。”随之苦笑地摇摇头，回屋去了。

　　奚凝霜回到家，把油泥和工具放到自己的房间，马上到厨房里扎上围裙开始准备晚饭。奚凝霜是个有规划的女孩儿，做任何事都有条不紊，她会提前安排好每一天的饮食，赶早市买好每天的食材。一日之计在于晨，一天把计划做好了，没什么意外，她就能把一切照顾得好好的。这些也是从梁慧的耳濡目染得来的，偶尔奚凝霜也会因为这些由母亲而来的习惯而抿嘴一笑，这大概就是母亲在子女心中的特殊之处。

　　奚父回到家里，就闻到厨房传来阵阵菜香，妻子已经离开几天了，白天都会打电话到单位，有的没的聊上几句，而两个人各在电话一端，心都在那个人的身上。

　　奚凝霜很快把菜端了上来，红烧鳊鱼、干丝炒茭白，还有一份紫菜蛋花汤，虽然不算什么复杂的菜，但女儿还年轻，就能烧得一手像样的菜，嫁出去也是一位好妻子。心念至此，奚父脑海里竟然出现范澄喻的样子，不禁垂下眼睑，闷不吭声地走到桌前，父女二人默默地吃饭。奚凝霜一心想着今天晚上还有活儿要干，根本没有注意到父亲脸上的异样。

　　晚饭后，奚父在外面的客厅里看电视，奚凝霜收拾好就躲进自己的屋

里没出来过。奚父看了一会儿电视,见奚凝霜一直不出来,走到女儿房门外,刚想敲门,又想起以前他可从来没有这么关注过女儿,原来家里的许多事都是梁慧操心,老夫老妻之间的感情有时候的确无法说得清楚,在一起的时候每天眼睛里像是揉不进沙子似的吵来吵去,斤斤计较,真若是分开了,才明白似乎两个人不知何时浑然一体,哪里分得开。

老奚这样一想,深叹口气,梁慧才离开了几天,如果真的一个月,几个月不回来,还真不行。至少老奚是这样认为的,便抬手敲门,"凝霜。"

奚凝霜正在堆砌她的油泥板,听到父亲的声音停下来,"爸,有事吗?"

奚父推门进来,看到奚凝霜坐在自己的桌前,还有那乱七八糟的油泥,不用想,也知道是和做琉璃有关,只说:"我是来提醒你,明天面试,你做好准备。"奚凝霜看着父亲的目光正落在自己那一摊不成样子的油泥上,连忙堆起一脸笑容,"没问题,爸你放心吧。"老奚踌躇片刻,似有话说,又什么都没说就转身出去了。

奚凝霜的心在那些油泥上,见奚父出去,继续低头塑模,油泥还有点软塌塌的,稍一用力,那油泥就会变形,无论她怎么小心都无法做到整齐的样子,这样反复了不知多少次后,奚凝霜耐力的城墙终于瓦解了。

"难道要放到冰里冷却一下才行?"她苦着脸自言自语。

大热的天到哪里找冰?她就拿到外面的井水里浸,暑天的水也不见得有多凉,一会儿的工夫,水反而变得温热,不过,这样一来二去,油泥还真降温了,也越来越好塑型了。

"大半夜的,你怎么还在院子里?"奚父举着一把扫帚站在门前。已经睡下的奚父听见院子里有动静,还以为进了贼,见是自己的女儿,再看她手里拿着那个东西,忍了几天的怒火差一点爆发,只是一瞬间的工夫,意识到这是在院子里,只要他稍微大点声,整条巷子都能听到,于是压低了声音说:"赶紧回去睡觉!"

奚父突然出现也吓了奚凝霜一跳,油泥掉在地上,活活地摔掉了一个角,奚凝霜心疼不已,又不敢和父亲理论,只捂着半碎的心回房间了,仔细地左看右看那个缺口,欲哭无泪。

奚凝霜不知道自己什么时候睡着的,直到被闹钟叫醒。等她准备好早餐，奚父看到她的脸一惊，嗔怪："昨天特意提醒你今天要去面试，你还不早点休息，你去看看你现在的样子。"

奚凝霜起床后一直忙到现在，只觉得眼睛干涩，头也昏沉沉，走到镜子跟前一看，黑眼圈像个熊猫似的，"没事，没事，我洗把脸就精神焕发了。"她安慰父亲。

年轻人到底是经得起折腾，奚凝霜在院子里打了桶井水，清晨的井水微凉，泼在脸上，精气神儿瞬间回来了一半儿。今天最重要的任务是去面试，她暗暗告诉自己，可不能搞砸了。

事已至此，奚父也无可奈何，深深地叹了口气，说不出心里是个什么滋味。临出门前，他又看了女儿一眼。老奚在教育局里工作，自己的女儿去面试，多少还是有几分薄面。他只是希望女儿表现得更好一点。好事不出门，坏事传千里，从来都是亘古不变的规律，他心里很清楚外面在议论什么。

"奚凝霜，今天你不能丢脸。"奚父根本没有商量的语气，直接下命令道。

奚凝霜笑得灿烂，"放心吧，爸，绝不会给奚主任您丢人！"看着女儿自信的笑容，老奚这几天头一次露出笑脸。

老奚等着和女儿一起出发，他去单位正好路过女儿要去面试的高中，捎她一程。奚凝霜很快就从房间里出来，整齐的马尾辫子束在脑后正中央，不高不低，既不张扬，也不懒散，天蓝色的衬衫，白色的长裙，白色中跟凉鞋，肩上背了一个棉麻布袋。长大的奚凝霜愈发像梁慧，皮肤白皙透亮，一双杏仁眼，笑起来特别好看。这样的一个年轻漂亮的女孩儿出现在眼前，加上脸上挂着浅浅的微笑，老奚什么气都消了，只在心里想，我的女儿还真是无可挑剔。

"怎么样？是不是神清气爽？"奚凝霜调皮地歪着头问父亲。老奚白了她一眼，没人能看到他心底笑开的那朵花。

奚凝霜和父亲一起出门，不由得向巷子深处看了一眼，连忙回首给父亲递上一脸真诚的笑容，父女俩没再多说，骑上车出发了。

以奚凝霜的学历，谦逊的态度，得体的谈吐，十分受学校领导的欣

赏，加上老奚的背书，这份工作基本没有意外地确定下来。学校让她回去等消息，奚凝霜很自信地走出校门，直接回了家。毕竟，她心头还挂着那根油泥。

回到家后，奚凝霜把自己经过几次在水中冷却的油泥拿出来，已经凝固得很牢，只是她看着那个残缺的一角，不免心有遗憾，她悻悻地拿着这根油泥棒去找范澄喻。

范澄喻知道她今天面试，见她来了，笑着问："面试怎么样？"

奚凝霜笑得很敷衍，此刻，她心里想的是她两只手紧紧握着的油泥棒，"还不错。"范澄喻听出了什么似的看着她，目光总算看到她手里东西，又腼腆地笑着问："不错嘛，做好了？"这有点超出他的预料。

"好，是好了，就是……"奚凝霜一脸尴尬地把油泥模递给他看。

范澄喻一眼就看到那个缺口，接过来反复地看了看，"这，根本不直嘛，你看，崎岖不平啊。"他把油泥模子放在眼睛下面，闭上一只眼睛，用另一只眼睛像瞄准射击一样看着前方。

"不平吗？我看着很平啊？"奚凝霜柳眉一蹙，也凑到近前。昨夜，灯光下视线不好，此刻对着阳光一看，还真是崎岖不平，奚凝霜突然明白，这道看似简单的工序，也要精雕细琢。她又指着那个缺口问："我没拿稳掉在地上了，试着补，可就是无法将补上去的油泥与之融为一体，轻轻一碰就会掉，怎么办？"

范澄喻盯着油泥模看了一会儿，说："不打紧，就这样也很美。"说完，他看看奚凝霜，"你不觉得吗？我们可以在这个缺口处做一点小小的处理，就可以产生另外一种艺术效果了。"

经他这样一说，奚凝霜顿时双目放光，"我怎么没想到？"兴奋得两只手一拳一掌地击在一起。

"艺术细胞还待培养。"范澄喻似笑非笑地说着，看不出他是认真的，还是在和奚凝霜开玩笑。奚凝霜无可辩驳地眨眨眼睛。

范澄喻二话不说，拿着奚凝霜做好的油泥模到工作台前，又拿出几样工具，像个木匠似的打磨了一番，油泥模在他手里就像是丑小鸭变成了白天鹅。

"原来，你还有这什么多好用的工具！那你怎么只给我两把小刀？"奚凝霜见此，气恼地抗议。

"你要从基础开始学。"范澄喻全然不理会她激动的情绪，毕竟他知道如果把他这几件打磨工具给她，恐怕她已经把这三厘米厚的油泥模削成面片了。

奚凝霜一连串的抗议，范澄喻像没听见似的，又找来一个麻面工具，在那个缺口处按了几下，顷刻间，平整死板的缺口，变得有动感了，丝丝缕缕，又此起彼伏，奚凝霜的抗议声戛然而止。

这就是艺术？

民间的一切美好事物，都是艺术的源泉与根基。奚凝霜不吭声地看着她做的那个丑八怪在范澄喻的手里女大十八变似的越变越美。

"你在这里雕朵花吧。"范澄喻指着油泥模另一端三分之一处位置对奚凝霜说。

"雕花？"奚凝霜因为喜欢上了琉璃之后，对美术有了特别的兴趣，但仅限于绘画，至于雕刻，她从来没有试过。

"你喜欢什么花？"

"玉兰！"奚凝霜脱口而出。范澄喻抬目看她。今天的奚凝霜因为面试特意打扮过，此刻，范澄喻看着她白净的脸庞，就像看到春天那朵朵向着天空桀骜绽放的玉兰。他们做了同样特别的选择，不就和一往无前的孤寒气，决绝孤傲的玉兰一样？玉兰在国人心中除了纯洁、高雅，还有旁若无人地向上追寻之意，永远不会放弃也决不背叛。

"好，就玉兰。"范澄喻坚定地说，倒像是一种默契的承诺，他拿了一把雕刻刀递给奚凝霜，"我去找一张玉兰的图片，你照着雕。"

奚凝霜只是单纯地喜欢玉兰，大概与性情相关，此刻在心中暗自庆幸自己喜欢的是玉兰，玉兰花型优雅简洁，万一她说喜欢菊花，那她又该今夜无眠了。

"找到了。"范澄喻从自己那一叠书里找到一本百花图册，翻到玉兰花儿给奚凝霜看。

"我能画出来，但我对雕刻刀还没有把握。"奚凝霜看着画册说。

第五章　情愫蠡巷起，此时心转迷　139

范澄喻仍是含蓄地笑道："试试。"

"试试"，这两个字对过去的奚凝霜来说是充满挑战的。只是自从挑战做琉璃之后，她可不敢轻易许诺了。不过，说来也怪，人都是面对困难的时候偶尔会犹豫，但只要决心有了，哪怕历经千辛万苦，也要争取最后的成功，或者接近成功，都是一种无法言喻的鼓励。就因为奚凝霜那个丑得一塌糊涂的油泥模也能被范澄喻改造一新，这让她觉得，或许她真可以试试。

她接过刻刀。

雕刻不像绘画，笔在纸上轻巧地就能画出想要的形状，雕刻力道浅了，看不出痕迹，力道重了，一不小心就会偏离。奚凝霜是个聪明的女孩儿，先在油泥模上用铅笔画好，然而刻刀一动上去，仍然会偏离原有的样子。这是她的第一个作品，她早就做好心理准备，不是说自己的孩子多丑都会爱嘛？她看着被她刻得七扭八歪的玉兰花，哪还有本来的优雅。

"被雨打了的玉兰。"她喃喃自语，范澄喻一看，她和那朵玉兰花一样打蔫，笑着说："没关系，正因为不足，它也会是独一无二的，任何残缺也需要有人接受，丑也是需要爱的。"

奚凝霜抬眸看他，"你这是夸我？还是在损我？"

范澄喻只笑而不答。奚凝霜觉得范澄喻并不比她大几岁，可有时候说起话来还真有几分深度，不由得让她迷惑，范澄喻到底是个什么样的人？最初她以为他是老实的手艺人，执着、认真，而潜意识里她会认为他会不会有点偏执，所以才会执着于琉璃。可现在，她也同样执着，何谈范澄喻的偏执了？只觉得他有非常高尚的思想，还有一颗明亮的内心，所以他才会不嫌弃那些残缺和丑，并立志把它们变得美。

范澄喻并没有看她，不知道什么时候，他变出另一根相同大小的油泥模，只是没有那个缺口，完整得不像人工做出来的，更像是机器的批量产物，不及奚凝霜开口问，就说道："昨天我做了一个一模一样的，镇纸总要一对儿才好，你在与你那只相同的位置上延伸地再画出玉兰的枝干和花苞，这样两根对在一起，也是完整的造型，如何？"

看着范澄喻那个完美的作品，奚凝霜竟然于心不忍，"要不，你来雕吧,我的技术实在太差了。"

"谁不是从这个时候开始的?难道都让师傅代替?"范澄喻这么一说,奚凝霜惭愧地吐了吐舌头,只好接过来。这一次,她吸取了之前的经验,加上这一根上的玉兰只要枝条和花苞更简单容易些,看起来就比之前的好上许多。雕完她已然满头大汗,竟然没有感觉到酷热的暑意。停下手里的活儿,拭一把汗。她拿起两只油泥模对在一起,正是一只完整的迎春玉兰。不知道是她看久了看得顺眼了,还是什么原因,竟也不觉得之前雕的那一只丑了。

"还不错。"范澄喻笑着说。奚凝霜当然知道他是在鼓励自己,只这一枝玉兰花,她雕了一个下午,还是最简单的。她又问:"这样雕出来就行吗?"

"当然不行,你还要把雕花的这一面再打磨掉半厘米,才能让花凸显出来。"范澄喻认真地说着。

经过了这几天的初级指导,善于思考的人学什么都快。奚凝霜渐渐入门,她的确是个很有灵性的女孩儿,听完就知道该怎么干了,说:"这算是今天晚上的作业。"

范澄喻看看院子灰白墙上的斜阳,也知道她该回去了,便笑着点点头。

老奚下班回家的时候,从他脸上能看出点喜悦之意,他见到女儿便说:"学校给我打电话了,说你表现得不错,通过面试了。接下来会下发正式录取通知书,开学前去上班。"

奚凝霜很自信,这个结果也在她意料之中,并不显得很兴奋,只是觉得这样父母应该可以安心些。她又想起母亲,问:"我妈知道吗?"

"嗯,我打电话告诉她了。"老奚接到学校的通知就给梁慧打了电话,梁慧还没消气,只说:"她那么有主意,不用告诉我。"话虽如此说,但做父母的怎么可能真就不闻不问,梁慧知道老奚会通知她,老奚也心知梁慧只是嘴硬,几十年的夫妻之间总有一些默契存在。

一切尘埃落定,奚凝霜心里计划着这个暑假一定把自己的第一件琉璃作品做出来。也多亏了是份学校的工作,这样,以后她也有假期可以去做自己要做的事。她陪父亲聊了一会儿学校里的事，就回房间了。奚父知道她在做什么，并没有干涉。反正对于女儿做琉璃这件事，他的态度就是不反对，不支持，不关心，或者说是假装不关心。至少奚父是这样劝自己的。不过，人性有个弱点，就是好奇心，他偶尔还真是很好奇奚凝霜真能做出琉璃来吗？自从琉璃走入他的视野，他或有意或无意地对琉璃也开始关注起来，虽然离生活很远，离他更远。

任何艺术都不能脱离文化，有时候让人觉得遥远，又经常会瞬间闯进生活。琉璃算不算闯进了老奚一家的生活？闯进了蠡巷？之后会不会闯得更远？谁也不知道，或者有的人知道。

日子就这样一天天地过去，奚凝霜和范澄喻学习做琉璃的二十七道工序，渐渐地沉入其中。她的油泥模做好之后，就是翻模，做出一个阴模出来，也就是硅胶模，这和当初王再山做的蟾蜍不同，每件作品都是要视其情况而采用不同的方法。琉璃蟾蜍体形巨大，只能涂，但这两根镇纸不同，可以将硅胶倒进一个木板模子里覆盖油泥模，木板模四面可拆，是根据油泥模的大小拼在一起的，倒进去的硅胶也正好包裹住油泥模，等硅胶冷却，直接可以从油泥模上脱下来了，形成阴模。这道工序很顺利地就完成了，这时奚凝霜有点小小的兴奋。再接下来就是注蜡，做蜡模，古法琉璃脱蜡工艺的重点，奚凝霜在范澄喻的指导下，将蜡融化注入之前做的硅脱模里去，等蜡凝固后，从硅脱模里脱出来。基本上就是未来所要做的琉璃成品的模样，要做到分毫不差，而如果有需要可以脱出来的蜡模上精雕细琢，或者做一些小小的改变和修补工作。如此折腾了半天，一个琉璃作品，还没有真正的烧制，仅仅做个模型出来而已，不仅之前的每一道工序可能出现问题，接下来仍然有同样的考验，可见一件成品做成有多么不易。

奚凝霜更加小心，蜡模的好坏，决定成品最终的效果，如果说油泥模做得不够精细，此刻就是唯一的补救机会。奚凝霜拿着蜡模仔细地进行细微的雕琢。蜡比油泥好雕，更显得精致。她修蜡模修得特别认真，忘我的状态不输范澄喻。这次换范澄喻在院子里走来走去，她视而不见，充耳不闻了。

幸好这是一件极简单的作品，只是上面雕的两朵玉花需要费点工夫，奚凝霜用了一天的时间，将蜡模修好，那一支玉兰，已经比最初的样子精致许多，奚凝霜不由得笑了起来，跑到范澄喻面前说："蜡比油泥好雕，你快看，是不是漂亮多了？"

范澄喻连连点头，刚刚他去院子里几次，早就在她身后偷偷地看过，只是她全神贯注得没有发现他罢了，"这样你是不是就懂了，做一个作品，哪一道工序可以实现什么？"

奚凝霜重重地点头，心里不自觉地欣喜，"接下来呢？"

"要给蜡模外面包上石膏。"范澄喻说着，带她走到院子靠着西边墙的那个木头桌案前。奚凝霜马上就想到了她初来这里时看到这案上厚厚的石膏灰。

范澄喻拿出一个四面活板，底板上的两个边各有一道槽，这样可以根据所需大小将四个边板固定，再将蜡模放入其中，注入湿石膏粉，振动至均匀，一边振动一边观察，直到全部覆盖，表面上平整为止。随后，将这个装着石膏粉的盒子进行抽真空处理，这样可以让石膏和蜡模紧密地贴合，如此一来，凝固后的石膏粉就是另一个阴模，也是决定琉璃成品是否能完全还原蜡模的重中之重。

"看来做石膏模这一道工序最简单了。"奚凝霜看着范澄喻行云流水般做完，轻松地说道。

"简单？"范澄喻看着她，"那是因为石膏粉和水的比例我调好了。"

"比例？这还像和面似的需要水、粉比例？"

"要不，你来调一个？"范澄喻这么一说，奚凝霜就有点心虚，从做琉璃开始，她就知道他的每一句话都不会乱说，不夸大，也不轻视，连忙吐了吐舌头，"还是你给我讲讲吧。"

"水和石膏粉的比例很重要，水多了进了炉子会有水分蒸发出来，影响蜡模的融化，肯定会毁了作品，更严重的可能还会毁了炉子。水分少了，模子很快就会干裂，也会影响作品。你说重不重要？"

经范澄喻这么一说，奚凝霜连忙点头，"重要，还真重要，师傅，那

有水粉比例公式吗？"她一脸郑重其事地问道。范澄喻点点头。就这样奚凝霜一边学，一边把这些都认真地记成笔记。可有一些事情，不是全靠公式来计算了，人的经验会比那些死板的公式更能发挥出特别的作用来。

凝固的石膏砖摆在眼前后，奚凝霜笑了，"我知道了，下一步是称重，对吗？"这是范澄喻曾经交给她的任务。

"对。"范澄喻回答，之前他们已经将蜡模的重量称好，现在根据比例换算出所需要的琉璃包球的重量，"你想做成什么颜色？"他突然问奚凝霜。

奚凝霜一怔，在她记忆中的镇纸大都是木头制品，也就自然而然地想到了深棕色，可是七彩琉璃，七彩琉璃，若是只做一个普通的深棕色镇纸是否失去了琉璃的特殊美？

"我，我还没想过，我只是想做出色彩的变化和那种流动的美。"范澄喻看到她的双目似在发光，便笑了笑，"好。"

奚凝霜的眼前好像已经出现了流光溢彩的琉璃镇纸似的，听范澄喻答应，不由得有点惊讶，"你知道那是什么颜色？"

范澄喻笑着告诉她："琉璃的神秘，就是在于或许让你在意料之中，更多的是意料之外，但大多数的意料之外都是神奇的创造，不会让你失望。"

"这就是它的魅力，对吗？"奚凝霜亦是笑着问，青春女子的笑容和她眼底的憧憬最让人着迷。范澄喻回眸看着她的那一刻，不由心头一动。

"对。"他回答的声音很小。恍然回神间，刚刚那阵浮动的心渐渐平息下来，"不过……不过，镇纸多是写书法所用，书法本就来拥有它特别的墨色之美，于黑白之间交融，如果你真的做一个七彩琉璃，会不会有违和感？"

被他这么一说，那个还在天马行空做梦的脑袋突然清醒，脑海里出现一个七彩琉璃镇纸压在沉静素雅的书法作品之上，画面的确诡异。

"好像有点道理。"她喃喃自语。

有点道理，这就是美学欠半分吧？范澄喻垂目片刻，便对她说："有了，就应和着书法，在白色的宣纸上晕染墨色，水中散开的墨迹，这种意境如何？"

奚凝霜边听边想着范澄喻口中的画面，深深地笑了，"这个想法好！"她看向范澄喻垂目的侧脸，眼前这个男人虽然谈不上多么英俊，却也五官端正耐看，脸上时而挂着的憨容，经常让人误会他的痴，时而是没人看到的灵性。他的每一个想法都那么奇妙、新奇。

奚凝霜知道范澄喻初中毕业后就工作了，没有高学历，仅仅是对美的追求，有美的敏锐性，这大概就是艺术细胞。艺术细胞到底来自哪里，还没有人能说得清楚。

确定了颜色，他们开始配重，范澄喻为她讲如何设计流痕，如何摆放和配比会烧出玄妙的效果。做好了这一切，一个星期的时间已经过去了。

接下来就是烧制。可是范澄喻只有一个炉子，这时候他之前在烧的蟾蜍还没有彻底地降温冷却，他们能做的只有等。奚凝霜有了前几道工序的经验，已经可以帮范澄喻做除了配重之外的简单事情，两个人配合得越来越默契。

奚凝霜看过范澄喻创作的烟花草图，她已经能看懂做这个作品会面临的诸多问题，"这个能实现吗？"

"我在想办法实现。"范澄喻又何尝不知道有多难。他不想只是按部就班、重复地去做琉璃，也不想总是在复制别人的作品，他想带给琉璃世界一点新的元素、新的想法，而这些"新"要面对不就是难吗？"你也帮我想想。"他突然对奚凝霜说道，奚凝霜听了不禁瞪大眼睛。她？她可是琉璃界的新人，或者连门还没入，既没经验，也没技术，她能想出什么办法？他真是高看自己了。

范澄喻又怎么不知道这一点，只是人在无可奈何的时候需要的也许就是一次奇思妙想的碰撞，至于如何实现，都需要挖空心思去研究。

奚凝霜涩然憨笑，"我能有什么好点子？"

"也许就有了呢，不要浪费你的智慧和女人特有的美感和思维方式。"范澄喻的话总让奚凝霜怀疑他是不是真的只是初中毕业。

"你真的初中毕业？"她忍不住问出口。

范澄喻目光一黯，"嗯。"轻声回答。奚凝霜这才觉得自己太唐突，

"我没别的意思,就是觉得有时候你说的话很有哲学道理。还有你知道那么多关于美学、化学、物理学的知识,对吧?"她俏皮地掰着手指,轻松的语气缓解了之前的尴尬。

范澄喻知道她的意思,不禁笑了,"我只是喜欢看书罢了。"

"人的学识与后天不断地充实有关。"奚凝霜马上巴结似的说完就傻笑起来。

两个人对视片刻,又觉得哪里不自在了。

转瞬,奚凝霜说:"明天还是不能开炉,那我请一天假。"

第二天,奚凝霜没去老宅,范澄喻从清晨到日落,频频到院子去,每每走到一半儿就折回来。他又去看看炉子,翻看自己的记录表,还需要二十六个小时开炉,二十六个小时,他心想,以此刻七月底的天气是不是可以早点开炉?毕竟天这么热。他把手放在炉门把手上思量。

"你在干什么?"正犹豫间,听到奚凝霜的声音,就像画眉鸟轻快的叫声,传到耳朵里竟然那么轻快舒畅,瞬间唤醒这里沉闷的空气。

"你?你不是请假了吗?"范澄喻放下炉门上的手,脸上不由泛起笑意。

"你不会想开炉吧?我记得还要二十六个小时呢。"奚凝霜人已经走进来,拿起记录本就看,脸上认真的表情以为自己记错了。随范澄喻学习之余,她把这些事都暗暗记在了心里。

范澄喻憨笑着挠挠头,"是,我是觉得,应该也差不多了。夏天温度高,也许可以早一点。"

"这么大一个作品,哪能冒这么大的险?"奚凝霜一张认真的小脸上竟然有点愠怒之色。只有范澄喻知道他为什么想早点开炉。

奚凝霜放下手中的记录本,"不能开。"

"你怎么来了?"范澄喻又问。

"我去书店买了一些图册回来。"她从肩上挎着的棉麻布袋里拿出几本图册。画玉兰的时候,她看范澄喻的图册是很久以前出版的,她在苏州上学的时候,就看过很多新出版的图册里面收集了国内国外更多图案,风格迥异,对拓展创新有很大帮助。所以,她今天一气买了整整十本,"你看,有花草，有鱼鸟，有山水，有建筑，各种风格都有。"笑着给范澄喻边翻看边说。

"这可是不少钱，你？"范澄喻知道图册与普通书籍不同，对纸张有很高的要求，价格自然也高，至少在那个年代对他们来说算是有点奢侈。

奚凝霜笑着说："用我的奖学金买的，怎么样？算不算我的投资？"

范澄喻不禁笑了，她真是个聪明又善解人意的女孩儿，总能顾及他人的感受，"好吧。算。"

奚凝霜兴奋地挑了一本西方概念的图册给他看，"这里有一些漂亮的玻璃制品，不知道能不能带给你一些创作灵感？"

范澄喻接过图册，看得十分认真，那些图案撞击眼球的同时，也在冲击他的大脑，激起无数波澜。他看一眼奚凝霜，心底被埋藏的想法再次浮了上来。那还是一个信息不太发达的年代，不似现代的网络想找什么都那么容易，然而也是那样的一个年代，才会有人守心专攻，不断向内开发自己的潜能，就容易产生更好的创意和作品。西方的玻璃艺术品一度领先，精美细腻，却少了琉璃的厚重感，所以不能一概而论，但的确可以让范澄喻有更多的参考。

是的，创新！他不是要否认传统的设计和理念，但他想创新！而奚凝霜的出现，就像是冥冥之中早有注定，他觉得似乎生命被点亮，不由得心头一悸。奚凝霜不知道她给范澄喻带来的是什么，那是一次创作的头脑风暴。

奚凝霜低头看着图册，买图册的时候，她只想着买最新的、最好的，还没有细细翻看过，不知不觉地也沉迷其中了。

"你看这幅，太棒了！其实，中国的传统美与西方元素融合也是一种美。"她兀自说着，"即使中国有五千年的文明，还原或者传承过去的同时，还应该有创新，你说对吗？"

"谢谢你。"这三个字范澄喻说得并不刻意，由衷而发。

"谢什么呀？这是我的投资，我看好你哦。"奚凝霜笑着抬眼看范澄喻，正碰上他深邃的目光，那里比"谢谢你"这三个字深远得多，她挂着笑意的脸又严肃下来，"我们不要一味地复制，应该将琉璃工艺做得更好，

这才是最重要的。"

范澄喻亦是笑着点头。

他们看图册，聊创意，越聊越多的点子在脑海里闪现，越是觉得心门外刺目的光照了进来。

次日，开炉之前，还有一些空闲的时间，范澄喻一早就穿戴整齐地在院子里等奚凝霜，"你这是要出门？"奚凝霜进门就问。

"我今天想去逛逛离这里最近的古旧物市场，你，你知道在哪儿吗？"范澄喻问得有点心虚，对于一个酷爱流连古董市场的人，过去出差到哪儿都能准确地摸到当地的古董市场，而他已经来蠡巷一年了，怎么可能不知道？

奚凝霜反而不清楚了，毕竟她过去从来没想过自己会去接近真实的历史，"这，可以问巷子里的那些老人家。你要去？"

"嗯，昨天看了那些图册，有一些想法，加上好久没有去古董市场上看看，想去转转，找找好东西。"范澄喻这话是真的，随后他又问了一句，"你要不要一起去？"

"好啊，好啊！"奚凝霜兴奋不已，她在范澄喻这儿看到过很多他收藏的物件儿，也听他讲过一些，正觉得自己是一个古董盲，这么好的学习机会，当然要抓住。

两个人锁好了门，一起走出巷子，自然也是一路被目送着出了巷子。

他们走出巷子已经打听到了怎么去古董市场，这一次奚凝霜见识到了范澄喻的另一面，他的目光总是能从那些堆在一起，看上去都不怎么起眼，又都有点特别的古旧物上面找到一个特别有趣的，也有奚凝霜会觉得平平无奇的。不过，来的路上，范澄喻告诉过她，他在看、挑东西，和小贩交谈的时候，她只能看和听，不能说话。因为这里的技巧可不是她一个涉世未深的大学毕业生能理解的，甚至还可能暴露他的心思，导致交易失败。

对于第一个原因奚凝霜有点不服气，但一听到可能会影响到他"谈判"，奚凝霜只好闭上了嘴，甚至几次看着他和小贩交谈都差点冲口而出问个为什么。就这样她似懂非懂，藏了一脑袋的疑问跟在范澄喻身后整整两个小时。范澄喻好像有时候会忘记她的存在，只顾着端详手里的宝贝，把玩一番，左看右看，有时候让人觉得他特别喜欢，他偏偏放了回去，有时候和小贩探讨了半天，尽是嫌弃，又能谈好价格收入囊中。奚凝霜虽然看不懂门道，但她冰雪聪明，只等着回去的路上一问究竟。

出了古玩市场，奚凝霜刚想开口，范澄喻就把他刚刚选那几件宝贝的原因讲了出来，一一破解了奚凝霜心中的疑惑。

"你怎么知道我要问什么？"奚凝霜好奇地问，"会读心术了？"

范澄喻只管笑，"因为你的疑惑就是我的技巧，当然知道了。"

"师傅，你做琉璃就是从收藏这些古玩开始的吗？"

"是的，我对这些有点年代感的东西特别喜欢，看着那些好东西流落街头，于心不忍。虽然我没有太多钱去收更贵重的藏品，但我只要看到那些东西里有特殊的古代文化元素，我都会买回去研究。"范澄喻在奚凝霜眼中的形象立刻变得愈发伟岸了。

"我们国家正在进入高速发展的时代，或许我在这方面无法贡献一点力量，但我可以保护我们的文化，也许有一天，他们会想到这也是非常重要的。"范澄喻继续说。

"真是庆幸，我能参与其中。"奚凝霜笑得特别甜。

两人满载回到老宅，昨天是新图册，今天是老古董，新旧整合，中西合璧，阴阳合一，一切都那么自然而然地向前走着。而这样的碰撞，擦出创作的火花，精神愉快之感，脸上的笑都是由心而发，真正的幸福感不过如此。奚凝霜豁然觉得，这种感觉应该是人们最终的追求。而范澄喻则觉得，实现人生的价值就是要有某种特殊的意义，他和奚凝霜的想法稍有不同，又有另一种相似。

他们正聊得欢，范澄喻抬腕看看手表，奚凝霜即刻明白他的心思，两人一起来到炉房，可以开炉了！每一次开炉都像在打开潘多拉魔盒一样，充满着期待，既好奇又害怕，哪怕开了上百次炉的范澄喻都不会在哪一次开炉时表现得淡定从容，琉璃的世界，意外随时都会发生，有时候会让人心和琉璃一样碎了一地。

奚凝霜第一次看范澄喻开炉，就没有范澄喻这样的感受，一脸兴奋地

等着看新鲜出炉的琉璃蟾蜍,却见范澄喻那么紧张,就也跟绷起小脸儿。炉门缓缓打开,奚凝霜看到一个巨大的白色石膏砖。哪有什么新鲜出炉的感觉,气泄了一半儿。可范澄喻仍是一脸严肃地侧耳聆听。

"你在听什么?"奚凝霜也凑过去听。

"听有没有碎啊。"

"怎么会碎?"

"你以为的琉璃易碎是摔碎的吗?"范澄喻伸手将巨大的石膏砖拉了出来。

"不然呢?"奚凝霜追问。

"琉璃不是玻璃,里面所含的金属元素比例更多,轻易不会碎的。只有一个时候最脆弱,就是现在,往往会因为外冷内热的温差,自行了断。"范澄喻说着抬到拆石膏的案板上,取来一把小锤子,奚凝霜马上听懂了热胀冷缩的原理。

炉子空出来了,奚凝霜的眼睛也亮了,她马上去拿她的作品,"轮到我了?"兴奋地问范澄喻。

范澄喻自然是想马上让她做一遍所有的程序,可是这个炉子只烧他的作品,实在是浪费。奚凝霜脸上的期待让他不忍心拒绝,"嗯,轮到你了。"

在生存与创作这条路上总会有妥协,只是如何妥协,选择什么妥协是自己内心取舍。

是不是无知,使他们勇敢?然而,也有许多人明知不可为而为,明知山有虎偏向虎山行。这一切大抵都是一份决心的驱使,劝都劝不回头,两个年轻人,没人蛊惑,没人劝说,心念使然,就更无法回头了。

第六章　情不知所起，一往情深

　　有些事越是神秘，人们的好奇心就会越重，蠡巷里的人大概知道了他们在做琉璃了，至于到底什么是琉璃，连一知半解都谈不上，也很少有人像奚家这样进去参观过，就都说范澄喻做些漂亮的玻璃骗女孩子的，奚凝霜就是个例子。

　　蠡巷里关于这个宅子的流言从未断过，大概只有范澄喻和奚凝霜他们俩不知道。最后终于传到奚父的耳朵里，说老奚家的女儿天天在宅子里和那个姓范的一会儿笑，一会儿叫，虽然宅子的门没关，可谁也没进去过，谁知道一对孤男寡女在里面都干什么了。前些日子，两个人还一起去逛街，一路上有说有笑，没事儿才怪。话里话外的深意简直不言而喻。有些人说话有一种特殊的本事，只一个神态，或者一个动作，就能让听者另有一番意会，到头来说者可以推得一干二净，好像什么也没说过一样，听者明明得了暗示，倒还心虚是自己多想了，流言传来传去，说不清谁传出来的，可听着就像真的一样。

　　这天奚凝霜和范澄喻讨论琉璃烟花的创作一时忘了时间，回来晚了。刚进院子，见父亲的自行车已经停在那儿了，不禁吐吐舌头，直接钻进厨房，向里屋喊着："爸，饿了吧？很快，很快。"说着，手也不停地忙活起来。

　　老奚坐在客厅里没声响，奚凝霜虽然心虚，还是咬紧下唇，先做好晚饭再和父亲赔不是。因为时间紧迫，奚凝霜烧了几道不费时的小菜端上来，一脸堆笑，讨好地对老奚说："爸，吃饭了。"

三刻钟都没有声响的老奚来到餐桌前坐上，奚凝霜目光偷偷瞥向父亲的脸，察觉到父亲心事重重，便想着是不是单位里发生什么不愉快的事情，乖巧地问："爸，工作不顺心？"试图转移她晚归的话题。

老奚拿起筷子吃饭，先是不答。奚凝霜又问："我妈来电话了？"

"你怎么就不说你自己？"老奚虽然声音不大，却足以震慑自己的女儿，奚凝霜垂着目光，歉意地低声说："哦，今天我们在讨论创新设计，结果聊着聊着，就忘了时间。"

老奚也年轻过，当年他和梁慧谈恋爱的时候，也是一样觉得时光飞逝，恋恋不舍。巷子里那流言，结合忆往昔的种种感触，老奚能看透一切似的喟然长叹。奚凝霜也不敢多说，闷头吃饭，她心想，不解释有时候会比解释更好。

老奚终于放下了筷子，两个人也吃得差不多，才开口说话。这是奚家的家规，吃饭的时候只谈愉快的事情。

"你最近在那个宅子里一天一天不出来，巷子里议论越来越多，就算我相信你，可是人言可畏，你觉得身正不怕影子斜，不也有很多被唾沫淹死的人吗？这样下去，等你妈回来的时候，都可以拍成电视连续剧了。"老奚一说，奚凝霜就明白了，不以为然地接道："说什么？说我们在谈恋爱？"看着父亲的脸色即使不回答，奚凝霜也懂，"爸，随他们说去吧，就算是在谈恋爱又怎么了？犯法吗？"

奚父被女儿问得无言以对，用手指着她半天才说："你，你，我就知道日子久了，男女之间怎么可能清白，你妈决不会同意的！"很多事情，虽然早有预感，又不知为什么被推着走。

"爸，范澄喻有想法，有手艺，人也老实，虽然学历不高，但是他一直在不断地充实自己，他的品性比很多大学生都好，有一种说法叫高学历没文化，也有一种人没学历却文化底蕴深厚，哪一种更好？范澄喻是后者，这样的人有什么不好？"奚凝霜像是承认了在恋爱似的，她觉得和范澄喻之间的微妙还谈不上爱情，可火种有了，谁还能保证未来不失火？

这就是奚父和梁慧一直担心的事情，过来人就是过来人，有些预感总是准的。

"不过,爸,你也不用担心,现在我们的心都在琉璃上,没那么多想法。我只是觉得巷子里那些闲人,专门以传闲话为乐趣,说说也就没趣了,日子是我们自己的,不能为了她们活吧?"

奚凝霜安慰父亲。老奚相信女儿,只是碍于流言,虽然女儿的话有道理,但真的不在乎谈何容易。

又过了几天,梁慧往家里打来了电话。自从梁慧走后,一直把电话打到老奚的单位去,从来不打到家里。转眼一个月过去了,都是如此。奚凝霜接电话的时候还以为是张颖,毕竟这段日子只有张颖给她打电话,不及她开口就听到电话另一端母亲的怒吼:"奚凝霜,别以为我不在家就什么都不知道了,你还有什么可狡辩,那小子到底给你吃了什么迷魂药了?"

奚凝霜微怔,随即听明白了怎么回事,趁着梁慧喘息,解释道:"妈,以前你也告诉我不要听巷子里那些人的闲言碎语,没几句是真的。怎么今天你也信了?"

这真是事不关己,高高挂起。真到了自己的头上,能做到充耳不闻还真不容易。

此刻的梁慧正在气头上,过去说过什么,根本就不是此刻能考虑的事,暂时性失去理智地说:"空穴来风未必无因!"

"就算是我恋爱了呢?现在可是婚姻自由,恋爱自由的年代。"奚凝霜觉得有些事根本没法解释,那就将计就计,正大光明地谈恋爱,总不会再被说什么了吧?

电话那端的梁慧已经气得浑身发抖,这个范澄喻到底有什么本事,自己优秀的女儿放弃了大好前途,如今连一生都要搭进去,她再不回家,会不会生米都煮成熟饭了?她狠狠地挂断了电话。

奚凝霜放下电话的时候,也是一肚子气,并不是因为梁慧,而是那些喜欢传闲话的人,他们到底从中得到了什么乐趣?她气恼地来到巷子中央,有几位老阿姨看见她,目光怪异,奚凝霜就知道她们都是参与者,她真想在巷子里大声警告她们不要再说这些不负责任的话,中伤他人。可她酝酿了半天儿,终是没说出口,读过的书告诉她要有修养,流言止于智

者，若是她站在这里骂街，那她和那些人有什么区别？

这样想着，她又回到家里。她拿起电话打给姐姐奚凝雪。奚凝雪已经知道发生了什么事，一边工作一边劝她："你这是雪上加霜你知道吗？"

"知道，这不就是我们俩的名字嘛。"奚凝霜竟然还能开玩笑，气得奚凝雪翻了个白眼，"不用你贫嘴，我看妈肯定要回去阻止你。"

"回来？"奚凝霜虽然对母亲的离家出走心存歉疚。这段日子和范澄喻学做琉璃，她想用自己的第一个作品来说服母亲，若是母亲真的提前回来，她的琉璃镇纸还没出炉呢，心念至此，脱口而出："不能让妈回来。"

"啊？"奚凝雪瞪大了眼睛，梁慧最初到她那里仅仅是缓兵之计，为了缓解母亲和妹妹之间的矛盾。此刻，听奚凝霜这话，奚凝雪也有些恼，"奚凝霜，你是不是真的走火入魔了？"

"姐，不是，不是。"奚凝霜连忙解释缘由。不过，她们姐妹都知道，在奚家，梁慧一直我行我素，她们能做的只有互相通风报信，根本起不到任何作用。

奚凝霜在范澄喻的宅子，他们把宅子叫工坊。这几天，他们俩开拓思路探讨琉璃作品的创新，包括范澄喻正在设计的烟花。因为现下他们手头都没有工作，就坐在桌案前找支持他们能顺利完成烟花的琉璃制作理论依据，偶尔豁然开朗，可又不断地出现新的可预见的困难，就这样一会儿开心，一会儿沮丧，很多人以为搞艺术创作的人都有点神经质，大概就是如此了。

今天，奚凝霜全然没有了精神，苦着一张小脸就来了，范澄喻轻声问："怎么了？"

奚凝霜欲言又止，她总不能告诉他实情吧？她一个女孩子再大方，有些话仍是难以启齿，只好喃喃地说："师傅，当初你选择琉璃的时候，是不是也有千般阻碍？"

范澄喻一听就明白了，垂目片刻，"现在，不会有人看好这个行业的。不知道谁会是最后的胜利者。"

"一定是我们。"奚凝霜极其坚定地回答，让范澄喻颇感意外，脸上亦不知是喜是忧，神情复杂，"你这样认为？"

"当然，只有我们才会有这样的魄力去创造，循规蹈矩本就不应该属于新时代的青年。"奚凝霜不知是在和范澄喻讨论，还是在坚定自己的信念，说服自己不能放弃，很多选择都需要一点勇气，她不想那么快就败下阵来。

梁慧果然回来了，事先没有通知老奚，拎着行李，回到了蠡巷。离开家一个月，梁慧都没有仔细看看这个家，放下行李，直奔范澄喻的宅子去了。

梁慧走进院子的时候，里面的两个人完全没有听到。奚凝霜正俯身在桌案前指着图纸的末端，双眉紧凝，"我没有经验，实在是不懂，全靠你了。"

"放心吧，我有经验。"范澄喻轻声回答。

梁慧听着他们的话，怒气直冲到头顶，闯进屋内就喊："奚凝霜!"

奚凝霜和范澄喻被吓得从椅子上弹了起来，看着一脸怒气的梁慧，此刻妈妈的样子，就像小时候不让她练书法一样。"妈?"她万万没想到梁慧这么快就回来了。

梁慧走到他们面前，抬手指着两个年轻人，见他们俩人衣衫整齐，一脸狐疑地看着自己，"你到底怎么勾引我女儿的?"冲着范澄喻发火。

"妈！你说什么呢？我们先回家。"奚凝霜上前拉住母亲往外走，梁慧挣脱，"我说什么？你不听我的话，自作主张，放弃城里的工作回来，我拿你没办法，可是你要和这个小子在一起，绝对不行。"

这话儿说得奚凝霜那张俏丽的小脸儿唰地红到脖子，"妈，你乱说什么呢?"

"你一个女孩子不注意，以后怎么嫁人?"梁慧的火显然是压不下去，嗓门也提得高，终于被巷子里那些好事的人听到，院门外开始有人头攒动，宅子里的人还来不及去注意外面发生了什么。

"我怎么了？我们光明正大地做琉璃，怎么就见不得人了?"奚凝霜被母亲在一个男人面前这般数落，终于挂不住脸，清泪欲滴，声调也变得微微颤抖。

范澄喻这才回过神，紧张地向梁慧解释，"阿姨，您误会了。我们只是，只是在一起做琉璃。"说这话的时候，范澄喻有一点心虚。一个月来

的相处，他的确是开始欣赏奚凝霜，她身上有他所欠缺的果敢，还有比他勇于尝试，不怕失败的精神，这些都是琉璃创新所需要的品质。他不想失去这个伙伴，在他们正向另一个目标迈进的时候，还有，还有另一种他说不清楚的不舍。

"不过，阿姨，您对我的偏见是因为对琉璃行业的不了解，事实上，我们在创新，创新也可以创造价值，这是有未来可期待的，并没有您想的那么不堪。"范澄喻第一次这么快地把一段话说出来，奚凝霜听得惊讶。范澄喻比奚凝霜更早走入社会，他有一些社会经历，所以他能理解梁慧在担心什么，没有经济保障的日子是绝对得不到认可的。如果他真能和奚凝霜再往前走一步将是多么幸运，想到这些，他不禁觉得脸有点微微发红，此时此刻，若不是梁慧突然把这层纸捅破，他还不敢正视。就算现在是个误会，他这番话，着实让奚凝霜始料不及，仿佛默认了什么似的。

梁慧却根本听不进去，继续怒喊："你骗小女孩儿就算了，还想骗我？什么手艺人，都是骗人的，做一堆破烂，养不活家人，也养不活自己，最后……"梁慧突然紧咬住下唇，莫名激动。

老奚从门外的人群中挤了进来，"吵什么吵，回家去说。"

他从没见过妻子这么激动的，梁慧站在屋当中不动，奚凝霜亦是一脸委屈。范澄喻面对老奚一家不知所措。老奚看看这三个人，走到妻子面前，压低声音说："回家去，回家再说。"抬手牵着梁慧的手往外走，回首瞪了奚凝霜一眼，奚凝霜只好跟着父母离开了范澄喻的宅子。

戏散，看戏的人就跟着散了。

奚家的气氛压抑得让人窒息，三个人都不出声地各坐屋内一角，不知在等谁先开口。老奚从来不在屋子里抽烟，这时也顾不得，点上一支烟猛抽。若在往常，梁慧一定会走过去，抢过他的烟熄掉，可现在竟也破天荒地任由老奚抽着，白色的烟在屋里飘散，烟里的尼古丁有没有让老奚镇定？而梁慧母女是不是也借着这烟的味道平复心情？都不得而知。

奚凝霜只觉得如鲠在喉，委屈得说不出话，年轻人在这个时候心里大概只有理想。

片刻之后，奚凝霜深吸一口气来到客厅当中，对着父母说："爸，妈，我知道你们很生气，很遗憾，你们无法理解我的想法，但我决心已定，我要和范澄喻一起做琉璃。我也会好好上班。就算你们阻止，也阻止不了。"最后这句话说得很轻。

"你在威胁我？"梁慧腾地从椅子上站起来指着奚凝霜问，恨铁不成钢的眼泪唰地流了下来。

"妈，你不要这么说，我多希望能够得到你们的支持，琉璃也是中华文化的一部分，也属于民间艺术的一种，现在我有机会接近它，我们只是想把古法琉璃技艺传承下来，创新发扬出去，如果谁都认为这是无意义的事，那很多伟大的民间艺术就真的会被时间埋葬。"

"民间艺术？传承？这些让别人去做，让国家去做，不需要你们。"梁慧突然起身，走了出去，不及奚凝霜和奚父回神的工夫，梁慧又回来了，手里拿着两块黑色的东西，扔到奚凝霜面前，父女俩定睛细看是两块墨砚。

老奚不解，梁慧坐下，边抹泪边说："你们以为我真的什么也不懂？你外公，我的亲生父亲，就是做砚台的手艺人，可最后，他做的砚台没人买，一家人流落街头，我也被送了人，送我走的时候，给我的养父母这两个东西，说是留个念想。可我还依稀记得小时候，我妈妈想卖了它换钱都没人要，而你亲外公知道我妈妈要卖他的砚还打了她。最后饿死了一个姐姐，我们兄弟姐妹也都被纷纷送人。这就是手艺人，养不起家人的手艺人。"

老奚和奚凝霜终于明白，梁慧为什么那么不喜欢手艺人。结婚二十多年，老奚都不知道这两个砚台的秘密。一时之间，奚凝霜也明白了为什么妈妈看到自己练习书法，从不鼓励也不夸她，偶尔看着她的墨水发呆，原来那都是母亲童年的痛，不禁心疼地蹲在梁慧跟前，轻声说："妈，那是那个时代造成的，那时候的人只求温饱，还没有精神追求。现在不一样了，中国经济发展得越来越快，老百姓的生活越来越好，人们已经开始有精神追求了，外公做的砚台是难得的手工艺品，这在将来它会是一笔无形的财富，它的价值肯定超过你的想象。不同的时代，物品的价值不同。妈，你要相信时代变了。"

这些话在八十年代末期，有些人可能会相信，但有胆识和魄力接受的人太少。

花开两朵各表一枝。经奚家一闹之后，范澄喻呆呆坐在宅子里良久，直到夜幕降临都没有动，屋子里黑漆漆的一片。最初，他只是想找一个安静的地方完成梦想，他来蠡巷，也因为"蠡"这个字。自从无意中听到这个巷子的名字，他就觉得注定了他的一生，他一定要来这里。仅仅是因为几千年前那个琉璃的故事？仅仅是因为那一滴泪？他却没想过，这召唤竟然不仅仅是来自琉璃，他似乎感觉到心脏在猛烈跳动，他不想承认的事实。范蠡赠西施以琉璃成就一段凄美的爱情故事，琉璃就像能带来爱情，也许这不仅仅是个传说？范澄喻没想到快三十岁的时候，会有这样的悸动。

梁慧的表现让范澄喻深知，只有他成功了，只有他在琉璃之路上再上层楼，他才能得到认可，奚凝霜才不会被巷子里的人指指点点，他才不会被认定为一个失败者。过去，他只想有朝一日可以向父亲证明他可以靠梦想养活自己，成就一番事业。那像是一种赌气，现在呢？他脑海中是这些日子与奚凝霜相处的点点滴滴，如果此生可以寻一良人，彼此心意相通，彼此相扶相持，追求共同的理想，那简直是神仙过的日子。

早就听说，如果能做出独特的琉璃作品，一年只要做成二三件，就足以让生活过得很好。琉璃有一个无形的市场服务于那些喜欢收藏，或者博物馆之类的艺术展览，市场上很少有相关产品销售。因为在八十年代末九十年代初，琉璃制作成本太高，作品也都价格不菲，以当时的国民经济能力，少有人买得起。这也是为什么范澄喻突然辞职去做琉璃不被所有人理解的原因。范澄喻喜欢艺术类产品，对相关知识的了解也很深入，他就有了更多的想法。不破不立，为了逼自己更上一层楼，他才断了自己的后路，一心做琉璃。尽管那时候他也知道许多做琉璃的人都负债经营，仍然执迷不悟地投身进来。

最初，他觉得自己能吃苦，只要挨过最艰难的时期，终会拨云见日的，现在因为奚凝霜的出现，他突然渴望成功，王再山曾教过他，做什么都要先练耐性，不能急于求成，让他切记欲速则不达的道理。此刻，他的目光又投向画着烟花的图纸上。越是不容易的作品，越能代表成功，他告诉自己，王再山的话就在那一刻被埋在记忆深处封藏了。

琉璃烟花的设计，他觉得是经过深思熟虑的，散开的烟花太细，不好拆除石膏，即使是做模，也很考验功夫。但此刻，范澄喻不想再纸上谈兵，就算失败也要亲自做一次才能知道，他不再犹豫，拿来油泥，事不宜迟，现在就开始捏模。他把融化了一半的油泥拿在手里，夏天如果油泥全部融化，捏柱体反而不容易，这样半融化的油泥软硬程度正好。烟花飞向天空的火柱很快在他手中成型，为了加强效果，他还特意将火柱设计得带着动感，看起来竟然能感受到向上喷发之势，爆裂开的火花是重中之重，难上加难。范澄喻几次停下来思考，尝试，再思考，再尝试……

那天晚上巷子里有两户的灯一直亮着，奚家和老宅。

直到深夜，被激动与悲伤暂时忽略的饥饿此时席卷上来，奚凝霜想起家里还有些阳春面，就去厨房给父母煮面，绿叶蔬菜点缀，散着香葱，每一碗面上面还铺着一个漂亮的荷包蛋，端上餐桌。女儿在厨房忙碌的时候，老奚和梁慧虽然还在气头上，莫名地又心软，于情于理，并不是就那么容易理解通透的。毕竟都是普通人嘛！

见到奚凝霜摆好了饭桌，垂着头走到屋里叫他们，夫妻俩先是犹豫，显然并没有什么胃口，可是这饭要是不吃，恐怕谁也不会吃，梁慧想着丈夫上了一天班，老奚想梁慧赶回来一定一天都没吃东西了，为了彼此，都起身来到桌前坐下，也都不吭声地低头吃面。梁慧本能地去收拾桌子，被奚凝霜抢了过去。看着女儿这么懂事，梁慧不由得鼻子一酸，哭了。

"妈……"奚凝霜看到母亲的眼泪，内心更是内疚。

往往理解是一回事，真的越过心头的那道坎是另一回事，就算梁慧明白奚凝霜说的那些道理，心里都是不愿意的。老奚对教育、文化的理解更深刻，就更加为难了。

奚家这夜从吵闹陷入沉默，三个人都没话儿，也不发出一点声响，彼此回避又彼此关注。这场早就该在一个月前爆发的战争，就这么暴风骤雨似的来了又走。面对才是最好的解释办法，回避只能忍一时忍不了一世。

奚凝霜不敢再多说，见父母也不再和她言语，就躲回自己的房间，蜷缩在被子里，辗转难眠。她不知道范澄喻被这样一闹现在的心情如何，她又想着明天母亲还让不让她去他们的工坊，见了范澄喻该说什么。就这样想了一夜，各种预演的画面层出不穷，她只是没有想到范澄喻那夜没睡，也没想过范澄喻会有那样的思想异变。

梁慧和老奚躺在床上也是彻夜不眠，老奚爱惜地劝妻子不要再哭了，他现在不知道妻子此刻哭的是女儿，还是她自己？砚台的故事让老奚心里极不是滋味，二十多年的夫妻，竟然从来没有发现妻子的心事；也没想到，妻子阻止女儿学手艺，另有其因。几次试着与梁慧交流，可梁慧显然不愿意和他讨论，也只能保持沉默。

在中国进入快速经济发展的初级阶段谈工艺品，谈文化，谈民间艺术，的确是非常奢侈的事情，哪有那么多先见之明，多是一些执着的人坚持不懈的结果。

次日，正是周末，老奚不用赶着去上班，经过昨晚那么一折腾，每张脸上都挂着倦意，没有精神。

奚凝霜的歉意是不想让父母难过，而从来不是因为自己选择去做琉璃。她妥协得有限，梁慧虽然悲伤，却深深地感觉得到女儿是劝不回头的，老奚亦是明白人。他们夫妻俩已经不再为奚凝霜做琉璃的事儿烦恼，此刻最担心的是女儿和范澄喻之间的关系。

梁慧把女儿叫到客厅里，脸仍然是冷着的，也不抬眼看奚凝霜就说："我阻止不了你的选择，但我有几个条件。"

奚凝霜一听，双目放光，难道天亮了一切就都明亮了，连忙兴奋地说，"什么条件我都答应。"脱口而出，随后就有点后悔了，生怕母亲说的条件她做不到。

"除非他能有显著的成就，我才同意你们在一起，在这之前，如果你和他之间有非分之举，我就真不认你这个女儿了。我已经为你妥协了，只这一点，女孩子的尊严，你要守得住。"梁慧虽然声音很轻，却听着能压人几分似的严厉。

"我答应。妈，谢谢你。"奚凝霜眼含泪花，梁慧还是不看她，想来是下了极大的决心。

老奚一直沉默，这也是他们早就料到的结果，父母总是拗不过儿女，范家是，奚家也是。并非儿女就全是对的，可怜天下父母心，还不都是一个爱字。

奚凝霜没想到，她正准备长期抗战呢，父母竟然这么快就缴械投降了。幸福来得太快，以为自己是在做梦，狠狠地在自己腿上拧了一把，疼得直挤眼睛，看得梁慧白了她一眼，心知女儿缘何如此，不多说什么，起身边往屋外走，边说："我去找范澄喻。"

奚凝霜紧跟上去，询问似的看看老奚，老奚也不理她。跟着梁慧来到老宅，推门进去，范澄喻还在捏模，看到他们过来，怔在那儿不动。奚凝霜看到他那双布满血丝的眼睛，紧凝双眉，碍于母亲在场，没敢多问。

范澄喻不知道梁慧今天又要说什么，只能傻愣愣地看着她，等着判决书似的紧张。

梁慧亦是不看他们俩，找了张椅子兀自坐下，垂目看着地面，冷声说："你们做琉璃可以，谈恋爱也可以。"

听到这儿，范澄喻和奚凝霜都目瞪口呆地看着梁慧，不知道她这番话是真心还是假意。梁慧接着说："但是，如果你小范只想靠做点小手艺就娶我的女儿，绝对不行。除非你真的做出点名堂来，我才能同意你们在一起，如果这期间你们做了什么出格的事，我拼了这条命，也不会放过你。"最后这句话，梁慧一个字一个字地咬着吐出来，两个年轻人从空气中都能感受到她话中的狠意。

梁慧的两次妥协后，奚凝霜再也不想辜负母亲，突然跪在梁慧面前说："妈，女儿绝不是轻浮的女孩子。我会和范澄喻好好做琉璃，做出点名堂。"

范澄喻看到眼前的局面更加手足无措，看着她们母女，不置可否，只是连连点头。他们俩似乎还没明白他们自己的心意，就被这样定义了？被恋爱了？可他们又都接受了这种被动的定义。

含蓄的感情，在含蓄中酝酿。梁慧不想在这里多留，说完她要说的话儿，转身就走了。虽然这个女儿有主见，但有些事儿，总有自己的分寸，

第六章 情不知所起，一往情深

自己的孩子自己了解，所以梁慧打算信奚凝霜这一次，既然女儿已经铁了心，与其逼着他们就范，不如激励他们成长。她深知那些手艺人身上就有一股倔劲儿，也许还真能成功。回到家，老奚温声问："怎么突然做了这样的决定？"

梁慧叹了口气，"你的女儿，你还不了解吗？我离开家一个月都没接到她一个电话。"

"可她每天都和我问起你，她只是怕再惹你生气。"老奚说的是真话。

梁慧低下头，尽管当年她被送走的时候还小，但父亲含着眼泪的那双眼，一直在她脑海里，从不曾随记忆褪色，她无法忘记父亲眼底另一种异样的光彩。昨夜，她想了一夜，那种光芒，在范澄喻眼里有，奚凝霜小时候学书法，就已经有了那种光。或许每个人都有逃不开的命运，他们注定就是那种人。老奚不知道妻子怎么会突然想开的，他们的家庭算是民主家庭，两个优秀的女儿也没有让他们费很多心思，就算觉得奚凝霜现在的选择不是最好的，他们也仅仅是表达他们反对的情绪，没有本质上去阻止，所以梁慧会妥协，老奚不解，又能理解。他拉过妻子的手说："你怎么不和我说砚台的事。"过去，老奚就注意过那两个砚台，只知是她娘家带来的，但奚凝霜学写字的时候也不见她拿出来给女儿用，他还提过一次，梁慧说那是遗物，不让用。老奚也没有再问过，此刻才知道这其中的故事，心底五味杂陈。

梁慧深叹口气说："命中注定。"便不说什么了。

而范澄喻见梁慧走了，看着奚凝霜一时无言，倒难为情了。奚凝霜亦是羞涩地不敢看他，怎么闹着闹着，两个人之间还尴尬起来了呢？奚凝霜正手足无措，看到范澄喻新捏的泥模，转瞬之间什么都抛到脑后，走到案前惊呼："你动手了？"看雏形她就猜到了是烟花。

范澄喻点点头，昨天那些思绪还在心头，但他并不打算让奚凝霜知道。

"行吗？"之前他们商量过许多可能出现的意外，一直没有把握，范澄喻本是想再去一次王再山那儿再动手，可现在他等不及了。"不试怎么知道。"他低声回答，和奚凝霜一起看着油泥模，这才是第一步，以后每做一步都会是一个坎。

奚凝霜转眸看着他,"你是不是一夜没睡?"温柔的声音传到范澄喻的耳中,他莫名地浑身一震。他们俩现在到底是什么关系?这个问题不真实地跳了出来,好像应该是男女朋友关系吧?这个答案让范澄喻倏地红了脸,"嗯。"他轻声回着,低下头,也不敢再看奚凝霜。

"要不你补个觉再做吧。"奚凝霜关心地继续说,可她现在说的每一个字都像是拨弄范澄喻心头的草,痒痒的,让人有点紧张又激动,甚至有点窒息。范澄喻连忙跑到院子里,这样可以拉开他们之间的距离,什么时候开始他们站得近时,他会这样害怕?

奚凝霜不知道范澄喻怎么了,跟出去,"你没事吧?"继续追问。

"没事,没事。可能是该去补个觉。"范澄喻边说边到井边打了一桶水,就往脸上泼。

奚凝霜看着他说:"洗好了去睡一会儿吧。"

"哦。"清凉的井水让激动的范澄喻稍稍降温,心也冷静下来,"那,那你呢?"他回头望着奚凝霜,深情款款。从此,他看她的眼神和以前都有点不一样了。

奚凝霜耸耸肩膀,两手一摊,云淡风轻地说:"我一会儿去看看炉子,记好时间,再练习一下打磨。"反而轻松自如。

范澄喻又有点局促不安,不知该不该去睡觉,或者他都不知道自己能不能睡得着,但他还是进屋了,躺在床上,大脑仍然有点混乱。

奚凝霜很安静,就像院子里根本没有人一样,范澄喻虽然闭着眼睛躺着,耳朵一直竖着,想听到点动静似的。

志趣相投的青年男女之间很容易暗生情愫,渐渐这些情愫越来越深,变成了爱情。可他们俩好像少了一个过程,突然被宣布谈恋爱了,不像有些相亲的人,初见稍有好感,再慢慢了解,总之,这个过程有点与众不同。

奚凝霜虽然欣赏范澄喻,但她也没有想过他们之间会恋爱,她还像个徒弟崇拜师傅。被认定的恋爱,在她看来是能够继续和范澄喻学做琉璃的缓兵之计。所以,她和范澄喻的感受不太一样。她只是觉得有点委屈范澄

喻了，心存歉意。

蠡巷的人都以为奚家接受了范澄喻，又传出一段流言，说奚凝霜多半是已经和范澄喻有了点什么，奚家没办法，只能认了。这些话传到梁慧耳朵里，气得直跺脚。她不是奚凝霜，女孩子难为情在外面吵嚷，她这个年纪，为了家人什么都无所畏惧。就站在巷子中间，大声喊了一顿，大抵是说再听到别人乱嚼舌头，就一起拉出去找地方说说理，不能平白无故地让人说自家的女儿。巷子里的人也知道梁慧厉害，也就都以为他们两个在谈恋爱，年轻人自由恋爱也说不得什么，就又回到老话题，说起范澄喻的手艺到底是什么，能不能出息，奚家是不是要招女婿进门了。

总之，谁也堵不住那些喜欢说闲话的嘴。如果有人愿意到这些老巷里走走，一定能写出好几部小说来，而且还都是不一样的版本，个个精彩。

不管奚凝霜怎么想，范澄喻那天暗下的决心坚如磐石，他从开始的平静变得有些急躁，越是和奚凝霜接触多了，他越想成功，越想给她一个美好的未来。

欲速则不达，都是失败后的经验之谈。范澄喻翻模很少失手，可这次的烟花连第二道程度都没过去，在浇硅胶模的时候就坏了。奚凝霜和他一起看着断了的硅胶模，都沉默不语，一个没有经验说不出个一二三，一个因为失败，急躁、懊恼。

"没事，失败是成功之母嘛。"奚凝霜开始安慰范澄喻。范澄喻笑得苦涩。

奚凝霜突然想起他们烧的琉璃镇纸已经进入降温阶段，拉着范澄喻问出来后能不能让她自己拆石膏。范澄喻心知她在转移自己的注意力，虽然心情仍然低落，不想辜负她的好意，暂不提烟花模的事。

人，最怕的就是心魔，一旦有了心魔，想驱除它，总要经历几番挣扎。范澄喻的心魔一天天在他心里长大，不是那个烟花的作品，而是对成功的渴望。

奚凝霜发现范澄喻最近画图稿特别勤奋，各种各样的造型在他的画案上出来，她有时候问他想法，他也不说，只说是偶尔想到了就画下来，至于最后做成什么，还没有想好。

自那天之后，奚凝霜感觉到范澄喻好像变了，她还说不清楚，他到底哪里变了。梁慧规定奚凝霜每天傍晚就要回家，奚凝霜发现范澄喻好像夜里一直在赶工，反正每天早上到老宅都能看到点新鲜的东西。后来，她觉得范澄喻大概是因为新图册的影响有了创作的灵感，就没再深想，两个人只管聊着那些新的创意和设计。

奚凝霜终于赶在她上班之前，等到自己亲手做的琉璃镇纸出炉了。范澄喻把烧好的琉璃拿出来，白色的石膏模包裹，看不到里面是什么样子，只是从所剩无几的琉璃料上看到清透的透明色，还有几丝墨似的流痕，奚凝霜已经按捺不住兴奋。可手里拿着小锤子又不知如何下手，转了几圈，跺着脚说："算了，还是你开吧。"说着把锤子递给范澄喻。

"怎么？不敢了？"范澄喻没有接，打趣她。

奚凝霜还真是不敢，她怕她这一锤子下去，她的宝贝也跟着碎一地，每次看范澄喻开模，她都是心惊胆战，然后又看着那些漂亮的琉璃完好无损地出现在面前。但那是范澄喻开模，轮到她自己动手，她还真是不知怎么控制轻重。范澄喻曾经告诉过她，一般的力度在击碎外面的石膏模的时候不足以击碎琉璃，听是听懂了，真要下手，还是不容易，这大概就是经验之别。

范澄喻拉过她拿着锤子的手，连着她的手和锤子一起，敲向石膏模，吓得奚凝霜闭上了眼睛，"啪！""啊！"

撞击声和奚凝霜的惊叫声同时响起，石膏模敲上去闷闷的。没听到那种清脆的碎裂声，奚凝霜缓缓睁开了眼睛，半张着嘴看着眼前的石膏模上出现的裂痕，紧张得几乎窒息。

雪白的石膏模里包裹着雾白色半透明的琉璃，不像别的琉璃能露出色彩，不清楚得难以分辨，范澄喻拉着她握锤子的手再次抬起，又敲上去，这一次奚凝霜能感觉到范澄喻所用的力度，一边用力，一边收，这样敲在石膏模上不会有太重的延伸。她明白范澄喻的用意，细细体会那种力度。终于一丝墨痕出现在眼前，奚凝霜就忍不住更加兴奋了，"看到了，看到了。"

"翻过背面再敲。"范澄喻轻声说。

此刻，范澄喻站在奚凝霜的身后，一只手握着她的手，另一只手环绕着她身体放在桌案上以便发力，所以，奚凝霜整个人都站在他的怀里。刚刚的注意力都在琉璃上，此刻，他能感觉到她的体香，她亦能感受到他的体温。一瞬间两人心跳加快，奚凝霜不敢再动，也没有躲闪，范澄喻本能地想放开她，却又有意地没有放手。就这样停了几秒钟，两个人竟然不知接下来如何是好。

最后，奚凝霜借着翻石膏之势，拉开了两人的距离。范澄喻怔了一会儿，不知自己这是怎么了。可他不想再躲避，站在那儿没动，静静地看着奚凝霜。

"啊，太神奇了！"奚凝霜刚刚的心悸转瞬就被看到她的琉璃处女作的兴奋代替，渐渐露出全貌的琉璃镇纸很快出现在眼前。作为一件作品，实在不算完美，但作为奚凝霜的第一件作品，足以带给她莫大的欣喜。

"师傅，师傅，你快看，真的好神奇哦，真的有墨痕啊！"奚凝霜兴奋得语无伦次。她已经习惯地叫范澄喻"师傅"，范澄喻过去听这两个字还很自然，此刻忽然觉得有点奇怪。

"还要把底部切割一下，这个我来吧。"他担心奚凝霜这道程序掌握得不好，会受伤，也担心她的处女作被她一个失手切坏了。

奚凝霜与范澄喻的心思相同，这一次她放弃了争取，因为她太珍视这对琉璃镇纸了，它们在范澄喻的手中很快被切掉了那些多余的部分，一对雾白中带着墨痕的琉璃镇纸在奚凝霜面前时，她竟然激动得眼含泪水。

"虽然它们不完美，但我终于走近它们了。"她把那对琉璃镇纸拿在手里对范澄喻说得别有深意，声音因那份感激而柔软。

奚凝霜有一双笑起来弯弯的杏仁眼，每当她眼含笑意的时候，就像半个挂在天边的月亮，清澈而又明亮，这一刻那里在噙着一汪水，更加闪耀动人，就像那些明澈的琉璃。

"会很苦。"看着这样一双眼睛，范澄喻的心也被融化了。

"谁让我为它着迷呢？"奚凝霜目光炯炯地看着范澄喻，二人对视许久，许久……一切尽在不言中是什么样的感觉，只有心意相通的人才能体会。

接下来还需要抛磨，水洗，奚凝霜一刻都不想耽误。当初范澄喻在王再山那学徒的时候，可没有这份待遇，都是自己跟在师傅屁股后面学，不敢打扰师傅的正常工作，看不懂了，还要问问师兄弟，动脑去琢磨，哪像现在，他手把手地教着奚凝霜，一会儿怕她伤着自己，一会儿怕她拿不动，这事里的感情不一样，做法都不一样。

奚凝霜也没去顾忌什么亲疏远近，她那颗心都在她的宝贝上，恨不得当天就能看到完美的作品。不过，做工艺品由不得心急，耐心是第一条件，她打磨了一会儿就问范澄喻是不是好了，她对打磨效果还没有具体的概念。

院子里有个喷砂机器，四方铁箱子大概比人高一点，前面有一个玻璃门，左右对称的位置各开两个圆洞，里面接着两条皮袖子正好能让两只手伸进去，箱子里面是细如面粉一般的砂，是专门用来打磨琉璃的，人在外面从玻璃门向里面看，喷砂的工序在箱子里面完成。奚凝霜的胳膊比范澄喻短，站在机器面前要踮着脚，范澄喻就去帮她搬了一块厚石板垫在脚下，就差这么一点，奚凝霜操作起来就轻松很多，她冲范澄喻憨笑表示谢意，转过头认真地喷砂，一系列操作都在范澄喻的指导之下。

手艺人眼里容不下沙子，看着奚凝霜笨拙的样子，范澄喻好几次手都伸过去了，又缩回来，尽量让奚凝霜独立完成。他似乎比奚凝霜更在乎这件作品。

天色渐暗，光线不好，范澄喻就让奚凝霜停下来，明天再做，奚凝霜劲头正足，一直推说再做一会儿。范澄喻说："再做下去，明天白天你会看到很多问题，到时想修补都来不及了。"

这话让奚凝霜停下来，尽管手里的是半成品，仍然让奚凝霜兴奋不已，"我能拿回去吗？"

"怎么？想搂着它睡觉？"范澄喻见她那副爱不释手的样子不禁打趣，想当初自己也不曾像她这样，大概女孩子的心思更细腻。

奚凝霜撇了撇嘴，知道范澄喻在取笑她，依依不舍地放下她心爱的宝贝。范澄喻不让她带走还有一个原因，他看了半天奚凝霜的操作手法笨拙，心里不知道有多难受，只趁着夜里帮她修整修整，毕竟奚凝霜是琉璃

界的门外汉，理论基础是不错，但是实际操作是需要些时日练习的。他当学徒那会儿可没少返工，王再山那里的工作多，琉璃废品也多，他有得天独厚的练习条件，和他这里不同，他这儿可是一件保一件的成品，都是要交给王再山的产品，少有的几件自己做的作品有残次品，也被他精雕细琢地练习用了，想找点报废品给奚凝霜也没有。他想让她初步了解琉璃之后再决定是不是真要投身到琉璃事业中去，并没有真把她当成学徒。

"好吧，那我明天早点来。还有一个星期就要上班了，我能完工吧？"奚凝霜问得认真，范澄喻笑着回答："没问题。"

奚凝霜愈发笑得合不拢嘴，一路哼着歌回家了。

梁慧见女儿满面笑容地进门，自我陶醉似的神思恍惚，不知道是什么高兴的事儿，还是恋爱中的女孩都是这副模样？反正，她心里有点不是滋味。奚凝霜想起妈妈在家，直接到厨房去帮忙，"妈。"叫了一声，欲言又止，她想和梁慧分享自己的喜悦，又不敢说，怕梁慧根本不想听。

梁慧听到女儿叫她，也不应。

再说奚凝霜走后，范澄喻随便给自己做点吃的，一边吃一边看那对琉璃镇纸，他心知关于打磨的程度决定亮度，后期的操作也决定作品最后是什么样子。他看着那雾白色里隐约可见的墨痕，觉得这样雾里看花的感觉很有诗意，有江南水乡的白墙黑瓦的感觉，这样的意境很不错。对于他来说，作品能显现出来的意境比是否做成功更重要。他决定不过分地打磨，就让它保持这种朦胧的状态。不过，他亲自将上面的那枝玉兰花细细打磨，越磨越亮，从整体的朦胧雾白之中透出光亮，直到像玉一般润泽通透。他满意地笑了起来，豁然想起琉璃蟾蜍要继续烧，于是收拾心神，干活去了。

次日，奚凝霜起床就闻到饭香，她忍不住从身后抱住母亲，"妈，对不起。"轻轻地说着。梁慧挣开她，仍是板着一张脸，"吃饭。"什么也没多说。

梁慧和老奚一起去上班了，奚凝霜也去老宅"上班"，每天去老宅的路上，她的步子都踏着拍子似的，特别轻盈。一进院子，迫不及待地跑到操作台前，看到她的琉璃镇纸整齐地摆在那儿。她拿在手里，只觉得和昨天看起来有点不一样。细细端详半天，目光定在那枝玉兰上面，不禁大呼："太棒了！师傅，是你做的吗？"

范澄喻满脸疲惫地走出来，"我试着加了一点创意进去，怎么样？你能看出其中的深意吗？"

"雾白色的底，里面流淌的墨韵就像是江南水乡的水，一枝清透的玉兰是水乡中的小桥。这简直就是一个诗意江南啊。"奚凝霜兴奋地说着，她的确说到范澄喻的心里去了。他会心一笑，她到底还是能懂。

"我说的对吗？"奚凝霜那双漂亮的眼睛里放着光芒，盯着范澄喻问。见到他脸上那腼腆含蓄的笑容，她就知道自己说对了，不禁又佩服起范澄喻的艺术才华，走到他面前也不避讳地直视着范澄喻的眼睛，语重心长地继续说道："师傅，你一定会是琉璃界的传奇。"

这话儿说得范澄喻忍俊不禁，"你真是……"他想说，奚凝霜只认识他一个会做琉璃的人，到了王再山那里，才会知道琉璃世界有多大，有多么奇幻，就像这些千变万化，又能独一无二的琉璃一样，永远探索不到尽头。

传奇？谁敢说自己是传奇？

"真是什么？"奚凝霜认真地问。

范澄喻总不能当面说她见识短浅，就又笑而不语了。奚凝霜跟在后面追问，非要他说出个所以然来，两个人追逐嬉闹了一会儿。

"有什么东西可以透明，可以不透明，或纯净，或有呼吸，或像璀璨的优伶，美得令人窒息，或像凝固的历史，静谧安详？"奚凝霜手里拿着她那对琉璃镇纸，念诗似地轻吟，"她好像存在，又好像不存在，忽光忽影，似静似动。可能晶莹夺目，可能粉身碎骨。"

范澄喻听得出神，做琉璃是追求一种美学艺术，若与诗意相结合，就有了人文艺术的美感。这又触发了他新的灵感，此刻的奚凝霜仿佛镶了金边儿似的在他眼前熠熠生辉。连他自己也没想到，当初只是想为奚凝霜做一件属于她独一无二的琉璃，就有了这对镇纸，更做出了诗意来，琉璃创作除了目眩神迷的缤纷之色，还可以打造素雅的水墨江南。

琉璃因纯净清澈，经常被佛家所用，大多是雾白色，这雾白被一道墨

痕浸入，又有诗意之感。他突然有个想法，将诗意江南做成一个系列，可以做成茶盘、墨池、笔架、墙饰、摆件……那些水墨画在范澄喻的脑海里铺陈出去。那一刻范澄喻意识到，古法琉璃是古代留下的技法，现代人完全掌握了这些技法之后，如何运用是最重要的，复刻已有的物体，会失去琉璃的灵性，琉璃应该只是一个载体，可以将中国的一切展示给世人，这个想法让他茅塞顿开。

"凝霜，我们出去采风如何？"他突然的提议把同样沉浸在梦幻中的奚凝霜唤醒，怔怔地看着他，不解其意。

"就像人们喜欢金灿灿的琉璃蟾蜍一样，人们追求美的同时也追求其中的寓意。过去，我只觉得做点有中国吉祥寓意的东西，刚刚你说的那些话让我想到，我们不止做这些，还可以寄情于山水、人文，让琉璃成为载体融合更多文化元素进去。就像我喜欢古董，并不是因为那些东西多么好，毕竟现代的工艺比过去先进，生产出来的东西也越来越好，文物文物，藏在物中的文最有意义，而不是物体本身！"范澄喻越说越激动，"你能明白我的意思吗？"他不知道自己有没有表达清楚。

奚凝霜听得非常认真，猛点头说："明白，我明白。你说的没错，文意使物体本身有更深层次的意义。"

这个想法让他们对琉璃的未来充满憧憬。范澄喻过去只想用琉璃去表达他要塑造的物体，现在，他都觉得自己眼前好像又打开了一扇大门，里面流光溢彩，等着他进去，就像刚走进王再山的工厂时一样，但又有本质上的不同，这是一道通向未来之门。

"谢谢你。"他突然对奚凝霜说，创作也需要思想碰撞，过去凡事他都会请教王再山，不得不说王再山的技艺非常精湛，但创新思想少了一点，毕竟是老派手艺人，心思多放在技艺上。那时候人们还是在追求琉璃作品的精细、逼真，还没有创新理念。

奚凝霜不明白他谢什么，是某种共情感使她憨笑答应："那我们就先去几个有江南特色的地方看看。"

"好，就这么决定了。"范澄喻一刻都不想耽误，他想做什么从来都不拖延，说走就走。

荷塘，碧溪，木船，一把琵琶，一把绣扇，纷纷落入眼里，范澄喻拿着相机，一路走一路拍，只是他的镜头里，除了风景还有奚凝霜。

奚凝霜那天穿了一条粉色的连衣裙，长至脚踝。江南的八月闷热无风，但她步履轻盈，裙摆摇曳，在小桥流水之间穿行，人与景交融，美不胜收。范澄喻情不自禁地拍下她的倩影。凡是他所看到的一景一物，转瞬之间都会在他脑海里以琉璃去实现，他走在奚凝霜身后，失神地想着若是能做出美人的婀娜也一定是极好的作品。

奚凝霜突然转过头，看着他说："我突然觉得什么都可以做成琉璃，江南水乡，琉璃一定能诠释得最好。"

范澄喻便笑着看她，"从来都没想过，可以做成一个江南。这可以让琉璃的内涵层次更丰富，琉璃也可以更厚重。一直以来，古代传承下来的瓷器更能代表中国的历史，而琉璃润得太不真实，总让人觉得肤浅，是该改变人们的观点了。"

"现在想也不迟呀。"奚凝霜两只手放在身后，俏皮地歪头看着范澄喻，那一刻范澄喻的心头像被什么撞了一下，他连忙假装去拍风景。

蠡巷注定是范澄喻新的起点。

许多东西都是没有温度的，就像山中的玉，沙里的金，石中的银，还有制作琉璃的水晶。可玉、金、银都有它们的温度，与经济关联在一起，琉璃的原料水晶本来就是冷的，琉璃的制作工艺要火里来水里去，还被说得没有温度可言，简直是委屈。人文的寓意是唯一带给它温度的办法，要想让琉璃更被人们接受和认可，予文化于其中，无疑是最好的选择。这不仅仅是做手艺那么简单了。

范澄喻偶尔还会因为新的作品会不会得到外界欣赏和喜爱犹豫，总要把这些作品展示在同行面前，得到一二评价才有方向，可奚凝霜不同意，让他忍住性子，她坚定地相信他的创作。

那年代网络不发达，没有到网上查资料的可能，范澄喻不免担心会不会已有同样的创意存在。那等他发表出来的时候，会不会就没新意了。范澄喻偶尔寡言少语，多半因为这些心事而起。奚凝霜会在这样的时候给他打气，但他的心事重，只是表面上不与奚凝霜争执，心里的结很难解开。

江南水墨系列是范澄喻决定秘而不宣的创作，不可否认的是范澄喻现在急于求成，特别是过年之前，若是能在琉璃界有点名气，就可以名正言顺地请梁慧同意他带奚凝霜回家见家长。但范澄喻这个闷葫芦，没把这些心思和奚凝霜说，他不想给奚凝霜压力，偶尔看着她认真捏模的侧影，他心潮翻涌，对他而言，奚凝霜放弃了大好的前途，与父母抗争，他不能再让她有任何委屈和牺牲。

梁慧那段日子也不去管他们，前提是奚凝霜严格地遵守她的约定，从不越矩。而她不管不等于不关注，她一直在关注这两个年轻人是不是真的那么刻苦。范澄喻和奚凝霜两个孩子，果然是好孩子，做事认真，相处得体。梁慧对范澄喻的态度稍有变化，偶尔家里做什么好吃的，会让奚凝霜带去，就是还不让范澄喻登门。如果让范澄喻到奚家来吃饭，那他们俩之间可就是谈婚论嫁了。除此，梁慧还有一件心事，偶尔旁敲侧击地问女儿，范澄喻的家人，奚凝霜和范澄喻正在琉璃事业初期，哪里去想过这些事，也不觉得日子过得飞快，转眼就到了年底。

学校里放了学，奚凝霜继续到老宅去上班，他们开始做新的作品，奚凝霜也越来越刻苦，她不想只做范澄喻的理论学徒，她深深地知道，只有参与其中才能真的懂得这门艺术，才能懂范澄喻在想些什么。她经常看到范澄喻因为某次创作遇到难题时苦恼得夜不能寐，她也不想只说几句不痛不痒安慰的话儿，她要真正意义上帮助他，就必须要和范澄喻拥有一样的技术水准。

半年的磨合，他们在做琉璃这件事儿算得上彼此心灵相通，差的就是技术的差距，而在奚凝霜掌握了一些技术之后，她也能进行更深一步的探索。

艺术本就是见仁见智的，但首先要通过的就是自己。奚凝霜的技艺火候尚浅，但她觉得勤能补拙，捏模虽然只是第一步，她却不停地在练，但凡有一点空，都不会让自己闲着，不断地去做雕塑。范澄喻说过，他捏模雕模练到现在的程度，用了四五年的时间。若是别的什么工艺作品，雕出来就完工了，但对琉璃来说，仅仅是开始，奚凝霜告诉自己，只有第一步走得稳，走得扎实，才有后面的辉煌。亏得她是个有灵气的女人，做事精细，进步得也快。

范澄喻眼看着她对琉璃的态度一点点成熟、诚恳，深感欣慰，不过，范澄喻不可否认的是随着日子越来越久，奚凝霜和琉璃一样在他心里扎了根，但这么久了，除了做琉璃，奚凝霜对他生活上的关心之外，他们并没有进一步的发展。大部分时间，范澄喻不会去想这件事，他的心思也在做琉璃上面。在蠡巷，他们俩已经是公认的恋爱中的情侣，梁慧说，只要他做出点名堂，就认真考虑他们的未来。终于，被范澄喻等到了一个机会，王再山打来电话。

"澄喻，马上有一个展会，你想不想参加？"

一九九〇年，琉璃制品多被博物馆、各种展馆收藏，或者被当做贵重礼品赠送，而琉璃特别担得起这"贵重"二字，贵在工艺和制作成本高，重在质量，其内所含的24%金属元素让琉璃有绝对的重量优势，所以许多人最简单地判断一件琉璃制品和玻璃制品的区别就是掂量掂量分量。

琉璃想推向市场的唯一途径就是参加礼品展销会，那时候琉璃制品几乎是现在价格的十倍，一个十厘米立体作品几乎近万元，不是普通人能消费得起的艺术奢侈品。参加这样的展会才能让这些作品展示到世人面前，来展会的人也都是代表各大收藏平台，有经济实力，也有艺术鉴别能力，这其中有大型企业、各地博物馆、展馆，流入民间的甚少，即便有也是当时具备一定经济能力的爱好者。

范澄喻听了王再山的话，顿时两眼发光，他的作品可以入展？至少王再山的电话说明了对他的作品十分认可，这已经让他非常兴奋。然而，他现在收入甚微，刚够维持生计，自己所剩的存款也不多了，而参展是需要出展费的，如果他把自己那点积蓄都拿出来凑展费，那之后的日子怎么办？他不禁有些犯难，支支吾吾地不知如何回答，如果放弃这样的机会，那他的作品想面世可就难上加难了。

王再山猜到范澄喻的难处，可参加展会的"门票"一直都是一笔不小的投资，一个展位要八万块人民币。那个年代的八万块可以买一套房子。不是一个人负担得起的，琉璃业内几个往来不错的大师都是三四个人一起承担这笔费用，为的就是将自己的作品向外推广，如果运气好，卖几个作

品，也就能回成本了。以当时的生产能力，一般的琉璃老师傅一年也就做十几件作品。而参加这样的展会，主办方会将展品制作成册，也就是那个年代的销售图本，标注所有产品的作者和购买方式，所以，那时候能参展，对每个做琉璃的人都是最大的推广机会。范澄喻的名字也会出现在那本展会图册上面，他比谁都明白这是什么样的机会，以前他在王再山那当学徒，只能帮王再山整理需要带到展会上的作品，从来不敢想自己的作品也能去参展。

"这次还有三位师傅一起去，算上你五个人，费用可以少一点，每个人一万五。"王再山马上说，"也是因为这次人多，费用少，我才问问你想不想去。"事实上，王再山已经帮范澄喻承担了五千块费用，为了不让范澄喻有心理负担，才这样说。他希望这个爱徒能走出自己的羽翼，有一片自己的天地，那就必须要有所承担。

一万五千块钱在当时也是一笔巨款，不止对范澄喻而言，对王再山来说也不是小数目，范澄喻最后还是咬咬牙说："去！"答应下来。

"好，那你这段日子好好准备展品，可能年前要跑一趟深圳。"王再山知道范澄喻的经济状况，但这是他能在琉璃业内提高知名度的机会。

本是一件非常振奋人心的事儿，范澄喻挂断电话后，喜忧参半，被两种情绪折磨得不知怎样一番心情了。

回到宅子，低头兀自想着到哪里筹钱，他记得自己存折上所剩存款的数字，仍然再翻出来看看，确认一下。奚凝霜看着他进门，奔向屋内翻抽屉，看着他拿出存折看，几乎忘了自己的存在，见他一脸心事重重的样子，就知道有事，轻声问道："出什么事了？"

范澄喻恍然回神，就像刚看到奚凝霜一样，他连忙把存折放回抽屉，勉强地笑了笑，"没事，没事。"

"你这样子说没事，你是不是不把我当自己人啊？"奚凝霜故意撒了个娇，噘着嘴佯装生气。

范澄喻掩饰不住心事的脸，仍然沉着，却不愿奚凝霜生气，但他又是个不会说谎的人，只好老实交代："师傅想让我去参加礼品展览会。"

"展览会？那是好事儿啊！"奚凝霜一听，大眼睛里闪闪发光，"这么好的事儿，你怎么还垂头丧气的？"她只知其一，不知其二。

"需要准备作品是吗？我们有这么多，是不是都可以带上？"奚凝霜一脸兴奋地边笑边说。

范澄喻怎会不知这机会对自己多重要，这是他自己的作品独立走向市场的第一步。现在他需要的就是一点勇气，搏一搏展会上会卖出几件作品，能成功地收回展费，不然，他可真就倾家荡产了。琉璃师傅们也有很多失败者，连把古法琉璃制作工艺带回国的大师杨惠姗，都曾资不抵债，靠着各种援助，才有所成就。但杨惠姗曾经是明星、名人，她输得起。他范澄喻呢？他的犹豫最终被奚凝霜看出来蹊跷。

"是不是有什么困难？"她试探地问着，又瞥一眼抽屉，想到刚刚范澄喻看存折那愁眉不展的样子，大概明白了。

"没有，我们挑几件参展的作品吧。"范澄喻岔开话题。

奚凝霜是经济系毕业的大学生，又是高材生，对于这些事不会不明白，见到范澄喻眉心微凝的样子，想必除了创作就一定是钱的问题。她回家后给张颖打了个电话，让她帮忙咨询参加展会的相关事宜。张颖在大城市，信息比她多，很快就给她回了电话，被她猜对了，问题就出在入展费用上面。

奚凝霜上班没几个月，刚过了实习期，实习期那点微薄的工资，如果不是她住在家里可能负担生活都是勉强的，每个月虽然稍有盈余又被她买了创意画册。她回到自己房间翻抽屉，抽屉里有她存下的一点钱，数来数去不过一千多块。她又想着帮范澄喻去借一点钱，先想到张颖，但张颖和她一样，才过实习期，何况她一个人在外生活，眼看着年关将至，便打消了这个年头。随后，她又想到姐姐奚凝雪。姐姐在上海工作几年了，收入稳定，也一定有些存款。想到这儿，她不禁笑了，从椅子上跳起来跑到客厅要给姐姐打电话。

客厅里，梁慧和老奚坐在那儿看电视，奚凝霜便犹豫了，总不能当着他们的面向姐姐借钱吧。她瞥向母亲，本来母亲就对范澄喻的事业质疑，如果再知道她帮范澄喻筹钱，恐怕又会是一场大战。心念至此，她退回自己的房间。

奚凝霜再去老宅，脸上的表情就和范澄喻如出一辙，挂满了心事。

"师傅，还差多少钱？"奚凝霜和范澄喻正沉默地整理范澄喻这些年来精心制作的作品时，突然问道。

范澄喻被她问得一怔，不知该如何回答。

"你就告诉我吧，我们一起想办法。"奚凝霜恳切地问着，双目炯炯，看得范澄喻不忍，移开视线，低头说："这是我的事，我来解决，你不要操心。"

"你觉得这样说，我就会什么都不管吗？"

范澄喻沉默。

"我，我上班时间短，又不太节省，只存下一千多块钱。给你凑上，还差多少，我们再想想办法，不能失去这么好的机会。"奚凝霜的话听得范澄喻心底五味杂陈。

"不行，我自己解决。"他答得干脆。

一万五千块的展费加上来回车费、住宿费，至少也要一万七千块，范澄喻的存款正好还剩一万五千块钱，可是这些钱本来是他打算维持一段日子生计的。

奚凝霜拉住他的手，让一直逃避她目光的范澄喻看着自己，语重心长地说："师傅，你的作品一定能有人喜欢，到时候，就可以回笼资金了呀。"

范澄喻比她了解这个市场反应速度慢，当场交易也不是很多，即便是有当场交易，也都是小件作品，价格不会太高，想靠这些回笼资金可不是容易的事。就算有人看中了他的作品，大多数也是看到展会上的宣传册，再找到他，但那需要多久没人知道。

"嗯。"范澄喻没有多说什么，他不习惯给人泼冷水，何况他心知奚凝霜也是一番好意，继续低头整理他手里的作品，既然已经答应了王再山，这个展会他就一定会去的，接下来的日子他已经做好了吃苦的准备。

置死地而后生，或许他拼的就这个道理。

奚凝霜把自己的一千多块钱硬塞给范澄喻，范澄喻不想收，又无法拒绝奚凝霜的心意，那个小小的信封，他觉得沉甸甸的。他想在梁慧面前证明自己的愿望还没实现，就先给奚凝霜增添了负担，心里满是歉意。而无论说什么都显得那么空洞，便只是一味地沉默。

奚凝霜想打破这种尴尬的气氛，马上又去拿新的展品，细细擦拭、包裹，他们都没有说太多雄心壮志的话，以奚凝霜对范澄喻的了解，她知道那些话没有意义，他是个踏实的人，一直在这条路上一步一个脚印地走着，这也是她最看中的。她只是没有预料到，也是因为她，范澄喻平静的心湖泛起涟漪，且越来越激荡，也不知这是好事，还是坏事。

范澄喻挑选了几件作品，奚凝霜又觉得每件都好，一会儿偷偷放进范澄喻装着作品的箱子里，一会儿又被范澄喻看到拿出来，两个人很快就被这些小小的趣味赶走了内心的阴霾，倒像是苦中作乐似的偶尔相视一笑，每拿出一件，奚凝霜都要问个为什么，范澄喻耐心地给她解释，奚凝霜对琉璃作品和琉璃市场更增添了了解。

"凝霜，我在想江南系列要不要带去？"范澄喻突然抛出这句话来。

"我也在想这个问题，那是你自己的孩子，你怎样想？"奚凝霜有自己的想法。江南系列有一定的文化内涵，她总觉得现在还不是最好的时机。

江南系列是范澄喻独自创作的作品，在这之前的市场上，完全没有同类概念的作品，大部分琉璃制品还是以做得像为主流，而买家也都追求工艺是否精湛，以人们熟悉的寓意吉祥之物居多。范澄喻犹豫不决，思量片刻之后，他说："还是不带。展会上大多数都要传统寓意的作品，琉璃又以色彩华丽夺目吸引眼球，我怕江南系列还不适合他们的惯性审美。"

范澄喻说这话的时候，表情十分严肃，足见其态度认真。这倒也与奚凝霜的想法一拍即合，但她还是幽幽地说："真的没有人会欣赏这种简约美吗？"

"来看展的还有一部分是港台顾客，那边的经济更好，有购买力，所以这些工艺品展都放在广深，港台顾客更喜欢色彩浓重的东西。"范澄喻对琉璃界的关注，让他有这些判断。江南系列的创意来自奚凝霜，那个年代旅游业还不算发达，而江南水乡之美，江南以外鲜有人知晓，"所以，先不带上，万一进了图册被别人看去，又偷走了概念。"

"我心里也不想让江南系列面世太早，但又觉得不能参展，有点惋惜，

真是矛盾。"奚凝霜憨憨地笑笑。

范澄喻听见了，走过去笑着说："留着它们，我还有底牌，不怕它们不闪光。"拉起奚凝霜的手说，"这钱你拿回去，我自己筹得到。"奚凝霜正要拒绝，猛然从他眼底看到某种尊严，到嘴边的那些话儿就咽了回去，转而说道："好吧，你可以不用，但就放在你这吧，万一有不时之需，这也是我注资嘛，现在我是这里的股东了，可以吗？"

范澄喻不想再推脱，"好，股东。"两人默默地注视着彼此片刻。

有些人在一起会有那种千言万语，不知从何说起，心照不宣地选择一切尽在不言中。

最后，范澄喻向两位姐姐各筹借了一千块做路费，等参展回来的日子怎么过，他还没有时间细细打算。范澄喻的两位姐姐虽然家境也不富裕，但范澄喻第一次向她们开口，都慷慨解囊相助。这样，范澄喻总算把钱凑齐，邮寄给王再山，就等着去参加展会了。

展会的具体日期定在十二月中旬，正好是新年订货会，范澄喻简单地收拾几件衣服带着一箱子琉璃作品出发了。奚凝霜一直把他送到长途车站。范澄喻要先乘大巴到苏州，再坐火车，绿皮火车要坐上三天两夜，加上三天的展会，所以，这一趟最起码要十天时间。这十天对奚凝霜来说竟然有了度日如年的感觉，范澄喻走的时候把老宅的钥匙给了她，她仍然每天来报到，打扫，练习工艺，她想十天后要让范澄喻看到自己的进步，有时候她看着范澄喻的作品发呆，脑海里就像放电影一样浮现出范澄喻做那件作品时的样子，他垂目认真的脸，她曾静静地观察过很久很久，此刻如此清晰。

那时候的电话费也比较昂贵，跨省电话更贵，所以，范澄喻一走就音讯全无了。奚凝霜偶尔也会着急，但着急又有什么用，她坐在院子里闭上眼睛，像是想入定。这段日子为了分散自己的注意力，磨炼耐性，她捏泥模的功夫的确有了很大的进步。

再说去展会的范澄喻随王再山一行来到深圳之后，王再山为他引荐了另外几位师傅。当时的琉璃圈内老师傅带徒弟的不多，不是他们不想收，而是根本没人学，少有人能吃得这样的苦，又不去计较前期的巨额投入。几位师傅都打量着范澄喻，他们都和王再山年龄相仿，范澄喻是下一辈，这样的年轻人能在这条路上走多久，他们都心下狐疑，便都没把范澄喻当回事。

王再山当然知道几位同行的想法，曾几何时，他也和他们一样。王再山让范澄喻把他的作品拿出来给他们看。范澄喻心知师傅的良苦用心，那些作品都是奚凝霜帮他打包的，每一个都用棉布和棉花包裹了几层，他一件件地展开摆满一张桌子。老师傅们拿起其中的几件看看，再看看范澄喻，"年轻人的工艺不错，学多久了？"

王再山一脸得意，名师出高徒嘛，他为范澄喻自豪，接道："五年。"

几位师傅又看看他们师徒二人，不禁笑了，"不错，老王，你也有传承人了。看这工艺像你教的，但又有点不同。"

"这小子还是有点灵气，对每一道工序都有自己的想法，而且也开始有自己的特点了。"王再山得意地向他们介绍。琉璃制品每一家烧出来的东西都会有些许的差异，看似相同却又不同，从配色到工艺，或多或少总会有点不同之处，而这种不同之处带着各自的风格，要说是有意为之也不尽然，琉璃界的那些师傅们一看作品，大抵就能看出来出自哪位师傅之手，而外行从来看不出门道。

范澄喻看看眼前的几位和王再山同一级别的师傅，心底免不了战战兢兢，听他们这番评价之后，不由得又心中大喜，个人风格和特色也是一个无形商标，他们既然这样说，至少说明自己有了一席之地，他感激地看一眼王再山，感谢师傅的推荐。

王再山却不以为意，继续和几位老朋友说："我也观察小范很久了，是块料。"

几位师傅最初听王再山说此行多加一个人，能为大家分摊掉一点费用，他们还怕是外人，心有不愿，见到范澄喻是个老实的年轻人，并没放在眼里，根本就没想到他也做琉璃，经王再山此刻一番介绍，不禁觉得后生可畏，纷纷赞许。无论这些赞许是给王再山面子，还是真心实意，对范澄喻来说都是一种鼓励。

第一次来参展的心情既紧张又兴奋,刚到深圳的那个晚上,范澄喻并没有睡好。第二天匆匆忙忙吃了早餐,就赶去会场布置。展会会场比范澄喻想象的大得多,而他们的展台只占这会场不起眼的一隅,就像天空中洒满的繁星,根本无法认清哪一颗,这让他有一点失望,这么小的展台能被人看到吗?却见几位师傅都气定神闲,有条不紊地布置展品,只能收起自己的担心,跟着忙碌起来。

这是他第一次看到同行其他师傅的作品,以往他只听王再山讲起过这几位师傅的工艺风格,此刻目睹,多了许多启发和触动。经每位师傅的手做出来的作品哪怕都是同一种模子克隆出来的,都有明显的个人风格特点。这感觉太奇妙了,范澄喻看着看着就忘了自己要布置自己的展品。

"你怎么还愣着,快去把你的作品摆上。"王再山是过来人,一眼洞穿范澄喻的心思,喝了一声。

范澄喻恍然回神,马上布置自己的展品去了。因为他出了展费,所以,他的作品可以和几位师傅并排摆在一起。他愈发觉得自己不虚此行。这样的喜悦时刻,他最想和奚凝霜分享,他想着将来有一天,一定也要带上奚凝霜一起来长见识。不过,从到了深圳还没有合适的机会给她打个电话,他猜她也一定等得心急。

展会很快就开始了,几个人中范澄喻最年轻,他边学边做,凡是有人经过,他都将他们的图册递上,只是因为参展的经验尚浅,但凡有人在他的展台前流连,他都紧张得不知该如何介绍自己的作品。到第二天,他才自如一些,能轻松地与看展的客人交流作品的内涵与工艺。只是两天了,他的作品还没有一件销售出去,而其他几位师傅纷纷有作品被看中买走。那天晚上王再山怕范澄喻泄气,安慰他很久。到了第三天,范澄喻来时的激动心情已经被打击得平静下来,不止是平静,隐约间还有点焦虑,他开始思考,自己的作品到底因为什么没有得到外界的认可。

终于有一位顾客站在范澄喻的作品前仔细端详,王再山也看到了那个客人,他瞄一眼范澄喻,为师的了解徒弟,早在范澄喻的脸上看出他沮丧的心情,上前帮他说上几句,才迈了一步,见范澄喻走上前去,"先生,您好,是不是看中哪件作品了?"那人两只手背在身后,也不去拿哪一件作品，只是在他展台前端看，听见范澄喻说话，抬眼看看他，"这些作品是谁做的？"

范澄喻听对方这样问，一时语塞，前两天也有人问，一听是位年轻琉璃师傅的作品，就犹豫了。眼前的这位顾客，在他的展台已经看了五六分钟，看样子是对某个作品感兴趣。范澄喻嗫嚅着不敢大声说话，王再山走过去，"先生，这些作品工艺不错，哪一件合你的眼缘了？"

那人看看王再山笑了，"你可是老师傅了。"如此看来，这位客人也是展会常客，居然认得出王再山。不过，每年琉璃礼品展都是他们几个人来，人家认识也不足为奇。

"看来是老顾客呀，是啊，每年都来推几件作品。"王再山显得极为热络，还递上一支烟，对方却摆摆手，表示不抽烟，继续又问，"这些作品是你的？"

王再山犹豫了片刻，那人接着说："这几件作品可是与以往的有点不同哦。"

"哟，还真是行家。"王再山见来人不凡，借势又问，"怎么样？"

"有点新意。"那人一边垂目看范澄喻的琉璃作品一边说，站在展台里面的范澄喻紧张得两手冒汗，一语不发，听着他们两个人说话。

王再山垂下眼睑略作思量后，说道："既然也是行家，不瞒你说，这是我这位徒弟的作品，年轻人初来乍到，虽有不足，但大有前途。"半收半放地捧几句范澄喻。

那人将目光移向范澄喻，范澄喻拘谨地点头微笑。

"难得，难得，年轻人，愿不愿意和我合作啊？"他随即从手衣袋里拿出一张名片递给范澄喻。王再山和范澄喻不解地相视一眼，范澄喻接过名片，原来是一家琉璃设计室。

范澄喻觉得有点不可思议，他看着那人，"合作？"

"嗯，你脑子里一定有很多想法想实现吧？"那人笑问。

范澄喻有种不真实的感觉，面前的人和他谈的可不是一件作品那么简单，他不敢相信自己怎么会有那么好的运气，与琉璃中间商合作不仅意味着他以后的作品都有指定的收购方，而且可以有更多的创作支持，这是每

第六章 情不知所起，一往情深

个做琉璃的人师傅都不敢想象的好事儿。

王再山先回过神儿,马上说:"那太好了,澄喻,这可是大好事。"

"谢谢,谢谢张总。"范澄喻看了名片之后,连忙感谢,"我还是个新人,不如师傅们有知名度,真怕不能担起重任。"

"唉,这话说得,哪位老师傅一开始就有知名度的?不都是从新人开始培养的嘛。"张总这句话深深地打动了范澄喻。应该说这样的话能打动所有新人,各行各业都是如此,有多少新人都在寻找自己的伯乐。

张总头发向后梳得非常整齐,面容白净,五官端正,身材高大,看上去四十多岁的样子,算得上一表人才。一身灰色西装里面是浅蓝色的衬衫,颈间的第一个扣子是敞开的,这就不显得那么拘谨,口音里带点上海腔,怎么看都是聪明人。

他在经营琉璃制品,对市场上的产品了如指掌,敏锐的嗅觉让他提前一步走向下一个琉璃制品的热潮,他觉得随着经济的发展,琉璃制品不能只停留在一些吉祥物上面,需要意境,需要创新,而老师傅们的技艺再好,也不如年轻人没有被限制住的思维和创意。这时的张总对琉璃制品另有一番打算。

最后,这位张总买走了范澄喻的两件作品,一件是范澄喻的得意之作,那个带有江南建筑风格的印章,还有一个雾白色底座上面一朵盛开的紫色牡丹摆件,这两件作品与其他几位师傅,包括王再山的作品风格不同。两件作品卖了一万块钱,虽然抵不回范澄喻此行的成本,但至少,他可以还上向姐姐们借的钱,还能坚持在蠡巷的生活,而此行,他觉得自己最大的收获就是这位张总。

王再山面上严肃,等张总走了,对范澄喻说:"他这是打算要你这个人啊。"

"什么?"范澄喻没听懂王再山话中之意,毕竟他初涉琉璃市场,还没有防备之心。

王再山眉头一皱,"师傅不能一直跟着你,但你万事要多留个心,艺术品和别的产品不同,如果他找你合作,买作品可以,但要是买你这个人,你可要三思后行,不要轻易答应。"

见范澄喻一脸不解，王再山又说："哎，傻小子还不明白，就是以后你做什么都要受制于他。不止是卖给他作品那么简单。所以，他如果再找你，你要问详细喽才好。"

范澄喻恍然大悟，自己只顾着高兴，不知道这其中还有这么门道。不过，这一刻，他突然想起了奚凝霜，他相信有奚凝霜在，一定会帮他把好这个关，不禁莞尔一笑，"谢谢师傅提醒。"

王再山又拍拍他的肩膀，凑近笑道："无论怎么说，这都是个机会，自己要好好把握。"

"嗯！"范澄喻笑着点头。

"这一趟不白来吧？"王再山是由衷为范澄喻高兴，对年轻人来说参展是最好的锻炼机会，如果这位张总靠谱，他也不用再操心范澄喻能不能养活自己了。

"没白来，没白来。"范澄喻羞涩地笑着说。

王再山又拍拍他的肩膀。这一切同样被旁边的几位老师傅看在眼里，这件事给他们带来了极大的触动，他们隐隐觉得时代正在潜移默化中改变。

展会结束后，几位师傅还想逛逛深圳。深圳是那个时代经济发展的前沿城市，物资丰富，展会卖出去的展品足够他们小小地挥霍一下，为家人和自己买点稀罕的东西。当然不包括范澄喻。范澄喻已经有了他的收获，何况他的经济条件也不允许他去看这个花花世界。少有人有那么强的定性，不被花花世界诱惑，能做到保持和这些事物的距离，最终都会因此收到更多奖励。所以范澄喻和王再山说，他先一步提前回去，展会一散，他就直奔火车站。

范澄喻买好车票后，看看钟表，离开车还有点时间，他就到处找公用电话，想把今天的好消息告诉奚凝霜。他好不容易才找到一个公用电话，又犹豫了，心下暗想，如果当面把这个消息告诉奚凝霜会不会更好，不过就是他们彼此还要忍受三天的时间才能相见。思前想后，他还是拨通了奚凝霜家里的电话号码。

正是刚吃过晚饭的时间，电话一响，奚凝霜第一个跳了起来，根据范澄喻的行程，今天是展会的最后一天，前两天范澄喻都没有电话，奚凝霜

猜想他大概是在忙碌。其实，那几天她也是同样守着电话，每一次电话铃响起，她也会跳起来，只不过都不是她盼的人，便又几次失落。今天晚上，她想这一次一定是范澄喻。

"喂！"奚凝霜接起电话就喊。

"你好。"范澄喻的声音传来，奚凝霜才发现自己的心跳可以那么剧烈地感受到，张了半天嘴，竟然没发出声响。

范澄喻便又问了一句，"是凝霜吗？"

奚凝霜握着电话连连点头，嘴上还没出声，老奚和梁慧都看着她纳闷。奚凝霜像是终于喘上来一口气似的说："是我，是我。"

范澄喻拿着电话傻笑了起来，刚才想说的那些话好像都从大脑里飞走了，一片空白，却莫名美好，这大概就是爱情，一个拿着电话傻笑，一个认真地聆听，突然，广播在播报范澄喻那列火车开始检票了，范澄喻才回过神，马上说："我上车了，回家再和你说。"

就这样，几乎没说上一句完整的话，就挂断了。奚凝霜听着电话那端传来的忙音站了半天。

奚凝霜缓缓放下电话，脸上浮起淡淡的笑意，他看到了更广阔的天地要和她一起分享？还是他的作品被人抢购一空？还是，他又有了奇思妙想？她猜，无论怎么一定是很振奋人心的消息，她能从他的气息中感受到他的激动。

剩下的三天，似乎比之前的日子更难熬，内心深处的爱仍未觉醒，奚凝霜始终认为他们之前是润物细无声的感觉。可惜，这是他们自己的想法，岂不知在外人，或者说在蠡巷的人看来，已经算轰轰烈烈。她在脑海里反复地回忆范澄喻那通电话里所有的语气，连气息都听得仔细，好像能再发掘出一点他即将带回来的消息。她又去老宅的院子清扫，整理。

范澄喻回来一定也会大吃一惊，这个院子从不曾像现在这样整洁过。奚凝霜把所有物品进行了归类整理，简单地用家里现有的材料规划出每个区域的功能。看起来越来越像个小实验基地了。她想，用这些变化来迎接他的好消息最合适。

根据范澄喻回来的火车班次，奚凝霜查好了列车时刻表，预计他要半夜才能回到蠡巷，也就意味着她要第二天才能见到范澄喻。梁慧的规定是严格的，根本不可能让她半夜还留在范澄喻的宅子里，没有任何例外。

奚凝霜傍晚的时候给他烧好开水灌满暖水瓶，又放下一盒糕点，留下字条才锁好门，将钥匙放在门口石阶上的花盆下面，这是他们约定好的。

毋庸置疑，那夜奚凝霜辗转难眠，每隔一会儿就要跑到自家的院子里。深冬的巷子里分外安静，她在想，是不是可以听到他的脚步声经过。已至深夜，她还是没有收获，却被梁慧发现她这反常的举动，生怕她着凉，不许她再跑出去。

第二天一早，阳光正好，冬日的暖阳实属难得，尤其让缠绵冬雨浸了半个多月的巷子有重见天日的感觉，连天气都配合着奚凝霜的心情，拉开窗帘的那一刻，她尽全力舒展自己，打开窗深深呼吸着微凉的空气，嘴角渐渐上扬。她换好衣服就要往老宅跑，被梁慧喊住了，奚凝霜正想反抗，看到梁慧正往一个饭盒里装吃的，大概猜到是给范澄喻的，不禁有点感动，马上坐下来，乖乖地把早餐吃完，"妈，你真是刀子嘴豆腐心。"笑着拿起饭盒，出了家门。

奚凝霜往老宅一路小跑，远远地看到那扇黑门上的门锁拉开了，不禁脚步越来越快。推门刚要喊，忙又紧闭双唇。想到范澄喻昨夜到家很晚，一定还在睡觉，生怕吵醒他，蹑手蹑脚地往里走。才到里屋门前，就听到微微的鼾声，不禁莞尔一笑，又折回院子里搬张椅子，拿起她的油泥模。

冬天的油泥冷得快，黏性小，也是最难雕的时候，稍微用力过度都会造成极大的损失，冬天补油泥上去，可不像夏天那么容易融合到一起，冬天，即便是融化后修补上去，都好像仍然有不可逾越的一道屏障似的阻碍修补上去的油泥融入。奚凝霜在做这些事情的时候，脑子里总会有许多想法蹦出来，就像现在，她突然觉得这油泥大概也是需要热情相待，夏天什么都是热烈的，就能快速融化，彼此交融。而冬天的冷酷轻而易举地制造出无形的屏障。

"什么时候来的？怎么不叫醒我？"奚凝霜正沉浸在自己的世界里，突然听到范澄喻的声音，又惊又喜，放下手里的东西迎到他面前，说："你昨天一定回来很晚吧？我想让你多睡一会儿呀。"

她的笑容和此刻的阳光一样灿烂。这是此刻范澄喻唯一的感觉,"今天的天气真好,想睡也躲不过太阳。"原来,范澄喻的窗帘不够遮光,是阳光把他叫醒的。

"嗯,深圳每天都有太阳,一定是你把太阳带回来了!"奚凝霜不知是不是在开玩笑,可她的确是在笑。

两个人都笑了,小别之后的欣喜,还有小别之时的那些牵挂,原来的"被恋爱",这会儿恐怕又有点小小的变化。四目相视竟无言,不,又是一切尽在不言之中。或许只有这样的感情才会彼此默默注视,傻傻地笑。

"你电话里要和我说什么?"奚凝霜先回到现实,"这是我妈让我带来的早点,趁热吃。边吃边说。"递上手里的饭盒。

范澄喻恍然,怎么想对她说的千言万语,见了面就一个字都说不出口了。他拉着她坐下,一边吃着热气腾腾的早餐,一边把这次在展会上遇到张总的前前后后讲给她听,奚凝霜听得认真,替他高兴地拍手,"太棒了,这算不算经纪公司?"

这个词范澄喻不懂,奚凝霜马上解释给他听,不由得让范澄喻想到王再山叮嘱他的那些话,反而陷入沉默。奚凝霜见他不那么兴奋了,盯着他问:"怎么了?"

范澄喻便又把王再山的话说了一遍,奚凝霜恍然大悟。毕竟两个人年纪尚轻,见得少,对人性的了解有限,他们更愿意相信美好。

"师傅的话不能不听,所以,是不是我们要等着张总和你的进一步合作呢?"奚凝霜问道。

范澄喻点点头,"他说,等我回来就联系我。他的公司就在上海。"

"这么近?"看起来,这绝对是完美的合作。

接着范澄喻又把去展会上的见识讲给奚凝霜,将来他要带奚凝霜一起去参加展会。但这些想法,他没有说出来,他不想说些空话,他只想努力做出一点成绩,实现自己给家人和眼前这个女孩子的承诺。

讲完这些,太阳已经在头顶上,小院里更暖和了,范澄喻突然说:"你这几天捏模很有进步啊。"

"你看到了?"奚凝霜羞涩一笑。

昨天半夜才进家门的范澄喻，根本没注意院子里的变化，直奔屋里，一路上的疲惫让他困倦不堪。他是刚刚出来的时候看到奚凝霜捏模，就看了有一会儿，发现她的进步，很为她高兴，每当在这条路上更进一步的时候，他都希望有奚凝霜分享，奚凝霜的进步比他自己进步还让他高兴，更希望他们能共同走下去。

"嗯。"他点点头，奚凝霜的踏实求学，让他内心从未有过的踏实。

一个星期后，那位张总果然打来了电话，要和范澄喻见一面，特别想参观他的工作室。范澄喻欣然答应。放下电话后，他又打电话给师傅王再山说明了张总的意思，王再山沉思片刻后倒是问了范澄喻一句："澄喻，现在你需要师傅做什么？"

这么一问范澄喻也愣了，他为什么给王再山打电话，他自己都没有细细思考，就是一种本能和习惯，对王再山的尊敬、信任，还有依赖。王再山不想阻碍徒弟的发展，有些话不能说得太直白，也不能过度干涉，过来人深知每个人的际遇不同，结局也未必相同。

"师傅，我是怕自己经验不足，毕竟我还不算一个商人。"范澄喻直言。

王再山便笑了，"是啊，你这孩子有才华，就是太实诚了。人心难测，俗话说：害人之心不可有，防人之心不可无。"

"师傅，要说市场，我只熟悉那些古玩市场上小贩的把戏，真的谈大生意，恐怕我还真是没经验，所以，想听听师傅的意见。"范澄喻懂得简单的交易往往是最容易的。

王再山呵呵笑道："这样吧，在他来之前，我先到你那里去看看，再细细打算。"

"那太好了。只是辛苦师傅了，刚刚从深圳回来，本来我应该去给师傅拜年的，现在又要让您跑来我这里。"范澄喻有点难为情。

王再山豪爽地笑道："你这孩子！就明天吧，明天我就来，以免夜长梦多。"听王再山这么说，范澄喻觉得稍稍安心。

奚凝霜没见过王再山，但毕竟是范澄喻的师傅，她常听范澄喻提起曾经在王再山那学徒的往事，从辈分上论，就是她的师公了。听说王再山要

来，她第二天早早就来到老宅，等范澄喻接王再山回来。

王再山已经知道有奚凝霜这个女孩儿。一进院门，看到一位穿着粉色毛衣，眉目清秀，很有文艺气质的女孩子站在院中，这有点出乎王再山的意料。做琉璃可不是个干净的活儿。王再山转首看看范澄喻，脑子里想的是他自己工厂里那些乡下来的衣着简朴的修蜡模女工们，不禁心下狐疑，这样的女孩儿真的是来做琉璃的？还是以琉璃之名谈恋爱？毕竟他们都是青年男女嘛，便有点不以为意，笑着和奚凝霜打了个招呼。

奚凝霜似乎看出王再山眼里对她的质疑，跟在他们身后，静静地听着他们谈话。王再山进门就奔着范澄喻的展柜去了，大部分作品，在展会上都见过，除了那套江南系列。王再山走过去，毕竟这套作品在他们传统的作品中看起来还是有点另类的。他拿在手中细细端详的时候，范澄喻和奚凝霜互视一眼，都没有说话，心里却紧张。毕竟这是他们俩心头所爱，他们想听到真实的评价。

"这是你新做的？"王再山问。

范澄喻小心地对王再山说："是凝霜给我的启发。因为她酷爱书法，刚来我这里学做琉璃的时候，就为她量身打造了一对琉璃镇纸，取书法的水墨意境，做出来的效果很不错。所以，我们将江南水乡一带的镇子走了走，做个系列。"边说，边一件件地摆出来，"水、桥、亭、船、古宅，这五件。"

范澄喻并没有去刻意描绘这套作品，他心里永远认为，人们最直观的感受最夺人心，至于赋予作品中的含义，是锦上添花的事儿。刻意的描述不如听听王再山直观的感觉。王再山忍不住将每一件作品拿在水里细细端详，那水，是摆在最底下的，看似并不起眼的一个台面，四周有边台，丝丝水纹雕刻栩栩如生，加上琉璃工艺的特殊处理，雾白色的水纹之中夹了几丝青绿的流痕，亦有些许气泡浮动，如若目不转睛地凝视它，就仿佛手里真的捧了一汪水。

这些工艺在王再山眼里并不难，他又拿起那个似桥非桥形状的琉璃，仔细一看，上面几个桥柱之间凹处圆润，雾白色里荡着墨色，倒是很有禅意。王再山将这石桥放在流水台上，拿起乌篷船，篷顶有丝丝绺绺的土黄色，船体也以雾白为主，不像以往类似作品，颜色那么浓重。这个作品有强烈意境感，也能让人从视觉中感受到意境美，船放在桥下。去取亭子，亭子做得极为精巧细致，包括亭子上的牌匾都清晰可见，王再山抬眼看范澄喻，明白他这几个作品各有特点，也极是考验技艺。最后是古宅，实心方方正正的一个底，三四厘米厚，灰瓦白墙都表现在上面的雕刻中，外面的围墙上还有几个江南灰瓦窗棂，起伏之中就是一个俯视下的江南人家院落，同样是几丝灰黑色调房顶，雾白色是主色调，这个厚重的古宅最后放在盘中一块最平整的位置。

王再山看着这五件作品的组合，一眼看去，黑白为主，丝丝青色的水韵和几缕土黄色的船顶，毫不突兀，也不夸张，不禁点点头："有点意思。"

"有点意思"里面的意思可就深意无限了。范澄喻会心一笑，至少王再山感觉到那一点意思了，就说明他要表达的内容都表达出来了。

范澄喻这时才说："师傅，其实，这流水是洗笔的碗，桥是笔架，船是墨盘，亭和古宅是大小镇纸，放在一起就是写书法的人常用之物了。"

奚凝霜此刻也抬眸看着范澄喻，这其中内涵他第一次全部讲出来。她的处女作镇纸做好的时候，她就知道他的心思细腻，没想到江南系列，不仅仅是一种景观与寓意的概念，还被他融入了功能。和他相比，她总是略逊一筹，不过这就让她更崇拜这个男人。

要想让艺术品走入民间，走向大众，实用性是不可忽略的。王再山一声不响地看了好久。

"还是你们年轻人有想法。"王再山笑了，看看两个年轻人，此刻，就算他不觉得奚凝霜真能做好琉璃，但至少，她应该是范澄喻灵感的源泉，这一点更重要。他便笑着继续说："我看这套江南水乡，就是张总要的东西？"

"师傅您的意思是？"范澄喻皱着眉头追问。

王再山从深圳回去之后，也想了很多，他看着范澄喻说："以前，你靠师傅给你订单，将来，师傅可能就要靠你了。"

这话听得范澄喻越发糊涂，不解地看着王再山，而心底，又隐约地明白了什么。那是一个变化的时代，什么都在变化，最大的变化就是人的理

念，王再山意识到了，范澄喻的理念很新，有自己的想法和追求，正迎合了这个时代。

奚凝霜在大学里为了研究琉璃，认识了一些学术界了解琉璃的导师，并且最近她都在关注琉璃在公众视野下的市场和相关领域信息，一心想让范澄喻通过一个官方渠道被关注，被重视。范澄喻是从实践中走出来的，接触更多的是私人市场。王再山突然觉得眼前这两个年轻人在一起，也是上天注定。

"可是我想让师傅的这套江南，注册版权之后再销售。"奚凝霜突然说了一句眼前这两个男人都不曾想过的事。

"版权？"王再山对这个词很陌生。刚步入九十年代，还没人有这种意识。而这话儿，也让范澄喻有一瞬间的尴尬。在琉璃界王再山已经是版权了，注册版权是个什么意思？范澄喻多少还听奚凝霜讲过一点儿，不过也听说是很麻烦的一件事，他并不觉得有多么重要，他始终认为自己的作品，是他灵魂的产物，就是自己的。

奚凝霜郑重地点头，认真地看着他们。她猜以王再山的年纪对版权这个概念肯定是不懂，连忙解释说："就是这套作品的样子会备案存档，以后就是范澄喻的终身版权，如果有人要复刻，就要申请范澄喻同意，或者交付版权使用费。"

王再山听得云里雾里的，碍于奚凝霜是范澄喻的女朋友，也不好多说什么，只是目光不断地瞥向范澄喻。范澄喻心知奚凝霜的用意，可有时候有些事自有约定俗成的一套规矩，倒也说不清哪一个是对的。

"凝霜，注册需要的时间太久了，有些机会来了就要把握。"他不想直接反驳奚凝霜，委婉地缓和此刻的尴尬气氛。

"我已经把材料报送上去了，接下来我会跟进的。"奚凝霜自信满满，这也不难看出她处事未深，颇显稚嫩。

范澄喻了解奚凝霜是个认真的丫头，但师傅王再山的性格他更是了解，奚凝霜这话万一让王再山认为他是防备王再山那误会就大了，连忙说："行，你注册你的，两不误。"

奚凝霜又要说话，范澄喻马上拉着王再山往另一边走，故意不让奚凝霜再说下去了。随后，又对奚凝霜说，"晚上，我请师傅去喝点小酒，你今天可以休息了。"明显是想支走奚凝霜，奚凝霜心里有点委屈，但还是听话地先回家去了。

临近春节，家里在准备年货，梁慧正在院子里忙着，见奚凝霜双眉微皱地回来。"今天怎么回来这么早？"猜测是不是两个年轻人吵架了。这也不容易，梁慧从来没见过他们闹不愉快，自己的女儿自己了解，范澄喻一定也是一个大度的男人，所以，梁慧才没有再去给他们施压。何况，范澄喻刚回来，前几天两个人还蜜似的。梁慧知道范澄喻去了趟深圳参加展会，也听奚凝霜忍不住滔滔不绝地夸他前途无量，怎么突然就这副样子回来了？

"他师傅来了。"奚凝霜一脸的不高兴。

梁慧瞥了她一眼，"不是我说你，你这女孩子也太不含蓄了，小范是你师傅，那他师傅来了，你怎么还回来了？多问问，看看他们这行业，有没有发展前景啊。怎么就回来了？"一听这个原因，梁慧批评奚凝霜。

"哎呀，妈，你不懂，不对呀，妈，你不是不喜欢手艺人么？怎么突然说这话。"奚凝霜回过神来反问。问得梁慧也一怔，"对，不喜欢，我只是从礼节上教训你，不能让外人说我们奚家没规矩。"

此刻梁慧倒是在想，应该去见见范澄喻的师傅，就拎着一点吃的，假装去给范澄喻送去。

梁慧一进门，看得范澄喻一愣。自从梁慧给他和奚凝霜立了规矩之后，可是从来没有登过他的门，今天这是怎么了？正不知所措，梁慧放下东西看着王再山笑着打招呼："师傅你好，我是奚凝霜的母亲。"直接说明身份。

奚凝霜刚走，王再山就板着脸坐下，范澄喻也能看出来王再山对奚凝霜有意见，但他们都是对他最好的人，他不希望他们之间有芥蒂，和王再山解释了半天，奚凝霜是院校派，和他们这些实践派不同，但都是好意，他会慢慢沟通，生怕因此他们的师徒之情受到影响。

师徒二人才解开心结，梁慧又来了，男人遇到女人总是有那么一点束手无策，一时之间也不知该说什么才好，王再山一脸哭笑不得的表情，

"你好！"

"师傅，我们家凝霜和小范的事儿你都听说了吧？"梁慧也不绕弯子，开门见山说道，顺手拉开椅子，坐在王再山对面。

范澄喻在一旁站着手足无措。

王再山也看不明白，转念一想，这是把他当范澄喻的家长了吧？只好礼貌地回答："知道了，知道了。澄喻这孩子我了解，有韧劲、有想法、能吃苦、又老实，是个不错的年轻人。"

"这我也能看出来。"梁慧瞥一眼范澄喻，随后又说，"只是，不瞒您说，我对你们做的这个什么、什么璃，不太了解。这手艺能养家？"

听了这话，王再山恍然大悟，自己的徒弟自己最爱护，直了直身子，深吸口气说道："琉璃在几千年之前就是艺术品，只是国人把制作技法遗失了，现在这项技术重新回到中国，这是一种非常独特也非常有美学价值的艺术品制作技术，一直有它自己的市场，并且也越来越好。"

梁慧听得非常认真，范澄喻能理解一位母亲的心情，便一句话也不说地站在一旁。梁慧听完，又叹了口气，"我知道追求艺术是好事，但现实社会，生存第一。我只想知道做这个，能不能让他们过好日子。"

王再山看一眼范澄喻，目光又回到梁慧身上，诚恳地说："我能理解你做母亲的心情，行行出状元，就算是别的工作，也需要一步步脚踏实地地做，年轻人都需要时间。我相信我这个徒弟能做出点名堂，能比我有出息。我现在不仅养家，还养了一个工厂的工人，你说，能不能过好日子？"然而，那时候做琉璃能做到王再山这种程度的寥寥无几。

梁慧不可思议地看着王再山，这个行业她不懂，她脑海里只有父亲的执着和饿死的姐姐。人总是不断地去寻找说服自己的证据，但又一次次地反驳，非要等事实摆在眼前，才承认自己所不曾相信过的事情。梁慧听王再山说完，半信半疑。

"好吧，你们忙吧，我先回去了。"她起身走了，一路上都在沉思。

梁慧走后，王再山大概能猜出来范澄喻现在的处境，只是他没有多说，拍拍范澄喻的肩膀，"澄喻，无论什么时候都要坚定自己，不要被影响，这次展会，你也看到了，包括我们几位老师傅都有很大的触动，我们老了，思想固化，很难有太多创新。这个世界的未来是你们的，只是你要记得，无论做什么都会不断地出现障碍，没有任何事是一帆风顺的。"

"嗯，我懂，我会用自己的实力证明自己。"范澄喻感激地对王再山说。

两个男人都明白，要改变别人的看法，就要做出点成绩。没人真心同情弱者，弱者的声音也少有人听，强者的话听的人最多。何况经济基础是必要条件。奚凝霜的想法再好、再对，并不是他们此刻能考虑的事情。范澄喻深深地明白这是一次他必须把握的机会。

中华民族自古以来，便是一个尚美的民族，先人心手如一，撷取最为平凡的自然之物，能创造出极纷繁的美丽新世界，青铜器、佛像、石雕、陶瓷、木器小件、文房字画，它们如暗夜明星，千百年来，熠熠生辉，慰藉着世人。当时光辗转于当下，这些历经岁月洗礼的器物，或陈于一室，或悬于一壁，或立于一案，静穆自如。这些事物，滋养了世人性灵的同时，也帮助人们永葆窥探万物的本心。琉璃自古便是奢华之物，古代多用于帝王将相富贵之家，足见其可贵的价值。社会经济极大发展，这些古时的贵重之物也要走进民间，就要有这样的一群人去实现。

晚上，师徒俩又把酒言欢，多是说创作。王再山问范澄喻怎么会想到这个江南水墨的设计，范澄喻含蓄地笑了笑，借着点酒意大胆地说："审美之境，是一个人精神外化的体现，它既是抽象的，可以是心中的一思一念，一顷一刹，同时审美又是具象的，可以是眼中的一器一具，一几一榻。所以，我把设计的想法放在人们常用之物上，而不是那些只有喻意而不大实用的摆设上。实用主义或许是工艺品的另一个突破口。"

王再山不停地点点头，终究是要青出于蓝而胜于蓝，他就无法从这个角度去创作，他伸手拍拍范澄喻的肩膀，没说什么，只举起酒杯撞在范澄喻的杯子上，"好小子！"

范澄喻没想到的是，他这个理念后期一直伴随着他，并带给他更多成功。只不过成功的前提或者真是需要承受失败的考验。

王再山是范澄喻的师傅，范澄喻特别珍惜两人见面的机会，他会把自己藏在心里的那些想法都在王再山面前说出来，甚至很多都是奚凝霜也不

知道的，他拿起酒杯一饮而尽，接着说："最近我研究了很多西方的艺术创作，在审美上，东方美与西方美各有文化特点。中国古人追求删繁就简，回归自然的同时又具有包容性，能把不同质地的物品放在一起却毫无违和感；西方多追求自由奔放，一种含蓄一种狂野，可是它们都有会不自觉地表达出一种无法用语言来形容的内在美，这就是美的通性了。我就想，独立又可融合是不是更好的作品？"

"所以，你就设计了这么一套，既可以独立存在，又可以和谐共处的作品？"王再山接道。

酒已微醺，范澄喻脸已微红，只顾笑着点头，"这个设计看着简约，但师傅，这其中的细节处理，可不简单。"

"我看出来了。"王再山点头称是。

"只有领会了最高境界的不真实，才能塑造最高境界的真实。所以，我想把江南水墨做得简约清雅，但其内涵是强大的，是一种文化，一种无声的语言。"范澄喻说得兴奋，他已经很久没有这么高兴过了，他终于找到了琉璃的灵魂，至少他此刻是这样认为的。

王再山看着自己的爱徒，虽然他没有范澄喻那么多大道理，但他已经感觉到范澄喻已经走上了另外一条路，这条路会让他有更广阔的空间。他们都没再提奚凝霜。不提，就是一种无声的暗示。第二天一早王再山就回去了，临走的时候和范澄喻说要回去准备大量白色琉璃包球去。

范澄喻送走了王再山就开始翻模，他要多做几个模具出来，订单无疑是最大的动力，如果王再山的判断是正确的，他必须在这之前做好充分准备，以免措手不及。

"师公走了？"奚凝霜进来没看到王再山的人，一边四处张望，一边问。

范澄喻转首看她，"一早就走了。"

奚凝霜看到范澄喻在做江南水乡的系列的模具，讪讪地问："打算把江南水乡出售？"

范澄喻明白奚凝霜话中之意，心平气和地对她说："凝霜，这一行，别人要什么样的成品，就做什么，能有人要订我设计的作品，就是最大的肯定了，我不想失去这个机会。"

"可是，你这套设计如果注册成自己的版权，会更有价值。"奚凝霜仍然坚持自己的想法。范澄喻只好停下手里的活，拉她坐下，他不想他们俩之间因此有矛盾，"凝霜，我明白你的意思，但有时候，机会真的会一闪即逝，我不想出任何差错。"

范澄喻想说，他现在需要钱，但他赚钱的方式，就是出售自己创作的作品。他不想因为任何事而节外生枝，他觉得这样没什么不好，也没什么不对。何况，马上要过年了，他想带奚凝霜回家，而带她回家之前，他还要过梁慧那一关。他不是奚凝霜那样衣食无忧，一直都非常优秀的女孩儿，他要靠自己，还要靠机会，现在他等到了，机会来了就必须牢牢抓住，他不能因为执念而失去这个机会。

奚凝霜一心想让范澄喻走上一条正路，将琉璃发扬光大需要多方辅助和扶持。他们俩都没有错，只是路径不同。

"算了，你的作品，你做主。"奚凝霜突然妥协，很明显妥协得并非真心，有点负气。

范澄喻含蓄地笑了笑，他不想和奚凝霜争执，也不想做过多辩解。他的确需要钱，这样才能支撑他更好地发展以后的事业，这一点他们俩都非常清楚。

所以，理想是理想，当理想和现实稍有偏差的时候，跨过思想的鸿沟还是需要点承受能力的。范澄喻从不在作品设计和工艺上放过自己，精益求精，他觉得这样获得财富才不会迷失自己。

"凝霜，你应该能理解我。"范澄喻这句话彻底融化了奚凝霜，那一刻，她的心隐隐作痛，"好吧，我相信你，需要我帮忙吗？"

她清澈的眼睛看着范澄喻时，看在范澄喻眼里是一对给他力量的明星。

两个人做事不像单枪匹马一个人那么无助，两个人多了商量，一来一回地沟通中避免了很多失败的可能。

幸而，范澄喻和奚凝霜都不是不切实际，只有幻想的年轻人，他们都明白，先要保证生存。恰巧奚凝霜学的是财务，这一点上，她很清醒，她甚至为范澄喻做了一份详细的成本表格，这样他就可以清晰明了地知道怎样更好地控制成本，如何去接商业订单。奚凝霜虽然年轻，会因为那些琉

璃作品出其不意的惊喜效果欢呼雀跃，但到了重大决定时，能够理智地分析市场，与范澄喻可谓天作之合。

"琉璃作品分成两类，一种是产品，一种是艺术品。产品的功能是保证经济来源，支持你艺术品的创作，这样，你做出好的艺术品才能带动你的产品。师傅，这就是你现在的想法，对吗？"奚凝霜凑到范澄喻面前问，清澈的眼睛忽闪着，范澄喻要怎么回答她呢？"谢谢你的理解。"这是一句发自内心，又保留自尊的回答。

奚凝霜听在耳朵里竟然有点不是滋味，"谢谢"这两个字拉远了他们之间的距离，她垂目，闷闷地说："是不是觉得我还是不能和你同步，所以不想和我解释太多？"

一语中的。

"凝霜，我觉得这很正常，毕竟你接触琉璃这个行业的时间太短，我也不想和你争论，你知道我嘴笨，而且，更重要的是我不想和你起争执。等你自己慢慢有所体会了，什么问题都可以迎刃而解，不是吗？"范澄喻说得很真诚，他不希望和奚凝霜之间有隔阂，有些事在意见不同步的时候，很容易产生争执，总是需要两个人真正同步而行，或者另一种黏合剂出现，才会平稳过渡，而这其中的过程就算是磨合吧。

奚凝霜心里不是滋味，但也无法反驳范澄喻的话，垂目点头。两个人算是初步达成共识。

第七章　齐心同所愿，含意俱未申

张总如约而至。他打量范澄喻的老宅，打量了很久很久，范澄喻甚至不知道他到底是对这个宅子感兴趣，还是对他的作品感兴趣。张总看到了奚凝霜，范澄喻便向他介绍奚凝霜："这是我的……助手，小奚。"

这个称呼虽然有点奇怪，但是奚凝霜欣然接受，大大方方地伸手与张总握手。

范澄喻和奚凝霜在张总来之前，把展柜进行了重新布置，分门别类，按系列集中摆放，这样一目了然。

张总不住地点头，正如王再山所料，他的目光在那套江南系列上停住。

范澄喻故作沉着地看着张总审视目光，最终，张总伸手将五件作品一一拿起来，"这是江南水乡？"

"嗯。"范澄喻微微一笑。

"小范，你果然是个有想法的师傅。我们谈谈吧。"张总直奔主题。

奚凝霜已经为他们泡好茶水。

十二月底，江南的天气阴冷，房间里更是如此，透明的茶杯杯壁上尽是水汽，袅袅雾气升腾，竟能让人感受到暖意。张总坐下来，将水杯握在手里暖手，他看一眼奚凝霜。范澄喻马上说："小奚也是我的女朋友，不是外人。"

"哟，这么好的女朋友，太难得了。"张总笑着看看他们，又垂目吹开杯里的茶叶，喝了一口热茶。

范澄喻和奚凝霜互视一眼。

"我有一个工房，缺一位设计师傅，你要不要来？"张总开口。

范澄喻想起王再山的工厂，也是与别人合作，没有自主销售权，加工一些别人设计好的作品，或者不需要去设计的。张总说需要一位设计师傅，以前范澄喻就想过，王再山有时候接到的模板，比较独特、新奇，王再山告诉他，那些都是专业的设计师设计出来的，此刻张总的意思，就是邀请他去做设计师，而不是和他合作生产与加工。

范澄喻和奚凝霜都没出声，张总就继续说："从你的工艺，看得出你在这行也不是一天两天，这么年轻就有这么好的设计理念，我们想培养这样的年轻师傅去挑战未来的市场，这就是我为什么看中你。"

奚凝霜听懂了。她是年轻人，这个时代的机遇就是会从天而降，范澄喻一直和她说的他要的机遇来了。但她见范澄喻犹豫，也不敢说话，只是心里着急。

范澄喻是个慢性子，他笑着问张总："张总，你说的意思是要招我到你们工房上班吗？"

"这也不一定。"张总又看看他的宅子，"我没想到你这里麻雀虽小，五脏俱全，我想你也舍不得离开这里吧？"他又看一眼奚凝霜，目光之中另有深意。

范澄喻笑笑，想起王再山叮嘱他的那些话儿，看起来，这位张总是真的要签下他这个人？

"张总说的没错，这里我已经习惯了，我只在这里才会有灵感。"范澄喻的话听得奚凝霜一阵糊涂，在嘴边的话儿，也不敢说出口，直往回咽。

"这不影响我们合作，只要范先生愿意和我的工作室签约就好。"张总面露笑容，说话的声调也一直保持和缓。

有王再山的话在先，范澄喻有所防备，就不那么激进，他心里暗暗感激师傅，若不然，以他此刻急于成功的心情，一定答应这位张总了。

"张总想签哪一部作品呢？"范澄喻见张总一直话里含糊，只好自己来直接挑明。张总闻言，粲然变色，转瞬掩了下去。范澄喻虽然面上不露波澜，但他还是看到了张总那一瞬间的脸色。

范澄喻在古玩市场上可算是个老手，没防备的话或许会因为一时急于求成而大意，事先打过预防针，想大意也就难了。张总挪了挪身子，又笑着说："不，不，我们是想聘请范先生做我们的设计师。"

"张总直接说说怎么合作吧。"奚凝霜终于忍不住抢先开口，正好说出范澄喻没说出口的话。

张总把他的条件一一列了出来，和王再山判断的没有太大出入，只是没有明说签下他这个人罢了，但对于范澄喻以后的作品都要为工作室所有，不能流出半件，但凡他创作出来的新作品，由工作室来加工，范澄喻只需要负责创作新产品。

范澄喻没有出声，奚凝霜起身为他们两个人续上热水，不时瞥向范澄喻，见他面色严肃，沉默地垂着双目，就不敢再参言。

范澄喻对自己的个人价值还没有清晰的认识，按说这是一件非常好的事情，这样一来，以后他根本就不用为自己的作品怎么卖出去而操心，他全心投入创作就好，这不正是他要的吗？不过，这就是签卖身契，他不禁苦笑。

"张总，详细的合作合同，我想看看。"范澄喻这话让张总颇感意外，他把范澄喻也当成那些有点迂腐的老师傅了。

张总从文件包里拿出一个牛皮纸袋，里面装着合同，他以为今天是可以成功签约的。毕竟大部分手艺人这时候还没有保护自己的意识，对于合同的约束力了解得也很模糊，他虽然没想去欺骗手艺匠人的心思，但合同上的确是处处维护自己的利益。

范澄喻接过张总递过来的合同，看了一遍，几十条条款看下来，看得头昏脑涨，他把合同递给奚凝霜，希望她能帮自己看清楚一点。奚凝霜接过来详细地看了一遍，直接抗议："张总，这是要签掉范澄喻这个人啊？这可不行。"

果然和王再山预料的结果一样。这让张总始料不及，眼前这两个年轻人是被他低估了。他连忙正了正身子，摆出高高在上的姿态，脸色一沉，说道："嗯，我希望你们再考虑一下，以你们的条件，要想闯出点名堂来，可不是一件容易的事。"说着，他用手指着宅子里的一切，脸上隐约流露

出一点轻视。

范澄喻也相信，这位张总的公司一定有更好的条件，也有一些人会先签约，但又不遵守合同的约定，私下违约。但范澄喻是个守信的人，这样的事，他做不到。看到张总收起笑脸，他心头一紧，想必这好机会就要失去了，不禁怅然若失。

奚凝霜懂合同法，所以合同里的几处陷阱被她一眼识破，她抬眼看看范澄喻，心知他多么渴望这次机会，不忍直接告诉他，缓和了语气对张总说："张总，这种合作方式不太合适吧，我们可不可以商量另一种？比如，范师傅的作品版权买断，这样也可以达到你们拥有绝对独家权利的目的。"

张总万没想到眼前这个年轻的女孩子不但看出了合同里的玄机，还给他提出了备选方案，虽然这个备选方案并不是他想要的。范澄喻看奚凝霜的目光里有点钦佩和歉意，钦佩的是她的专业，歉意的是曾经对她的误解。

张总和琉璃师傅们打交道以来，只觉得他们固执守旧，并且没有太大的抱负和理想，多数停留在守艺上。而这个时代，经济发展越来越快，甚至很快就会腾飞，他坚信艺术品不久将是人们生活中不可或缺的追求，琉璃就不仅仅会是几家博物馆的展品，更会应用广泛，从范澄喻的作品中可以看到，琉璃也可以有实用功能，他不想错过商机，也不想放弃一个有创新意识的手艺人。

有的手艺人在这种时候会接受张总的提议，毕竟可以省去很多他们不擅长领域带来的烦恼。但范澄喻不是这样的人，他有想法、有才华，更有骨气，奚凝霜最看好的就是这一点，所以，她才一定要给范澄喻创作的作品拿去注册版权。即使有仿冒品出现，也能维护自己的权益。说到底，范澄喻选择丢掉铁饭碗的工作来做琉璃，即使他不说，他也心底知道，他向往自由，无论是物质上，还是精神上。如果答应了张总，那不是又给自己套上了一道枷锁？

"我并不限制你的创作，你做什么都行，我来给你提供平台，要的只是你的创意，这难道不是最好的吗？而且我还可以给你提供很多优越的条件，实现你在这里无法实现的创作。"张总有些激动，在他看来，他提供的是琉璃师傅们心中的最高待遇了。

范澄喻仍然笑得含蓄，"可这就像是卖身契，万一，哪一天我一不留心有作品流出去了，要负法律责任。我是个粗心的人，这种事难免会发生。"说得和他笑得一样含蓄。

"就是，就是，万一范师傅的随手之作流出去了，被你们追究责任怎么办？"奚凝霜心领神会地附和，"所以，你们还是考虑一下其他合作方式吧。您看如何？"

张总这一回合，败下阵来。他从来没想过会输给两个年轻人，叹口气，收回合同，"那我们彼此都再考虑考虑吧。"从进门时就挂在脸上的笑容再也没有出现过。

范澄喻本想留张总吃过饭再走，可显然已经不合适了。他们俩沉默地跟在张总身后，一直送到巷子口，看到他上车。九十年代初就有自己的汽车，可见其经济实力。蠡巷的人看到范澄喻送张总，又见张总是开着车走的，不免传言四起，说范澄喻看来是做成了大生意，都有开汽车的人来找他了。梁慧见奚凝霜回家就问起巷子里的传闻，奚凝霜听了笑得快直不起腰。

奚凝霜把刚刚的事讲了一遍，梁慧听了直拍桌子，"你们两个就是太年轻，这是多好的事呀！居然不签？真是糊涂。签了以后就有生活保障了啊！"

梁慧的想法谁也不会说错，但不是范澄喻的想法，奚凝霜没有和母亲理论，她能懂范澄喻。

范澄喻回到宅子里沉默地做他的模具，没签成约，心里仍有些许失落，但他觉得这样做是对的。难得的是，这一次他和奚凝霜的想法一致，便又兀自笑了。

懂得如何取舍，又能坚持住自己的选择，其实是一件艰难的事。

不过，如此一来，接下来的日子恐怕还要更苦，更清贫。范澄喻没来得及给王再山汇报，王再山就打来电话询问他事情怎么样了，听范澄喻讲完来龙去脉之后，王再山心里也有点惋惜。人有时候就是那么矛盾，但凭着心的声音走一步就战胜自己一次。

原本的满心期盼，最后是这样的一个结局。日子不等人，年关将近，

范澄喻最大的心愿是能带奚凝霜回家，以现在他的情况来看，恐怕这个愿望又要落空，所以，他不免心情沉闷，天气也沉闷，阴雨连绵。

奚凝霜的学校放寒假了，她就有时间跑来做琉璃，她的手感越来越好，捏模越发有女人细致的特点。范澄喻偶尔都忍不住会称赞几句，男人和女人做事情各有各的特色，范澄喻现在有点相信这话儿了。

"师傅，快过年了，我们做点喜庆的作品如何？"奚凝霜笑眯眯地看着范澄喻说。

"什么样的作品喜庆？"范澄喻脑海中还想着他的烟花，那是他去年过年回家时的灵感，一年了还没有实现，目光就又投向他的烟花模。

奚凝霜旋即就想到他的心思，连忙拉开话题说："烟花是爆发时一瞬间的壮丽，所以头重脚轻。我们可以换个思路，做个红彤彤的爆竹啊，做成了，我们也拿到交易市场上去摆摆，万一有人就看中了呢？"

范澄喻觉得奚凝霜和自己一样，有一颗不安分的心，有些事就需要这种不安分，不过，他还是一本正经地告诉她："红彤彤？你知道吗？琉璃料里最贵的是什么颜色？"

听他这样问，奚凝霜怎么会不懂，一脸尴尬地反问："难道是红色？"

范澄喻看她的样子想笑又忍着，无奈地摇摇头，说："红色是怎么形成的你知道吗？一是里面所含的金属元素以金为主；二是，不是一次就能烧成，有时候要进行二次烧制才能烧出红色。你说是不是很贵？"

这真是外行看热闹，内行看门道。奚凝霜听得目瞪口呆，眨眨那对大眼睛，对于她来说，真正意识到钱的重要性，或许是从这一刻开始的。就是范澄喻参加展会时资金紧缺，也没有现在这样让她明白有好的产出，就一定有大量的投入，这一切都需要钱。

"哦。"她气馁地嘟起嘴。

"这是什么表情？西天取经八十一难呢？万里长征才起步，后面还有千辛万苦……"

"放心，我一定走完。"不等范澄喻说完，奚凝霜截断他的话儿，随即扬起她秀气的下巴，骄傲地挑起眉，看得范澄喻哭笑不得。

这是范澄喻离开家的第二年了，他与父亲的五年之约，还剩三年，显然他还没有什么成绩，他最大的收获就是遇见了奚凝霜，却不知是动力，还是负担。

奚凝霜见范澄喻拿了一块油泥出来，好奇地问："要做什么？"

范澄喻看她一眼，偏不回答，融化油泥，油泥在他的手里特别的听话，好像他想让它们变成什么样子就会变成什么样子，不像在奚凝霜手里，总要经过一段非常痛苦的驯服过程。没一会儿的工夫，那油泥初见雏形。奚凝霜瞪大了眼睛，"你不是说很贵吗？"

"贵啊，但是做一对还是做得起的。"他并不看奚凝霜，他在手里已经看出是爆竹的油泥模上雕刻。这可是难得的学习机会，奚凝霜凑到近前，范澄喻在爆竹上面雕了一龙一凤，那手艺把奚凝霜看呆了，"师傅，还有你不会的吗？"

范澄喻抿着嘴笑，还是不说话。有些人对美有特别的感知能力，又有那种超强的感受能力，能让他们去创造美，要说没有一点天赋，是不可能的。范澄喻自幼就喜欢收集邮票，对图案有独特的鉴赏能力，又长了一双巧手，这似乎都是成就他走到今天的原因之一。

粗雕之后，就开始进行细修。以奚凝霜的水平，看着粗雕已经赞叹不已，再见范澄喻精雕细琢，简直崇拜得五体投地，嘴里还不停地问："师傅，你到底还有多少保留项目？"目不转睛地盯着范澄喻正在雕的油泥模。

新的创意能让他们俩尽快摆脱那些阴霾，这也是他们后来总结出来的经验，仿佛每一次打击都会带他们走向另一个起点。

一天的时间，范澄喻已经完成雕模，这种手工速度，绝非普通人能做到的。奚凝霜见过的琉璃师傅少，在她眼里，范澄喻就是独一无二的，女人有时候就是这样一厢情愿，一会儿精明伶俐，一会儿愚钝天真，是女人的特质，这就是女人吧？

范澄喻也喜欢这样的奚凝霜。别看他自己深沉内敛，不似很多年轻人那么阳光灿烂，总是一脸若有所思的神情。可他喜欢奚凝霜千般变化，不拘一格。男人和女人，一阴一阳，志同道合，又互相弥补，就是最高的境界和追求了。

奚凝霜拿着范澄喻雕好的爆竹，纤手轻抚上面的雕工，喃喃说道：

"你也太厉害了，根本都没看图。"

男人喜欢听自己喜欢的女人说些夸赞自己的溢美之词，这时候就不需要防备什么，照单全收。突然，奚凝霜那双大眼睛一瞪，范澄喻就知道她又有新点子了。果不其然，奚凝霜一脸正色地对他说："把它烧出来，然后，请张总看。"

本来大好的心情，想忘掉的那些不愉快又被勾了回来，范澄喻的脸也"啪嗒"一下掉在了地上，"又提这个干什么？他走时的样子你又不是没看到，怎么可能再来？"

"你先别管这些，我们这几天加加班，尽快烧出来，他不来，我们就送去给他看。"奚凝霜闪烁的黑眸子里透着坚定，范澄喻能看她眼中的光芒，先是一怔，随即双眉微蹙，没吭声。

"最快要多久？我们能做几个？"奚凝霜全然不顾，追问。

"这个体积不大，最多十天吧。"

奚凝霜捏着手指算日子，"时间有点紧张，但没事，或许还有希望。"

"红色的琉璃料特别珍贵，我这里存的不多，最多能烧两个。"范澄喻说着，就去他的材料库里翻找。

"两个足够了。"

两个人想尽办法合理地缩短每一道工序的时间，在一些可由温度改变时间的工序上下足了功夫。

奚凝霜甚至忘记了母亲规定的回家时间，梁慧也真是准时，只要奚凝霜超时，五分钟之后她就会出现在范澄喻的宅子门前。里面的两个人正聚精会神地赶工，梁慧像幽灵似的出现，吓得他们不轻。这样的情况发生了两次，梁慧见他们是在认真做事，而且他们认真的样子，甚至有点打动梁慧，她想到了父亲，依稀记得父亲脸上也是这样的表情，只是当初她真的一点都不懂父亲在做什么。

但作为母亲，她又马上告诉自己，不能一时心软，误了女儿一生。她对范澄喻提的那些条件，也是想考验这个年轻人的本性，她何尝不希望，他们能获得双重幸福？

将做好的石膏模放进炉子里之后，范澄喻忍不住笑了，奚凝霜转头看他，"笑什么？"

"烟花做不成，做爆竹。这个转变还真大。"范澄喻无奈地摇头苦笑，奚凝霜却说："这叫适时转身，总比钻牛角尖好吧？"

范澄喻没再说话，默默地看着炉温一点点升高，良久才说："看来是要守夜了。"毕竟这一夜需要进行几次温度调整。

奚凝霜点头，"那辛苦你了，明天早上我早点来接班。"

两个人对这些流程已经熟悉，也不刻意客套，一切自然而然。

烧制、冷却，又是十几天过去了，到了快开炉的时间，他们俩尤其紧张，因为，红色原料昂贵，不容他们有闪失。奚凝霜总担心开炉早了，她加入之后，范澄喻都按着时间延后半天开炉，奚凝霜说这样一来，万无一失。毕竟，现在是冬天，哪怕琉璃体内还有一点点的温度都有碎裂的危险，以他们现在的经济条件，最不能容忍的就是损失。

范澄喻的手放在炉子把手上，缓缓向下压着正准备拉开，被奚凝霜按住了，"要不再等等吧？"

"不用了，没问题的，已经延长了半天，何况体积也不大。"范澄喻胸有成竹。

奚凝霜还是不放心，"今天有点冷。"

范澄喻被她逗笑了，抬手在她鼻子上一刮，"这点把握，我还是有的。"

奚凝霜缓缓放开手，范澄喻将炉门打开，拿出烧好的石膏坯，用手试一下温度，几乎没有热度了，放在操作台上后，没有直接拆石膏，转眼看奚凝霜两只拳头紧紧地握着，面部表情僵硬，宽慰她说："再等两个小时。"

见他如此谨慎，奚凝霜头如捣蒜地点不停，"对对对，再等两个小时。"

两个小时后，他们成功地拆出琉璃爆竹，拿到水里切割，一切都完成得很顺利。虽然并非纯正的中国红，红得那么深沉，但通体清透的暗红中可见层次分明、丝丝缕缕的流痕，即刻让人感受到动感，就像酝酿着正在向天冲去的爆发力。龙凤雕刻得立体感，堪称完美。

奚凝霜情不自禁拍起手，"太棒了，师傅，你太棒了！动感美，这是不是就是琉璃的惊喜？"

范澄喻牵唇浅笑，以示满意，哪怕他在心里想过一千种琉璃烧出来的

样子，都不尽相同。这就是琉璃的魅力，到现在他都无法抗拒的魅力，特别是张总的出现，虽然暂时他们没有合作，至少范澄喻又看到了另一种希望。

奚凝霜觉得，她几乎没见过范澄喻大笑，他的含蓄就像那些包含了无限寓意的琉璃一样。范澄喻二话不说，开始细细打磨，奚凝霜又成了帮不上忙的助手，站在范澄喻旁边看他打磨的时候，恨不得也跟着吹掉那些细尘。熬了几个通宵之后，这对琉璃爆竹终于完工了。

红色的琉璃爆竹，动感的流痕，通透又内敛含蓄，足以满足中国文化的内涵，摆在哪里都非常喜庆，奚凝霜爱不释手地上下左右端看，边对范澄喻说："张总的名片呢？"

"他不会来的，算了，我们留着下一次展会上推出去吧。"范澄喻低声说。

"那还要等一年呢。名片上不是有地址嘛，明天我就带着这两个爆竹去找他。先不去管他走的时候怎么样的，我只想知道他看到这个作品后的想法。"奚凝霜相信张总既然能看上范澄喻在展会上的作品，就一定能看上这对爆竹。

事不宜迟，第二天，范澄喻和奚凝霜一起来到了上海，找到张总的公司。

站在一幢独门独院的小楼前，他们先在围着这院子转了几圈，再看四周的环境，浓浓的文艺感，是做艺术事业的人应该有的审美。奚凝霜转头看着范澄喻，说："你在这附近转转，我进去，最多半个小时后，我们在这集合。"

"半个小时？"范澄喻还想问什么，可奚凝霜已经向张总的工作室大门走去。

张总见是奚凝霜，虽然在他意料之外，又好像在情理之中。经过之前的谈判，他猜奚凝霜亲自上门，只有两种可能：一种可能是想通了，另一种可能……张总瞥一眼奚凝霜手里的盒子，想到他们提出的合作方案。而事实上，这些天张总也在思考这个建议，只是商人一般都不愿意那么快妥协。

"稀客稀客，奚小姐怎么来了？"张总引奚凝霜到会客区。

奚凝霜从进门就挂着一脸笑容，不骄不躁，也不怯懦。她大大方方落座，开口说："张总，今天冒昧打扰，是想给你看看我师傅最新的作品。"也不提合作的事。

张总笑呵呵的脸上别有深意，那双眼睛里有些奚凝霜看不懂的东西，大概是属于商人的精明，"哦？怎么会想给我看？"

"因为您懂啊。"奚凝霜的一句话，竟然让张总无言以对。这算是恭维？他不禁心下暗想，这丫头果然厉害。

奚凝霜将盒子打开，拿出那两只红色的琉璃爆竹。眼看着春节将至，关于中国年的红，很容易刺激视觉。张总有一点没有看错，就是范澄喻的创新能力，这就是他想签下他的原因。

艺术品的价值与作者有直接的经济关系，张总始终认为，将来范澄喻的作品价格，会因为他的名气而水涨船高，和很多艺术品一样。现在已经开始有一些行业内的艺术品炒作增值，琉璃虽然不像宜兴的紫砂、景德镇的瓷器，但也会是另一种可以期待的工艺馈赠佳品。

"我最看好范师傅的创新能力。"张总拿起两只爆竹细细端看，又想起那套江南系列。事实上他自己也有琉璃师傅，回来后，他就让自己的琉璃师傅根据他的描述来还原范澄喻的那套江南。他记得奚凝霜要注册版权，他想赶在这之前抢掉这个版权。而事实证明，谁的创意就是谁的，即便制作相差无几，但总少几分神韵，就很难达到同样的效果。

人思想里面的东西，即使能做出形似，神似还是有一定难度的。所以，张总工作室的师傅还原出的江南系列，看上去总是和范澄喻的差了一丝意境，来自心灵的味道，而许多作品的不同之处就是差在那点儿味道上。

这几天来，张总也在纠结此事，没想到奚凝霜就来了，还带了这么有诱惑力的作品。

"所以，张总，真的不考虑考虑我们之前提出的建议？毕竟，我师傅是值得你投资的，这一点你心里一定很清楚，我们只是需要一点自由。张总，您也要这样想，如果我们合作得很愉快，以我师傅的为人，他有好的作品，一定会给张总优先权的。对吗？"奚凝霜大方地微笑着看向张总。

张总看看琉璃，又看看奚凝霜，"小奚啊，说句实在话，现在是你们没有能力的时候，将来，你们羽翼丰满之后，自己办了工厂，那我岂不是替别人做嫁衣？"

"感谢张总对我们这么有信心，合作共赢，单打独斗能走多远呢？合作永远都是最好的选择，不是吗？"奚凝霜反应很快，张总再次抬眼看这个机灵的女孩儿，不由一叹，"后生可畏呀，真是厉害的丫头！"

奚凝霜仍是报以微笑，再瞪大眼睛，问："怎么样，张总是否考虑一下，马上过年了，这可是很好的推广机会。"

这话的确不假，琉璃作品在那个时候大批推向市场出售的只有墓地、或者寺庙需要的琉璃摆件，其他琉璃制品大批推向市场几乎没有。如果琉璃爆竹作为商品推出，许多商业店铺都是目标客户群体，这要比市场上售卖的塑料制品更有艺术感，会吸引一些有消费能力的商铺，而这样的商铺是不计较价格的。张总一边把玩琉璃爆竹，一边默默沉思。奚凝霜坐在他对面，虽然面上平静无波，岂不知她也只是故作镇定，心里那只兔子上蹿下跳，紧张不已。

"好，别的都先放一放，就这批爆竹，我订了。"时不可待，张总当机立断地拍了一下大腿，"我马上准备合同，最好马上签约，开始加工，不然真是来不及了。"

"张总英明！"奚凝霜不禁伸出大拇指来。

张总先是口头上给出这个设计方案的设计费，奚凝霜没在这件事上过多计较，毕竟她心里的想法是，先成功促成第一次合作，增进彼此的了解之后才能知道对方是不是可以一起奔跑的伙伴，年轻人有他们的胆识和魄力。

"那什么时候签约呢？"张总问奚凝霜。

"今天就可以。"她干脆得回答。

"今天？"张总难以置信地看着她。

"对呀，只要张总的合同出来，我就让我师傅来签约，他在古旧市场逛着呢，随时可以过来。"奚凝霜毫不迟疑，这种果断，甚至让张总有点佩服，忙笑道："好，谁让我爱才呢。那我马上让秘书出合同。"

"好的，那我去古旧市场找我师傅来。"奚凝霜说着，人已经站了起来，不过，她还是不忘把琉璃爆竹拿在手里。

"好。我等你们。"

范澄喻在附近转了转，一颗心悬在半空中，眼睛里就看不到其他东西，他最喜欢的古旧市场也索然无味，早早地回到原地等着。看到奚凝霜一脸笑容地出现，跑到他面前，不住地喊着："成了，成功了！"

范澄喻跟着重复了一句："成功了？什么意思？你先喘口气。"不可思议地一再确认。

奚凝霜猛吸几口气，缓缓吐出，气息才算平顺，便笑着对范澄喻说起刚刚和张总之间达成的协议，范澄喻听罢，一时之间竟也不知是怎样的心情，不过，他还是笑了，他突然想把奚凝霜拥进怀里。

两个人踏进张总的办公室，桌子上已经摆好了两份合同，张总坐在桌子对面，面带笑容地等着他们，见他们进来连忙伸手让座，并将合同递给他们过目。奚凝霜接过合同细细审阅，这一份合同的内容简单、明确，没有多余的条款和陷阱。她猜张总大概和他们有同样的想法，先促成一次合作，生意场上永远是不断地试探与被试探的关系，信任就显得弥足珍贵了。

合同约定的金额是一万块，对当时的他们来说是一笔不小的数目。

范澄喻想都没想过他的琉璃作品是以这样的方式出售。奚凝霜在回来的路上又和他说了一个新的词语——"知识产权"。他只是笑着说自己只有初中文化，哪有什么知识产权？奚凝霜知道将来他会懂的。每个行业，每个物种都有一种规律，短期可以预测，长期无法预料，所以，在这条漫长的路上他们还会遇到许多无法预料的事。

回到蠡巷，范澄喻对奚凝霜说："我师傅有一个琉璃工厂，总有人给他样品，让他去做。现在，我怎么觉得我成了那个给样品的人？"

"一样，也不一样。你师傅是代加工，而你是卖自己的创意，也就是你的大脑，你在这一个领域里的知识。这是两种截然不同的方向。"奚凝

霜的解释范澄喻听懂了，他也只是含蓄地笑着点头。

第二天，范澄喻带着作品，按照合同上的约定，和奚凝霜一起去张总的工作室。张总也如数付了款。范澄喻从来没觉得一万块钱会让他有那么大的成就感，和他以前做琉璃赚到的钱意义是全然不同的。

这是范澄喻第一次正式去奚家拜访，尽管他们在一条巷子里住了一年半。他手里拎了几盒点心和白酒，还有水果，梁慧和老奚从奚凝霜那已经知道了这次合作的事情，奚凝霜那天晚上回到家毫不矜持地讲了整整一晚。

范澄喻在奚家院门前站定，深深呼吸，他每一个新出炉的琉璃作品都没让他这样紧张，何况又不是没见过梁慧和老奚，这没来由的紧张感不知从何而来，直到气息平顺，他才抬手去敲门板。奚凝霜出来开门，范澄喻有点羞涩，他不知道梁慧会不会把他赶出去，站在大门口的脚像是被钉住了似的不敢迈进去。

他们可以在范澄喻的老宅子里自然而然地相处，换了个阵地，两个人不由得都有些不说清的尴尬。毕竟，这个时候他们才能想起来范澄喻到奚家的原因。

"快过年了，所以我……"范澄喻将手里的东西向前提，奚凝霜倏地红了脸，"哦。"却也不知该说什么，只把人往屋里让。

梁慧和老奚都盯着门口，不知道是什么人来访，一看是范澄喻，不禁对视了一眼。

"叔叔，阿姨，快过年了，我，我买了点东西。"范澄喻不太会说话，支支吾吾、语无伦次。事实上，刚刚来的路上，他是打过腹稿的，但这一刻就是一个字儿都没想起来。他看了一眼奚凝霜，"谢谢你们让凝霜学习琉璃。"全然没提他们俩的事儿，脸就红了一半儿。

这段日子以来，老奚体会最深的话就是女生外向。梁慧脸上仍旧严肃，"前几天的事，我们也听说了，可这并不能说明什么，你们面前的路还不知道是怎么样的，也别高兴得太早了。"直接泼了一盆冷水。

"妈！"奚凝霜听梁慧的话不好听，连忙打断。

梁慧瞥一眼女儿，"我说的是实话，你们这些年轻人不要有一点成绩就觉得前途一片光明，这路还长着呢。"

"知道了，知道了，妈，我们一定谦虚谨慎。"奚凝霜心知范澄喻嘴拙，在一旁帮腔。

"有阶段性的成绩是好事，继续努力吧。"老奚只说了这一句话。

范澄喻默默地点头，脸上挂着不自在的笑容，还是不知该说些什么好。老奚让他进屋坐下，奚凝霜站在范澄喻旁边，两个人紧张的样子，倒让梁慧和老奚有些不自在了。说也怪，之前，他们已经默认了奚凝霜给他带早饭，甚至每天早上，梁慧做早餐的时候，都会多做一点儿，现在这份尴尬不知算不算梁慧作茧自缚，如果她的态度缓和一点儿，这会儿，或者又是一番热闹的气氛了。

"那，我先走了。"范澄喻在奚家三口的注视下浑身难受，赶忙站起来准备回去。奚凝霜真希望这个时候父母中能有一个人留下他，留他吃一顿晚饭，可惜，梁慧没出声，老奚看着妻子的脸色，只好和妻子站在同一战线上。

奚凝霜有点失望地对父母说："我也过去看看。"跟着范澄喻就走了。

两个年轻人走后，老奚欲言又止，终是看着梁慧的脸色不好，没敢开口，至少这样比梁慧有什么强烈反对好，老奚心里觉得这两个年轻人还要经历一些考验。

"我妈她……"出了门，奚凝霜难为情地想为母亲解释，范澄喻却笑着说："是我来得太突然了。我只是想，应该来看看他们。"

那一刻，奚凝霜的心里有点难过，一向喜欢说话儿的她，咬着嘴唇，选择沉默，只觉得这个时候说什么都不合适。

对市场的敏感让张总精准地定位目标客户群体，他将第一批加工出来的琉璃爆竹给一些大型酒店和商业场所展示，果然，既华丽又有质感的琉璃爆竹立刻吸引住了那些商家的眼球。华丽的中国年，谁也不会在这些带着浓重年味儿的工艺品上计较太多。赚了一年的钱，就为了这个中国最重要的节日里可以挥霍，即使是重金也舍得。张总的收获远不止一万块。

市场总是在不知不觉中进入热潮，张总都没想到能赶上这一波年货行情，他有点感谢奚凝霜那个机灵的丫头，只不过，他是商人，在他心中利益是第一位。他又打电话给范澄喻，夸他的创意好，话中还在打听过了年，他有没有什么新的作品。范澄喻只是慢慢地说，一直会有新的想法，或许就有新作品了。这回答反而让张总的心头长了草似的痒，满脑子都想把范澄喻这个人签下来。但他现在已经知道这是绝不可能的事情，就又想着等过了年，多来几趟蠡巷，这样才能知道范澄喻有没有新作品。

　　范澄喻这几天最大的心事就是过年，他又要离开蠡巷，回家几天。趁着手上闲暇，就继续研究他的琉璃烟花，奚凝霜见了总是笑他说："是不是爆竹还是要爆出来才过瘾？"

　　范澄喻听着笑而不答，他心里一直有一枚等着绽放的烟花。他突然放下手里的东西，看着奚凝霜说："小年我就回去了。"

　　"我知道，去年，你就是小年回去的。"奚凝霜在准备贴对联。

　　"我可以告诉我的家人关于你吗？"范澄喻突然像个没有主见的孩子，小心翼翼地问。

　　"不然呢？难道我见不得人？"奚凝霜好像没明白范澄喻的意思似的看看他。范澄喻偶尔看不懂奚凝霜的心意，她有时候给他的感觉就像他们只是同事，他们之间从未过度亲密或者说过一些暧昧的话。他虽然没谈过恋爱，但爱情本身让每个人都会有无师自通的感觉，所以，他总觉得他们之间差了点什么。

　　"我，我只是觉得，我们更像同事。"范澄喻终于勇敢地说出心里的想法。

　　奚凝霜二十几岁，从来没谈过恋爱，她似乎也对恋爱这种事少一根筋。听范澄喻这么说，似懂非懂地红了脸，放下手中正在比量的对联，微微低下头，轻声说："我妈，不许我们太亲密。"声音小得几乎听不清楚，素来活泼大方的一个女孩儿，突然之间娇羞得像一朵含苞待放的水仙花儿。

　　范澄喻见她这副可爱的样子，不由得笑了，只觉得奚凝霜实在是个可爱的姑娘，而亲密有很多种方式。就像那天在工房门口一样，他想抱住她，但是他没有，他尊重梁慧，也尊重奚凝霜。君子有所为，有所不为。这是他对自己的约束。

"傻瓜！"他这样说了一句，听得奚凝霜摸不到头脑，挑眉看他，"我不想让我妈再离家出走。"

"当然。"范澄喻看着她，笑得意味深长。

范澄喻回家过年去了。从下车开始，他的步子很轻快。这一次他没有遇到刘远，经过刘远家门口，他向里面望了望，没看到刘远的人，他也没停留。反正还有几天的时间呢，等过两天再来找他叙旧。他心里这样想着，快步地往自己的家走，每次一走都是一年，时间真不知都去了哪儿。

范澄喻进院子没看到人，直接走进屋去。范父和范母知道他今天回来，并没有太大的意外，只是他们都觉得这一次儿子回来，脸上的光与去年有很大不同。这一次范澄喻带回来的东西比去年多，他笑着递给母亲，不仅仅是些苏州特产食品，还分别给父母买了新衣裳。

"你这是发财了？"范父不由得问道。

范澄喻憨笑着说："没有，没有。"说着他拉把椅子坐到父亲面前，把这一年里关于琉璃的事儿说了一遍，但只有琉璃，每说到与奚凝霜有关的，就忽略了过去。他心里想着要郑重地把奚凝霜介绍给父母，可惜，他还没有达到梁慧的要求，不然，他应该把奚凝霜带到他们面前，他相信他们一定会喜欢奚凝霜。心里这样想的时候，竟然情不自禁地笑了起来，范父瞥他一眼，"还有什么好事儿？你乐成这副样子。"

"嗯。好事，好事。"范澄喻低下头，"我认识了一个女孩子。"

这话儿开个头，老两口就像被定了格似的，停下所有的动作，看着他。范澄喻有点羞涩地说："她家是蠡巷的老户。"随后，他从衣服的口袋里拿出了一张照片递给两位老人。

范父和范母赶紧找来老花镜带上，看得特别仔细，老两口又互相对视一眼，"真的？"

范澄喻害羞地点头，他又把他和奚凝霜的故事简单地和父母说了一遍，范父和范母不可思议地看着儿子。

"难怪一年都不回家，现在的年轻人都走火入魔了？"范父根本无法想象会有这样的事情。范母连忙用手肘碰碰老伴儿的手臂，笑着问："这么好的女孩儿，怎么不带回来？"

范澄喻想到梁慧，对母亲说："我想等自己再做出一点成绩，我希望自己有能力给她一个美好的未来，再把她带回来。"

范父和范母看着儿子，原本的担心好像都是多余的，他们曾经怕儿子放弃铁饭碗去做琉璃，不止他的前途，甚至会影响他的婚姻，这几乎是可预测的事情，到了范澄喻那儿，怎么反转了？

今年的范澄喻和去年回家的时候一样心不在焉，去年因为炉子里的琉璃，今年因为有了牵挂的人。起初还不太相信的范父，看到范澄喻魂不守舍的样子，终于相信儿子谈恋爱了。但是真有人会喜欢范澄喻这样的手艺人吗？范父不免又有点担心。

"老太婆，等过了年，我们去儿子那儿看看。"范父和范母说道。

范母也有这心思，点点头。他们都觉得范澄喻是个实诚的孩子，会有这样的女孩子出现吗？两个姐姐知道弟弟有了女朋友，也是又惊又喜。

范澄喻这一次多住了两天，范父把要和他一起回蠡巷的事告诉他，说是为了看看奚凝霜，范澄喻笑着答应了。

过完年，范澄喻带着父母回到了蠡巷。

奚凝霜知道他回来的日子，算着时间跑来老宅，兴高采烈地跑进门，猝不及防地看到两位老人，再看到他们脸上熟悉的感觉，大概猜到他们是谁，不禁羞涩地怔在那儿了。

范澄喻马上为他们介绍，两位老人看着奚凝霜乐得嘴都合不上了，真有这样的一个姑娘喜欢他们的儿子，范母差一点掉眼泪。不过，范父仍然担心，这样的女孩儿是不是真心。

奚凝霜用眼睛剜了范澄喻一眼，怪他没有事先告诉她。范澄喻心领神会，只是傻笑。随后，范父想去拜访奚凝霜的父母，这让范澄喻有一点为难，梁慧会不会在他们面前也板着一张严肃的脸，可他没敢阻止，或者说也无法阻止似的，范父和范母随他们俩来到了奚家。

梁慧和老奚见到范家二老不由一怔。毕竟，他们年长，亲自来到奚家已是诚意，而对于蠡巷的人来说，两家父母见了面，就是定亲。所以，这一面让梁慧坐立不安。

"范先生，没想到你们突然来了，我们没有准备呀。"梁慧一脸尴尬地说道。

"澄喻给我们讲了小奚为他做的一切，这么好的女儿都是你们培养得好，所以，我们必须来看看。"范母马上说道。

"这个，我家女儿也喜欢你们小范做的那个琉璃，女孩子嘛，就喜欢凑热闹。"梁慧全然不提俩孩子的私事。

"今天我们也是想，澄喻在这边少不了给你们添麻烦。"

"没有、没有，我们从来不管他们年轻人，他们喜欢做做工艺品，就做吧，当个爱好。"梁慧又把话儿拉远。

范母越说越觉得这话不对，也不往下说了。两位父亲也只是尴尬地笑笑，并没什么话儿，范澄喻心里便觉得有点难过，奚凝霜也不知如何应对这样的局面。

坐了一会儿，范澄喻的父母就回到老宅，忧心忡忡。

"你的事，我不管，但是他们家的态度，我们也明白了。"范父默默地抽了一支烟，缓缓对儿子说道。

"梁阿姨也是刀子嘴豆腐心，经常会给我做些好吃的。"范澄喻并不是偏袒，实事求是地说。

但此刻，范父和范母来时的好心情一扫而空。

奚家。奚凝霜对梁慧刚才说的那些话十分不满，"妈，你也不留人家吃饭。他们大老远来的。"

"吃饭？你懂不懂规矩，不懂，就不要乱说。吃了这饭，就是我奚家同意你们的婚事了。这饭能随便吃吗？"梁慧从来都不会因为人情而拉不下脸，心里非常清楚。

老奚倒是碍于情面，"不过，毕竟大老远来了，我们也是应该留人家吃顿饭。"

"你们是不是都觉得是我的问题啊？告诉你们哦，是他们不守规矩在

先，哪有突然就登门的嘛。"梁慧脸上不高兴。

老奚和奚凝霜都没再说话，奚凝霜想去老宅看看，又犹豫了。

第二天一早，梁慧做了很多苏州的点心，一看就不止是为他们三口人准备的，奚凝霜心知肚明，这是为范澄喻和他父母也准备了一份，但女孩子心里也有些别扭，不懂母亲这是为什么。梁慧见奚凝霜不装饭盒，又不愿意直说让女儿给范澄喻送去。都装作没事儿似的，老奚来到饭桌前，直接说道："这么多？是不是给小范一家也准备了？"

梁慧默不出声，奚凝霜心里还是生母亲的气，父亲的话装作没听见，梁慧只管坐下吃饭。桌子上摆了两盘糍饭糕，奚凝霜伸筷子去夹，被梁慧用筷子阻挡，奚凝霜凝眉看着母亲，梁慧说："吃那盘。"指指旁边已经被父亲夹掉一块的那盘。奚凝霜终于忍不住，嘟囔着："真搞不懂你是怎么想的，面对面的时候非要那么强硬，私下还给人家做吃的，让人家怎么领这个情？"

"那句话怎么说来的，女生外向。真是外向，自己妈妈的心都不懂。"梁慧拍拍胸口，嗔怪女儿。

奚凝霜无奈地将梁慧为范家三口做的早餐装了两个饭盒，脸上仍是挂着不满，怎么高兴得起来呢？梁慧的高姿态，还不是要她为难？还不知范澄喻的父母怎么想，不过范家父母来得也太突然，让她毫无准备，难免不知所措。这样宽慰了自己，她就拿着饭盒往老宅去了。

刚走到门口，闻到了饭香。这是家的味道，母亲的味道，父母在哪儿，家就在哪儿，自从认识范澄喻，他就让她觉得是孤单的，所以，她想接近他，所以，会让她心生怜悯。而此刻，他也像个孩子一样被照顾，她看看手中的饭盒，不知是不是多余的。

走进院子，范母正在院中央晒衣服。范母看见奚凝霜还是一怔，随后客气地说："小奚来了。"

"伯母，这是糍饭糕和春卷，是我妈妈给你们做的早餐。"说着双手递过去。

范母听了，微愣，缓缓伸出手，垂目看着那饭盒，还是热的，倒也不明白这奚家是什么意思，回首向屋里喊："澄喻，小奚来了。"

范澄喻出来，看到两个饭盒，看到奚凝霜那一脸尴尬的表情，哭笑不得。

"梁阿姨做的糍饭糕最好吃了，妈，你和爸都尝尝。"范澄喻只有在自己父母面前，还能应对自如，笑着接过饭盒，往屋里的桌子上放。范母做了阳春面，范父没出声，老两口都没看懂这奚家的意思，当着奚凝霜的面，又不好多说，坐下来吃早餐。奚凝霜直说自己吃过了，就在院子里东摸西蹭，佯装找点事情做。

范澄喻让父母尝了梁慧为他们做的早餐，看着父母脸上迷惑的表情不禁笑了，曾几何时，他又何尝不是如此，便轻声说："梁阿姨就是刀子嘴豆腐心。"不过，至少如此看来，奚家对儿子还是十分关照的，这让范家父母稍感放心。

范澄喻这里地方虽然大，但都被范澄喻用来做琉璃，除了他自己的一张床和一张藤椅沙发，没有多余的地方睡人，昨天晚上他把床让给了父母，自己睡在外面的藤椅上。当父母的又都心疼儿子，奚家人也见过了，他们就想早点回去。吃过早餐后，范母就拉着奚凝霜在院子里话家常。

"小奚呀，你是个好女孩儿，我和你伯父来这里，就是想看看你和你的家人，可是，看起来你妈妈……"范母想从奚凝霜这儿进一步了解一下情况。

"伯母，对不起，昨天是我妈妈失礼了，你们大老远地来了，应该留你们吃饭才是。只是我妈说，蠡巷的规矩是男女双方家长如果吃了这顿饭意义就不一样了，而我妈……我妈希望，我们有生活的保障之后，才能……谈接下来的事，所以，她才没有留你们吃饭。"奚凝霜是个直爽的性格，在她心里觉得有些话能说清楚就提前说清楚，避免不必要的误解，面对问题，解决问题才是重点。范澄喻就很喜欢她这样的性格，毕竟他是个闷葫芦，什么事都愿意放在肚子里。如果两个人都是这样的性格，恐怕就麻烦了。

范母听了这话也就明白，"那你和澄喻两个人怎么想啊？"她紧接着问。

奚凝霜脸一红，柔声说："澄喻是个有才华又执着的人，他脑子很灵活，有想法，又踏实，和他在一起能学到很多东西。"

"我的儿子我了解，但澄喻也和我们说了，你是城里的名牌大学毕业生呢，你跟他能学到什么东西？"范母惊讶地瞪大眼睛看着奚凝霜。

奚凝霜涩然一笑，"伯母，很多东西都是书本上学不到的。"

范母半信半疑，寻思了一下，小心地问："小奚，我们澄喻是个实诚孩子，你们要是真心相待，我们最高兴，如果不是，那小子恐怕……"

"伯母，我会陪着他把琉璃事业做下去，做到老。不然，我不会放弃那么多。"奚凝霜并没有许诺什么，但是她的话又那么强烈地证明她的决心。范母看了她好一会儿，拉过奚凝霜的手，疼爱地拍了拍。

范父知道范母和奚凝霜在院子里说话，故意不去打扰，这会儿见范母拉着奚凝霜进屋，给他睇去个眼色，极是喜悦，继续低头欣赏着拿在手里儿子最新做的几款琉璃作品。

"这些都是新的想法，我和凝霜年前也卖了一些，过完年，可能还会有一些合作。"范澄喻在和父亲说起他的琉璃事业，没有因为母亲和奚凝霜进来而打断。

范父皱着双眉，看了很久很久，并不言语，也不知是因为不懂，还是什么。"有人要这样的作品？"好长时间之后，他蓦地冒出这么一句。

"伯父，师傅的作品，将来一定能掀起琉璃界的热潮。"奚凝霜一听提到范澄喻的琉璃作品，好像比范澄喻还热情，"师傅的作品有很大的创新和实用价值，传统工艺作品也特别优秀，可商可藏，绝对是前途无量。"毫不谦虚地夸起范澄喻来。

范家三口怔怔地看了她一会儿，突然被外人夸自己的儿子，老两口倒有些难为情了。不过，奚凝霜脸上真挚的笑容，瞬间将他们融化，别说是范澄喻喜欢听心上人的夸奖，哪家的父母不愿意听别人夸自己的孩子，气氛骤然升温。

奚凝霜哪能洞悉范家三口的心思，自顾自滔滔不绝，讲起范澄喻那些琉璃作品，就听她一人把所有作品的内涵和寓意头头是道地讲了一遍。

范澄喻这些作品，有些是她参与的，也有早期的，除了听范澄喻那个闷葫芦偶尔讲几句，或者是听到他和别人讨论的时候提及暗暗记下，其他参悟都是范澄喻去深圳参展时，她一个人在这里细细品味琢磨的结果。别说范家二老，就连范澄喻听着都对她有些刮目相看，毕竟能理解到他那些作品之中精髓的人屈指可数，何况，有许多都是他内心的想法，这真就是知己了。他会心一笑，凝视她的眸子里有道不尽的深情。

范母偶尔会看看儿子，看到他一刻不曾离开的目光，看来这女孩子是把儿子的心俘获了。范父还是少言寡语，多是点点头，而拧成疙瘩的眉心，总像有什么话要说似的，可最后，还是什么也没说。

那天晚上，范澄喻带着他们去巷子口的小饭馆里吃饭，本来是想叫上奚家的人，可是梁慧有言在先，只能作罢。

范母不停地帮奚凝霜夹菜，范澄喻也就知道母亲对奚凝霜很满意，喜不自胜。晚上奚凝霜回家后，范母把这一天来对奚凝霜的观察对范澄喻说起："真是没想到你小子还有这样的福气，是个好女孩儿，不过奚家妈妈的顾虑也不无道理，毕竟，你们将来是要过日子的。"

"妈，我懂。"范澄喻笑得合不拢嘴，他看一眼父亲。

范父仍是若有所思地沉默，好像心思并不在奚凝霜身上。忽见母子都看着他，出游的神魂才归位，连说了两句，"不错，不错的孩子。"

范澄喻早就知道父母一定会喜欢奚凝霜，这点他从未担心过。此刻，他更觉得不真实，怎么突然之间，他好像拥有了很多很多，那些人曾经以为很难得到，或者要很久才能得到的东西，相继来到他的生命中。

"我很幸运，能遇到那么多贵人。"范澄喻把心底的声音直接说出来后，竟然感动了自己，不禁难为情地看看父母。

"我可告诉你，还有三年。"范父却在一旁说了句不相干的话。

"嗯，我记得。"范澄喻骤然面色凝重。

三天后，范父范母就要回去。蠡巷离他们那不远，偏偏还要一年才能团圆一次，范澄喻心下愧疚，什么也说不出口，再多的语言都显得无力，他心里知道他该做什么，才能结束现状。

奚凝霜和范澄喻一起送范家父母去车站，梁慧和老奚没再露面，梁慧怕见面多了，有了情谊，更难做决断。

"你到现在，还不想让他们俩在一起吗？"老奚有时候看不懂自己的老婆。

梁慧翻了翻眼睛。不过，范家父母的到来，倒是让梁慧心里踏实一点，说明范家的家庭关系很和睦，范澄喻也不是个孤儿，只是嘴上还不饶人地说："我女儿的幸福最重要，不能开始就被欺负了。"

老奚也只能无奈地摇头，他一直认为夫妻是共同体，同进同退，至少他要给梁慧撑腰，"看他父母也都像老实人。"这一点梁慧也认可，便没出声。

两个年轻人在车窗外向二老挥手告别，脸上的笑容就像春风一样动人。大巴车开走后，范母落下泪来，稍有哽咽地说："老范，我真替儿子高兴。"

范父脸色严肃，"所以，他更要成功。"

"这次来，你怎么没说几句话？"范母又问。

范父将目光投向窗外，轻轻叹息，若有所思。

范母拉起老伴儿的手，"这都是命中注定。你还不打算告诉他？"

看着大巴车离去，奚凝霜对范澄喻说："你怎么总是搞突然袭击？"忍了三天后，责怪起范澄喻。范澄喻挠挠头，"我也不知道该怎么和你说呀。"

奚凝霜瞥他一眼，为什么，他做琉璃的时候会有那么多灵巧的心思，那么多大胆而有新意的设计，反而在生活中就像个木头，"真不明白，你怎么会做琉璃的。"她嗔怪道。

"这有什么关系吗？"范澄喻不解地反问，看得奚凝霜哭笑不得，她又温柔地向范澄喻替梁慧道歉，那委屈的样子，范澄喻又想将她拥进怀里了。

无须多言便能心心相印，没有甜言蜜语，没有海誓山盟，平静之下是一次次人生的抉择。

范澄喻和奚凝霜开始钻研新的设计。在那个年代，大多数人仍然是循规蹈矩的，也总要有一些人去创新，他们旁若无人地放飞大胆的想象力。

范澄喻却放不下心心念念的作品《烟花》，他对这个作品寄予厚望。每个人都会有个心魔，说不上为什么会如此执着，但就是那么执着地坚持。或许有朝一日时过境迁，自己都想不能自己曾经坚持的是什么，人人如此。

奚凝霜白天在学校里上班，并开始关注文艺界相关的信息，终于被她看到一则比赛的消息，向民间征求艺术品，这可是一次挖掘民间艺术家的比赛。奚凝霜看到这条消息的时候，竟然无法抑制兴奋，从办公室的椅子上跳了起来，整个办公室的人都被她吓了一跳，好奇地看着她，她拿着报纸就要向外跑，猛然听到下课的铃声，方才想到自己还在上班，度秒如年地等到下班时间，第一个冲出办公室。

逢人三句话离不开琉璃，所以同事们都知道她在做琉璃，背后开玩笑说，这搞点小艺术的年轻人是不是都这么神经质。

奚凝霜一阵风似地冲回蠡巷，直奔老宅，手里攥着从报纸上剪下来的比赛信息，看到范澄喻就上气不接下气地说："机会，机会，来了。"

见她喘成那副样子，范澄喻就知道她一定有好消息告诉他，却又心痛地帮她抚背顺气，嘴里说："别急，你先把气喘匀了。"看着奚凝霜手中展开的小纸条，"民间艺术？"喃喃自语。

奚凝霜一边喘气，一边点头，"对，这是一个大的舞台，是你走进人们视野的机会。"

"琉璃？也算民间艺术？"范澄喻对此还没有什么概念，琉璃对他来说是件美好的事物，是他对美的追求，是失去又重新回来的宝贵财富。至于琉璃到底是什么艺术，那时候的他并没有深入思考。

"当然，接下来，你就全心准备参加比赛的作品吧，一定要让人耳目一新，一鸣惊人。"奚凝霜也不多说，直奔主题。

"这比赛是要比什么？"范澄喻茫然地问道，目光没有焦点地不知落在何处。

"设计，我想应该是设计，毕竟做再像，也是复制，那就是在抄袭。而新颖的设计，全新的理念，才是你对这些工艺的理解，是你赋予的全新生命。"奚凝霜说得很坚定，范澄喻听完，便笑了。

他们讨论了很久，范澄喻决定用《烟花》参赛。奚凝霜心知这个作品实现起来很难，但那时以她对琉璃的了解，还不能进一步判断这个作品能否成

功。她有的只是好的点子，能不能实现是范澄喻的事。既然范澄喻决定了，她就以为范澄喻已经有十足的把握，猛地点头，表示她最真诚的支持。

在江南，春节总是伴着立春，天气一天比一天暖，过了那阴湿的季节，人和大自然一起复苏，精神气儿也不一样，真是新年新气象了。天一暖捏油泥塑模就不似之前那么费力，范澄喻又把烟花拿出来继续完善，精雕细琢，全力准备比赛。

让他们始料不及的是张总突然造访。

这次张总进门时脸上一直挂着笑意，奚凝霜猜一定是爆竹那个作品让他收益不错，那么这一次，应该是来谈继续合作的。

不出奚凝霜所料，张总开门见山地说："小范，我一直看好你，既然你真的不愿意做我们公司的设计师，就依你们的，我们合作作品。"

奚凝霜笑着看看范澄喻，接话儿说："没问题啊，张总，接下来，你有什么想法？或者，你看中我师傅什么作品了？"

张总笑得诡异，凑前小声说："我想过了，人们对节日都有特殊的感情，我们就做节日礼品，接下来是清明节……"

"清明节？送礼给那些亡魂？"奚凝霜没等张总说完，一脸尴尬。

张总忙摆摆手，笑呵呵地说："不是，不是，你想到哪儿去了，我是想说啊，有些地区公墓开始兴起，有人喜欢用琉璃来做公墓里的碑饰面，还有香烛台。所以，我想请范师傅帮我做一批这样的产品，至于什么样式，范师傅一定能设计得与众不同。"

其实，这种作品对范澄喻来说易如反掌，还不会影响他继续准备比赛，又能带给他一笔收入，一举两得，当然是爽快地答应了。这一次，张总还是用一万块买断这批产品的所有版权。奚凝霜最在意版权，只是听说是用在墓地上，就没去提。她心气儿高，认为这样的作品不能称为"作品"，她和范澄喻互视一眼，心灵相通似的会心一笑。

奚凝霜没想到的是范澄喻无论做什么，都能瞬间将她征服，仅仅是一个禅意的头像，或者是持着莲花的手，都能轻易打动她，通体的白，纯净无瑕。

范澄喻和张总合作得非常顺利，有些太过顺利，范澄喻一直认为奚凝霜就是带来这一切的福星。日子越久，他对奚凝霜的感情就越强烈，越来越离不开她，想早日得到梁慧认可的心情也越迫切。他将财政大权交给奚凝霜，自己继续做烟花准备参加比赛。这一次，他没有和王再山商量。

他把石膏模放进炉子里，琉璃包球也是选了很多颜色摆放，他想尽量让烟花的色彩丰富一点。关炉的时候，他们两个人都在，奚凝霜在本子上记下时间，平常烧琉璃的时候，范澄喻都不敢睡觉，今夜就更是如此了。

奚凝霜和范澄喻一样担心着烟花的烧制，她能看出范澄喻对这个作品的重视程度，他已经为这个作品熬了几个通宵了。

晚饭后，奚凝霜在家里的客厅来回转圈，梁慧看出她有心事，却也不问。还是年轻人先忍不住了，说："妈，今天我们烧一件非常重要的作品，我想，我想去守夜。"

"不行！"梁慧回答得斩钉截铁，从不违反原则。

"妈……"奚凝霜刚要撒娇。

"说不行，就不行。"梁慧说完，便不再理会女儿。奚凝霜噘着嘴，站了半天赌气地回到自己的房间。

范澄喻一夜没睡，奚凝霜天刚见亮就出了家门。看到范澄喻那一脸疲惫，忙说："你去睡一会儿，我看着。"

"还是我看着吧，一点也不能马虎。"范澄喻手里拿着记录本，走到炉门前用手试着外面的温度。

琉璃加热的环节需要足够的经验，尤其是特殊作品，奚凝霜深知这个道理，即使是心疼范澄喻，也只能听从他的安排。

这样烧了三天，将温度从低到高，再从高到低，一点点调试，范澄喻这三天断断续续地睡了几个小时，而且每一次都不会超过一个小时，熬夜让他面容憔悴。奚凝霜从没想到一次参赛需要投入这么大的精力。

直到彻底结束了烧制的过程，范澄喻才算松一口，睡神马上降临，他不顾一切地钻进被窝，昏睡过去。奚凝霜来的时候，连叫了几声，都没人应声，听到内屋传出来的鼾声，不禁心疼，蹑手蹑脚地去炉房，看到烧制过程已经结束，想他一定累坏了。

范澄喻真是累坏了,这一觉睡了整整二十个小时。醒来后,整个人仍然迷迷糊糊,眼睛发直,不禁又打了个哈欠,倒头继续睡。根据他的计算,开炉至少要七天后,这七天,他只想睡觉,连吃饭的兴趣都没有。

又睡了一天之后,范澄喻总算是清醒过来。奚凝霜见他醒了,给他带了很多吃的,范澄喻肚子瘪得咕咕直叫,不像以前那么客气,狼吞虎咽地吃起来。

接下来的几天,他们俩尽量做些轻松愉快的事情,彼此讲笑话。却不知两个人的心底都在隐隐担忧。眼看着就快到开炉的日子,奚凝霜临走前,千叮咛万嘱咐,明天按他们约好的时间一起开炉。

第二天,范澄喻看着记录本,上面的时间是上午十点开炉,他抬腕看看手表,十点整。奚凝霜和他约好了一起开炉,但等她下班,还要七八个小时,范澄喻觉得他连七八分钟都等不了了。在院子里连连转了几圈,心里更是长了草似的痒。

这个作品,他酝酿了两年,不断遇到阻碍,他没想到会因为参赛实现他想做它的梦想。他很想知道自己那些大胆的设想会不会成功,如果成功了,说明他已经在一些技术处理上又有了新的突破,可如果失败了呢?他好像根本就没有去想会失败。

他伸出手放在炉门的把手上,心无杂念,只有他的作品出现在自己眼前的样子,那么值得期待。他等不了了,从昨天开始,他就心神不宁,彻夜难眠,男人有时候沉浸在自己的事业里就什么都会忘记,所以,他忘记了和奚凝霜的约定。

手缓缓向下转动把手,"咔嚓"一声,门开了。他小心翼翼地把手伸进炉子里,炉内的温度已经和外面没有任何差别,他会心一笑,将石膏砖取了出来。他能感觉到自己的心跳开始加快,就要看到它的真面目了。他开始轻轻地敲击,等待石膏脱落时看到的绚丽色彩。一下、两下、三下……咚、咚、咚,闷闷的声响,显示出主人的小心翼翼。可这样的小心换来的是纹丝不动。

范澄喻咬咬牙,加重了手上的力度,石膏终于裂开一条缝隙。范澄喻屏住气息,自从做琉璃以来,他还真是第一次这么紧张。他小心地控制着手上的力度，以那道裂痕为中心，小心翼翼地敲击，"啪嗒"，一块石膏松动掉落，里面露出色彩来，范澄喻心中一阵狂喜，垂头细看，是烟花的一根细枝。

他紧抿起嘴唇，这是他紧张的时候才会有的动作。初春，虽然天气和暖，但冬的余威还在，他的额头上竟然渗着汗珠，他敲得越来越仔细，心也越揪越紧。

一下、两下、三下……他甚至不知道自己到底敲了多久，不过，突如其来的腰部不适让他明白，他一定保持这个姿势很久了。他再看看手表，已经三个小时过去了。他不想停下来，期待的心让他可以克服一切困难。

总算又敲掉一大块石膏，看到许多条烟花的线条露出来，范澄喻却不敢有一丝一毫的放松。正是之前对这个作品诸多不确定因素的判断，让他不能有一丝一毫的掉以轻心。

眼看着烟花的轮廓要全部展现在眼前了，范澄喻并没有特别高兴，毕竟，这个作品最难处理的就是那些绽放开的线条，每一根都可能让这个作品失败，所以，在全部拆出来之前，他只能压抑着自己的兴奋。

又过了两个小时，范澄喻终于将烟花从石膏模里拆了出来，但绽放的线条需要他一根一根地处理出来，就像是终于喘上一口气似的，范澄喻站在院子里伸直了腰，主体部分已经成功拆出来了。范澄喻开始拆掉每一根烟花线条之间的石膏，每成功地拆掉一个，他的心松一点。功夫不负有心人，他拆得非常成功，黎明就在眼前的一刻，"啪"的一声脆响，震耳欲聋，整个世界都随之断裂，连空气都在那一瞬间凝固。

烟花头重脚轻，最终还是断了。

范澄喻觉得他的心脏也在那一刻骤停，他怔怔地盯着烟花绽开的火花从手里掉落在地上，大脑失控似的将手里的锤子砸向操作台，所有东西都跟着坍塌的操作台掉到地上，宅子里第一次响起不和谐的巨响。

"范澄喻！"

奚凝霜怎么出现在眼前的？他是怎么被救护车抬走的？范澄喻根本不知道发生了什么，他只知道，他的烟花从他手中掉在了地上，碎了，是的，碎了，那声音震耳欲聋，时时刻刻萦绕在耳边不曾散去，仿佛整个世

界都在不停地碎裂。

奚凝霜看着范澄喻，拼命地喊他，没有半点反应。

为了做这个作品，他可谓竭心尽力，而经过千锤百炼的他早就不再被失败打击，至少奚凝霜认为范澄喻的承受能力非常强。为什么会这样？与其说作品失败让奚凝霜不解，不如说范澄喻此刻的样子才真的让奚凝霜始料未及。医生告诉奚凝霜，范澄喻劳累过度，需要多休息，并没什么大事，奚凝霜才稍微放心。

她回到病房，就看着范澄喻呆呆地看着天花板，一动不动，不由心酸。她强颜欢笑地走到床边说："以后，可不能这样熬夜了，我们算好烧制的时间，尽量安排好作息。你的健康可是革命的本钱。"

范澄喻无动于衷，对她的话置若罔闻。奚凝霜只当他还在难过，便坐在床边，默默地看着他，想安慰他，又怕那些安慰的话更令他难过，几次欲言又止。

良久，奚凝霜才温柔地说："师傅，你也说过，作品失败是常有的事，我知道烟花是你一心想做成功的作品，但你怎么也不至于因为它病倒，是不是还有什么事儿，你瞒着我？"这是她内心深处的想法，不吐不快。

范澄喻仍然一动不动地看着天花板，奚凝霜也向他看的天花板看了看，雪白的屋顶，完全看不出个所以然。

奚凝霜轻咬下唇，垂眸盯着自己的手，一筹莫展。别说范澄喻是个闷葫芦，什么事都爱放在心里，就算是他接受了奚凝霜，他还是没有让她完全进入他的内心世界。奚凝霜算得上是懂他的人，但他为什么还无法与她畅所欲言，只有一个解释，就是男人的担当，他更希望他可以保护对他有重要意义的人，而这种单方面的保护，有时候也会误伤了爱人的心。

奚凝霜突然鼻子一酸，眼底泪花滚滚。和范澄喻相识两年来，她第一次落泪。

二十四岁的奚凝霜经历的事少，此刻，别无他法，只是默默地流泪，最终还是抽泣出声。怎么都喊不醒的范澄喻被她的哽咽声叫醒了，缓缓转过头看着她，同样哽咽地吐出三个字来，"对不起！"

到底是对不起什么？他心里清楚，奚凝霜不清楚，只是哭得更厉害，范澄喻将头转向另一边,不想让奚凝霜看到他的脸,不能让她看到眼角止不住泛起的泪花。

奚凝霜哭了一会儿,才说:"你是要吓死我吗?"刚刚发生的一切,着实让她措手不及,把她吓坏了。

"是我的自负,让这次作品失败了!"范澄喻很懊恼,握紧的拳头把床捶得直颤。自从认识他开始,奚凝霜就觉得范澄喻少有脾气,什么都能忍。现在看来这也并非好事,每个人都需要适度宣泄情绪,释放压力,一直憋在心里,最后会憋坏的,范澄喻肯定就是憋坏了。她想劝,又不知道如何劝,就任由他捶,任由他发泄个够。

范澄喻停下他的发泄,奚凝霜也抹去眼泪,柔声说:"你有那么多作品,都很好,不是一定要用《烟花》去参加比赛呀。"

话虽如此,恐怕范澄喻对《烟花》给予的希望才是他如此沮丧的真实原因,他还是想挑战高难度的作品。他并不怕做琉璃时遇到的失败,就如他所说,那些失败的经历太多太多,他早就练得百毒不侵。搞任何创作的人面对失败,或多或少都会受一点精神上的打击,只是他对《烟花》寄予了太多的愿望。他的灵感就像是随之突然之间消失得无影无踪,他需要一点时间恢复。过度的紧张和过高的期望、迫切成功之心,导致了范澄喻暂时的失落。

而奚凝霜根本不觉得事情如此严重。范澄喻陷入沉默,他们两个人就陷入沉默。奚凝霜看到他现在的样子,不禁自责,不该让他参加什么比赛,这些功利的事打乱了范澄喻的步调,才会变成现在样子,如不然,他们和张总的合作正渐入佳境,本是高兴的事。

她不知道,她才是范澄喻一切心事的根源。

第二天,范澄喻就要出院,只说自己没事,回家好好休息就好。奚凝霜本以为回到老宅,范澄喻会慢慢好起来,可范澄喻连续几天都没有动一下琉璃,除了坐着沉思,就是睡觉。奚凝霜想大概之前他熬得太辛苦,也就不多说。但范澄喻现在的沉默和以前的少言不同,奚凝霜觉得他们之间多了一道无形的屏障,这种感觉让她的心也蒙上一层尘埃。

下班回来的路上,她买了一只鸡,打算炖鸡汤给范澄喻补身体。梁慧看见了，不管也不关心。她已经听巷子流传关于那天下午的事，范澄喻又失败了。她也暗自叹息，心里合计着，做琉璃到底是不是长久之计，再看女儿痴心一片，心里更不好受。她在老奚面前唉声叹气，老奚知道妻子的心思，也并没有更好的办法，现在劝女儿回头，为时已晚，这几天他们俩更担忧女儿的未来。

"就算，他的琉璃能卖钱，也不是长久之计，就是巷子口的小饭店，现在看着每天生意兴隆，保不准什么时候邻居们吃腻了，也会关门的。还是要有个稳当的工作才行。"梁慧对老奚说，"你说凝霜什么时候能想明白，和那小子分开？"

"这孩子有主意，她打定了主意，只能等她自己想通了才行，劝是劝不住了。"老奚摇头无奈地说。

梁慧怎会不知，便又叹了口气。

奚凝霜把鸡汤端到范澄喻面前，范澄喻低头喝，仍然是不说话儿，才打开的心门，突然就这样关上了。微妙的气氛中，两个人心里都有说不出的苦涩滋味。

没几天张总的订单就到了，范澄喻二话不说，闷头赶订单，比赛的事儿，再也不提了。奚凝霜只想着从他现有的作品里挑一件去比赛，所以，也不提。

张总这批清明节的订单催得急，范澄喻只投入地工作，和当初奚凝霜第一次看到他做琉璃时的神态一模一样，看他恢复了状态，毕竟是年轻人，身体恢复起来特别快。

这天，奚凝霜来到老宅，在范澄喻的身边走来走去，也不像平常似的找点事做，显然是有话要说，范澄喻却始终低着头打磨手里的琉璃，好像知道她想说什么，就是不去问。

"师傅！"奚凝霜终于忍不住了，眼看着比赛的日子也越来越近，她那双灵动的眼睛一瞬不瞬地盯着范澄喻的脸，看着脸上的细微变化，小心翼翼地说："比赛……"

范澄喻脸上无波，看不出情绪地截断了她的话："不参加。"

"为什么呀？你那些作品都特别棒！先试试，了解了解比赛规则也好。"奚凝霜还是没沉住气，着急地指着范澄喻的作品展示柜。

"不参加，就是不参加。"范澄喻盯着他手里刚刚做好的一只莲花灯香座说。

奚凝霜眉心一凝，走到他近前，"就因为一次失败？"

她的话像撒了一把盐在范澄喻的伤口上，丝丝痛楚，瞬间打乱了他的心，蓦地提高嗓门喊："对，就是不参加了。"失败，他经过太多次了，他不怕失败，但他现在的确对自己没信心。

奚凝霜第一次看到这样的范澄喻，一时之间怔在那儿，无言以对。

范澄喻也不看她，只顾继续低头打磨。

奚凝霜想不通他怎么突然变了，这让沟通气氛很糟糕，她起身离开。奚凝霜一走，范澄喻停下手里的活儿，自言自语："对不起，我给不了你未来。"他听王再山说过，这一行，没有十年，是看不到成绩的，开始都是在熬，要积累经验，才能做到准确的判断，古法琉璃，几乎不可能全部由工业机器生产出来，出色的作品仍然要人工掌控。而他在这一行才五六年，他敢和父亲打赌五年后小有成绩，却不敢赌奚凝霜的青春。

既然如此，长痛不如短痛，早点放弃。想到这儿，他忽然感觉到胸口憋闷，呼吸不畅。自从住院回来，他就多了这个毛病，心痛！

奚凝霜流着眼泪回到奚家，一进门就冲进自己的屋子里不出来了。梁慧和老奚大眼对小眼，"吵架了？"

"可能。"老奚喃喃回答。

梁慧心里五味杂陈，倒不知是喜是忧了。

而那之后的几天，范澄喻都会找茬和奚凝霜吵架，或者故意气走奚凝霜。快乐的老宅小院，不知不觉地跟着悲伤，江南雨季适时来临，似乎在配合着奚凝霜的眼泪。奚凝霜阴郁的脸，又影响了整个奚家的气氛，梁慧和老奚日夜盼着的事，终于发生了，夫妻俩却不那么高兴，或者说不那么敢高兴。当初奚凝霜放弃留在城市工作的机会，回到蠹巷。这条无数江南小巷中很普通的巷子，就像历史长河中的一粒沙，无声无息。有了范澄喻，有了那些动听的声音，小巷子变了，不知唤醒了谁的沉睡，谁的生

命。突然安静的那几天，整条巷子里的人都觉得少了什么。原来人都是惯性地活着，老奚和梁慧偷偷地聊过几次，心知根儿在范澄喻身上。

奚凝霜不明白一向好脾气的范澄喻怎么会突然变得蛮不讲理。几番思量后，恍然大悟，范澄喻不是因为那次失败，毕竟他之前承受过的失败更多，他这番态度一定另有原因。她下定决心要去问个清楚，才到老宅门口，就听到里面摔东西的声音，奚凝霜连忙推门。也是从那天之后，范澄喻的大门就关了，不像以前那样一直半掩着，像在等人。

进门就看到地上一块碑饰，奚凝霜马上捡起来，着急地说："好好的，摔了干什么？"

范澄喻没想到奚凝霜这个时候出现，看着她的眼神亦是复杂，有几次奚凝霜的目光与他相遇，都看到他眼底猜不透的情绪。今天她是来摊牌的，就不再回避，直视着他的眼睛，范澄喻移开了目光，佯装若无其事地说："不想要了。"

"不是快交工了吗？"奚凝霜知道，这种碑饰作品，范澄喻都会一次做三个，以防万一，这大概是其中一块。张总给的订金不少，他有盈余多做几个备用，但张总唯一的要求是与他同款的作品，不能流出去，即使送人也不可以，必须毁掉。这样一想，猜测范澄喻是在毁掉这个备用作品，也就不再担心，看着已经碎成两半的圆形碑饰，对范澄喻说："残缺也美，像不像西施与范蠡，一人一半，待到团圆时，不如，我们一人保存一半吧。"

范澄喻没有伸手接奚凝霜递过来的那半片琉璃，"破镜不能重圆。"他的话说得奚凝霜心头一冷，"你在说什么？我是在说范蠡和西施的故事，怎么说到破镜不能重圆去了？"说着她把那半块琉璃硬塞进范澄喻手里。

"你不是学琉璃的料，放弃吧，以后不要再来了。"范澄喻毫不留情地说道。

突如其来的否定，说怔了奚凝霜。她呆呆地看着范澄喻，这还是他当初认识的那个人吗？她喃喃地问："你在说什么？"

范澄喻张了张嘴，没说出声，连呼吸都成困难似的，怎么可能说得出话，他马上转过身，深深地吸了一口气，"我说，你的出现，打乱了我所有的节奏，我没有那么多时间浪费，什么创新，什么比赛，这些浮夸的东西，只会影响我追求工艺的精湛。这段日子我终于想清楚了，不能再耽误彼此的时间，何况你学琉璃只是玩玩，或者，你有你追求的那些理想，但不是我的。我今天想和你说清楚，以后不要再来了，不要再打乱我的步调，可以吗？"一口气说完，他便一个字也说不出来了。他紧咬牙关，不让自己的情绪失控，话已出口，他就必须让她死心才行。

奚凝霜如五雷轰顶，哪怕江南春季多雨，但还没到雷雨季，怎么范澄喻的宅子里突然雷电满庭？奚凝霜大概在那一刻才明白，范澄喻在她心里的位置，她不知道自己从什么时候开始认为他是自己生命中可以携手前行的人，范澄喻突然说这些话，让她大脑一片空白，完全不是那个头脑灵活、思维敏捷的奚凝霜了。

虽然琉璃对她来说不像对范澄喻是生存的手段，她做琉璃也做得不够好，不够钻研，在她认识范澄喻的时候，她就觉得他做的不止是商品，还是一种文化。她希望能做点什么，而这些难道不也是因为范澄喻这个人？

思绪凌乱不堪，她全然不知该如何应对地摇头，"你在说什么呢？"反反复复地问着这一句，"师傅，你在说什么？"

说范澄喻不痛心是假的，他根本不敢回头看奚凝霜，怕看到她的眼泪，怕看到她的脸，怕看到她的一切。从奚凝霜放弃一切回到蠡巷的那天开始，他就对自己发誓，一辈子不让这个乐观快乐的女孩儿伤心。但他给不了她未来，更不想让她的后半生都在陪他失败中度过，她值得遇到更好的人，拥有更好的人生。

追求艺术的人，血液里便隐藏着这种执念，而执念往往会不经意地超出艺术范围，进而影响他们的情感与生活。

眼泪终于决堤而出，奚凝霜哭着跑出老宅。范澄喻紧紧握着他手里那半块琉璃，他依稀记得从哪里听说过，琉璃中有眼泪，那是流了千年的泪，是西施思夫的泪啊。

范澄喻把张总要的作品包好，亲自送去。

自那日后，奚凝霜几天都没去老宅，兀自生着闷气。可有一天，她突然听巷子里的人说，老宅好几天没人了，上了锁。她马上跑去看，果然，

门上了锁,她去花盆下面翻,没找到钥匙。奚凝霜的心一阵慌乱,不,不可能,他不会如此绝情!泪水再次涌出眼底,止都止不住。

范澄喻不告而别,奚凝霜给张总打电话得知范澄喻把订单作品送来就走了,说要休息一段日子,并没留下任何联系方式。奚凝霜此刻有点后悔,之前为什么没有问范澄喻的师傅王再山或者范家人的地址和电话号码?过去的日子,她从未想过会和他分开,更没有想过会找不到他。

那天之后,奚凝霜每天都去老宅,可每次看到那把沉睡的锁挂在门上,就转头回去。她想这是他的实验楼,他会回来的。他还有那么多梦想要实现,可是过去半个月了,他都没有回来,这是他离开蠹巷最久的一次。奚凝霜日渐消瘦,那个阳光灿烂的女孩儿变得越来越沉默。最生气的人是梁慧,这样的结局她万万没有想到。她气女儿目不识人,为了这样的一个人,放弃了那么多,最后落得人去楼空的下场,梁慧思来想去都是自己的女儿损失最大。

每当梁慧看到女儿从老宅那边回来,气就不打一处来,巷子里的传言越传越离谱,都说奚凝霜被范澄喻占了便宜,跑了。就算梁慧在这条巷子里再厉害,人家当着她的面不说,背地里还是会说。梁慧心里清楚,奚凝霜现在的样子,说她被抛弃了没人不信。

梁慧把魂不守舍的女儿拉进屋里,指着她气得直抖,"你有点出息行吗?这小子,这么薄情寡义,你还对他念念不忘,奚凝霜啊奚凝霜,你是不是真的疯了?"

奚凝霜被母亲骂得一点反应都没有,垂着头,坐在藤椅上,她的确想不通,到底发生了什么,范澄喻会变得那么无情。梁慧说的那些话,她一个字都没听见。梁慧骂完了,气急败坏地一屁股坐下来,奚凝霜就起身回自己的房间去了。那段日子她学会了独处,坐在桌前望着窗外,她不相信自己看错了人,偏偏没有任何借口能支撑她那些信任。垂眸间,看到桌子上那对琉璃镇纸,不由得泪如雨下。

每天清晨,看奚凝霜那双红肿得桃似的眼睛就知道她又哭了一夜,心疼的还是父母,心疼又能怎么办?眼前是他们骂也骂不醒的女儿。

梁慧正要发火,老奚拉住了她,低声在她耳边说:"算了,幸好还不算晚。"梁慧看看老奚，才觉得他这话有道理，喟然长叹。她瞥一眼女儿，想等她过了这段伤心的日子之后，介绍一个有稳定工作的男孩子，一切就可以重新开始了，这不正如她所愿？所以，那天之后，梁慧就不对奚凝霜发火了，每天变着法地哄女儿，希望奚凝霜早日走出失恋的情绪。

范澄喻走了三个月后，奚凝霜终于相信他不会再回来了。这期间，她还打过几次电话给张总，但没有任何消息，他消失得非常彻底。

奚凝霜最后一次去老宅，带着一桶黑色的油漆，她在老宅的台阶前坐了很久很久，最后，她站起来，拿着油漆桶，用尽全身力气将整整一桶油漆泼在那扇门上。从此之后，再也没有来过老宅，那桶黑色的油漆就像是一个封印，封住了她的心。

梁慧得知，也猜到女儿此举的原因，心疼得偷偷掉泪。范澄喻走了，她根本没想过会和她的那些要求有关。她觉得她是母亲，她要替女儿的未来着想。

琉璃的故事终于从这条巷子里结束，从奚凝霜的生活中结束了？

不，这才是个开始。

梁慧万万也没想到的全新开始。

第七章　齐心同所愿，含意俱未申

第八章　昨朝为此别，何处还相遇

三年后。

"咔嚓！"一声脆响。

手还停在门把手上，身后刺耳的声音瞬间将他浑身的血液凝固了。他缓缓闭上眼睛。"彩云易散琉璃脆！"难道是命中注定？不，他不相信总是这样的结局。

范澄喻叹了口气，转过身看着展台上那只琉璃鼎，为了它，他已经熬了几个月，昨天把它摆在这儿的时候，它流光溢彩，变幻瑰丽，含蓄而细腻，连他自己都没有想到这一次出炉的效果会这么好。他小心翼翼地将琉璃鼎摆在展台上的时候，围着它足足欣赏了一个小时，每一个角度都那么完美，每一丝色彩的延续，缠绵于其中的曼妙，连他自己都暗叹不已，乐得嘴都合不拢了，成了，成了，这就是他要的效果，产生奇迹的过程总是让他无比兴奋，他像个孩子似的张开双臂又围着展台跑了好几圈，一边跳一边欢呼。这里只有他一个人，他释放着压在心底良久的那口气，半年了，半年了，他心里不断重复，为了这只大型琉璃鼎，反反复复进行了多少次烧制，他自己都记不清了，终于成了！他蓦然停下来，整个人躺在地上，闭着眼睛，嘴角噙着笑意，深深地呼吸着，而这样的兴奋仅仅持续了一天。

此刻，展台上偌大的琉璃鼎一分两半，碎得干干脆脆！这只几乎与他同样高度的琉璃鼎在降温处理上让他吃尽了苦头，好不容易跨越了可能因为鼎身太重而给三只鼎腿带来可能无法承受的压力，更不用说因此多用了多少琉璃料，几近百分之七十的报废率，承受几次失败都是重大的损失。本以为这一次不会再有问题了，至少开出的时候，它那么完美，仍然在最后关头，轻而易举就吞噬掉他所有的努力。

范澄喻怔怔地看着碎成两半的琉璃鼎，三年了，这是他第二次用心后的失败，难道这是宿命？

那年，他回了家。

范澄喻神情沮丧地窝在家里什么也没解释，几天几夜，很少说话，也不出门。范家父母才从蠹巷回家没多久，儿子就回来了，范家父母便猜到一定发生了什么事儿，只是范澄喻三缄其口，避而不谈。

就算范澄喻想掩饰，可谁的父母不了解自己的孩子？范母想追问，被范父拦住了，"给他些日子，等他自我消化了，能说就说，不说总有他不说的道理，这小子的脾气，问了也是白问。"

范母虽担心，也知道丈夫的话在理，便忍着不问。这样过了十天之后，范澄喻把他离开奚凝霜的事告诉了父母。

范家父母正高兴儿子找到一个好女孩儿，哪会想到变化这么快。范澄喻说是他主动离开奚凝霜的，范家父母不信。几天来范澄喻一个人怔怔地发呆，他们可是都看在眼里。但范澄喻执意这么说，范家父母也拗不过他。范母心疼儿子，范父一言不发，一直一个人沉思，和儿子一样闷着，老伴儿见他们父子俩都一个样儿，只能叹气。

直到有一天，范父垂着头，走到范澄喻面前，让儿子随他去一个地方。范澄喻问了几遍去哪儿，父亲都不说。父命难违，他只好跟在父亲身后，一路颠簸到了乡下。乡下的路还没有规划，没有路标，也没有标志性的建筑，四周都是菜地，范澄喻简直不敢相信，父亲轻车熟路地一路向前，是怎么识别这些阡陌纵横的乡间小路的。最后，父亲来到一扇大门前停下。范澄喻看看父亲，他相信父亲大费周章地带他来这里，一定有非常重要的原因。

父亲拿出钥匙开锁，锁上明显有锈迹，也能看出这里有些年头没人来

过。父亲开门往里走，范澄喻跟在身后，眉头越凝越紧，这里像一间小小的加工厂，那些机器设备有些眼熟，这一刻的感觉让范澄喻屏住了气息。他追上父亲的脚步，跟到另一间空旷的厂房里，四五百个平方大小，里面有桌案，有机器，除了没有人，几乎和王再山那个小加工坊别无二致。

范澄喻惊讶地半张着嘴，不可置信地看着父亲，竟然说不出一句话。他在这空旷的场地里来回走动，甚至跑了起来，"这，这，这到底是怎么回事？"不解地问父亲。难道父亲决定支持他做琉璃，特意为他准备了这一切？

范父两只手背在身后，脸上异常平静，望着空旷的厂房说："以前没告诉你，就是怕你也走这条路。没想到，你还是走了。所以，我只好带你来这里了。"说完，看向儿子。范澄喻以为自己是在做梦，眼前的一切太真实了，他的父亲竟然拥有一个小小的琉璃加工作坊。这还是那个强烈反对他做琉璃的父亲吗？这一定是个梦。范澄喻狠狠地拍打自己的大腿，痛感瞬间传来，不是梦，是真的？脸上不可思议的表情让范父帮他确认。

"不用怀疑，你小的时候，我就在做琉璃，只是你们不知道罢了。"范父讲起曾经他也是做琉璃的师傅之一，只不过，那时候信息闭塞，没什么人知道，而做了一阵子，因为市场前景不好，他才关了这家琉璃作坊，去做别的事业了。

"那我们家怎么一块琉璃都没有？"范澄喻无法相信，父亲居然可以隐瞒得天衣无缝。

"现在做琉璃可比以前容易多了。以前，我们都是自己提炼原料，又苦又累，就是做成了作品，也都被人马上带走了，根本不会流出去。再说，那都是摆设，没用，我拿回家做什么？万万没想到，你会去学做琉璃，我本以为你吃够了苦头就会回来，没有十年，你是不会成功的。"范父望着厂房给范澄喻讲起往事。

范澄喻这才知道，父亲是最早的一批琉璃工匠，"和我的五年之约，是因为你知道我一定会失败？"他不解地问父亲。

"也许是吧，也不是。这阵子我也想了很多，或许，我不知道你能不能坚持下去。毕竟，这条路我走得很艰辛。"范父意味深长地说道。

"我想起来了，小的时候，经常在家里看到图纸，还有很多工艺品，我的审美就是受这些影响。"范澄喻恍然大悟。

琉璃界的确有一些前辈工匠退出这个江湖，范澄喻没想到这其中有他的父亲，而这一大片场地，一直空置在这里，再未动过。如果说父亲对琉璃再无眷恋，恐怕这里早就变成别的工厂了吧？心底有某种声音仿佛在向他解释一切，他是他的儿子，怎么能不明白呢？就像当初父亲看着他辞职，离家出走，或许也是明白他的心意。

不过，现在他想知道父亲为什么要带他来这里。

"带你来这里，就是想问你，还要不要做下去了？不然，我想把这个厂房改建一下，最近，纺织业兴起，我们可以买点机器回来，也让我们父子都能彻底死心。"范父对儿子说道。

"不！"范澄喻旋即反对道，"也许做琉璃赚不了大钱，可是我想做下去。"

固执的匠人心，父子二人都懂。

"到那边看看吧。"范父指向院子的东侧，那里有一座二层楼，一楼是仓库，推门进去，还能看到一些残留的原料和几件小琉璃作品。范澄喻饶有兴趣地走过去，拿起那些落满尘埃的作品，笑着问父亲："都是你做的？"阴郁了许久的脸上显出一丝顽皮，眼睛里重新点燃了火焰，范父不禁瞥他一眼，也不回答。

楼上是二百多平方米的展区，各种大小的展台上空空如也，范澄喻那一刻仿佛看到曾几何时这些展台上面摆着五彩缤纷的琉璃，这比他那个小宅子要专业多了。摸着那些展台，想起父亲到他的老宅去时，他振振有词地夸耀自己那一隅天地，不禁羞涩。

"爸，在蠡巷的老宅时，我是不是太得意忘形了？"

"嗯，有点，不过，你能做到那个程度，也不错了。"范父由衷地表扬了一次儿子。

接下来，范澄喻和范父有一番长谈，这一次不像在蠡巷的老宅时谈得那么浅显。范澄喻很认真地把这两年琉璃行业的变化和他对未来的判断，

连他想做一个创新型的琉璃工匠，如实告诉了父亲。

范父听完，略作沉思。范澄喻目不转睛地盯着父亲，怕父亲和师傅一样保守，但冥冥之中，又觉得他身体里流的是父亲的血，那是一种创新的血液。

"这个世界在发展，中国也在崛起，未来是不可预知的，但未来一定是创造出来的，老爸如果再年轻十岁，就和你一起干。"这话说得振奋人心，更出乎范澄喻的意料，过往的一切原来都是考验。

有了这样的条件，看到支持自己的父亲，想到自己承载着父亲的梦想，范澄喻收拾好自己的心情，开始全身心投入到这座工房里。蠹巷的老宅，偶尔还是会回到他的脑海里，那是一段艰苦的岁月，而现在，他看着父亲给他的一片厂区，觉得像在做梦，甚至，他觉得奚凝霜是不是也是他的一个梦。只有当他看到自己抽屉里老宅的钥匙，才相信，一切曾经发生过。

"凝霜，等等我。如果我们还有缘……"

这成了范澄喻的座右铭，有了父亲的支持，后顾之忧少了很多。这三年琉璃订制品走热，范父重出江湖，来找他们父子订琉璃的人越来越多，一度工厂订单做都做不完。这段时间范澄喻和王再山联络过，王再山听范澄喻讲了一切，脱口而出："范征？"

那一刻，范澄喻才明白父亲原来早就声名在外。这个消息让王再山不可思议，"难怪你小子这么有天赋，不过，你这位爹也真是能忍，消失了快十年啊。"

"可我十年前也不知道父亲做过琉璃。"这是真话。

"那时候能做得起琉璃的，也不是一般人。"王再山对这个消息唏嘘不已。

范家曾经是富户，有田有地，战争时期支持革命出了不少钱和力，最后留下几块地，一直在乡下隐姓埋名。家里有积蓄才让范征有财力去做琉璃。范征放弃做琉璃也是有原因的，毕竟，范家祖训就是安分守己度日，以免招来祸事。范征当年做琉璃势必惹来关注，所以，他从不与外界宣扬，哪怕是对自己的家人，也只字不提。曾经的经历让范家学会了隐忍，直到范征的名气越来越大，为了不引人注意只好停下。只是范征万万没想到，隐瞒了那么久，儿子还是走上这条路了。

"师傅，我和您招呼一声，我打算继续父亲没做完的事。"范澄喻不想和王再山成为对手，但琉璃圈小，早晚他们会相遇的。

这三年，范澄喻断了七情六欲似的全身心投入到琉璃创作中去。搞艺术创作的人多是从孤独中触发创作灵感，所以，这是他集中出作品的时期，他却无法再复制一套江南系列，那套江南被他留在了老宅，一晃三年过去了，那套江南留给他无法述说的情感，他几次动手都找不到相同的感觉。

一九九五年，琉璃界掀起一阵热潮，市场上的琉璃产品越来越多，不仅仅是博物馆或者一些展馆、企事业单位里收藏，越来越多的民间目光开始关注琉璃，琉璃渐渐走入人们的生活。

碎成两半的琉璃鼎就是一家民间国学馆订制的，只是尺寸太大，没人敢烧，范澄喻也没挑战过这么大的作品，一念之间决定向这个高难度挑战，接下这个项目，结果毫不意外地失败了。

近一人高的鼎最难的一步就是降温的过程，他计算了很多次，这炉还是开早了，他耳边仿佛又听见奚凝霜在嗔怪他。这三年来，每每因为开炉早了，奚凝霜的声音都会在耳边萦绕。这一次虽然琉璃鼎已经完全冷却，偏偏赶上天气突然降温，外面的温度骤降，如此一来，还是形成了内外温差过大，才会从内部碎裂。

经历过无数次失败的范澄喻不那么沮丧和难过，只是最近他又开始想过去的事，想起他的烟花，还有蠡巷，奚凝霜的脸偶尔清晰、偶尔模糊地出现，很影响他的心情。他总觉得如果记不清奚凝霜的样子心里会特别沮丧，至于原因，他从未去思考。这一次的失败会让他想起那次烟花失败的痛苦，那时候他心里想的不完全是琉璃，期待得也多。

"应该再冷却一周。"范征来看儿子，看到眼前一幕。自从他把琉璃工厂交给儿子，便很少参与，给了范澄喻极大的自主权，让他充分拥有这个平台。他从儿子的身上看到另一种希望，但他会在儿子向他请教时，给一

点意见。

范澄喻苦笑，"其实，就算是冷却了一周，还是容易碎的，他们要把这个鼎放在院中央，日光照射的温度，很容易聚集热量，万一遇到突然降雨，很大概率上会引起碎裂。"

范征点点头，"那为什么还要帮他们做？"

范澄喻莞尔一笑，有点难为情地说："我还没做过这么大的作品，还是想挑战一下。"

"那你接下来打算怎么办？再做一个？"

"不，就这样带他们来看，告诉他们，放在室外不可行，如果他们要放在室内，我再帮他们重新做一个。"三年的锤炼，范澄喻越发成熟稳重，他看着父亲说，"放心吧，我不能浪费您的钱，给我这么大的平台，我会更加努力的。"

范征颇感欣慰地拿出一张报纸，"这上面有个琉璃展，你要不要去看看？"

"有学习机会，当然去。"范澄喻接过报纸，这让他想起第一次去深圳参加展会的情景。

琉璃工艺品市场发展此时进入一段非常好的时期，市场活跃，价格也高，这个时期的琉璃匠人已经开始有很大的利润空间。

范澄喻看着上面的参展日期，还有两个月。他在心里盘算用一个月的时间来创作新作品，琉璃界不缺雕工绝佳的高手，最好在寓意和创新上面突破。他还是有个习惯，所有的创新作品都会赋予实用性、功能性，他一直要把琉璃艺术带到人们的生活中去。

转眼两个月过去了。

范澄喻的琉璃作品《萍聚》，圆形，直径尺寸近一米，通体浅黄色，圆润的四壁，玉一般光润透彻，有一只栩栩如生的青蛙，站在半片荷叶上，因为体积大，要三个成年人才搬得动。无论从大小，还是色泽的晶莹程度上都十分引人注目。范澄喻吸取琉璃鼎的失败经验，做成内部空心的荷花池，空心了减少碎裂的几率。

这一次，他成功了。不得不承认，整个展会上只有他这件作品的体积最大，也最惹眼。更让业界没有想到的是，范澄喻首次在这个作品里面安装了一个电动装置，池里产生雾气，缥缥缈缈，如若仙境。远远望过去，像一个金灿灿的聚宝盆，通体透亮，浅淡的黄，不落俗，更显出琉璃梦幻神秘的意境，绝对是一件非常特别的摆件，低调的奢华感让人欲罢不能。

展会上人头攒动，《萍聚》的展台前人越聚越多。许多商人都看中了这件作品，纷纷竞价。范澄喻也在人群之中，他去看其他人的作品。这个时代已经不能只顾闷头创作，他经常出去了解行业动态。他看到与他一起去深圳参展的四位师傅的作品，王再山的作品也在其中，是一件玄关摆件，雾纱白的底柱呈环形向上延展，上面雕的金鱼活灵活现，环底部右下方还有一朵绽开的紫色牡丹，富贵吉祥的寓意一目了然，雾白与紫色的和谐搭配又多了几分高雅。范澄喻微扬嘴角，心想：师傅也在进步。

琉璃工艺品从最初追求形象逼真、色彩多样向艺术性发展。

范澄喻继续参观，蓦地看到一个二十厘米高的花瓶，瓶身雕满了花朵，瓶口处有两朵玉兰花格外突出，一朵含苞，一朵绽放，向上生长的生命力表现得非常强烈。瓶身红粉相间，瓶口的两朵玉兰雾白中带着淡淡的粉，这样的作品只是看着就已经柔软了整颗心。琉璃中的红色最贵重，这款作品的主色调掺入了红，那红形成的留痕也是整件作品的生命力，就像血管里流动的血液一样，这是一件寓意生命的作品。

范澄喻读懂了这件作品的精神内涵。制作手法上又与他的莲池颇有几分相似之处，都是带有弧度的中空，一高一矮，只在大小不同而已。他在这个作品前驻足良久，凑近看旁边的作品介绍。作品名《向上而生》，名字很文艺，范澄喻如遇知己。他再去看作者的名字，赫然发现极熟悉的几个字，作品归属：瑰丽工房，这是张总的工房。范澄喻会心一笑，想起当初张总是最看中设计的人，想必他终于找到了他想要的人才，不禁又是一番心事浮上心头，回忆复又勾起，便没了看其他作品的心思，走出展厅。

奚凝霜站在《萍聚》前，她看到作品上的作者名字：范澄喻，脚就被钉子钉在地上了，眼底轰然一热，泪水直涌入眼底，他终于来参展了。自从他离开，某种期许的驱使，她每年都会去看各种琉璃展，纵然她心中有

恨，仍然乐此不疲，被这种矛盾的心情折磨了三年，她等了太久太久。

"萍聚"？为什么要叫这个名字，因为他曾经觉得自己只是一片浮萍。那么"聚"呢？他期待相聚吗？内心深处的不甘涌起。他突破了这么大体积的制作难度，又迈了一步阶梯，没来由的又好像在为他高兴。奚凝霜，你真是个傻子。一时之间她只觉得悲喜交加，思绪混乱，理也理不清，三年来隐隐的痛楚经常会袭遍全身，此刻亦是如此。她闭上了眼睛，让呼吸平稳下来，抬手拭去溢出眼眶的半滴泪。

当初他走得如此决绝，三年，老宅的门锁早已生锈，她早就不再等他了。她这样告诉自己。

看到范澄喻作品的还有一个人，张总。

"我真是一点都没看错他，他的创作是属于未来的，这创造力真强。"张总站在奚凝霜身后忍不住称赞，奚凝霜只是抿唇微笑。

范澄喻不知道自己是不是看错了，刚刚在展会大门口和几位师傅寒暄的时候，他好像看到了一个熟悉的身影。他的目光在人群中不断地搜索，可惜人实在太多了。是她吗？应该是她吧？他本能的观察能力让他很容易记住任何事物，何况是他爱的人。如果是她来看展会，一定会看到自己的作品。他特意在作品旁边的作者一栏写了自己的名字，想用这样的方式告诉她，他在做的事情。

三年来，范澄喻有好多次想过，以他的能力已经可以达到梁慧的要求，他可以给奚凝霜未来，但他没有勇气回蠹巷，当初像逃兵一样的逃走，现在的他不敢面对奚凝霜。

范澄喻告辞了几位师傅，钻到人群之中继续寻找，终是没有再看到那个身影，不禁觉得自己有点可笑。她怎么会来呢？她恨透了他，再也不想见到他。三年了，她是不是已经有男朋友了？这些念头让他的心情跌落低谷。

"小范！"

听到一个熟悉的声音，他还在大脑里搜寻这个声音的主人，转身便看到一张熟悉的面孔。三年前，他把最后一件张总订制的作品送去，就回老家了。此时看到张总，心存感激，毕竟在他最困难的时候是从张总这里得到最实在的东西，让他不至于陷入无法度日的窘境。张总没什么变化，仍然是挂着一脸商人的微笑，向他走来。

"张总，好久不见。"范澄喻笑着伸出手。

"是啊，好久不见，你的作品还是那么好。"张总伸手与范澄喻礼貌地握手，笑着说，"这几年进步很大啊，在哪里呢？"

范澄喻谦虚地微微垂头，客气地说："我回老家了，我父亲支持我做琉璃了，我父亲以前有个琉璃工厂。"

这个消息让张总始料不及，惊讶地瞪大了眼睛，"原来，是家族事业啊，难怪不和我们公司签约，消失得无影无踪。"声调也跟着提高了。

"张总公司应该也有不错的师傅了，刚刚我看到了你们的展品，很有意境。"这话是范澄喻的由衷之言。这一次见到张总夸奖自己的作品，没再提起合作的事，也就能猜到七八分。

张总得意的笑容，已然说明他对这件参展作品十分满意。从商品的角度来说，那的确是一件非常有利于进入市场的作品，展会才开始一天，他已经陆续接到订单了。

"是啊，是啊。"张总看着范澄喻的眼神略有玩味之意，看得范澄喻不解。两人又寒暄了一会儿，各自离去。张总看着范澄喻离去的背影，不禁意味深长地笑了，笑得和之前不同。

"江山自有新人出，一代新人换旧人"，这几乎是不成文的发展规律。范澄喻不算是旧人，但新人真的出现了，看准商机的张总只在乎市场，艺术品和工艺品在他心中自然还是能走入市场的工艺品最好。人各有志，各取所需，只要能清楚地认识自己，认准自己的目标，就没错。就怕有的人根本不知道自己想要什么，或者想要的太多。

范澄喻刚走几步，就后悔了，后悔刚才怎么没有问张总那件作品的作者是谁？他并没有妒忌之心，各凭本事吃饭，但是十分希望可以有切磋的机会，促进进步。可刚刚张总的眼神又意味着什么呢？他总觉得哪里不对。

张总上了车，奚凝霜才问："和他说什么？"

"放心吧，没有提你。"直指奚凝霜的心思，"你就做我们公司幕后的神秘人吧，这样也对商品的销售有利。"张总得意地笑着。

三年前，范澄喻消失后，奚凝霜去了几次张总那里打听消息，可范澄喻消失得太彻底，直到有一天，她刚要走出公司的时候，脑中灵光一现，转身对张总说："我能做瑰丽的设计师吗？"

"你？你会做什么？"张总对奚凝霜的了解，仅限于谈判，她会做琉璃？或者她和范澄喻在一起久了，学了点皮毛？但这些不足以让张总相信她能做出他想要的琉璃作品，甚至觉得眼前这小姑娘太不自量力了。之前和她打交道都是因为范澄喻，她还让他吃了不少苦头，她能做设计师？

"对，我和范澄喻在一起这么久，每天都在一起讨论创新创意，张总要不要用我试试？"奚凝霜最有利的一件武器就是自信。每当她决定做一件事情的时候，一脸坚毅神态极具感染力。张总凝视着她的眼睛，四目相对，良久不动。

"没有底薪，按销售提成，干不干？"张总都觉得自己是不是被她那双眼睛蛊惑了，竟然会答应。

奚凝霜重重地点头，她不在乎，既然他逃跑了，那她就以另一种方式走进他的世界。

所以，奚凝霜成了张总的编外设计师，这不影响奚凝霜在学校的工作，她那么聪明，完全能够自由地切换这两个角色。

范澄喻的不辞而别，琉璃设计成为她疗伤的方式。奚凝霜在艺术创意方面确实有天赋，没过多久，她就能很专业地给出设计方案，自己的技术不行，就和瑰丽的师傅探讨。瑰丽的琉璃师傅偏保守，奚凝霜就留在公司里，师傅不敢做的，她就亲自做。那是一段非常艰苦的岁月，也是那段时间，奚凝霜的琉璃技艺得到迅速的提高。

梁慧没有反对女儿去瑰丽做设计师。奚凝霜的执着，她比谁都清楚，一个从小刻苦学习，在学业上从没让他们操心的孩子，怎么可能轻易放弃？奚凝霜早起晚归，她也不多说，只让女儿注意安全，偶尔奚凝霜就直接住到姐姐奚凝雪那去。老奚有时候不太理解妻子，人的一生往往会鬼迷心窍似的做一些自己都不能说服自己的事，总要等事过境迁，才有所感悟。

奚凝雪在上海租的房子面积不大，三十几个平方，却是一个温馨的小窝。奚凝霜在姐姐那儿，有时候整天不说话，因为姐姐的工作太忙，公司里处理不完的工作，就带到家里。姐妹俩虽然不交流，各忙各的，偶尔对视，眼神之中流淌着彼此的安慰。伤痛多数时候不是靠安慰愈合的，更多还是自愈。奚家的两个女孩儿特别聪明，有些事她们之间能够心领神会，亦能心照不宣。

最幸运的人要算张总，他没想到失去范澄喻，却得到奚凝霜这个宝贝。奚凝霜有创新意识，更懂市场，能借着市场热度设计产品，件件大卖，帮他赚得盆满钵满。奚凝霜只有一个要求，万一有一天与范澄喻狭路相逢，不要让他知道瑰丽的产品是她设计的。

张总挑眉看着眼前的漂亮女孩儿，她在出卖范澄喻的创意吗？他那不信任的眼神，绝对是属于商人的，奚凝霜冷着脸说："我所有的创意都是我自己，你放心，我们可以私下签合同。我只是不想让他知道而已，既然他走得那么干脆，我就做个隐形人。"

张总恍然大悟，一边点头，一边答应。这对他来说是有百利无一害的事，他当然高兴。

所以，刚刚奚凝霜在展会的人群里看到范澄喻的时候，转身对张总说："你去打招呼吧，我去停车场等你。"说完，就头也不回地走了，看似无情。张总摇摇头，看不懂这对年轻人。谁都是从年轻的时候过来的，有些路要自己走，走过了才能放下，他们还都没有放下。

"你的作品和他的作品有创意上相似，一定引起他的注意了。我猜呀，他会再来找我。"张总总是那副似笑非笑的表情。

奚凝霜望着窗外，"我还差很多，需要更努力一点。"

张总听得不知是什么滋味，毕竟相处久了，他看到奚凝霜身上的魅力，女性的坚韧和柔软让她的作品开始显露出自己的特色。张总最特殊的才能就是有双慧眼，会挑千里马。他虽是无心插柳，柳能成荫。

每个人都有属于自己的才能，张总识才，也重才，更爱才，财从才

来,他深谙其道,对自己和公司有贡献的人,他从不亏待,相处久了都会了解他的为人,商场上先小人后君子绝对是最明智的。见奚凝霜坚定的眼神,她不禁故作轻松地说:"你有你的特点,艺术创作很难有超越一说,超越是相对自己而言。"

原来张总真是一个懂艺术的人。许多艺术品行业的商人,大概都有一部自己传奇故事,奚凝霜并不意外。她凝视着窗外,脑海里仍是《萍聚》中云雾缭绕的意境,聚渺渺?人世间的那么多悲欢离合,合终归太少。

她陷入沉默,张总也不再说话,脑海里计算这一次接到的订单数额,接下来要如何安排生产、发货……每个人都有自己该去思考的事。

一路上奚凝霜的脑海里不断地浮现展会上的范澄喻,他穿着蓝色的牛仔衬衫、牛仔裤,还是那么随意,三年时间,他的身上变化不大。张总把范澄喻和他说过的话告诉了奚凝霜,这个结果让她始料未及,难道当初他突然离开就是回去继承家业了?说到底,他对她可能真的没有感情吧,不然,他怎么不回来找她,梁慧曾经担心,他们未来的生存问题,为什么他有说服梁慧的资本,却没回来找她?能解释这一切的理由大概就只有一个,他没那么喜欢她。奚凝霜的心渐渐沉入谷底,只是眼泪这时候并不想跑出来宣告她的悲伤,她一直盼着再有他的消息,如今消息来了,她现在反而不明白当初盼的是什么。

范澄喻曾看不懂奚凝霜的感情,觉得她时而含情脉脉,时而漫不经心,他一直以为一切都是他的一厢情愿。他不会知道奚凝霜现在的心情。每个人表达感情的方式不同,有的人说看细节,有的人说看人生中重要的转折点,还有说需要考验,但爱情,真的是这些吗?或许到现在为止,都没有人参透全部的爱情模式,就因为那是爱情。

奚凝霜微微叹息,她本来可以忘记他,重新开始的,可她的不甘心不但让她没有重新开始,反而越陷越深,这一切早已不知道是因为对范澄喻的爱,还是对琉璃的爱了。三年的时间,她深入钻研琉璃,全身心投入其中,感受范澄喻所有对琉璃的感情。有张总的支持,她有更多机会去学习和制作琉璃,经常在某个微妙的创作瞬间,她都像能听到范澄喻的声音或者看到了他的眼神一样,好像那些创意和灵感都是他们在一起商量而来,这算心灵相通？她微微摇头，终止自己的胡思乱想。

同样，从展会上离开的范澄喻脑海里时时会浮现作品《向上而生》，他说不清是什么原因，总觉得似曾相识。他回到自己的工厂就跑到办公室里翻张总的名片。幸好，当初他没有一时冲动地把它丢掉。他拿着那张名片刚要拨打张总电话，转念又想，这个时间大概张总还在展会上没回去吧，只好放下电话筒，半倚在办公桌前暗自打算，等展会结束再打这个电话吧。他小心地将那张名片压在电话机下面。

那个年代移动设备不够普及，无法像现在这样随时随地去联系你想要找的那个人。

接下来的两天奚凝霜没再去展会，回到瑰丽就钻进设计室里不出来了。张总猜她是被范澄喻的作品刺激了，又去研究超越范澄喻的作品，不过，这对他来说是件好事，人就怕没有动力，动力能化腐朽为神奇。

这个刺激的确不小，奚凝霜回家就对父母说要辞职，专心做琉璃。以她现在和张总的合作条件，她的收入已经远远超过一所学校里的工资，在那个民营经济崛起的时代，她在民营企业工作的收入非常可观。她说，这样再过几年，就算是后半生也有保障了。那时候，肯吃苦、有头脑的创业者都获得了成功。老奚和梁慧看着身边翻天覆地的变化，也没了主意。他们传统的思维模式不敢去挑战，他们只知道奚凝霜做的决定十头牛也拉不回来。范澄喻走了，她还是在做琉璃就足以证明一切。梁慧如此强势，都选择了投降，老奚还能有什么选择呢？

奚凝霜第二天就向学校提出辞职，并和张总谈了长期合作。

张总非常欢迎她全身心地投入到瑰丽。展会的订单让他一度觉得只要奚凝霜在，公司就有了摇钱树。这想法还让他灵机一动，让奚凝霜设计一款金灿灿的摇钱树出来。奚凝霜根本就没有理会，这种工艺，瑰丽哪个师傅都能完成。她要做的是创意，是作品背后深刻的寓意和内涵。她现在的想法和以前又有了不同，她觉得她走进琉璃这个世界就是要将中华文化融入进去，让所有人都由此看到祖国的文化，拥有和她一样的文化信仰。

范澄喻的《萍聚》把科技融入到琉璃工艺中并获得成功，这给奚凝霜

第八章 昨朝为此别，何处还相遇 247

极大的启发。当初她就认定范澄喻有想法，有才华，认定他能带领这个行业跨上一个新的台阶，现在证明她果然没有看错。这几天她把自己关在设计室里思考，如何突破自己的创作瓶颈。

奚凝霜试图按着范澄喻的思路去思考创作，几天下来也不得不承认，她和范澄喻之间存在巨大差异。范澄喻就像是为琉璃创新而生的人，那真是天赋。

不出张总所料，范澄喻果然给他打来电话，范澄喻开门见山地向他打听《向上而生》的作者。

"《向上而生》的作者？这，这个……不太方便说。"张总故作为难。

"张总，我没有别的意思，就是觉得突然看一个有新鲜想法的同行，很想认识认识，切磋一下。"范澄喻和张总打过交道，知道张总头顶上警钟长鸣，连忙解释。

张总转转眼睛，这次可不是他有疑心病，而是奚凝霜千叮咛万嘱咐不能让范澄喻知道她在瑰丽做设计师。这几年，她放弃了自己的著作权，把全部作品都给瑰丽署名。张总虽然是商人，但是一个极有道德底线的商人，有所为有所不为，他不能对不起奚凝霜，又叹口气说道："小范啊，不是我不想告诉你。只是我们这位设计师吧，性格特别古怪，把这些好作品给了我，但她本人意愿是不要让外界知道，她呀，图个清静，不愿见人啊。你说，我要想和她继续合作就要遵守承诺，替人保密是不是？当初你和我合作的时候，我可也是为你妥协过，所以，你懂的。"一副苦口婆心的样子，东拉西扯地编理由。

这些话若是说给别人，或者别人不信，但范澄喻完全能体会那种感觉，曾经他也是这样的人，只不过，这三年，他的底气足了，作品多了，才敢打开大门走出去看世界。

"哦，那真是遗憾。不过，如果有可能，还是请张总帮忙转达，就说有个同行很欣赏他的创意，如果什么时候他愿意了，希望能拜访他。"范澄喻礼貌地说道。

张总笑着连声应道："没问题，没问题，这我一定转达。"脸上的笑容颇有玩味之意。

放下电话张总长舒口气，玩味地说了句："这对冤家呀。"他如实地把范澄喻的话转达给了奚凝霜。奚凝霜听完，微微垂目，沉默不语，继续翻看刚刚找回来的资料。曾经那个快乐直爽的女孩儿，现在笑得很少。

张总识趣地不再提。

范澄喻挂断电话，心里猜测张总这位设计师看起来是一个比他还有个性的人，这让他更加好奇了，随后，他又给王再山打了一个电话，问问有没有听说过张总手下有什么名设计师。王再山也说最近瑰丽工房出的作品在市场上大火，他们也在好奇是哪一位师傅做的，在王再山那一代人的心里，还没有设计师这个概念。但没人知道这个人到底是谁，只是从业内人看起来，应该是一位十分冷静寡淡的人，因为那些作品有很强烈的特点，就是清澈通透，即使色泽鲜丽，也都格外分明，没有一点混沌之意，这种手法绝对不是传统手艺人的技术。有人说这些设计不如传统师傅做的厚重，他们便猜测会不会是从国外回来的，因为那些作品之中有几分禅意，最后，又有人说或许是有东方文化背景的外国人，比如日本。

但这些都只是猜测，没人知道这个神秘的设计师到底是谁，还真成了一个谜。

这些分析与范澄喻的想法有几分吻合，他看完《向上而生》之后，去市场上找人问起瑰丽近年来的作品，有几处可以看到作品的地方，他都亲自去看。从那些作品中，与那些老师傅不同的是他从中看到了现代气息，让人误解的西方元素，巧妙地被中华特殊的文化内涵给稀释掉了，这些特点形成独特的魅力和魔力。可是无论他怎么求，张总都铁了心地不告诉他作者是谁。接下来的一段日子，范澄喻特别关注瑰丽的作品发表。

这一次，范澄喻在明，奚凝霜在暗。她的作品，他在关注。而他的作品，她也在关注，两个人形成了一种无形的竞争，像一场非常有趣的游戏。

正当范澄喻和奚凝霜一明一暗地创新竞技的时候，又出事了。

毫无疑问的是，这次展会让范澄喻和张总的瑰丽工房声名大振，市场就那么大，此消彼长，如此一来，一些老派琉璃师傅们对这两个新人由之前的不屑一顾变成了联合抵制，从源头的原料上控制他们两家。

范澄喻拿不到原料，听到一些传言，就找到师傅王再山，想问问究竟。一边是爱徒不可限量的发展，一边是同行的老朋友们，王再山夹在中间为难。自从范澄喻回了家，师徒二人只在展会上见过一面，范澄喻对王再山十分尊敬，一日为师终身为父，从没二心，也从不去抢占王再山的市场，这一点王再山心里非常清楚。

范澄喻到王再山的工厂时，带了很多礼物。这几年，他的日子好过了许多，但人一直都很朴素，即使是给王再山夫妇买礼物也都是实用的，他给师母买了厨房用的小家电，进屋就教师母如何使用。王再山的老伴儿也从王再山的嘴里听到过范澄喻的近况，加上两年不见他来，还以为真是外人说的翅膀硬了，忘了师傅呢。此时范澄喻认真地教她用那些小家电，乐得直拍范澄喻，到底是传统的女人，也不会说什么漂亮的话儿。至于给王再山的礼物是一套保健按摩垫，为了让王再山长时间工作后可以放松放松，还能保健一下老寒腿。王再山带范澄喻这么多年，非常了解这个孩子，所以，从来没有听信外人的挑拨，对范澄喻的态度一如既往。

王再山的老伴儿照旧为他们师徒俩儿烧几个下酒菜，摆上一壶黄酒，知道他们俩有很多话要说，忙完就去院子里了。

范澄喻不想在师傅面前遮遮掩掩，直接说明了来意。王再山不意外，他早就料到会有这么一天，酒过三巡，就开始说："这老话怎么说来的，江湖儿女众多，门派也多，谁都认为自己最正宗。突然有一天啊，某个老门派出了几个厉害的人，搞出很多新花样成功了，老家伙们就会不开心，然后就会开始到处声名地位，论下正宗，搞个华山论剑，比试比试，可是比试了，谁赢了，服了也行啊，偏偏人家赢了还不服，就开始搞联合，以前不合的，也成了同盟，为了抵制这些新人。毕竟混了那么多年，人脉关系好啊，而且一直以正宗自居。看不惯年轻人的创新，可他们守旧的脑筋根本不知道外面的世界变化有多快，有多大。你看，现在哪个圈子里是不是都是这样？"

王再山停了停，范澄喻听得很认真，也听明白师傅言下之意，他就是那个新人，原来是老师傅们在抵制他。他一双眉紧凝，马上说："师傅，我们没有夺走别人市场的心。我原以为，我们可以只占各自领域，不受影响，所以，我从来不做传统作品，就是不想分师傅们的市场。"

这一点，王再山比谁都清楚，他笑着摇摇头，"你是问心无愧，可有人啊，总把失败归罪到别人身上，你有什么办法？"

"那，那我该怎么办？我也没什么特殊的技术，只是一些想法而已，何况，如果说给其他师傅们一起做，又怕不被认同。认同我的只是目前的市场。"范澄喻一脸急色。

王再山仍是笑着说："你管他们呢，我们做手艺为的是什么，为的是不让中国这些好的手艺丢了。做琉璃多辛苦啊，这些年，有多少人找我做其他工艺品啊，这都是相通的，我只要改改原料，就行。可是我不想所有人都为了钱去做事，总要还有一批人坚持，做我们觉得该做的事。"

这番话，听愣了范澄喻，关于中华文化，他听得最多的都是奚凝霜经常念叨的那些，他爱琉璃爱得纯粹，长在骨头里一样，他不希望这工艺没人传承，但他没有王再山那么深刻，或者他还来不及去领悟他的这份坚持的更深层次的原因，一时间，不免羞愧。

"我们要保护好，要传承下去，但也不能因为这个饿死。所以，澄喻，你是对的，市场与人心一直都是变化的，这个世界在变化，我们做的东西没有理由不变化。可是这变中也有不变的东西，就是我们能做到的最大努力。没有创造力的民族是不会有未来的。而这些老祖宗留下来的东西，如果不突破，不创新，被时代淘汰了，才是最大的悲哀。"王再山又给范澄喻上了一课，范澄喻从来没想过的一课，师傅就是师傅，其深度还是他没有探索到的。

"放心吧，毕竟这个时代已经交给了市场，他们会想通的。这个事儿啊，不要处理得太激进。"王再山很笃定地告诉他。

既然师傅这么说，就一定有师傅的道理，范澄喻才稍微心安，他给王再山又倒满了酒，双手举起酒杯说："师傅，我敬您，澄喻此生有幸，有您这位贤师。"

王再山没有谦虚地举杯撞在范澄喻的杯子上，"如果你不是那块料，我也懒得理你。"

师徒二人笑着一饮而尽。

王再山的话范澄喻琢磨了几天，走的时候，王再山关照他，如果没有原料，还可以像以前一样到他这来拿。范澄喻表面上答应着，心里并没有这么想，他不能给师傅添麻烦，在老师傅们抵制他的时期，如果王再山支持他，万一被人知道了，会得罪很多老交情。

以前做琉璃的师傅们在一起经常会互通有无，各家在色彩处理上略有差异，就算是他们的标志性特色，许多难做的作品，经常是几位师傅一起商量工艺去完成，所以范澄喻不希望王再山为了帮他而失去这些老朋友。他想起父亲曾经对他说过，自己烧琉璃包球，那父亲一定知道到哪里找到基础原料。这想法让他马上振奋起来，如果学会炼制包球，就真的没有人可以制约他了。

范澄喻回家就跑到父亲那儿，把现在的情况和父亲一五一十地讲了一遍。范征皱着眉说："你以前学过烧包球？"

"学过一点。"范澄喻想到那种炙烤情景，顿时觉得皮肤发烫，"虽然很苦，但是我不想被人卡住脖子，我要全部的自主权，只有自己掌握每一个环节，才有更广阔的空间。"

范父挑眉看着儿子，儿子的野心不比他小，"你小子还算幸运，以前我有几个原料商，至今还在走动，明天我走一趟。"

"爸，我也一起去。"范澄喻兴奋得两眼放光。

谁会想到一次抵制和围堵，触发了更深层的创造呢？有了基础原料，就再也不会有人能制约范澄喻，在有恒心的人面前，任何困难都不再是困难，或许还会成为另一个起点，一次走得更远的起点。

有的人总是羡慕别人机遇好，信誓旦旦若是自己赶上相同的机遇，也能成就一番事业。他们从来没有想过，也许这一切是反的，一个人只有做到足够好，才会被机遇选中。范澄喻从来都没有因为任何事而放弃自己的理想，才会有人不断地来成全他的际遇，给他更多的机会。

范征为了儿子，也或许是为了自己，拿出他的联络簿一家一家地去找琉璃基料，最后找到了山东。在山东，范澄喻发现了做琉璃的另一个派系，山东琉璃。最初人们都以为琉璃的基础原料是水晶，但范征告诉范澄喻，并不完全是水晶。水晶和琉璃的主要成分都是二氧化硅，而二氧化硅的比例如果在 92%—99%，意味着不通透，如果仅仅是略大于 90% 则通透，这就是琉璃和水晶最大的不同之处。

古代琉璃是用琉璃石加入琉璃母炼制而成，琉璃石是一种有色水晶材料，其主要成分应该是二氧化硅，琉璃母则一种采用天然又经人工炼制后的古法配方，可以改变水晶的结构与物理特性，在造型、色彩与通透度上有明显的不同。

许多史料也都证明了琉璃与水晶的不同。而从明代琉璃消失以来，许多人即使能找到基料也不知道不传之秘的琉璃母配方是什么，或许也是因为这个配方的消失才让琉璃在世上消失了很多年，也因为琉璃母的存在，中国古法琉璃与水晶乃至西方的玻璃在成分上有很大的不同。

在琉璃发展的后期，有人开始为做琉璃的人提供专门的琉璃包球，表面上看为琉璃匠人们提供了便利，而事实上说明琉璃母的配方掌握在个别人的手里，又将成为秘密，成了秘密，就是一件武器，让他们战无不胜，在一张华丽的幕布下实现他们真实的垄断。

范征费了很大的事儿，才找到拥有琉璃母配方的人。但那人显然不愿意告诉他们，范家父子俩只好一次次地登门拜访，希望能说服对方。

而另一面，瑰丽也遇到了相同的困境。张总这些天为了找原料，每天在外奔波，求爷爷告奶奶，甚至不惜稍微提价，希望有人给他琉璃包球，但好像都无济于事。

奚凝霜看着张总垂头丧气地回来，公司里的销售经理正好遇见张总，问什么时候能发货，就被张总劈头盖脸地骂了一顿。这要是在以前，张总乐不得听到销售的催促，那说明他们卖得好，可现在，他急得像热锅上的蚂蚁，再一催，堆积的怨气就爆发出来。

奚凝霜听公司里的人说了，原料出现断货现象。按说张总在这一行这么久了，合作方都很支持，怎么会突然出现断供？琉璃业应该还没有好到供不应求的地步吧？她给张总送设计图的时候，看着黑着脸的张总，小声问："几个供应商都没货？"

"没货？哼，我去了工厂，明明仓库还是满的，怎么可能没货，不知道是谁订了，还是什么原因。"张总脑子里又展开了丰富的商人联想。

最后，范澄喻窜进他的脑海里，"难道是他？"不禁脱口而出，忘了奚凝霜还在。

"谁？"奚凝霜随口问道。

"范澄喻。"张总抬目看着奚凝霜。

"不会的。"奚凝霜缓缓吐出这三个字。她并不确定是不是范澄喻，但直觉告诉她，范澄喻绝不是这样的人。他对别人一直都留有余地，现在摆明了是在限制市场。

张总冷哼了一声，"你怎么知道？他一直在问我瑰丽的设计师是谁，保不准，就是他想逼我去找他。"

"张总，这样没根据的猜测，没用的。"奚凝霜劝解，不希望张总钻进牛角尖里去。

谁知张总二话不说，拿起电话，打电话给范澄喻。范澄喻还在山东一带，并不在工厂，电话响了很久，没人接。张总有点恼火，放下电话不断地重复，"肯定是他，都不敢接电话了。"就这样给范澄喻定了罪名。

奚凝霜无奈地翻了翻眼睛，虽然她有点恨范澄喻，但她心底是认可他做事的态度。她不相信这件事和范澄喻有关，仅仅因为没接电话，她也看得出现在的张总听不进去一句劝慰的话，转身走了出去。

奚凝霜只想拿着公司里还有的一点碎料去找人进行化学分析。跟范澄喻学习的时候，她略微了解过一些其中的元素，但也因为市面上已经有了琉璃包球基料，术业有专攻，当初只想着创作是他们该做的事情，并没有去认真地想过整个行业的链条关系和发展。而当下，这些问题已经摆在眼前，才恍然大悟，原来他们已经被垄断很久了。

奚凝霜是现代大学生，懂得查阅资料，而张总也走在时代前端，公司里配备了电脑，初步有了互联网概念，虽然能查到的资料还十分有限，至少能给他们方向，也能节省一些时间在路上跑。奚凝霜有针对性地在网上找到了几个能提供关于琉璃基料的出处。

很快，奚凝霜收到了结果。琉璃的化学元素单位为PA，大陆大部分产地的天然水晶为24PA（含24%的二氧化铅），台湾的天然水晶有24PA和38PA两种。琉璃料的熔制温度约为1300—1600度，烧成温度为850—

900度，是以稀有的矿石石英砂、长石、氧化锌、硼砂、硝酸钠、萤石、白砒等配合物经高温烧制形成琉璃包球。

奚凝霜看着张颖和她的男朋友，笑着说："谢谢你们，没想到这么快。"

张颖找了一个学化学的理工男，典型的技术男形象，中规中矩的夹克里面是一件普通的衬衫，脖子下面的一颗扣子没扣，眼镜下面的那双眼睛木讷，不灵活。不白不黑的皮肤，一眼看上去都不会记住他的相貌，非常普通的老实人形象。张颖是非常现实的人，所以，她找的男朋友也是真材实料，外表从来不是她判断的标准，而她也这样做了。奚凝霜在这一点上特别佩服张颖，仿佛她的人生像设计好的一样，从不出差错地向前行进。梁慧偶尔和奚凝霜抱怨的时候就会说，她和张颖大学四年，怎么一点都没学到，这时就特别适合说一句话：人各有志。张颖这种现实的审美和艺术家的眼睛是完全相反的感觉，各有所好。两个人已经到了谈婚论嫁的地步。张颖已经是财务处里的大员，短短的四年就做得这么好，不仅因为业务好，还因为她珍惜这份工作，因为奚凝霜的放弃，她才拥有这份工作。所以，她嘴上没说过这些话，心里一直记着。张颖的眼光还是独到的，她知道奚凝霜是多么真实的一个人，难能可贵的朋友。

张颖是知道这三年来奚凝霜和范澄喻所有事情的人，心疼奚凝霜，"当然了，你交代的事情，我哪敢怠慢。"

"谢谢你。"奚凝霜将目光移向张颖的男友。

"不客气，张颖一直说你是她最好的朋友。"张颖男友是个老实人，他们俩在一起很般配。奚凝霜非常为他们高兴，茫茫人海之中能找到合适的人真的不容易。奚凝霜知道张颖的择偶观，她要一个能踏实过日子的男人，她没有过分的奢望，生命也没有辜负她，在她前行的路上，都是她想遇到的一切。

奚凝霜一脸认真地问张颖男友，"如果我想自己烧制琉璃包球，你觉得有没有可行性？"

张颖男友，推了推眼睛，"不是不可行，不过，是很复杂的事。"

奚凝霜把瑰丽现有的条件告诉他，让他分析如果他们要自己烧制包球有多大难度。张颖男友对这个话题，要比他们女人之间的话题熟悉多了，

滔滔不绝地帮奚凝霜分析，最后的结果是，可行，但其投入是奚凝霜说服张总最大的难题。

张总虽然对艺术有追求，但他毕竟是商人，他的追求是要和利益挂钩的，目前看来他们想自己烧制包球需要厂房和一些大型的设备，别说场地就对瑰丽是一大考验，再加上投资设备，成本太大。张总做事喜欢顺势而为，奚凝霜似乎能预感到张总的反应。

奚凝霜不禁微微凝眉，兀自陷入沉思。

张颖轻声对她说："我知道你想要做的事，都能做成，我收到你送的结婚礼物了，特别漂亮，往哪一摆都是目光焦点。但你是不是越陷越深了，把自己的老本行都扔了。"这份礼物就是她参展的《向上而生》。当初为了展会，她一炉烧了两个，一个送展了，一个送给了张颖做结婚礼物。

那次展会的订单，就是瑰丽其他师傅用她的打样模复制出来的。奚凝霜一直认为，除了她亲手制作的琉璃作品，都是没有灵魂的商品。在她心里，任何手艺工匠只有亲手设计制作的作品才有他们才华的灵性融入其中。而复制品只存在经济效益，物质与灵魂走的是两条路，互不干扰，相辅相成就好了。

奚凝霜笑了笑，"人的命运是注定的，可能当初我学财经是一时误入歧途呢？"

被她这么一说，两个女人"噗嗤"都笑了出来。

"不过，我前些日子去山东取样本的时候，也听说有人要烧琉璃包球。"张颖男友突然说话，奚凝霜随之一怔，旋即追问："你知道是谁吗？"

"父子两个，那天我正好去取矿石样本，看到有父子俩在求那个老板什么事，好像被拒绝了。因为张颖经常提起你和琉璃，我隐约听到了'琉璃'二字，才故意看看那父子俩。"

奚凝霜记得张总说过，范澄喻回老家了，范征也是琉璃界的前辈，难道是他们？这想法让她浑身血液翻涌。这么说的话，有没有可能是他们父子呢？范澄喻是不是和瑰丽遇到同样的困境了？她马上从包里翻出钱包，里面抽出一张照片给张颖的男友看，"是他吗？"

"是，就是他。"张颖男友一看就认了出来。

"他们是去买原料吗？哪一家工厂？"这让奚凝霜始料不及，万万不会想到居然从张颖的男友那里得到这么重要的消息。

刚刚的一时情急，奚凝霜从钱包里拿出范澄喻的照片时，张颖就把一切看在眼里，轻轻叹息，奚凝霜根本没有忘记范澄喻。"你确定？"张颖知道这对奚凝霜有多重要。

"当然，哪有几个人会说起琉璃？听一次就能记住了。"张颖男友回答得很肯定。

张颖转首看向奚凝霜，奚凝霜柳眉微蹙，若有所思。转而，淡淡一笑，又看着他们两个人说："今天的收获真是不小。"

告别了张颖他们俩之后，奚凝霜直接去瑰丽工房。

今天是周末，除了门卫，没人来上班。过去，偶尔会因为赶订单而加班，现在因为原料缺供，整个工房都停了下来。奚凝霜看着张颖男友为她提供的成分配比，在自己的设计实验室里来回踱步。至少她现在知道，范澄喻不是张总想象的那种卑鄙小人。他也拿不到原料，这其中原因，不由得让奚凝霜想到了什么。到底是读过大学，而且还是经济类学科，虽然她不再做财务工作，但对市场规律还是非常清楚的，她知道他们被排挤了。

从展会回来，除了看到范澄喻的近作，也看到了一些琉璃界的现状，她只是没想到，会这么快。

奚凝霜拿起电话，打给张总把张颖男朋友说的话转述了一遍。张总先是沉默，他是明白人，他不觉得奚凝霜会为了偏袒范澄喻而说谎，奚凝霜身上最好的品格就是真实，从不伪装自己，哪怕是拒绝都是那么直接。他边点头边说："嗯，我知道了。"

奚凝霜想再说说烧琉璃包球的事，思前想后，还是决定等上班的时候和张总面对面再提。至少，让张总打消一些不必要的顾虑，重新思考他们现在的困局，在遇到困难的时候最怕钻进一个死胡同里。

"你刚才是说范澄喻他们要自己烧包球？"临挂断电话前，张总又问了一遍。

"对呀。"奚凝霜听出张总言下之意是在琉璃包球的烧制上面，心中一颤，万一张总不用她说，也有此意就最好不过了，岂料，张总语带笑意地

第八章　昨朝为此别，何处还相遇　　257

说:"那我们可以找范澄喻了。"

找到拿琉璃包球的突破口,张总一时间像孩子似的高兴,可奚凝霜刚提起的气就泄了出去,原来他想的还是在食物链上自己人位置生存。

"张总,我们也可以自己烧包球。"奚凝霜终于还是没有忍住,用试探的语气说道,"我有烧琉璃包球的原料配比。"

"不不不,这投资太大了,而且,我们和范澄喻不同,他有自己的工厂,有厂地。我们在上海,根本不可能有这样的地方给我们做这样的事。"张总理智反驳。

奚凝霜承认年轻人的想法经常过于理想化,张总句句在理,只在心里想,如果真的像张总说的找范澄喻买包球,那她在瑰丽的事,岂不是早晚要被范澄喻知道。张总显然只沉浸在又找到了包球供应渠道上,根本没有去想奚凝霜的感受。

"只是听说他们在打听,要等他们真的烧出来,还不知道要什么时候,远水解不了近渴。"奚凝霜提醒张总,"我觉得目前是不是还是要向同行示好,不要在自己的领域内有不良竞争,这对整个行业的发展都没有好处。"

"你呀,就是太年轻,江湖上谁都认为自己是老大,谁也不想听谁的,你觉得我能说服谁呢?"张总无奈地长叹一口气。

奚凝霜始终认为,张总这样的中间人对生存空间最有危机感。范澄喻已经开始了全生产链的建设,她相信,最后这会让他立于不败之地,依托别人,终究处处受限。

那是民营企业迅速崛起的时代,成就了很多行业的中间地带,瑰丽虽然有自己的设计,但并没有实体制造支撑,大批量的订单,他的工房是干不过来的,都要发给同行一部分共同加工,就像当初王再山让范澄喻分工一样,只不过现在这个徒弟已经可以帮师傅创收了。奚凝霜一直有危机感,正巧有这样的一个机会,可以说服张总进一步巩固工房的硬实力,还是被张总拒绝了。

"那我们就永远都被卡着脖子走。"奚凝霜不吐不快,把心里话说出来。

张总真的没想过这些吗?他这样的商人,当然想过。但他的优点是能够真实准确地评估自己所拥有的先决条件,琉璃这个行业到底能走多远,是他无法预测的。因为他不爱琉璃，他看中琉璃只是看中商业时机和商业价值。

"小奚，你难道让我也把工房搬到乡下去？"

奚凝霜不再说话，这几年她已经了解张总。张总不是为了艺术舍弃一切的人，他跟她和范澄喻不一样。表面上，三个人都在做同样的事——琉璃，但实质意义天差地别。

放下电话，奚凝霜郁郁寡欢，这一天对她来说用悲喜交加形容再合适不过了。事实上，对于和范澄喻有关的事，一直以来带给她的感觉就是悲喜交加。

张总的行动力惊人，星期一没到工作室，直接开车去找范澄喻了。展会上，他收了一张范澄喻的名片，他就按着上面的地址找去了。工厂里只有几个工人，范澄喻不在，难怪，他打电话一直都没人接。他向工人打听他们父子俩什么时候能回来，工人们不知情地摇着头。张总只好站在厂房里四处张望，最后悻悻地走出来，坐进车里点上一根烟，边抽边想范澄喻这些年的变化真是很大，就这个厂房几乎是那么多琉璃工厂中他见过最大的规模了。烟抽到烟蒂，他又狠狠地吸了一口，再重重地吐出去，结束了这个仪式。

正要开车离开，看到路口有两个人，他眯起眼睛定睛再看，不就是范家父子俩吗？这支烟真是没白抽，他兴奋地推开车门，迎着范家父子俩走过去。

范澄喻也看到了那辆车，这条路上一般都不会有人来，所以，车停在那儿就格外显眼。再仔细一看车上下来的人是张总，难怪那辆车那么眼熟，一看到张总他就明白了张总的来意。

"小范，我一直在等你，有幸被我等到了。"张总笑呵呵地迎上去说道。

走近之后，范澄喻认真地看看张总，一直以来张总都梳得整齐的发型，一丝不乱，可此刻有几缕发丝凌乱地垂在额前。范澄喻猜想他一定也为了找包球的事急坏了，便笑着说："我和父亲刚刚从外地回来，您来之前应该先打个电话。"

"打了，一直没人接，我实在是着急，就……"张总面露尴尬地看他们父子二人。范父没作声，只在一旁笑了笑，可以看得出，刚才父子之间一定也在进行着比较严肃的话题。

张总随范澄喻父子来到办公室。张总万万没有想到这里面积这么大，但不像他在上海的工房装修得那么华丽时尚。

张总刻意夸赞一番。范父很冷静，他也是商场上的老江湖，这些话在他耳朵里激不起涟漪。

范澄喻请张总坐下。张总半个屁股局促地坐在沙发边上，急不可待地说起琉璃包球的事。范澄喻并不插话，耐心地听完，又好奇地问："你怎么会知道我在找原料？"

张总险些脱口而出奚凝霜的名字，幸好他反应快，及时收住口，硬生生地吞回那三个字，笑着说："我让人化验琉璃中的成分时，有人告诉我的。"

"哦？这么巧？"范澄喻觉得这个世界的有缘人是不是弯弯绕绕，最终还是要走到一起。他的确又想起张总那个神秘的设计师，不知为什么，潜意识里，他觉得是那个神秘人告诉张总的一切。这感觉很有趣，那个神秘的对手，到底是个什么样的人呢？

张总又把自己的来意进一步说明，就是他不具备炼包球的条件，而他这里一应俱全，将来是不是可以在这方面合作。

范澄喻苦笑，"张总，我这八字还没一撇，你就指望我这里，是不是太草率了？"

"不会，小范，从我第一次看到你，我就知道只要是你想做的事情，一定会很快实现。"张总一点都不吝啬溢美之词。

范澄喻很大方地说："如果我开始烧炼，张总的需求，我当然会考虑。可目前来看，我们还需要做一些准备，两三个月后，才能进行烧炼，而最初的成功率，我还没有把握。所以，张总目前还需要另外想办法。"范澄喻相信张总的瑰丽靠那个《向上而生》的作品，一定拉到不少商业订单。

"没问题，没问题，我们可以先做预售。"张总一口答应。

"那到时候我联系张总吧。"范澄喻开始有一点商人气质了。范澄喻的商人气质更多是来自一位手艺工匠内心的真实。他给自己定义了这样的企业文化，谈判不讲技巧，以诚相待。只相信接纳他的客户，不去说服不信任他的客户。

"小范，还是这么直接。"张总脸上笑得像朵花儿似的。

范澄喻看看父亲，他们谈了这么久，父亲一直保持着合适的沉默。张总和范澄喻说话的同时会不时地对范征微笑，那个笑容很客气，范征回以微笑。范澄喻又说了一句："张总和我不是第一天认识了，我从来都不会像那些商人那样打太极。"

说者无心，听者有意，张总不由得面露尴尬，而范澄喻竟丝毫不觉得不妥。

张总极会察言观色，看范澄喻一脸坦荡，心中清楚范澄喻并不是含沙射影。奚凝霜就一直说他想得太多，可商场如战场，想得不多哪行？只不过，对这两个人可以少想一点，这年头，像这二位这样单纯的人不多了。心念至此，不由得兀自笑了，"对，对，这样可以减少沟通成本。"他一本正经地说道。

最后，他们又聊起近期被抵制的困苦，张总的情绪比较激动，范澄喻微微皱眉，仅以这样的神态就算表达愤怒了。自从对奚凝霜发过火，那些激动的言语一直是他最悲伤的回忆，甚至不敢再去回忆。而也是从那时候开始，他比以前还不愿意表达自己，将全部感情都倾注到作品之中。

展会后，范澄喻接的订单也不少，但他这个人做事非要万无一失，他把交货日期多签了三个月。所以，他的时间很充足，不像张总销售心切，他们的心情自然不同。

张总长吁短叹地诉苦。范澄喻不露声色，他有一个非常好的品质，就是从来不去指导别人做事，他只要做好自己，至于别人怎么做，看他们自己的选择。这样的心态下，他才会少言寡语，而并非对什么人，什么话题都是少言寡语。奚凝霜有时候觉得他可以夸夸其谈，滔滔不绝，有时候，一句话儿也没有。

听张总吐完苦水，范澄喻只淡淡地说："任何事物和行业都会面临着发展和迭代问题，不会那么顺利，但也说明了势在必行，非理性的阻挡是没用的，同时说明了张总有先见之明，走在了前面，才会被抵制。"

张总爱听这话，脸又笑开了花儿。

范澄喻想起那位神秘的设计师，他觉得张总眼神闪躲，总像有什么话儿不便说，几次欲言又止，但好奇之心仍然让他开口问道："张总的设计师对此有什么想法？"

张总心虚，最后只得说："她，她负责做设计，能有什么想法？小范啊，你就别打听了，你看你现在发展得也不错，我可是怕你和我抢人啊。"顾左右而言他。

"我不会做这种事的，张总，您真的误会了，我只是希望认识这位师傅，能一起聊聊琉璃就好。"范澄喻的话发自肺腑，要知道知己难求啊，特别是他们这类人。张总哪会不知道范澄喻的为人，就当是误会吧，这对冤家真让他没辙，"小范，你不会因为这不和我合作吧？"他担心地问。

看张总是铁了心不打算说，范澄喻转颜笑道："张总不用有顾虑，这是两回事。"

"那就好，那就好，哎！"张总深深一叹，为了这个丫头，他也只能如此。

等张总走了，范父对儿子说："商人的想法和我们不一样。"

"他有他的生存法则。"范澄喻在外面这几年，还有一种收获，就是理解，理解别人的不易。

自从范父把范澄喻带进这座工厂，范澄喻的性格变了许多。刘远一直说他是个闷葫芦，现在刘远经常来厂里找范澄喻，虽然不认识琉璃，可他还是喜欢和范澄喻聊天，觉得他和这镇上的人不太一样。有时候，两个男人也谈起女人。每次提到女人，范澄喻的目光总会呆滞一会儿，刘远说他一定有关于女人的秘密。范澄喻偏偏绝口不提。只有这时候，刘远会说："你呀，还是没变。"范澄喻默默地笑笑。

有一次，范母问儿子："你不想再去找小奚啦？"

范澄喻便沉默。

总之，哪怕他在兴致勃勃地聊着琉璃，只要提到奚凝霜，他分秒之间变回闷葫芦。范澄喻也很想回去找奚凝霜，但是他怕，他从来都没有怕过什么，从国企辞职孤注一掷去做琉璃，没怕过；和父母对抗的时候，他没怕过；做琉璃失败过无数次，哪怕是烟花的失败，也没让他怕过。他就怕过那么两次，一次是因为不能给奚凝霜未来；一次是现在，不敢打听奚凝霜的消息，怕听到她已经结婚了，或者她有男朋友了。他就是没想过，奚凝霜还会等他。因为她太优秀了，当初他对她的感情就患得患失。

每个人表达感情的方式不同，他们俩表达的方式，却出奇的相似。他们都付出真心，又都觉得对方的心猜不透，分明都是很直接的人，偏偏对各自的感情就这样各怀着心思，在平行线似的轨道上行驶，不知道他们何时何地在哪里交汇。

张总从范澄喻这儿回去就把范家的工厂给奚凝霜讲了一遍，他也不懂这对年轻人是怎么回事，奚凝霜的脸上看不出任何变化，冷若冰霜。从范澄喻走后，她那张阳光般的笑脸就很少看到，哪怕设计出满意的作品，也总是若有所思的样子。在张总看来，范澄喻是把奚凝霜伤得不轻。因为他从范澄喻的脸上没有看到与以往有什么不同，反而更自信了。他不想把他的这些感觉告诉奚凝霜，他只想帮奚凝霜瞒着，让时间来解决他们之间的感情债。

奚凝霜明白张总和范澄喻之间的区别，由此断定他们的路慢慢会走向两个方向。那天，她回了蠹巷，不知不觉地走到老宅。

黑色的大门，生了锈的锁，一切的一切仍然没有一丝变化。她知道范澄喻付了十年的租金，已经四年了，还有六年，他真的不回来吗？她又恨自己这样想，他那么狠心地走了。即使他回来，又能怎么样？她转身快速地往家走。

范澄喻终于进到了原料，开始自己烧制包球，在王再山那学过的技术他记得很牢，加上王再山的指导，第一次烧制亲自上阵。整整六个小时没动，脸上身上已经不知道流的是汗还是被炙烤出来的油，远远看过去整个人都红彤彤，油亮亮的。地心岩浆般的熔液让人睁不开眼睛，他就把眼睛眯成一条缝继续观察，脸和嘴唇肿了起来，都没有察觉，整个人被炙热的气流包裹，知觉迟钝。

一股焦味儿专到鼻间，范澄喻才发现他的头发在迅速缩短，他本能地

逃开。再这么待下去，他真要被烤熟了。五月天气还不算太热，可他身上的衣服已经被汗浸湿，可以拧出水了。

他拿着一根一人多长的专用钢管，伸进窑里，舀了一勺橙红色的浓浆，稍微冷却之后倒在旁边已经摆好的圆形模具里，眼看着一块块直径四五厘米的圆形包球继续凝固，他兴奋得像个孩子，嘴里还不住大喊："成了，成了！"工厂里一个人也没有，只有他一个人大喊大叫。烧制包球是份苦差事，又是第一次尝试，他没有留工人，他这个人就喜欢首创的时候一个人独享，他觉得这样可以保持专注力。

兴奋了一会儿，他继续一勺一勺地盛出包球，整整齐齐地摆了满地，远远看上去漂亮极了，这样又干了很久。当他停下来，走出工厂的时候，只觉得眼前一黑，人就栽倒在地上。幸好范父及时赶到，看见晕倒在厂房门口的儿子，他见儿子脸上、嘴唇出现严重的脱水状态，马上去找水，给儿子脸上洒一点，又一点点送到儿子嘴边，补充点水分之后，就背起比他高出一个头的儿子放到自行车上面，一只手扶失去知觉的儿子，一只手扶着车把，艰难地往外走。

范澄喻因为脱水导致虚脱，现在他必须补充糖分，或者盐分。范征心里着急，只恨自己的力气不够大，不能走快一点。不知过了多久，范澄喻恢复了一点意识，不过他浑身无力，甚至睁不开眼睛，整个人像一摊泥似地扶在自行车上。他心里清楚，推他走的人是父亲。但他完全没有力气张嘴说话，他记得他出来的时候，天还没黑，可怎么四周黑漆漆的？他努力让大脑向全身所有的神经下达命令，可惜一点作用都没有，那些神经都和他一样被抽干了水分，软弱无力。无论是身体，还是声音，都不听使唤地瘫着。他觉得父亲一定累坏了，上了年纪的人，怎么还能有那么大的力气，这就是父亲吧？任何时候都那么孔武有力，他在心里笑了，可让父亲如此，心里又懊恼不已。

终于，除了自行车的声音，远处开始有别的声音传来。范父停下，把他扶在路边坐下，匆匆离开，没多久，范澄喻听见父亲对他说话："澄喻，张嘴，喝点汽水。汽水是甜的。"

范澄喻闭着眼睛，努力想张开嘴，虽然他不知道是自己的努力成功了，还是父亲帮他张开的，突然一股甜滋滋清泉流进嘴里，真甜，真清凉，干涸的土地渐渐被滋润。

能量之水向四肢百骸传输过去，滋润着那些枯萎的细胞，它们被滋润重新充盈，活了过来。缓缓睁开眼睛时，范澄喻看到父亲那张焦急的脸。多久没看过父亲这样的神情了？沧桑的脸上一双焦急的眼睛盯着他，他从父亲那双仍旧炯炯有神的眼睛里看出有火花，那一定是火花，就那样闪亮火光。范父素来是一个心有沟壑，走过万水千山的人，淡定从容是他的常态，范澄喻终于知道自己到底像谁。

"爸。"范澄喻轻轻唤了一声，范父的眼泪没有流出来，焦急的脸上旋即换上怒容，嗔怪，"你就作死呀。"抬手轻轻地打在儿子身上。"任何成功都是需要付出代价的。"范澄喻声音很轻地笑着说，看得范父哭笑不得。

范澄喻笑了。

范父扶着他坐在马路边儿，等他慢慢地将那瓶汽水喝完。那之后，范澄喻就多了这个爱好，喝汽水，一直喝到六十岁，他总是笑着说，那是他的能量水。

从那天之后，范父不同意他一个人在工厂里，任何时候一定要留下一个工人值班，两个人可以互相照应。为了不让父母再为自己担心，范澄喻只好答应。

不过，任何代价都是值得的，自制包球成功之后，范澄喻的发展势如破竹，再也没有人可以阻挡。他仍然保持低调，不想与老琉璃师傅们正面冲突。顺理成章的，张总从此和他有了原料供需合作关系。每次张总下订单到工厂的时候，范澄喻都会亲自过目，仿佛想从那些订单中看到瑰丽那位神秘的设计师又有什么新创意，但他很难猜到什么，他能感觉到，那位神秘的设计师一定是故意让他猜不透，这感觉说不清是怎么样的，却莫名有趣。

接下来的几年，琉璃进入市场化最快的阶段，连平常人家都开始购置琉璃艺术品作为装饰，商家、企业都开始把目光瞄向这有灵魂气息，可以诠释出各种寓意的艺术品上。

经济在发展，时代也在大踏步前进，人们的艺术品味随着见识的增

长,更高,也更有个性,进入一段以创新创意为主导的时期。那段时间,许多客户都在不计价格地追求独一无二的艺术品,这样一来,给设计带来了更多的挑战。老师傅们创新创意不足,也只能维持一些守旧、传统的制作,市场主流开始以范澄喻的作品为主,但任何时期都不缺抄袭和模仿者,什么有利可图,就会被这群人盯上。

有一次,刘远就拿了一个和范澄喻创作的类似作品来给范澄喻看,对方的售价一直比范澄喻低一点。范澄喻苦笑,"做得还算不错。"

"除了色彩上不够通透,基本上和你的作品没什么差别了。"刘远和范澄喻混了几年之后,也能看出点门道了。

范澄喻无奈地叹了口气,刘远说:"就没别的办法制止这样的人吗?"脸上的怒意发自为好友打抱不平。

"有。"范澄喻突然想到奚凝霜曾经说过的两个字——"版权",她真是个有先见之明的女孩子,心随之一痛。

"快说。"刘远一听有办法,那张苦脸马上有了笑意。

第二天,范澄喻就去打听如何注册版权了。那时候版权保护制度还不算完善,只有上海才有这样的单位,尽管防得住君子,防不住小人,但他还是决定全部注册,无论什么事,都要有人去做,做的人多了,自然成为一种规则。何况,这是奚凝霜的主意,算不算他完成了她的心愿呢?每当心念至此,他都会淡淡一笑。

范澄喻借了一辆车,把自己的几件重要琉璃作品都拉到版权保护中心拍照注册,整整忙了一天,走的时候,他一再感谢工作人员,车才开出去。他长舒了一口气,完成了一个大工程似的。这时迎面开过来一辆车,他一眼认出是张总的车。车里坐着两个人,副驾驶上好像坐着个女人,而且有点眼熟,他的心没来由地狂跳了一下。他并没有想到那是奚凝霜,只是不知为什么心就狂跳不止。

"师傅,能不能掉头回去?"范澄喻对司机师傅说。司机师傅以为他落了什么东西,马上调头往回开。

范澄喻看到张总的车也去了版权保护中心,他的心跳得更加剧烈了。

张总一直不说他那位神秘的设计师是谁，范澄喻的大脑里开始拼凑所有的事情。

《向上而生》，还有瑰丽近年来发布的所有作品，融合中国元素和现代感的作品，他一直觉得一定是位和他差不多年纪的人，而且还有一个非常显著的特征就是来自女性的细腻，这个想法让他浑身的血液沸腾。他让司机师傅把车在张总的车子附近停下，车里已经没人了。

范澄喻看看车，又看看版权保护中心的大门。他们也是来注册的？这不禁让他想起当年，在老宅里，张总可是听到过奚凝霜要注册版权的事，而当时张总显然是对此不屑一顾，怎么会？他更想知道刚刚一闪而过的那个副驾驶座位上的女人是谁。

"范师傅，是不是落什么东西了？"司机见范澄喻一动不动，心下纳闷地问道。

范澄喻恍然回神，"哦，遇到一个熟人，我们在这里等一会儿。"

"哦。"司机也向着版权保护中心的大门看去。范澄喻看看手表，什么人会快下班了来这里注册版权？或者他们知道刚才他在这里？十分钟后，仍然没有人出来，范澄喻看得出司机师傅有点着急，大概也想趁着天亮的时候赶回牌楼。范澄喻稍作犹豫，如果就这么走了，他心有不甘，他想弄清楚刚刚那个副驾驶座位上的女人到底是谁，是不是一直存在于他潜意识里的那个女孩儿。他推开车门，转头对司机师傅说："师傅，我去看看，回来我们就走。"

"好，好。"司机师傅笑着答应。

范澄喻的手心渗着汗，他都不知道自己在紧张什么，又为什么非要去看个究竟，而他的心已经快跳出喉咙了。

"小范！"张总正好在楼梯口，看到他笑着打招呼，"这么巧，你也来了？"

"是啊，刚刚我看到你的车，就想过来打个招呼。"范澄喻向张总的身后看，却一个人影也没看到，刚才那个女人去哪儿了？

"是吗？哦，我来了解一下版权注册的事。你也知道，现在的盗版太猖狂了，必须要学会保护自己。"张总笑着边说，边往外走。

范澄喻停下来,"张总这是要走了?"

"对啊,事儿办完了,人家也要下班了。"张总笑呵呵地说着继续往外走。

范澄喻回头看了几次,空荡荡的走廊里不见一个人影。明明有一个大活人,怎么这就没了?"张总和这里的人很熟悉?"

"哦,怎么这么问,我看起来像和这里的人很熟嘛?"张总警觉地将皮球踢了回来,范澄喻涩然一笑,"我以为这儿有您的熟人呢,刚才你不是车上还坐着一个人呢,你是送人回来?"

张总一听,故作神秘地冲范澄喻挤挤眼睛,凑近小声说:"让你看到了?这在外面办事,总要有个熟人好办点。"

"是啊,是啊,那以后版权注册有什么事不好办,我可就找张总帮忙了。"范澄喻将计就计。

"没问题,没问题。"张总硬着头皮答应。

而他们俩的这段对话,被躲在柱子后面的奚凝霜听得真真切切。就在范澄喻看到奚凝霜的时候,奚凝霜也看到了范澄喻,她不像范澄喻,她一眼就认出来车上坐的是范澄喻了,所以,她走进大楼就和张总说了,刚刚出去的是范澄喻。张总转身向窗外望,果然看到范澄喻的车子回来了,"怎么办?"

"反正我不见他。"奚凝霜说着躲到柱子后面,接下来的任由张总去自由发挥了。

张总一脸无奈,"你们真是冤家,我遇到你们也是遇到了冤家。"嘴上这么说,人已经挂上笑脸迎上范澄喻。

范澄喻连连向后面望了几次都没看到人,不禁怀疑自己是不是最近累糊涂了?还是他太想奚凝霜了,为什么总觉得张总会和奚凝霜有关。奚凝霜应该是在他离开蠡巷之后,就本本分分地在学校里做会计了吧,她恐怕再也不会碰琉璃。

"那就这么说定了,我要赶回牌楼去了。"范澄喻伸手与张总握手告别,转身离去。

范澄喻上车以后,注视着张总也上了车,向张总挥了挥手,对司机师傅说:"走吧。"他一直注视着后视镜,直到张总的车出现,张总的车开得很慢,和他的距离很远,他想看看副驾驶位上有没有人,没人,真的没人,莫名地有种失落蔓延全身,他沉默地看着窗外。

张总故意把车开得很慢,奚凝霜缩在后排座里,坐得很低很低,躲开任何可能看见她的角度,沉默地看着窗外。她在心里猜测,范澄喻会来这里是不是因为她曾经说过的那些话。

直到范澄喻的车向另一个方向走了,张总才说:"行了,不用躲了。"

奚凝霜翻了翻眼睛,她的确是在躲,尽管躲得好似很高雅,她连忙坐正了身体,说:"小王说,他注册了六十多件作品。短短的两年,他居然做了这么多作品。"

"他是个人才。"张总一直很肯定范澄喻的才华,"他能把中国元素特别高雅地体现在现代感的作品里。这大概就是天赋吧?即使他真的没读过多少书,至少对中国历史也有一定深度的了解,不然是诠释不出那么好的感觉的。"

奚凝霜一直都觉得范澄喻有他特殊的高深莫测,经张总这么一提醒,恍然懂了,历史典籍都是祖先留下的智慧,他一直都挂在嘴边说,现在他们做的一切都是祖先的智慧结晶。现在她明白了,清澈的双眸瞬间放着光芒,"读书的人,读了什么书,智慧就会在哪里。他读史,所以,对中华文化了解得更透彻,才会做得更有深意。"

"我说小奚啊,我看得出小范还是单身,你们就不能坐下来好好谈谈嘛?"和奚凝霜相处久了,张总像个老大哥似的关心起他们俩之间的事。当然张总也考虑过了,以后能和范澄喻合作也是共赢的好事。

奚凝霜在后面没有说话,张总抬目,从后视镜里看向她。她看着窗外,脸上仍然那么平静。奚凝霜是个漂亮的女孩子,不能说多么惊艳,但绝对是知性美女,无论是气质,还是谈吐都能显示出她家教良好。事实上,虽然父亲老奚不算真正的知识分子,母亲梁慧也只是普通的主妇,但奚凝霜自幼喜欢书法,又不知不觉地沉迷于琉璃,都是一种艺术熏陶的结果。有些潜移默化的影响是无形的,大概就是因为父亲谈的都是学习,母亲虽然抗拒亲生父亲留下的心理阴影,但那两盏砚台不是一直被她留着?

骨子里的天性，在某一个触点被激活了，就会一发不可收拾。遇到范澄喻之后，奚凝霜心底的那扇艺术之门就打开了。范澄喻的离开，又给她的心头划了一道伤痕，这好像更符合一位艺术工作者的气质修炼，脸上若隐若现的伤痛，就是那种特殊的美。

张总没再继续说下去，车里的收音机偏偏放起张爱嘉的歌声："还记得年少时的梦吗？像朵永远不凋零的花，陪我走了风吹雨打，看世事无常，看沧桑变化，那些为爱所付出的代价，是永远都难忘的啊？……走吧走吧，为自己的心找一个家，走吧走吧，人生难免经历苦痛挣扎……这就是爱的代价。"

他们都沉默地听着优美的歌，有人听的是旋律，奚凝霜听的大概是歌词，张总猛然意识到什么地连忙去换台，奚凝霜无动于衷。

谁的年少没有梦？谁不曾为爱付出代价？奚凝霜微微动动嘴唇，似笑非笑。情伤是需要时间来疗愈的，只是谁也不知道时间多久，往往在不知不觉中完成爱的更换，也不过是释然而已，是不是真的完全不会痛了，大概只有自己才能知道。

奚凝霜收回这些思绪，现在她要思考的不是这些，她一直觉得自己的琉璃作品在创新创意上没有问题，但要说内涵与深意，确实比范澄喻差得多。对于历史的理解，似乎男人与女人有先天性的不同，所以，他们在表达上也会有不同。女人细腻更富有情感，男人沉着大气更厚重。历史应该是厚重的，奚凝霜已经在补习很多历史知识，她不得不承认自己的缺陷，她不知道她能不能补上这一课。

随着民间艺术品市场的繁荣，许多关于民间艺术的赛事也越来越多，国家也在寻找真正遗落在民间的手艺人和艺术工作者。奚凝霜所在的瑰丽接到了比赛邀请函，同时，范澄喻也收到了。

范澄喻收到张总的琉璃包球订单，每种颜色的包球都订了相同的数量，他笑了笑，这个神秘设计师看来是把他当成了对手，他非常期待看到瑰丽的比赛作品。而他自己呢？他瞥向自己的图板，上面的草图才有点模样。

奚凝霜则坐在自己的设计台前若有所思。张总指望着她获奖，那他就可以以获奖作品的名义接订单了,那些喜欢收藏的人专门喜欢收集这类比赛得奖的艺术品,因为物品的背后可以有故事,很多物品的价值大都因其所带有的故事而显得格外特别,价值自然不同。

几天了,奚凝霜面前的图板上还是空白一片,什么都没画,张总就有点着急了。

"小奚,要不要带你去找找灵感?"张总关心地问奚凝霜。

奚凝霜严肃地看着张总,"去哪找?"

"我觉得我们可以去北京看看,在红墙绿瓦找找中国元素。"在张总心里,或者说在全世界人们的心中,北京有很多可以代表一部分中华文化的东西。

奚凝霜反而笑了,"张总,东方美在苏州。"

"那你是有想法了?"张总听她这么说,眉开眼笑地追问。

奚凝霜淡淡一笑,她在想的是范澄喻这次会做什么作品,而不是她自己要做什么,她没把这些说出来,只告诉张总说:"想了很多都不太好,再想想。"

"慢慢想,慢慢想,有目标就好。不过,我还是觉得你可以考虑一下去北京看看,近几年北京的市场也大火。"张总对市场的灵敏度比对艺术品的灵敏度还高,旁敲侧击地想让奚凝霜考虑一下他的建议。

奚凝霜不像范澄喻那么固执,或者也可以说奚凝霜对自己的自信度不如范澄喻那么高,除她自己的事情以外,她会接受一点别的人意见。她突然想到,范澄喻对江南元素的把握是极精准的,那她是不是真的可以听听张总的建议,避开与范澄喻的直接对抗呢?这样想着,她抬头对张总说:"那就去一趟北京。"在这个艺术与市场并存的时代,他们要做最实际的考虑。

张总一听,喜出望外,"我马上去订机票。"

九十年代坐飞机也是件奢侈的事情了,张总算是下本钱培养奚凝霜。奚凝霜最初认识张总的时候,他们对彼此的印象都不好,但现在,他们共同为了瑰丽,在坚持自己原则的同时又一起努力,所以说,商场上没有永远的朋友,也没有永远的敌人。后者总比前者好。

张总在乎市场,他在绝对的空间内尊重奚凝霜的艺术追求。奚凝霜投桃报李,也不会因为张总对市场的追求而抵触,这是最好的合作关系,他们都是聪明人,彼此爱护与珍惜,不过是希望走得更久更远一点。

范澄喻自成一体,他已经有能力为自己搭建平台,所以,他不需要做这些妥协,他可以说已经走了随心所欲的路,所以他对自己的艺术要求更高一点。范澄喻开始大量地补充文化修养,无论什么都去学习。这些精工良器,少了机械的呆板,多了手作的灵动,手艺人的制器之路,也是一场内心的修炼,他们都在弥补自己的不足,都是为了琉璃。

北京和江南是全然不同的风格,奚凝霜只觉得哪儿都是方方正正,不然怎么叫四合院呢,不像江南的院子,曲径通幽,雕梁画栋,小桥流水,奇石古树。北京的建筑有北方的广阔大气,还有浓重的色彩。

这样一看,奚凝霜突然明白了,最近有些北京的客户为什么喜欢浓重色彩的琉璃作品。走在故宫里,奚凝霜脑际间灵光一闪,她想范澄喻把握江南的特性最为准确,江南就注重淡雅、闲适。而这里的浓墨重彩,强烈又激荡的人生,九龙壁上那九条色彩不一样的龙,都像极了琉璃。她马上知道自己要做什么,不由兴奋得双掌一击,硬是在这空旷的空间里击出回音。

张总看着她,这里的管理人员也看着她。奚凝霜显然沉浸在自己的想象中,根本没去看旁边的人。张总看她那表情就猜到了三分,得意地暗中发笑,"有想法了?"

"有了。"奚凝霜自信满满。

琉璃还是在江南地区出产得多,最北也只到山东,而北方的文化就更少体现在琉璃里,何况这种皇族的气质。奚凝霜这一次就想豪华到底,回避范澄喻的清雅。而她相信,这也会是一个让她摆脱有女性特质的作品。

他们将北京所有的宫殿都转了一圈,奚凝霜心满意足地踏上归途。

"张总,你是打算开拓北方市场了吗?"奚凝霜能明白张总的心思,他做事情很少没有目的。

"丫头就是聪明。"张总那双眼睛已经笑成了一条缝,他的如意算盘打得响。奚凝霜其实也很佩服张总，他把握市场的能力的确很强。

不过，他们这一趟北京之行，很多流言也纷纷传出，说奚凝霜是张总的情人。范澄喻有一天去上海办事，顺路或者说是特意去了一趟瑰丽。他还是想能不能看到那位神秘的设计师，但有几个瑰丽的人说话阴阳怪气，大概就是张总带着情人去北京旅行了。但听那些人说什么，女设计师和老板的故事。范澄喻再想问女设计师叫什么名字，就没人敢说了。因为张总在公司里立下的规矩就是不许向外人透露瑰丽设计师的名字，不仅仅是奚凝霜。

范澄喻怕再问下去又要引起别人的怀疑，只好走了。

女设计师，他猜对了。他又想起了那天张总车上坐着的长得有点相奚凝霜的女人，他连忙摇摇头，不会，不会的。他怎么想都不觉得奚凝霜还会继续做琉璃。而他在车站时，竟然看到了去蠡巷的大巴车。他站在售票口很久，直到售票员催他要买去哪里的票，他才说去牌楼。他还是没有勇气回蠡巷。

范澄喻的画板上画了一位穿着旗袍的江南女子，女子微微颔首，看不清脸庞，只觉得她垂眸看着手里的琵琶，青色旗袍，玲珑的身段诠释了东方美。这样一个女子，摆在那儿就是东方文化了。他盯着画板，女子看不清的脸在他的脑海里却是极清晰的那张脸。其实，他最初就想做一个在写字的女子，那就更像她了。他呆呆地坐了很久，长舒一口气，最近这是怎么了，总是想起她。不过，他又何尝忘记过她呢。

现在，他做的每个作品都希望奚凝霜能看到，哪怕是偶然看到，所以，他尽力做到最好，希望那些作品都能有出现在报纸、电视上的机会，这样她可能就会看到了。他又觉得这个想法太幼稚了，看到又能怎么样呢？她一定还在恨他。人就是这样做着一些没有意义，却还想去做的事。

范澄喻把这个作品的颜色定为天青色，这个颜色的包球是他自己调配炼制的，也是少有的颜色，保证了作品的独特性。他要做一个清雅的女子，奚凝霜真是没猜错他。

奚凝霜回到上海，就开始动手设计她的九龙图，这九龙并非真是九条

龙,而是九种相互交错的色彩,缠绕在一起,细看又能看出九种颜色相对独立。这个作品被她命名为《缠》,她用了一种相对粗犷的手法表达这九种相互缠绕的感觉,更有生命力,更有力量,隐忍着一种随时可能爆发的力量。

两个人,男的做女性的柔美,女人要做男子的阳刚,而且都诠释得极好。

奚凝霜做这九种色彩的时候,想起了范澄喻曾经做的那个《烟花》。这个已经被范澄喻砸烂的作品,她都没看到原貌。所以,她做《缠》的时候很慎重,特意去各大学请教很多物理学、建设学的老师,她是学院派,讲究合理性,经过讨论,才订下初稿和设计方案。不知为何,奚凝霜做这个作品的时候,就像是对范澄喻的一次挑战。

范澄喻还在调试他的琉璃包球颜色,纯度要求极高。这样整个作品,就会像一颗特殊的宝石一样,通透、清澄,《石头记》里说女人是水做的,那他就要把水的感觉全部表现出来,这样才完美。范澄喻对作品的要求越来越高,独一无二性更是可见一斑。

为了比赛作品,他们也失败了几次,但最终,他们俩都成功了,达到各自预期的效果后,送赛。

比赛那天,所有参赛作品都被摆在展台上。作品作者可以到赛场,但不能进点评室,等评委评比结束,才可以进去看其他比赛选手的作品。

范澄喻那天只想看瑰丽的作品,而当他看到《缠》这部作品的时候,整个人都怔住了。

这次比赛的主题是东方美,还是毫无意外的,以范澄喻和瑰丽的作品最有新意。比赛进行到第二个阶段是参赛选手面对专家,对自己的参赛作品进行答辩。范澄喻接到通知,他的答辩时间是下午一点,他提前来到答辩室外等候。这一刻,他突然在想瑰丽的作品有没有入围,他们是什么时候答辩?他已经看过瑰丽的参赛作品,心灵受到触动,范澄喻暗下决心,这次比赛后,无论如何也要认识认识这位设计师。

到范澄喻答辩的时候,开始他还是有点紧张,毕竟这是新媳妇上轿头一回。从来都不善言辞,而这种比赛形式他也是第一次见,以往,他只要送作品去参赛就行了,哪里想过还要亲自去讲解自己的作品和创作理念。那些创作就是作者的一个念头,被某种意象激发了,至于为什么,有时候他们心里明白,有时候自己也说不清楚。可既然比赛的规则如此,他也只能硬着头皮上。

"一直以来,审美都是地域性的,是民族性的。如今,随着改革开放后的经济全球化,审美也在全球化,所以出现了很多中西融合作品,含蓄婉约的美配以内在的西方奔放美,形成现代艺术美。但我也在思考,将来的审美是什么?所以,我放弃了西方元素,专注在东方特点上,东方美的特点就是自然,中国古老的历史和沉静的古物中蕴藏着来自古代的诗意,我的作品《清泉》是一位弹琵琶的女子。琵琶是我国古代流传至今的乐器,穿着富有东方特色服饰抚琴,是古物和生活的关系,让人从中体悟古人的生活,唤起人们对古典美的重新想象。'清泉'这个名字源自《石头记》中所提女人是水做的,唯有清澄和柔顺的线条才能代表这样的温婉美。本人从小对中式的古玩就有特殊的偏爱,所以养成了我中式的审美,这是耳濡目染的结果,而江南又是自己更好表达这种东方美的地域。水是自然之物,从小就在江南水乡长大,水是我心中永远的风景,青瓷,青瓦,青色衣裙,还有水流淌的纹理,四季变幻的形态,都是青色的,水的创作源泉就是来自江南,而江南的女人更有东方婉约的美。我将她的脸隐去并非无法刻画五官,而是因为中国女性的美以及魅力,不仅来自精致的五官与窈窕的形体,不仅仅是修饰而来的韵致,是通过施加给视觉的感受,就能感觉到的美。所以,《清泉》天青色等一个人,一个神秘的女人,如江南,如水。美是视觉享受,同样更是一种心理感受,两者兼备才能被更深刻地记住。"

范澄喻根本就没去看那些评委的表情,他脑海里想着那个在他心里扎根的女人,他做的颔首抚琴的女人,那张看不到的脸,可以让人展开许多想象。他不知道眼前的这些专家对琉璃的了解有多深,也不知道自己有没有表达清楚他的意思,但他尽力了。他觉得作品是要别人看的,看到各自的心就是最好的,作者要表达的,往往未必是观赏者所能领悟的,观赏者

的领悟重要，还是作者的表达更重要？这一直是一道无解的题。

不可否认，范澄喻的作品《清泉》打动了很多观赏者的心，实在太美，太柔，太通透，太纯洁，让人不忍亵渎。好像一碰到它，就会变成一汪水，消失不见。

能彻底领悟这个作品的人，就是奚凝霜。她看了这个作品很久，而且流下了眼泪。

奚凝霜的答辩时间是与范澄喻完美错开的，她第二天上午答辩。她是大学毕业生，对这场面熟悉，就不那么紧张，从容自如地面对专家们，露出得体的微笑。

"国人的东方审美习惯自幼年开始培养，到了青年时期渗入西方元素，所以，我认为我们这一代是最能将两种审美既能分别表达，又能有效融合的人。西方的艺术是直接的，真实的，基于科学，我们国家称之为'奔放'。其实'奔放'这个词本身就代表我们的审美观。而东方的美是含蓄的，自然的，基于天人合一。两者不用比较，因为不分伯仲，各有千秋，只是不同文化背景下的不同产物。但我们又可以打破这两种文化的壁垒，实现艺术上的殊途同归。我的作品《缠》也是利用了树与藤的两种美来体现的，一种直接，一种婉约，九种颜色代表着中国古老的九龙，内硬外柔的表达，就是隐忍与随时可能的爆发力，两种情感，两种性格，胶着纠缠。也是现代人的状态，有现在，有可能会发生的未来，而一切都是未知的，所有的一切都交缠在一起。现在很多作者，开始注重作品的创作的先锋性，更喜欢对美的各种探索，不局限于古物，学古的同时，注重其他元素的融合，所以我的作品有东方的特质，也将未来隐含其中，我觉得这并不影响它本身的东方美感。"

奚凝霜把哲学融入作品，这段答辩词，说得专家们连连点头。不仅因为她说得很有想法，更因为她是这次参赛作者中唯一的女性琉璃师。这很容易让人想起台湾的琉璃大师杨慧姗，是她把琉璃带回中国，女人有时候做起事来，的确有与众不同的爆发力。能做到她这样的水平，足见所下功夫之深。有位专家问了一句："你做琉璃多久了！"

"四年。"奚凝霜的回答，又让专家们唏嘘不已。

四年，奚凝霜有灵气，她也付出了极大的努力，下足功夫，她比范澄喻的学习条件好，她的突飞猛进同样是她刻苦钻研的成果。

琉璃发展到这段时期，已经开始不再只是复制存在，现代的琉璃师傅，或者说，有一部分老师傅们，都开始重新思考琉璃的创作。他们能入围多是将对古代长物意境的领悟，关照对比西方作品的感情，以及对当下设计独特的理解，充分展现在自己的作品之中。哪怕他们作品乍看之下很东方，都无法否认其内在有一种就要喷薄而出的东西，正是西方文化的创意和野性。能把东西方文化相得益彰地在空间内整合，完成艺术上的殊途同归与审美新境，是当时艺术界探讨得最热烈的话题。这时的琉璃开始向多元化发展，更多的新意让琉璃的市场越来越活跃。

范澄喻回牌楼的路上就预感到这一次比赛的结果，他觉得瑰丽的《缠》肯定会胜出。尽管他的作品很完美，但就是美得会让人觉得腻歪，而时代在进步，需要一种打破的力量出现在众人眼前，瑰丽做到了。他没来由地为瑰丽高兴，是折服于一个优秀的作品，还是什么？他自己都没想清楚。

但有一点，是让他颇感难过的，就是《缠》，有如当初他想要做的《烟花》。他的《烟花》碎了一地，可是《缠》运用了交错的空间将整体支撑了起来，虽然末梢不像《烟花》那么精细，但大体上是非常成功的，类似于《烟花》的造型。

所以，他又想到了奚凝霜，他又一次次地将这个想法否定。最终，他没有坚持住，回到牌楼的工厂后，给蠹巷的老何打了个电话。

"喂？"老何家的那台公用电话还在，听是范澄喻有点惊讶，"哎呀，小范，你这突然一走就一点消息也没有，我还以为……"老何没往下说，毕竟范澄喻和巷子奚家的二女儿谈恋爱的事无人不知，后来都说是范澄喻负了奚凝霜。老何虽然不爱管闲事，但奚凝霜毕竟是他看着长大的，叹了口气，颇不满意地说："做人不能这样的，年轻人。"

"老何，对不起。我想问一下，我的房子还好吧？"范澄喻并不想多做解释。

"那房子也不知是怎么回事，总被主人空着，房子能有什么不好，就

算是人不习惯，房子都习惯了。"老何又无奈地叹了口气。他在想那宅子怎么就是留不住人呢？总是被莫名其妙地被遗弃。

范澄喻想打听关于奚凝霜的事，又不知道该如何开口，只是重复地说："那就好，那就好。放心老何，我租了十年，到时候我会回去。"

"你们这些年轻人真是奇怪。"老何无奈地叹口气，再怎么说范澄喻也是他的财神爷，一次给了他十年的租金，转眼就过了六年，还剩下四年了。老何不知道是不是该再给这个宅子找租客了，但范澄喻这样，一租十年，而且一次就付清了租金的人可不多，所以他对范澄喻的印象一直不坏。

"看你们好的时候那么好，奚丫头都放弃了城里的工作，跑回来，可你还是走了，伤了人家。"老何忍不住嘟囔。

范澄喻拿着电话垂下头，"她还好吗？"他都觉得莫名其妙地问老何这样的问题很可笑。

老何倒来了精神头，"哎，丫头一半儿魂都丢了，工作也不干了，去上海了。"

这个结果让范澄喻始料未及，他怔在那儿一动不动，奚凝霜为他丢了魂？这是真的吗？他回忆起他们在一起的时候那些点点滴滴，总让他以为自己在自作多情。她甚至没说过一句她喜欢他，当初梁慧给她立下那么多规矩，她也不曾拒绝。所以，在他的认知里，奚凝霜最大的兴趣是想和自己学琉璃。可现在听老何这么一说，事实好像并不是他想的样子，顿时血液翻涌，他多久没有这样的感觉了？就算是做成功一件有挑战性的作品，都没再让他心情如此激动。

"去上海了？"范澄喻念叨了一句。

"嗯，听说好像去哪做玻璃去了，挣得比在学校里面多，和她姐姐在上海，经常不回来。"这句话，听得范澄喻如觉五雷轰顶。

蓦然，眼前的一切变得模糊不清，就像坠入无人之境，甚至，他不知道自己是不是离开了这个世界，整个人变成了一副躯壳，一动不能动。她在做琉璃？老何虽然嘴里说的是玻璃，但范澄喻知道老何一直都说错，不止老何，蠡巷很多人，直到现在都不明白琉璃和玻璃的区别。这个信息又让他想到另一个线索，瑰丽的神秘设计师，张总一直不愿透露的那个人，还有她所有的琉璃作品，此刻都出现在他眼前。

他不敢相信地又追问老何："她去上海做琉璃了？"

"听她妈妈这样说的，可能是被你小子刺激得不轻。"老何有点不高兴地说道。

那么瑰丽的那位神秘的设计师一定是奚凝霜。那天，他看到张总副驾驶座位上的人也是奚凝霜。这个消息让他百感交集，他向老何道谢，并麻烦他帮忙照看他的宅子之后，匆匆地挂断了电话。

范澄喻在办公室里来回踱步，奚凝霜竟然在短短的两年时间，进步得如此神速，他简直不敢想象，她是怎么做到的？她对美有天赋，可是做琉璃不止是对美学有天赋就可以。他回忆他教她做琉璃时的点点滴滴，那时候，他怎么没发现她能进步得如此神速？范澄喻没有想过，奚凝霜在他离开之后，将自己彻底封闭进琉璃世界的专注和努力。没人会心疼她的手会不会被烫伤，她也不怕受伤，好像这样才能抚平她心灵的痛楚。所以，她进步很快，所有的进步都是勤奋换来的，无一例外。

范澄喻猛然意识到奚凝霜一直在暗中注视着他，所以，他的作品，她都看过。他做《清泉》时，脑子里全是她的影子，"凝霜，你能感觉到吗？"他喃喃地问着自己。

比赛最终的结果是奚凝霜获得了特等奖，范澄喻获得一等奖。主办方要举行一个颁奖仪式，通知所有获奖者来领奖，照惯例，还是张总代表瑰丽去领奖，可在颁奖典礼的前几天张总接到了范澄喻的电话。

"《缠》的作者是奚凝霜对吗？"范澄喻开门见山直奔主题，听得张总一怔，正想找话儿搪塞，范澄喻又说："我已经知道了，你告诉她，我知道了。"

"哦，哦。"张总本能地"哦"了两声，恍然间又觉得自己这不等于变相承认奚凝霜是瑰丽的设计师，万一这是范澄喻的试探呢？可现在后悔已经来不及了，懊恼地拍着大腿。

"她不想见我的话，那我尊重她，如果不是这个原因，我希望她可以去领奖，如果她不想见到我，我可以不去。她应该走到这个舞台上。"这

一刻，范澄喻希望奚凝霜能够拥有属于她的成功，"我很为她高兴。"

"嗯，嗯，我会转达她的。"张总不再故意隐瞒。

世间之事，哪有什么可以永远隐瞒下去呢？若要人不知，除非己莫为，这是每个成年人都会懂的道理。

放下电话后，张总来到奚凝霜的设计室，沉默地低着头半晌儿没说话。

奚凝霜看了他几眼，不得不停下手里的事情，认真地问："出什么大事了吗？"以张总的性格，他来她的设计室绝对不会是来保持沉默的。

"一个好消息，一个不知道算不算坏消息，你想听哪个？"张总抬目看她。

"要不要这么老套。"

"老套是大家最熟悉的套路。"

"好消息。"

"这次比赛，你获得了特等奖，主办方让你去领奖。"张总说道。

"哦，那你去就好了。"奚凝霜只是微微一笑，心里突然在想，范澄喻看到《缠》一定会想到他的《烟花》吧，她终于突破了他们争论的那些瓶颈。"那坏消息呢？"她笑着问，似乎坏消息对她一点都不重要，或者说，这两年来，奚凝霜不觉得有任何坏消息。

"范澄喻知道你是瑰丽的神秘设计师了。"张总也不想拐弯抹角，只是他说这句话的时候，眼睛一动不动盯着奚凝霜。

果然，奚凝霜被这句话牢牢地锁住了。

时间在这一刻停下来给奚凝霜思考，张总也没有动，他本可以转身离开，留下她一个人认真思考她要面对的问题，从不好管闲事的张总却没来由地驻足于此，要等奚凝霜一个答案似的看着她。

奚凝霜垂眸，片刻后，轻轻冷笑，"他看起来木讷，实际上是个聪明的人。这就是他最厉害的地方。"

"范澄喻这次是一等奖，这一仗你赢了，还不想和他见面吗？"张总继续说。

奚凝霜苦笑，她何尝想在这件事上与他比试高低，她欣赏的范澄喻，她非常了解，他根本就不在乎这些奖项。这两年，他能走出自己，成为一个经营者，奚凝霜一点都不意外。很早以前，她就知道他可以把一切变成琉璃，而且，还可以赋予商业价值。这与那些琉璃师傅不同，他们大多数都只是提供一门手艺，从而实现价值转化。范澄喻是真的做成了市场化，在不违背内心对艺术的追求同时，还能发挥这些艺术品的价值，让其走得更远。

在最艰苦的日子里，他为了生存去做一些死板，他说没有灵魂的琉璃制品，那时他没有在那些琉璃上投入过情感。因为他认为那仅仅是件商品，做下去是没有他想要的前途。现在，他的每一件作品都充满了灵气与生命，这才是真正的艺术价值，何必把艺术当成小众的玩物呢？为什么不让所有人都被艺术品熏陶，热爱并成为艺术的创造者呢？这些话，都是范澄喻告诉她的。

"他说，你该走到舞台上了。"张总补充说道。

"他看起来真是不了解我啊。"奚凝霜冲张总微笑着说，张总曾感觉到奚凝霜是一个淡泊名利的人，但那时候，他又觉得她只是不想让范澄喻知道她在做琉璃，她想打败范澄喻。而此刻，他也看不懂眼前的奚凝霜了。

奚凝霜继续说道："艺术没有第一，只是评委们一个时段对这些作品的认知。所以，说是我得了第一，不如说，此刻我的这个作品更适合。"

"这，这……"张总一时接不上话。

奚凝霜没往下说。张总明白，她还需要时间考虑，反正距离颁奖典礼还有些日子，让她再想一想吧。便转身挥挥手，什么话也没再说地走了。

去？还是不去？真是一个纠结的问题。

她才不在乎什么舞台，她的舞台在她的心里。她做的一切都因为那个让她伤透了心的男人，那只是开始。现在……她看着自己的展台上那些她赋予了真挚感情的琉璃作品，要说她不爱，或者简单地为了什么而做，她自己都不愿意相信了。而这个伤了她的男人居然向她发起了挑衅。就是这么阴差阳错的，他们之间，偶尔互相了解，偶尔又都误解彼此的心意。

那天，奚凝霜下班后，乘最后一班大巴车回了蠡巷。不知道为什么，她突然想回去看看。在巷子口的时候，看到老何，老何与她打招呼，想说

什么，又没说。

奚凝霜自从范澄喻走了之后，人变得清冷许多，不再是那个给整条巷子里邻居写春联的快乐女生，她也的确两年没再给大家写春联了。

老何看到奚凝霜就主动打招呼，毕竟今天范澄喻来电话问起她，她就回来了。可是老何还是没敢提范澄喻，梁慧因为范澄喻的不辞而发火的事，整条巷子都知道。好不容易这两年平息了，他不想再惹出事非。

奚凝霜回到家里，梁慧和老奚面面相觑，都没吭声。范澄喻走后，奚凝霜一度的状态吓坏了梁慧，做母亲的只能妥协。而"范澄喻"这个名字从那时开始在奚家成了禁忌，梁慧也就没办法发脾气了。

"我得奖了。"奚凝霜将包放下，坐到茶几前，垂目看着上面的水果盘里摆着的一串葡萄，她伸手拿起一颗送进嘴里。

老奚和梁慧对视一眼，"什么奖啊？"梁慧将身子探向女儿，笑着问。

"一个琉璃比赛的奖项。"奚凝霜直接回答。

老奚和梁慧一听到琉璃心口就堵得慌，梁慧坐直了身子，都不知道该不该恭喜女儿。琉璃，那就是他们一家人心头上的伤疤。梁慧因为这件事，还把她亲生父亲留下的一盏砚摔了。

"特等奖，邀请我去领奖。"奚凝霜继续说，老奚和梁慧继续听着，不置可否。"那个宅子里的人知道那是我做的了，让我去领奖。"这句话落地，所有人陷入一段短暂的沉默。

梁慧眨了眨眼睛，看看丈夫，仿佛在问自己有没有听错。看到老奚那蹙起的眉头，就确定她没听错，女儿嘴里说的，那个宅子里的人是范澄喻。

他们都知道奚凝霜一直回避范澄喻，怎么会被他知道了？他们不希望女儿再受一次伤害，不希望她再见到范澄喻，让她暂时去做琉璃疗伤，已经是他们的最大妥协。

一直以来，奚凝霜对自己的事情就很有主见，她打定的主意，想好的事，没什么人能改变。今天，她对父母这番话让老奚不得不重视。

"凝霜，你需要爸爸做什么呢？"老奚看着女儿问，他猜女儿的心里一定很矛盾，才会选择来和他们说这些话。他还不确定女儿是不是已经有自己的打算了，但有一点他明白，他们是女儿最后的依靠。他没指责女儿的选择，任何事情在选择的同时，已经注定了要接受的结局，无论是好是坏，都要接受，无需怨尤。

奚凝霜很感激父亲的这句话，她似乎在等的就是这句话，而不告诉她该不该去领奖，该不该去见那个人。

一切正如老奚所料，奚凝霜没说出任何结果，她早早地回自己的房间睡觉了，第二天早上，她又早早地赶去上海。他们夫妻俩给大女儿打电话，说了奚凝霜的事，让大女儿多开解奚凝霜。

奚凝雪活得通透，只和他们说："她心里有打算，不用担心，她的生命力顽强着呢。"

范澄喻自从给张总打过电话之后，心情一直忐忑不安。他强忍住不再给张总打电话去询问，可是从那天开始，他也下了决心，无论奚凝霜是否与他同台领奖，他都要去见她，如果她真的不想再看到自己，他就躲在角落处，只要能再看到她。他很想看奚凝霜站在领奖台上的样子。这大概是他唯一愿意承认这次败给的对手，那么心甘情愿。他相信如果有了结果，张总会告诉他，至少，需要他回避的话，会和他说吧，可是张总的电话一直没来，直到颁奖典礼的前一天，都没有任何消息，这让他一天来整个人都坐立不安。他很紧张，紧张得大脑一片空白，连想点什么都做不到。

第九章　再相逢，前尘往事不忆

明天，她会出现吗？只剩这一个念头，在范澄喻心头、脑海盘旋。

获奖者被通知要提前去会场，做领奖彩排。范澄喻很早就到了会场，他四处张望，可并没看到奚凝霜，也没看到张总。

"范先生，麻烦你坐在这里。"在工作人员的引导下，范澄喻在标有他名字的座位上坐下来，向左边的座位看，上面有一个足以让他瞬间窒息的名字：奚凝霜。

"你好，这是特等奖的座位吗？"范澄喻明知故问。

"是的。"

"今天作者本人亲自来吗？"问这句话时，范澄喻的心脏快跳到喉咙了。

"应该是吧。"工作人员的回答不能让范澄喻特别满意，应该是吧？到底是？还是不是？可他也知道，自己不能再继续追问了。他抬腕看看手表，还有半个小时，他在自己的位置上坐好，坐得特别端正，浑身的肌肉紧绷，不敢松懈，随时等着那个他朝思暮想的人到来。

可是，奚凝霜迟迟没来。直到颁奖典礼马上就要开始了，他闻到一阵淡淡的清香扑鼻，他不知道那是什么香味，甜丝丝的，就像春天百花盛开时，那些说不清的花香一样，却带着可以唤醒大自然的力量，她已经在她的位置上坐下了，范澄喻转首看着她。

会场里很嘈杂，只有范澄喻觉得这一刻是多么的安静。奚凝霜目视前方，工作人员也像和范澄喻交代事情那样向奚凝霜说着什么。范澄喻没有听见，或者他听见了。此时此刻的范澄喻只想着要怎么和奚凝霜说第一句话，昨天他已经想了一夜，都没想出来的话。

她本就自带一股书香气，而现在她身上的文艺气质更从内而外地溢出来，神秘、含蓄、沉静……让人着迷，这种气质是属于琉璃的，但凡经过琉璃锤炼的人，都会有这样的气质。她不再是那个跟着他问东问西，看到美丽的作品就兴奋拍手的女孩儿，是典型的文艺女性形象，她已经变成知性的轻熟女人。除了他，还有很多人向这边望过来。瑰丽的神秘设计师，第一次露面，不乏好奇者，何况还是个美人。

奚凝霜一袭白色的连衣裙至脚踝，裙子的样式很简洁，落落大方，还有一点微妙的设计感，十分别致、不俗，引人注目。范澄喻对奚凝霜的审美从来都十分赞赏，他就知道她会越来越好，闪光夺目，但他还是没有想到她可以这么好，这让他有些羞愧。

会场开始渐渐安静下来，开幕式开始了。

而从奚凝霜坐到位置上就没有转头看范澄喻一眼。直到昨天晚上她才决定来领奖典礼，至于原因，连她自己都对自己说，只有天知道。很多事情的决定，或者说有时候人在做选择的时候，就是那么一瞬间的事儿。事后也可能会疑惑，当初是怎么想的，当初是怎么想的？谁知道呢？反正她来了，坐在她身边的人就是范澄喻，那个一句话都没说就消失的人，那位教她做琉璃的师傅，那位她以为的恋人。

刚刚进来的时候，她就扫到了范澄喻，仅仅是扫到一眼，连他今天穿的什么衣服，她都没有看清楚，就再也没去看他。他们挨着坐，他们之间的沉默让喧闹的会场莫名安静。他们所有的关注力都在对方的身上，他们俩之间流动气息只有他们俩清楚其中的微妙。

"您是奚凝霜吧？恭喜您，您的作品真棒。"有人在和奚凝霜说话。范澄喻坐在旁边屏气凝神地听着，奚凝霜微笑地和对方握手，却没有开口说话。这真不像她，过去，她可是他的代言人。

颁奖典礼开始了，各界人士致词后，进入颁奖环节。奚凝霜走上了舞台，不止范澄喻，会场上所有人的目光都在她的身上，那一衣白裙，把她

第九章　再相逢，前尘往事不忆　285

映衬得像个公主。台下传来阵阵唏嘘声，"年轻有为""这么年轻""又一位杨慧姗"……各种溢美之词不绝于耳。范澄喻甚至觉得自己的视线都模糊了，他由衷地为她高兴。

接下来是范澄喻上台领奖了，范澄喻的目光追随奚凝霜，主持人报完一等奖，工作人员来催他上台，他才收回注视着奚凝霜的目光走上领奖台。

奚凝霜走下台的时候，回首看了一眼范澄喻。他不像以前那么邋遢了，至少穿得很整齐，杏色的休闲服，既不轻浮也不呆板，简洁清爽，头发也比以前更短了一点。豁然碰上了他的目光，她连忙起身，离开了座位，匆匆向会场外面走去。

还在台上的范澄喻急了，差一点没等颁奖就走下台去。

就这样擦肩而过了？范澄喻下台后，直接向会场外跑去，寻找她的影子，可是她消失了。就像刚才的一切都是一场梦似的，他甚至连一句话都没有和她说。范澄喻到处寻找，奚凝霜真的像十二点钟声中消失的灰姑娘一样，无影无踪。她一定恨极了他，才会一句话都不想和他说，他不能怪她，他曾经就是用这种方式对她的。

但至少他知道，她在瑰丽，他可以找到她，而他当初消失得是多么彻底啊，所以，他没有勇气直接去瑰丽找她，能借用这场颁奖典礼和她见一面不是应该知足了吗？他还在期待什么？

奚凝霜走出会场，直接打了一辆出租车，走了。那颗狂跳不止的心脏，渐渐恢复平静，她还是做不到从容地面对他，她以为她已经做好了所有心理建设，但她还是像个逃兵一样，当自己的目光与他交错之时，仍是无法淡定。她居然逃跑了？她明明是在逃跑，泪水不知不觉地顺颊而下。

她故意晚来，就是不想有太多的时间和范澄喻交流，她根本不知道要交流什么，她不想听他的任何解释。她大概想多了，他根本就不想解释不是吗？他们并肩而坐的时候，他一句话都没和她说，甚至没有和她打个招呼。

又是阴差阳错？

他们还是败在用各自的心思去揣度对方。这能怪谁呢？少有人可以不需要相处就能相濡以沫，所有恩爱的夫妻，哪一对不是经历几十年的磨合才心意相通的？他们之间仅仅是志趣相投，离相濡以沫差的就是那几十年的共同面对。

如此，那个喧闹的夜晚，两个人带着期待走向他们的交点，又再次回到自己的位置上。

经此一赛，奚凝霜名声大振，张总是最大的受益者。而这之后，奚凝霜和范澄喻两个人真的像一切都未曾发生过一样，风平浪静，还有别人永远看不到的暗流涌动。他们继续在各自的生活中做着他们认为有意义的事业。

在琉璃事业上，奚凝霜是个幸运儿，她没有经历范澄喻曾经经历过的艰苦和磨难。从她学琉璃开始，琉璃市场已经进入良性发展，她的成功除了个人努力，还因为乘上了时代的东风。

范澄喻也完成了自己的历史性改变。他继续研发琉璃与现代技术的结合项目，做了很多琉璃音乐盒、琉璃加湿器、琉璃电子产品，大量推向市场。他说，这是最容易让现代人认识琉璃的途径，要想让琉璃走下去，就要普及，让所有人都认识琉璃。这都是以前那些琉璃工匠师傅们不敢想象的事。

范澄喻一直没有女朋友，范家父母开始不敢提，猜想儿子心里还在想着奚凝霜。他们有时候会让刘远和他说说要找个女朋友成家了。

范澄喻在后来的各种有关琉璃的比赛活动中，都没有再遇到奚凝霜。他们两个人好像在互相回避。这种结果倒是张总万万没想到的，他以为他们见了面会尽释前嫌。

时间像被偷走了似的又过了三年，他们都不小了，家长们也更着急了。

奚凝霜的追求者很多，特别是那次获奖之后，她得到了各界关注，各种邀请也纷至沓来。最初，张总为了接订单，请奚凝霜配合出席，后来，奚凝霜觉得这些无意义的邀请和活动，消耗了太多她的个人创作时间，而让她不能专心设计，张总决定不再让她出席。

外面开始有传言说张总一定和奚凝霜有特殊关系，才会如此爱护有佳。张总和奚凝霜从来不解释，他们一个只管赚钱，一个只管设计自己想要的作品，其实他们之间的关系最简单，彼此尊重，彼此爱护，彼此成全，合作共赢，仅此而已。

范澄喻后来也默契地不再去打扰奚凝霜，只是对瑰丽的任何要求，言出必应。

直到张总接到一个大订单，确切地说，这个订单，在他自己的工房，或者帮他代加工的工房都不能完成，只有一个人能帮他完成，就是范澄喻。

这一次张总接到的订单是一个十米长的如意。这么大的作品，就烧炉来讲，只有范澄喻有。这是一个大工程，也只有范澄喻能保证完成，这个巨型工艺品并没有工艺上的难度，也无需设计，只是太大，大到没人敢接。

"买家给了大价钱，必须要做。"张总对奚凝霜说，"去范澄喻那直接在烧炉里做，恐怕只能用这个办法。"张总略懂一点，就把自己的想法说出来。

奚凝霜淡然地说："这又没有技术难度，一个如意而已。"话虽如此，奚凝霜不是没想过，这么大的如意，一没样本，二不可能找现成的模具翻模出来，只能自己雕，而做过这么大作品的人，也只有范澄喻。虽然不难，但对她来说也是头一回。

奚凝霜已经是瑰丽的首席设计师，但凡从瑰丽出去的作品无一例外地由奚凝霜把关，现在的张总对她十分依赖，觉得奚凝霜不去，他心里没底，哪怕对方是范澄喻。

"小姑奶奶，你就真放心让范澄喻全权负责？"他试探地问她。

"放心啊，他比我技术好。"奚凝霜这说的是心里话。

张总也觉得应该没什么问题，但多年的合作习惯，即使是可行之事，不及她亲自负责让他安心。

"你说这都过去多少年了，你们俩就这样，据我所知，他也一直单身。"张总旧事重提，接到奚凝霜杀人似的目光，"你还是和我一起去找范澄喻谈谈吧。"张总最后这句话说的声音很轻，心虚地看着奚凝霜。

奚凝霜心里有一百个不愿意。这三年，她并不觉得漫长，只有她父母觉得漫长，因为她还是一个人，在她的世界里，除了越来越多的琉璃作品，似乎并没有什么变化，包括脸，一丝岁月的痕迹都不曾留下，这大概是上天给她的另外一种补偿。奚凝霜总打趣说，是老天爷对追求美的人美的恩赐。只有从姐姐奚凝雪一岁多的孩子那里能看到岁月的增长。

上一次见范澄喻，她落得狼狈逃跑。她真的要去见他吗？一想起他，心里莫名地蒙上一层纱，不想掀起，不想让什么变得清晰似的。如果她不坚持做琉璃就不会和他有任何交集了，可是她做了，而且越走越近，她不知道自己到底在想什么，这大概是她的人生中，最无法理解自己的一件事了。

三年来，瑰丽都在用范澄喻工厂的琉璃包球，保持一种良好的合作关系。电话里张总提起新接的订单，范澄喻一听这么大的作品也就明白张总为什么要来找他了。这不是一件需要创意的作品，需要的是他的经验和技术。

张总的车已经从桑塔纳换成了奥迪，停在范澄喻的院子里。范澄喻从二楼的办公室窗子看到张总的车，就起身准备下楼迎接。他一直对张总报有感恩之心的，在他还没有名气的时候，张总看中了他，也是张总给他的订单，让他在那么困难的时期能够坚持下去，还相信他的那些创意和想法是正确的，也是他帮自己把奚凝霜留在了琉璃界，至少现在范澄喻是这样认为的，不然，他恐怕真的一辈子都不会再与奚凝霜有任何交集了。

范澄喻已经到了一楼的大门口，看到车上下来一个女人，想都不用想，他知道是谁。奚凝霜穿了一件黑色的风衣，及腰的披肩卷发，带着墨镜，薄施淡妆，她变得成熟沉稳，但仍然可以激荡他的心。范澄喻的心又开始狂跳不已，他没想到会有这样的惊喜，他的目光停在奚凝霜身上。奚凝霜带着墨镜，他看不见她的眼睛，但她微微低下头，那就说明，她也看到自己了。

"小……哦，范总。"张总走过来伸手和范澄喻握手。

现在的范澄喻在琉璃圈子内已经算是极有分量的人物，而且他的工厂经营得也不错，所以，外面都叫范澄喻范总，而不是范师傅。

范澄喻收回注视奚凝霜的目光，看着张总说："张总又笑我了，快上楼吧。"

奚凝霜无声地跟在他们身后，张总嘴里不停地夸这儿夸那儿，就像他以前没来过范澄喻的办公室似的，他也没办法，此时此刻，总需要一个人来缓解气氛，而这个人只能是他。

范澄喻让他们在办公室的沙发上坐下，就去倒茶。

奚凝霜的墨镜没有摘下来，她环视范澄喻的办公室。一百多平的办公室里，有两面墙是摆满琉璃作品的展示柜，这可比他在老宅的展示区大多了，有几件作品跳入眼帘，引起她的好奇心。今天，她再见范澄喻已经不仅仅停留在男女之情，她的确是想来看看这些作品。张总就是利用这一点把她骗来的。

范澄喻虽然在和张总说话，但他的眼睛一直没离开过奚凝霜，他看到她在看自己的作品。三十几岁的男人了，难得还有这种心跳的感觉，他真想走过去问问她，喜欢哪一件作品？他还可以像当初在老宅那样给她讲讲那些作品的故事，可不知是因为张总在，还是其他的什么原因，他还是忍住了。

张总急不可待地将这次的订单又详详细细地对范澄喻说了一遍。范澄喻笑着答应："没问题的，就在我这里做吧。"他盼这样的机会不知盼了多久，怎么可能放过，而且奚凝霜来了，那就意味着她也会参与其中，他是不是又可以和她说话了？

他们已经在范澄喻的办公室里坐了二十分钟，奚凝霜一个字都没说。

张总大概是说累了，拿起茶杯喝茶。范澄喻的目光又落到奚凝霜的脸上，"凝霜，喝茶。"当他再叫她的名字的时候，两个人都不由得浑身一震。奚凝霜没有应声，拿起了杯子，佯装喝茶。

他还是叫她凝霜，这个称呼有点不一样。张总看看他们，现在他也和这两个人一样紧张，生怕这两位祖宗哪根筋搭错了，闹掰了，影响他交货。

"什么时候开始动工？"范澄喻见奚凝霜不理他，问张总。

张总说："越快越好。这次小奚来负责这件作品。"特意强调。

"希望我们合作愉快。"范澄喻有点尴尬，腼腆地笑了笑。

那表情和当年张总刚认识范澄喻的时候差不多，他这几年和范澄喻可是经常打交道，看得出来范澄喻在逐渐成熟，这样的笑容已经很久不曾看见。这会儿……他不禁瞥一眼奚凝霜。奚凝霜还是冷着脸，墨镜都不摘。人的缘分都是微妙的，他范澄喻大概没有想到会有今天，现在只能让他吃点苦头了。张总看得出，范澄喻对奚凝霜还有感情。

第二天，他们就开始做作品。因为这次作品体积太大，太大，所以范澄喻拿着图纸对奚凝霜说："我们俩各负责这个如意两端的雕刻，最后做中间部分，然后把三个部分连接在一起。"

奚凝霜闻言，也不应声，她认为能独立完成雕刻工作，范澄喻只需要负责炼制部分，这么大的作品，她的确没烧过，该如何把握炼制的时间对她来说有很大的难度。奚凝霜走进范澄喻的这座工厂时就看到，他这里设备比老宅先进了很多，除了需要范澄喻来确定各类作品的烧制时间，那些烧炉已经可以显示温度和部分时间的计时。这样至少可以计算得更精确，而且人也不会太辛苦。

"毕竟这是瑰丽的订单，哪能让范总亲自动手，我一个人可以完成，烧制的时候就拜托范总了。"奚凝霜的语气很客气，"何况，张总只给了代加工费，没有手工艺的费用。"

听她分得这样清楚，范澄喻尴尬地低下头，"凝霜，对不起……"

"范总，我要干活了，时间紧，任务重。"奚凝霜打断他，她将那头长长的卷发熟练地挽在脑后，又换上一件白大褂，像个医生似的走向工作间。

这个作品因为太大，范澄喻空出一个操作间给她施展。

"凝霜，我只是想帮你。"范澄喻在她身后，说道。

"不必了，我们的手法有差异，如果一件作品没有整体感，是我不能允许的事。"奚凝霜严肃地拒绝范澄喻。

范澄喻没再说话，那就让她多在这里待几天吧，他心里突然冒出这样

的想法之后，就不再提要帮她雕刻的事了。可是有奚凝霜在这，他就什么事也做不了，哪也不去，只想待在那静静地看她雕刻，看着她的背影，痛并快乐着。

奚凝霜每天都在范澄喻的工厂里工作很久，张总在牌楼附近的旅店帮她订了一间房间，范澄喻就陪着她，哪怕她根本不理他。奚凝霜每天白天认真工作，和工厂里的工人一起来，一起走。范澄喻请她吃晚饭，她从来都不答应，只是冷冷地看着他，然后离开。这样三天之后，范澄喻下了决心，早早地等在奚凝霜旁边。

奚凝霜白天认真雕如意，这种大型的雕刻奚凝霜还不能完全驾驭，有时候，她也会迟疑，她知道身边就站着一位比她有经验的专家。她完全可以问问他，和他认真地讨论一下这个作品怎么处理最好。可是，她一直忍着不问，她不想和他说话，还是不敢和他说话，她自己都没想明白。晚上，她一个人住在旅店里，思绪万千，她想尽快完成这个作品，然后逃离这里。

一个下午了，范澄喻都站在那儿看着她，她猜今天他一定要和她说点什么了，她在心里猜测他要和自己说什么，解释他为什么不辞而别？她都不知道现在这个问题对她来说还有没有意义。她就知道自己不该分心，眼前，指尖鲜红的血，渗了出来，她甚至不知道，是怎么伤到的。她没出声，忍着痛，可是血越流越多，她不得不停下来，擦干那些血。

看着她停下来，范澄喻向她走去。

奚凝霜尽管背对着范澄喻，也能听到脚步声越来越近，她连忙用衣襟裹住伤口，心跳开始加速。奚凝霜啊奚凝霜，你真是没出息，这个伤害你的人，你还要为他乱了心吗？她责备自己，低着头转身，就向外走。

当她与范澄喻就要擦肩而过的时候，范澄喻拉住了她的胳膊，她本能地想挣脱，反被他拉到面前。

"凝霜，我们谈谈吧。"范澄喻温和地说。

"放开我，我和你没什么好谈的。"奚凝霜显得激动，和他们重逢以后她的冷艳气质全然不同，那双眼睛里的怒火就要喷射出来。

"对不起，都是我的错，都是我的错。"范澄喻在感情方面，并没有任何进步，嘴还是那么笨，除了这句话，他酝酿了几天，满腹心里话此刻突然像被清空了似的，说不出来。

奚凝霜用力甩开他的手，继续向外走。范澄喻稍有迟疑，旋即追上去，"凝霜，我那时候，只觉得自己一事无成，给不了你未来，所以我才选择离开的。我怕，怕耽误了你的青春。"

这话说得让奚凝霜不禁苦笑，他走了，就没耽误她的青春吗？还不是以另一种方式耽误到现在。六年了，她就再没有和任何一个男人约过会，甚至，连男人的接近都特别反感。

"谢谢你！"奚凝霜没多说一句话，也不看他，任由范澄喻在她身后手足无措。以前，他不说，就只是那样腼腆地笑着，她都能明白他的心意，可现在呢？她盼了多年的解释，竟然变得格外刺耳。

"凝霜，我承认，我错了，我只从自己的角度去考虑事情，但我当时真的怕，看到你都会怕。"范澄喻急着解释。

"你是不是以为，你很伟大，在我为着想？"奚凝霜停下脚步，"那你现在想和我说什么？你可以给我未来了？哦，对了，你曾经和我说，破镜不能重圆不是吗？"

范澄喻被奚凝霜问得哑口无言，的确，他现在可以给奚凝霜未来了，就想把爱人找回来，这个逻辑听起来很对，真是这样的道理吗？

同甘共苦并不是一句简单的誓言，都是在共同经历中彼此理解，彼此包容，彼此鼓励，那其中的酸甜苦辣会是一生难忘的回忆，那些交织在一起的回忆就是感情。有些人在一起永远甜蜜，没有波折，那种感情真的能持久吗？很多坚不可摧的感情不就是在经历中练就出来的？如果没懂得这个道理，所有的在一起，都显得轻浮，毫无分量。

至少现在范澄喻懂了这个道理，当初他被自己的挫败感彻底打败了。而有些事要想弥补，并不是那么容易。真是公平，少了这个苦，就会多那个苦，该经历的都要经历一番，躲是躲不过的。

"我知道，你生我的气。当时，我的信心被摧毁，我又急于成功，想给你一个光明的未来，可我的人生陷入到灰暗里，我还怎么给你未来？这

几年，我渐渐明白了一些事，而且有了父亲的支持，才有了今天的局面，我也曾想过回去找你，可是我没有勇气面对你，我不知道怎么样才能让你原谅我。你放弃了那么多，对我那么好……"

"够了，不要说了，过去太久了，我已经忘了。"奚凝霜打断他，她怕再听下去，就无法控制她即将要涌出眼底的泪水。

如果她忘了，她就不会像现在这样气愤，他们俩却好像都对这些显而易见的事实视而不见。范澄喻听了她的话，如鲠在喉，缓缓地停下追随着她的脚步。奚凝霜咬住下唇，继续头也不回地走了。

后来的几天，范澄喻仍是远远地凝视她，让工厂里的女工帮忙给她送吃的，奚凝霜想拒绝，又怕送东西的人为难，只好收下。可是那天之后，她和范澄喻擦肩而过时，她就把他当成了空气，看也不看一眼。

范澄喻能创作出那么多别出心裁的琉璃作品，面对爱人，却无计可施，除了深情的凝望，只有默默地守候。他看着她一点点地完成作品，他从来没有那么希望一个作品做得慢一点，但他真希望奚凝霜做慢一点。这样，她可以多留几天，可有开始就会有结束，奚凝霜终于将整个琉璃模雕完了。

范澄喻看着她完成，在整个过程中，有几处处理上的小问题，他都记了下来，对接下来的烧制可能会出现的问题也进行了预估。

"范总，哪天可以烧？"奚凝霜语气冰冷地问。

"随时可以，凝霜，有些细节可能要和你说一下。"范澄喻和奚凝霜并肩站在那巨大的如意之前，指着几个关键的位置和奚凝霜讨论处理方法。他们决定将两个头分别烧制，中间一段有弧度的柄，单独烧制，然后在进行连接，这样能保证成功率，如果整体烧制，有极大的可能会失败，因为两头太重，依范澄喻判断，在烧制过程中就会断裂。

奚凝霜很赞成他的说法，她一直都在考虑这个问题。但是，她有个疑惑，"如果后期拼接，会不会影响作品的完整性。"

"这是一个摆放在大展厅里的作品，有固定的展示台，只要做好在上面的支撑，就不会有问题。拼接也是一门技术，这个我来处理。"范澄喻面容严肃，奚凝霜正常地对作品进行了讨论交流，不带情感的交流。

偶尔，范澄喻从对作品的探讨中回神，总觉得曾经的奚凝霜回来了，不，是更好的奚凝霜。可惜，他不再有那么好的运气，再一次拥有她，这念头，让他心口开始疼痛。他本能地捂住胸口，奚凝霜看到了，不禁目光移向范澄喻的脸，范澄喻怕她看出他痛苦，故意转过身去。

奚凝霜佯装若无其事，自从范澄喻走后，她就告诉自己不要再去关心不懂她的那个人。范澄喻深深呼吸，这样能让他的心脏舒服一点。

他们对这个作品进行了简单的调整，随后进行最重要的烧制。范澄喻将一切准备就绪之后，缓缓关上了烧炉厚重的大门，亲自在炉表上定好了时间和温度。体积大的作品，一炉只能烧一个，连个后备都没有，所以，只能成功不能失败，不然，损失太大，张总这样的人绝对接受不了这样的损失，或者说也没人损失得起。

奚凝霜柳眉微凝，很自然地抬腕看看手表，记下时间，"按时间，延迟半天开炉吧。"

范澄喻听她这话，心头再次颤动了一下，不禁看向她，这是她一直叮嘱他的话，他这些年每次开炉前，耳边都会萦绕这句话，还有她的声音。

预计烧制时间三十天，所以，奚凝霜离开牌楼了，等三十天后再回来开炉。她没和范澄喻打招呼就走了，范澄喻本来想那天晚上再试一次请她吃个晚饭，哪怕不提过去，只谈这次合作，也是应该的。但当他到旅店去找奚凝霜的时候，她已经退房，离开了。

这算不算以其人之道还治其人之身？范澄喻苦笑，真是自作自受。

现在，他大概能体会到奚凝霜曾经的感受了。一个星期的相处，至少让他们之间有过短暂的交流，看似一场没有任何转机的交流。

奚凝霜几乎是逃离牌楼的，她不敢再待下去，最后一天，他们讨论作品的炼制时，他身上熟悉的一切那么自然地回来了。六年的时间，都没有冲淡那些熟悉的感觉，为什么会这样？她已经是一个快三十岁的成熟女人。六年来，她的感情变得越来越深沉，她更加明白自己为什么会爱上范澄喻。

奚凝霜回忆与范澄喻的一切，因才华而吸引，在共处中了解，慢慢发掘他身上的优点，还有缺点，不，他的缺点到底是什么？是他什么都闷在心里的性格，是他的那些理解，他理解了她父母，他怕耽误她的青春。这些迂腐的观念，让她无奈得苦笑。他可以为自己勇敢地去争取，为什么不能带上她一起争取，这些都是奚凝霜一直不能接受的。最终，她觉得，是范澄喻没有把她当成真正的爱人，如果是真的爱，或者真的视为一体，就不会有那么多他所谓的放弃。这是一个女人对感情的思考。

这些年来，她因为全身心地投入到琉璃之中去，别说男人，连人都不多去接触，而人的心投入到一件事情里，特别是艺术，就会有一种无法言说的沉迷，心无旁骛，这个时候，与琉璃无关的男人，更不可能走进她的心里。

转眼那么多年过去了，她已经不再是情窦初开的女孩儿，可能盲目地爱上谁，她知道她要的是什么。越是知道自己要什么，就越是难遇到自己想要的人。所以，人世间才有那么多"曾经沧海难为水"。

天色越来越暗，牌楼的位置在蠹巷和上海之间。奚凝霜直接买了去蠹巷的车票。并没有什么特殊的原因，仅仅是一个闪念。走在巷子里，她在自己家门口停了下来，站着不动，片刻后，她又继续向前走，走得很慢，走向老宅。那里没有人，除了那把锁，她什么也看不到。她觉得那个曾经的自己大概就被锁在里面了，现在的她早已经不是当年。

奚凝霜回家后，话也不多。梁慧有时会和老奚抱怨，是不是做琉璃的人，都会变成这种性格，她越来越觉得现在的女儿和曾经的范澄喻一个样。

这一个星期和范澄喻相处，记忆那扇门不管她怎么拉，都有一股无法抗拒的力量去推开。回忆如泉水般丝丝地向外涌，涌到眼底，化成泪水，再流下来。她多久没再为范澄喻落泪了，那段没有他的日子，她都不曾流泪，此刻又是怎么了？她躲在自己的房间里，躲在被子里，卸下所有面具和防御，让自己痛痛快快地哭了一场。

范澄喻对她说的那些话，一直在耳边回荡，哪怕她能理解。是的，她能理解，但理解仅仅是理解，感情上是无法原谅的。至于原因，她自己也不知道，面对感情的世界，哪有那么多道理可言，爱情大概是唯一一种用哲学无法解释得清楚的东西。所以，理性的奚凝霜理解那时范澄喻所做的一切，但感性的奚凝霜不愿意原谅范澄喻当初的一走了之，所谓的为了她好。至于，这两个自己什么时候能达到和解，现在她还不知道。她暂时选择逃避，什么时候她敢面对，就是她自己与自己和解的时候。

男人的思维是直接的，奚凝霜不理他，连走之前的告别都不愿意，可想而知，对他的恨有多深。除了奚凝霜一直单身让他还有想象的空间之外，范澄喻觉得他和奚凝霜大概真的不会有机会了。

范父看到儿子回来，一脸沮丧。前几天，奚凝霜来厂里的事，范父也听说了，儿子一直不找女朋友，他们都知道心里还被奚凝霜占着，尽管，他们觉得这两个年轻人之间的事，一直是个谜，但都不敢过问。范澄喻这些天一直守在工厂，很多外事都推了，他们明白大概是想挽回这段感情。但见到范澄喻那张比哭还难看的脸，都跟着喟然长叹。

"澄喻啊，本来，我不想在这个时候说什么，但是，你年纪不小了，我和你妈就你一个儿子，我们还想抱孙子呢。"范父不想再遮掩，毕竟有些事说清楚了，说到底了，可能就有反弹的机会，不然，是个无底的深渊，执着下去，就真的没个头了。

范澄喻从来没想过，除了琉璃，还有什么可以这样牵动他的心。奚凝霜一直被他放心里，那是一段甜蜜的初恋，后来，他又投入到自己的琉璃事业中去了，爱情对他来说，好像并没有显得多么重要过。而与奚凝霜的重逢把他变回有七情六欲的人。听了父亲的话，他的心有点痛，也不知如何回答，只是一味地点头。

有一刻，范澄喻突然意识到，他带给琉璃色彩、内涵、温暖的时候，他自己呢？他经常从别人的作品中可以看到其中隐含的情感，那种感觉才是一个作品最大的魅力，他突然明白，为什么这次比赛，他完美的作品会输给奚凝霜，一定是他的作品里少了些感情，艺术品的灵魂，因为他的灵魂是残缺的。奚凝霜的心里有恨，也一定有爱，所以，她的作品有血肉，有激情。

这是范澄喻第一次去深思，人与作品之间的关系。他完美的作品，不够完美的原因。

一夜无眠。

三十天后，张总和奚凝霜一起来到牌楼，范澄喻的工厂。

张总显得格外紧张，这笔订单不小，他也下了很大本钱，他不允许有任何闪失。而奚凝霜能让他安心，范澄喻就成了一颗定心丸。用张总的生意经来说，这一件作品，大概是他卖几种产品的利润总和，他自然喜欢接这种流程简单的订单。在他的概念中，一件作品的可控性比多件作品容易得多，许多连带的因素，都不会太繁杂，等他大型作品做出名，不愁没有合作订单，所以，他自然是放了更多的心思在上面。

范澄喻知道他们今天要来，可是，离奚凝霜所说的延迟半天开炉，还是早了几个小时。他看看手表，笑着说："还有些时间，不如我们先喝茶。"就率先走向茶台。

奚凝霜发现范澄喻的桌子上多了很多新捏的油泥模。

"范总，现在还亲自做这些？"张总也看到了，笑着问。

随着琉璃市场的繁荣，很多琉璃的制作也从纯手工塑模到拿一些现有的模板直接脱模下来。真正亲自手工做的，大部分都是有特殊要求的订制品和参赛作品。

范澄喻说着，目光投向奚凝霜，没有深说，似乎并不想让他们知道他要做什么。奚凝霜面无表情，她心里清楚，离开炉的时间还有几个小时，若不是张总急着过来等，他们完全不用来这么早，还要面对范澄喻不知所言地聊天。

奚凝霜很佩服张总有那种无话都能聊出话来的本事，无论对方是谁，干哪一行的，他都能很快把对方拖到他的语言汪洋里去。不过，今天的对手可是范澄喻，她突然有一种好奇心，想知道张总能不能让寡言少语的范澄喻也随着他夸夸其谈，这想法让奚凝霜不由得微微一笑。

张总既然不听奚凝霜的劝告，非要早来几个小时，自然是有他的原因。和奚凝霜合作了那么久，她的判断准不准确，他还能不了解？所以，他今天是故意早来的。

"张总，我建议这个作品到现场再连接吧，不然，我还是担心路上会有意外。"范澄喻提出建议，"太重了，运输途中的颠簸，还是有风险存在的。"范澄喻是驾驶员出身，他对一切都了如指掌。

张总连连点头，"这个都听你们两个人的，我是外行，我不懂。我能做的，只是广告宣传和提供创作条件，对吧？"他非常信任他们。张总不曾想过，他们最初那么不愉快的开始会有现在的局面。

张总从来不避讳自己的短处，他觉得这样才是最好的沟通方式，当然，也是要遇到对的人。商场上千人千面，像他身边这两位永远保持一面，还能生存得这么好的人，除了身怀绝技，就是有强大的后盾。显然他们两个人属于前者，张总前后都没有，只能学着做变色龙。

范澄喻腼腆一笑，没有言语。按说，虽然这个作品是他们的，他们想怎么做就怎么做。毕竟，这不算他的作品，只是借用他的工厂加工而已，但范澄喻对从自己工厂里出去的作品都有要求，这是他的责任心。

奚凝霜同意范澄喻的说法，尽管她嘴上没说，而实际上，她对这个作品最后成功与否并没有太大把握，她很需要范澄喻的帮助。奚凝霜把这些话告诉过张总，她从来不会盲目夸耀自己的能力，但也不会刻意谦虚。她只需要真实表达给对方，她一直认为这样的相处最直接有效，也最轻松。这些都是因为范澄喻才学到的生活经验。

她曾经想过，以前她和范澄喻的交流存在问题的原因，那时候他们大多数时间都在谈琉璃，忽略了生活，就像现在，他们面对琉璃有那么多相融相通之处，可是面对生活就出现了严重问题。

"范总，你看交货那天，你能不能亲自去帮小奚把把关。"张总谦虚地笑着问范澄喻。这个请求，其实早已有答案。只是张总还是想听到范澄喻亲口答应。

范澄喻的目光睇向奚凝霜，自然地微笑着说："没问题。"这是他求之不得的好事。

张总高兴得地笑出声来，"我就知道范总有义气。"看范澄喻不时飘向奚凝霜的眼神，张总就知道肯定没问题，便越发笑得得意。

奚凝霜一直很安静，没有表示出任何态度，一切自然而然。她再好强，也不会拿这么重要的事情去逞强，她一直都有这样的大局观，在座的这两个男人很了解她这一点。

重要的事情谈完了，张总又东拉西扯一些琉璃业内的闲话。范澄喻很少应和什么，毕竟，他就不是一个喜欢闲话的人，只有说到专业技术，他才会多聊几句，不过也终究是没让张总冷场。这就算是范澄喻几年商场历练的最大进步。

奚凝霜偶尔会流露出一丝笑意，佩服张总这聊天的本事，她没有参与到任何一个话题中去，从始至终保持她优雅的沉默。

无论是在老宅，还是在这里，她总觉得有范澄喻的地方就有宝藏，所以她的目光一直在四处游走。她看到操作台上有一堆油泥，显然是在做新作品，而且四周没有图纸，她在猜测范澄喻想做什么作品。近期没听说什么重要的比赛，离展会也还有些日子。再看范澄喻的泥模，堆得小山高似的油泥看不出雏形，他到底想做什么呢？这个心思让她不觉地走了神儿，张总那些闲话更听不进耳朵里了。

与此同时，和奚凝霜一样，范澄喻的心思根本不在那些话题上，怎么可能听得进去？他看到奚凝霜将墨镜卡在她头顶，这样他能看到她的眼睛，她正目不转睛地看着前方，随着她的目光看到自己的油泥模，那的确是一个没有图纸的作品，因为图纸已经在他心里很久了，根本不需要任何图纸也能捏出来。

不知过了多久，夸夸其谈的张总似乎意识到这两个人的目光和神思早就转移了，也看向那个看不出所以然的油泥堆。他嘴快，不像身边这两个只会用心说话的人，随口就问："范总这是要做什么？算不算商业机密？如果不算，给我们讲讲，我也长点见识。"

张总这么一问，范澄喻和奚凝霜才回过神，范澄喻笑着说："不，这不是商业作品，也不是什么机密，只是我想把心里的一些东西表达出来。"

一听说是心里的东西，奚凝霜微微垂眸。

"哦，那一定是一件非同寻常的作品了。"张总那么聪明的人，还能看不出这两个人之间微妙的气息，眼睛骨碌骨碌直转，又抬腕看看手表说，"时间差不多了，要不我们去开炉吧？"总算结束颇显尴尬的气氛。

三个人一同下楼，走进厂房。范澄喻快走了两步，直奔向烧炉。奚凝霜那一刻有些紧张，这可是第一个出自她手的大型作品，她非常担心，在后面又喊了一声，"要不再等一等吧。"

范澄喻和张总停下脚步看她。范澄喻知道她担心什么，宽慰她说："不用太担心，原来我计算的时间就已经延长了。现在是夏天，温度高，不会有太大的问题。"

"如果对方要把这个作品放在空调下，会不会有问题？"奚凝霜紧张地蹙紧双眉，又问。

"开炉之后还有很多工作要做，我再观察看看。"范澄喻的经验是把握一切的关键，这让奚凝霜放下心。看来他已经把心急的毛病改了很多了。

两个人虽然表面上只交流工作，也都显得很平静，但心里的感受，不言而喻，他们好像在等待着什么。

范澄喻走到炉前，有工人跑过来想帮忙开炉，被范澄喻阻止了，他要亲自开炉。范澄喻的工厂里的烧炉，已经不是在蠡巷老宅那个像个土灶似的小炉。现在范澄喻的工厂可以按着不同类型的作品，用不同的炉子来烧，有立式，有卧式。这次烧的作品用的卧式炉，抬琉璃出来可以用机械滑轮，因为那些巨大的作品太重，靠人力根本抬不动。

范澄喻的手放在炉门的铁柄上向下用力，炉门"吱呀"地开了，现场十分安静，他们都在聆听，聆听会不会发出那个致命的声音，毕竟现在还看不到琉璃的真面目。

除了机械滑轮缓缓地抬起，滑动，再缓缓放下，什么声音也没有。烧炉一天，若是听到清脆的碎裂声，就好比心也跟着碎了一样让人难受，而此刻的安静，简直就是成功的标志。但只要没看到琉璃，他们的心还是悬在半空中，开石膏模同样是考验。奚凝霜去拿锤子，范澄喻也去拿了一把，他看看奚凝霜，说："如果你不介意，我来开吧。"

奚凝霜这几年各种关于范澄喻的报告关注很多，她知道他一直在做大型作品，论经验，肯定比她丰富，何况现在不是逞强的时候，便点点头。

范澄喻围着和他一样高的石膏模转了一圈，用手不停地敲击，最后找到合适的位置拿起锤子，敲了下去。几锤之后，当能看到里面的颜色的时候，停下来，继续静默，等待。良久，仍然没有让人心碎的声音。他看向奚凝霜，奚凝霜心领神会，拿起另一把锤子和他一起敲掉外面的石膏模，这默契倒是极其微妙了。张总一双眼睛看看她，又看看他，似笑非笑，什么也不说。

拆下大半的石膏之后，这个作品已经初步可以证明成功了。范澄喻上次碎的那只鼎也和这一个如意大小相差无几，正是那次失败给了他这一次成功的经验，这也许又是冥冥之中早已注定。

他们俩将三段琉璃分别拆了出来。范澄喻提议先不要用水清洗，等明天一早，太阳还没升起来的时候清洗，以免有温差。几个人都纷纷赞同，所以，那天晚上张总和奚凝霜没有回上海，留在牌楼住了一夜。

为了庆祝合作成功。张总邀请范澄喻共进晚餐，范澄喻要尽地主之谊，两个人相让了许久，奚凝霜一直保持沉默，除了和琉璃有关，她好像什么都不关心。

晚餐的时候，奚凝霜只顾低头吃饭，全然不参与这两个男人的谈话。一个是纯粹的商业行为，一个是为了多看几眼心上人，至于奚凝霜在想什么，连她自己都不知道。

那天晚上，张总和范澄喻都喝多了，他们俩都特别高兴，只是各自高兴各自的事罢了。第二天一早，天还没有完全放晴，范澄喻已经站在琉璃前面，昨夜的宿醉没有影响他早起，这是他对琉璃的态度。

缓缓走来的奚凝霜，浮上唇角的笑意很快隐去。范澄喻看到她，轻声说："怎么不多睡一会儿？"极是关心。

"开始切割么？"奚凝霜答非所问。

范澄喻只好将目光转向琉璃，"嗯，我来切吧，你负责冲水。"

烧制后的琉璃，从石膏模里完全脱出，还会有一部分多余的琉璃料在外面，这些多的琉璃料是为了保证古法琉璃在脱蜡过程中充分流入石膏模内，而等拆掉石膏模后需要将多余的部分切除，这项工作需要在水中进行。

"好。"奚凝霜答应。

流水的声音和切割机与琉璃碰撞的尖利的声音交织在一起,他们的沉默就变得很自然了,张总那张宿醉的脸看到琉璃越来越美地出现在眼前,精神头就全回来了,不住地"啧啧"称赞。有几次他差点脱口而出:"你们俩真是珠联璧合。"每次都是话到嘴边,看看他们俩别扭的样子硬咽了回去。

也许,缘分也在考验他们吧。

接下来的一切工作进行得十分顺利。合作中的奚凝霜和范澄喻埋在心里的火苗企图穿过层层阻碍,再度燃烧。但是那些阻碍也很执着,隐隐的火光却无法燃烧得更旺。

现在的范澄喻和奚凝霜已经不是年轻的男孩女孩,他们有成熟的爱情观,改变想法很难,但也很容易,就在一念之间。

奚凝霜内心纠结,这段日子与范澄喻相处的时间越多,她越觉得好像又回到六年前。六年前年轻的自己,有爱、有热情、有梦想、有心里爱的人。自从她把她的爱给了琉璃,她的琉璃作品活了,心却死了。心底有个声音一直在阻止她,到底在阻止什么?她自己还不想去弄清楚,是的,是她不想弄清楚,因为有些事她还是不想承认。

范澄喻固守在自己的标准里,他觉得奚凝霜的冷淡就是阻止他前进的大门。他不敢向前走,怕被拒之门外,那恐怕连像这样偶尔能看到她的机会都没有了。他唯一并没有想到的是自己的懦弱。作为男人,面对感情如此懦弱,竟然没有面对琉璃,面对世人的非议那么勇敢,他到底怕什么?

如果两个人各自怀着心事不说出来,大概就只能有一个结果,错过!

张总都没想到,他这只喜鹊尽心尽力地为他们搭好了鹊桥,他们俩只是站在桥两边张望,谁也不上桥。张总能感觉到他们两个人在桥边犹豫徘徊,想不通他们抬脚往前迈一步怎么就那么难?

张总和范澄喻合作的日子久了,也就熟络,有一次他和范澄喻说:"你就应该主动点,小奚一直单着,你还不明白?"

"可是,她不让我再提以前的事。"范澄喻苦笑。

张总气得直摇头，这个男人真是木讷得出神入化了。只能在一旁看着这对神仙眷侣，日复一日，年复一年地自转。

范家着急抱孙子，范母有一天听说奚凝霜要来，打定主意去工厂里找她。奚凝霜和范母之前有过一段交流，相处也很融洽。看到范母的一刻，心中五味杂陈，颇有恍如隔世之感。

"阿姨。"奚凝霜轻轻叫了一声，如果不是范澄喻的离开，这会儿，眼前这位慈祥的老妇，已经是她的婆婆，她也不会仅仅叫阿姨了。

范母看到奚凝霜同样是百感交集，奚凝霜真是越来越漂亮了，沉淀后的女人味十足，难怪她的儿子放不下。但奚凝霜也是单身，她不明白这两个年轻人的心里到底在想些什么，既然都不找，又不在一起，真是皇上不急，太监急。

奚凝霜能猜到范母为什么会出现在这儿，她要如何跟这位母亲交流呢？范母不是她妈妈梁慧那么强势的女人，或者说母亲有豆腐心在没人看到的时候，只不过记得住那张刀子嘴的人更多。越是面对范母这样的长辈，有些话就越难启齿。

范母让奚凝霜陪她走走，奚凝霜就跟着范母往外走。范澄喻的工厂，位置偏僻，附近并没有什么人烟，就他们这一个院子，沿路两边都是荒地。再过几年，这些地就升值了，谁也不会去追究一块地的过去。但是人呢？

范母在范家话很少，不像很多家庭妇女那样喜欢说些闲话。在范母眼里，奚凝霜是非常适合儿子的人选，不过，她又想到了奚凝霜的母亲。她一直都认为儿子和奚凝霜之间走到今天，很大的原因是因为梁慧。女人的直觉向来都准，这一次虽然是范澄喻的决定，但说到底还是因为梁慧。

两个人走了很久之后，范母开口说："小奚，你和澄喻之间解不开了吗？"并没有绕弯子。

奚凝霜看着范母，不知如何回答。解不开了吗？她看向前方，思绪飘荡。

这段日子，她也在想她和范澄喻之间的事。范澄喻的感情隐藏得太深了，哪怕她明明能感觉到，又好像感觉不到。她说不清楚那是什么感觉，现在的她已经不是当年，那时候年轻，她有很多热情，现在，她只需要一份安心。何为安心，大概就是一句承诺。范澄喻好像从来都没给过他一句承诺。

"我们之间说不清楚。"她喃喃地回答。

"他回来的时候，说都是他一个人决定的，但是小奚，有句话，阿姨说出来，你不要生气。我觉得澄喻可能还是因为你母亲。"范母继续说道。

"我妈当初的确是给他出了很大的难题，他走后，我妈也很难过。"奚凝霜说的是实话，范澄喻走后，梁慧没有因此觉得解脱，虽然梁慧从来没有和奚凝霜交流过，但她放纵奚凝霜继续做琉璃，就是一种证明。"可是，仅仅因为我妈的话，他就不辞而别，是我无法接受的。"想起曾经自己执着坚持的一切，就像一场笑话。

"澄喻这孩子，什么都放在心里，也不和我们多说，我们问多了，他起身就走，所以，我们也不敢多问，怕把他逼走了。他爸更是为了他，把过去都翻了回来，希望他不要一蹶不振，要不是如此，我们怕这孩子能躲到我们找不到的地方去。"父母永远是儿女的最大后盾，也是最了解他们的人。奚凝霜突然想起梁慧对她这些年投身琉璃事业的纵容，如同无声的道歉，不禁鼻子一酸，眼圈里泪水盈盈。

"阿姨只希望，你俩能不能好好谈谈，不要把什么话都憋在心里，等着对方猜，那什么时候能猜到头啊？你们，你们都不小了。"范母焦急的目光让奚凝霜心里更加难过，没来由的眼泪噼里啪啦地掉下来。

范母见此，心疼地拉起奚凝霜的手，一时之间也哽咽得说不出话了。

年轻人的心，老一代人是猜不透的，只是凭着为人母的直觉，她明白那是种什么样的感情。范母不像王再山的老伴，当初她和范征在一起，也是因为爱他的才华，关于琉璃的才华，所以，她懂奚凝霜。

"他当初为什么选择离开？为什么不和我一起面对一切，是他对我不信任？还是他觉得其他选择比我更重要？我没有让他放弃他喜欢做的事，敬佩他的才华，支持他，鼓励他，那段日子我觉得我们应该是彼此理解的，只要熬过那段日子，就一定有很好的未来。但是他选择当逃兵，仅仅因为一次失败，一次他梦想的失败，他就能舍弃我，是我无法理解的，也

在我心里划下了深深的伤疤。这么多年，我都想修复那道疤痕，可是很痛，每次想起来，就会痛。曾经的美好，曾经的爱，反复回到脑海里，在老宅的一切，点点滴滴，都让我有无数次想原谅他，和他重归于好。但那道伤痕就会裂开，痛彻心扉，好像在提醒我，不能重蹈覆辙。我用了六年的时间来修复这个伤疤，我也知道，只要我在琉璃界就一定会再遇到他，我想躲着，但我不是神仙，我只是一个普通的人，生活中会有太多的不确定因素来决定人的命运。我们又重逢了，重逢容易，可是重新和好，不只是我，可能连他也没做好准备吧。"奚凝霜一口气说完，看着范母，紧锁双眉。

范母看了奚凝霜良久，看到她眼底的泪花，再多的话也难以启齿。自己儿子的闷性子被哪个女孩儿遇到，还真是难为了人家。范母从奚凝霜这段话中听出，这件事，还是要范澄喻主动去解决才行。这结果已经让她心中大悦，她拍拍奚凝霜的手说："孩子，委屈你了。"便不再说什么。她总不能替儿子表白，即便她能准确地表达出儿子的心意，但听在奚凝霜的耳中绝不是一回事。

之后，她们都不再提这件事，范母关心地问起奚凝霜做琉璃的事，奚凝霜沉稳回答，自从知道范征曾经是琉璃业内的前辈，她对于范家人任何有关琉璃的问题都认真对待，毕竟，不像对自己的父母这样的外行人，随意讲讲就可以。范母听出她对琉璃有深入的探索，不再是曾经那个仅靠一股热情的女孩儿，而是一个成熟、有想法的女人了，这种成熟更让人喜欢。

晚上，范澄喻回到家里，范母特意把儿子叫到院子里说话。

"怎么了？"范澄喻看出母亲眉间略有愁意，以为与父亲有关。

范母把找奚凝霜的事儿说了，范澄喻垂目不语。

"人家是女孩子，你是男人，年纪也比人家女孩儿大，不应该主动一点，把过去的结解开吗？"范母盯着范澄喻问。

"妈，我把她伤得太深，她不会原谅我的。"范澄喻低声回应。

"你试都不试，就这样认定了结果？你做琉璃的精神哪去了？"范母真想在儿子身上打几拳，"这么好的女孩儿，不珍惜，又不找新的，你还嫌我和你爸不够老？"

范澄喻继续保持沉默。

范母急得一拍腿，"反正你妈已经帮你谈过，你赶紧去约小奚好好聊聊。"顺势推了儿子一下。

范澄喻已经买了自己的第一辆汽车，车虽不贵，但对他出入各地办事提供了很大的方便。所以，他开着车去了上海，直接来到瑰丽门前。停好车之后，他在车里坐了很久，愁眉不展。感情的事，对他来说比做琉璃难，竟不知如何向奚凝霜开口，他不知道该和她说些什么。

范澄喻走进瑰丽，这里的大部分员工都认识他，纷纷和他打招呼。他径自走到奚凝霜的工作室门前，停下脚步。很多人都纳闷，这一次他怎么不是直接去张总的办公室？他终于鼓起勇气敲门。

奚凝霜正在里面赶图纸，要参加年底的展会。

"请进。"奚凝霜的声音传来，只听声音，还没看到她的人，范澄喻已经觉得浑身的血液都在逆行。

范澄喻深呼吸后推门而入，看到奚凝霜的背影。挽在脑后的松散发髻，白色的长衬衫，牛仔裤，白色的休闲鞋，只从背后这样看着她，就觉得那么惬意。他想起在老宅时，她还是个喜欢穿碎花裙的女孩儿，再见到时，她身上的知性美让她更有魅力。这样的女人，走到哪里都在发光，都会有目光追随，绝不缺追求者。

奚凝霜回过头，看到进来的是范澄喻，微微一怔，嘴里还咬着一支铅笔。

她回眸的那一瞬，曾几何时，那么熟悉。范澄喻已经感觉到心跳在加速。奚凝霜抽出叼在嘴里的那支笔，从椅子上站了起来，"你找我？有事吗？"清冷地问道，接受了他的突然到访。奚凝霜猜，一定与范母和她的谈话有关。

"不打扰你吧？"范澄喻睇一眼图纸，又看向奚凝霜。奚凝霜随后将画板上的图纸挡住了，走向范澄喻边说："至少，你不应该看我的设计稿。因为我们是同行，存在竞争关系。"

"我可以不参加。"范澄喻毫不犹豫地回答。

奚凝霜冷笑,"是呀,范总也不在乎这一次参不参加。"

在他们说这些话的时候,脑海中都曾闪现过,范澄喻第一次参加展会时的种种窘迫,这些曾经被很好地封存在心底的事,往往会毫无预兆地在记忆深处翻涌上来。

什么是永恒的呢?一个记忆中的画面,就可能成为一种永恒。

"张总,应该在办公室。"奚凝霜故意这样说,既然范澄喻不说来因,她不想和他这样有的没的聊下去。

"今天,我是来找你的。"范澄喻和奚凝霜四目相对,彼此凝望,他们眼中的千言万语,就是等着彼此去解开谜题。

片刻后,奚凝霜垂目,低声说:"是不是阿姨和你说了什么。"

"凝霜,你知道我是一个不会表达的人,我,我想和你说,对于我的不辞而别向你道歉,对不起。"范澄喻说完这句话时,竟然觉得呼吸困难,好像在等着什么帮助他喘上这口气。

"我们都不是小孩子了,这些话说出来显得有点可笑。怎么可能一句道歉,所有的事就能一笔勾销?"奚凝霜的心还是痛了,没想到,这句道歉会让她更加难过,再抬眸看着范澄喻的时候,强抑微变的声调,略带哽咽地说,"过去,我为我的勇敢吃了很大的教训,现在我不勇敢,你的道歉能说明什么呢?"

范澄喻能看出奚凝霜在压抑怒火,他甚至认为,她如果能打自己一顿也好,那样他的心里或许能好受一点,他深吸一口气,继续说:"当年是我不好,我以为我真的没有未来,我不能达到梁阿姨的要求,不能给你一个很好的未来,而我知道你一定不会计较这些,但我是男人,我做不到让你受委屈,你放弃那么多,而我还要让你过委屈的日子,我过不了自己心里的那一关。"

"仅仅因为你过不了你心里的那一关,所以,你就选择替我做决定是吗?"奚凝霜的泪珠突然滚落,那一刻,范澄喻怔住了,鼻子酸涩难忍,心疼她这滴眼泪。

"对不起,都是我不好。"范澄喻想不出任何可以为自己开脱的理由,

"是我太懦弱了。"他略带哽咽地说道。

任何伟大的所谓为了对方着想，有时候显然就是一句空话。大多数时候，还是因为懦弱而选择了逃避，这才是真相。

这个结果是奚凝霜认可的，她想了六年，只有这一个答案是最真实的。她也曾在心里为他找过无数次借口，什么他也有苦衷，他一定是因为创作受阻情绪不佳，他一定是想出去散散心释放那些坏情绪……诸如此类，她都替他想过了，但在这些借口被时间一点点吞噬之后，真相就会渐渐浮出水面，哪还用去挖掘呢？所谓的想不通，只是不想承认罢了。

现在，他们都不是小孩子了，经过了感情，经历了时间的洗礼，他们心里都懂。

"都是我的错，所以，我还有机会补偿吗？"范澄喻再一次诚恳地挽回，承认才是勇敢的表现。

奚凝霜不知道，她真的不知道，心底的那道疤能不能愈合。她一直以为已经愈合的伤疤，好像并没有想象的那么容易被忽视。即使是过了疼痛期，还有阵痛，到了愈合期也要痒很久很久，还要结痂，最后脱落的时候，还有一段见不得人的柔软和脆弱。现在，那道疤痕对奚凝霜来说是哪一个阶段呢？大概是最后的阶段，结痂脱落之后，虽然已经过了疼痛期，新的细胞组织正准备再利用一段很长的时间，让它恢复原样，而这个时候，那道疤痕很显眼地摆在那儿，脆弱，怕人触碰。

"还记得西施和范蠡的故事吗？"奚凝霜突然说道。

那是一个爱情的悲剧，此刻奚凝霜提起让范澄喻非常不安，他轻轻地摇头，嘴里什么也不说。

"琉璃界都流传这段凄美的爱情故事，琉璃中飘浮的气泡是眼泪，所以，和琉璃有关的爱情注定都是悲伤的。"奚凝霜绝望地说道。

"凝霜，可以不要这么想吗？"范澄喻不想听这个悲伤的故事，截断她的话。

"林黛玉来到世间是还贾宝玉眼泪的。那因琉璃而生的爱情，也是来还眼泪的。我的眼泪，我还给你了，在我的每一个作品里。"奚凝霜说到

这儿，嘴唇不禁颤抖。她一直都会在自己创作的作品样品中留下气泡，还曾经被人误解是她的工艺出错。谁会想到是她故意留下的。

范澄喻眼眶微红，任他怎么忍也忍不住的眼泪，顺腮而落。他明白了，奚凝霜不原谅他，他们不可能再回到当初，一切都随着时间而逝。这些年来，离开奚凝霜，他的心里就只有琉璃，还有不能辜负的父母，从来没有想过与任何女人相处，心底的爱情，还有他的情感，都留在蛊巷了，好像奚凝霜已经是他的妻子，她只是在那里等着他呢，等着他有一天凯旋，和他幸福地生活在一起。原来，他错了，他太自私了，他只想到他自己，没有想过那个伤透了，望眼欲穿的女人，最终哭干了眼泪。

"凝霜，你一直在我心里，我从未再想过任何一个女人，是我太自私了。既然，我们都没有重新开始，为什么不试着去修复这段感情？"范澄喻情感的闸门终于打开了，他不能让自己再次被懦弱征服。

这一刻，他们的情绪十分激动，六年的分离，两年杳无音讯，形同陌路，好像都将过去的感情掩饰得很好，只有剥开伤疤的时候，才知道曾经的痛，刻骨铭心。

他们的谈话好像无法继续下去了。奚凝霜的脑子里一片混乱，除了知道现在不可能给范澄喻任何允诺之外，根本没有办法去思考任何问题。

范澄喻除了道歉，只有道歉，的确是他亏欠太多。看到奚凝霜泪流满面，他的心更痛，他多想上前去帮她拭去泪水，可偏偏向后退去几步，安慰奚凝霜说："凝霜，六年来，在我心里你已经是我的妻子，所以，我从来没觉得我还可以接受别的女人。但我对你的伤害同样是不可原谅的，今天我只想再为自己争取一次，范蠡为了家国送走心爱的人，赠琉璃待团圆，终得团圆。那我呢？我还可以和我爱的人团圆吗？我不想逼你现在回答我。过些日子，我再来。"说完，他转身冲了出去。他不敢停留，他怕稍有迟疑，就会听见她说出决绝的话。这一刻，他才明白自己给奚凝霜的是什么样的伤害，此刻的他都那么痛，可想而知，当年她有多痛。

"凝霜，对不起，都是我的错。"他在心里不断地重复这句话，任何解释都显得苍白，而让人难堪。

看他夺门而出，奚凝霜心底五味杂陈，她该说什么？他又一次的逃

310

避，她能猜到他为什么跑得那么快，还不是怕面对？她走到办公桌前，抽出一张纸巾，替自己拭泪，脸上没有一丝表情。六年来，她不是没想过，再相遇时他们之间会发生什么，也想过会有今天的一幕。随着年龄的增长，每一年她设想这些画面时的感触都是不一样的。现在，这一切终于发生了，有些在意料之中，有些在意料之外。她曾替范澄喻想过许多解释，她想过范澄喻为了逃避，却没想过他会说，他把自己当做妻子。可谁能把妻子扔下六年呢？他爱琉璃，他的爱只给琉璃。所以，她不想原谅。

奚凝霜走出办公室，不知不觉来到姐姐家。每一次在她头脑不清醒的时候，她都想让她人间清醒的姐姐好好给她上一堂课。奚凝雪已经结婚生子，当女人有了家，有了孩子，精力就会被这个家庭占去大半，奚凝雪看得出妹妹脸上挂着心事。

宝宝入睡后，姐妹俩便在客厅里聊天。奚凝霜和姐姐说了今天发生的一切，奚凝雪听完，先是沉默。奚凝雪这些年最清楚妹妹在范澄喻身上用情多深，一个能执着于一件事物而放弃许多的人，对待感情会有相同的态度。六年，岂是她能忘却这段感情的时间？范澄喻重新回到她的视线里，若是她真不为所动，大概此刻不会坐在她面前了。可是解开心结，哪那么容易。

"凝霜，如果理智地对你说，就是重新开始。离开伤害过你的人，爱情中，亡羊补牢的效果并不一定好。人在情感和心灵上的伤，最难抚平。但你有没有想过，你的爱情观是什么？是你想爱？还是需要别人的爱？"奚凝雪很认真地问妹妹，"我和你姐夫是因为在大都市婚恋法则中所默认的合适而在一起，在经营一个家庭的过程中，相濡以沫。或许，这样的感情不会轰轰烈烈，但同样可以深入骨髓，这是我认可的爱情模式。你要想清楚你追求的是什么呢？"

奚凝霜沉默地看着姐姐，很多时候姐姐的理性和坦白，都让她不愿接受，可心底又认为姐姐的话无疑最真实。

"他的爱太自私了，我没理由原谅。"奚凝霜不能接受范澄喻的道歉。

"那怎么能说你爱他？爱情在很多人眼里是现实的，比如我，比如妈，

但你当初选择了一条不现实的路走,现在你想回归现实?"姐姐的话听得奚凝霜有些疑惑,她以为姐姐会和她一样,让她坚持自己现在的想法。人们有些时候心里有自己的想法,同时又想听到第二个声音强调自己是对的,好像这样才能证明自己。可让她始料未及的是奚凝雪此刻的话似乎在把她一直想深埋的那些思绪挖出来。

"所以,我应该原谅他?"奚凝霜脸上有情绪,语气明显透着不满。

"那是你的事,爱,这个字每个人的理解都不同。虽然感情世界是相通的,但同时也有自己内心的定义。除非你认为他不值得,或者他真的是一个品格低下的人,不然,就算是陪他成长又如何?"看着姐姐说完,奚凝霜一时无言。豁然之间,她明白了姐姐的意思。

"你还爱他。"奚凝雪认真地看着妹妹说出这句话,"现在,你要思考的是自己骗自己,还是遵循自己的心。"

奚凝霜蓦地从椅子上站了起来,转过身去,一只手放在额头上,闭着眼睛。她的思绪本来就够乱了,姐姐的话,并没有起到她来这里寻求让她坚定原有想法的作用。

"姐,我以为你会说我做得对,不能再重蹈覆辙,这样的男人不值得我再回头。"奚凝霜长舒一口气,说道。

"我是想这样说啊,可是我是你的姐姐,我不需要虚伪地说这些浮在水面上,好像是你爱听的话。我看到了你的本心。我希望你面对你自己的那颗心,而不是和他一样逃避。两个人在一起,多半是互补的,一个逃避,另一个也逃避,那就只有错过了。还有就是这么多年,我问你许多你们之间的细节,你又何尝给过他承诺?是,你放弃那么多,你有行动,但只有行动,是不行的。你们这些搞艺术的人,不都有一颗浪漫的心嘛,那颗心需要的是什么?你自己需要他做什么?难道你不是同样的想法吗?如果你把这些问题都想明白了,真正能看清自己了,我可以支持你的任何选择,而不是现在给你一些虚伪的建议。"奚凝雪再次剖开妹妹的心。

奚凝霜再也说不出话来。姐姐过去从来都没说过这样的话,为什么和曾经劝慰她的那些话不同了?

奚凝雪看透妹妹的心思,继续说:"过去,我是在安慰你,但现在不同了,你要面对。要面对就要把最真实的想法想清楚,然后去面对,无论结果,为真实的自己争取。明白吗?人生最怕的就是错过之后的后悔,还有那些为了逞强而做的无谓坚持,毕竟,在经历过婚姻之后,我更明白了爱是什么。"她笑着看妹妹。

"姐,你真奇怪。"奚凝霜不禁笑了。

"奇怪?只有你的亲姐姐,才会推翻一切的和你说这些话。"奚凝雪毫不掩饰,像她活得这样透彻的人不多。奚凝霜的好友张颖也现实,但她的现实与姐姐不同,姐姐的现实是有情怀的,"如果你不想这么快答复他,就不答复,反正,我看他也不可能找别的女人,没准什么时候,你们就走到一起了。"

"我无法想象。"奚凝霜的认知里,如果他们两个人都回避,又将是无交集的几年,再过几年,恐怕他们就都不会再谈爱情了。

"你早就有他的消息,却一直都没有和他联络。现在你又要因为自己受到的伤害,而选择让自己的姿态高高在上,那结果只能是等了,等天意。"奚凝雪无奈地摇着头,翻了翻眼睛,向天上看,好像真的在看老天有没有更好的安排。

奚凝霜回家的路上,都在思考姐姐的话,有些话,她还不能全部认可,她的尊严很重要不是吗?可心底呢?她也在反思自己的爱是什么,她默默地摇了摇头,"不,我的爱不伟大。"

不求回报的爱情,是伟大而神圣的,要遇到值得的人。范澄喻谈不上是个不值得的人,只是他们之间的这个心结,难解。他们身边的人都在为他们俩努力,但两个主角还各自困在自己的围城之中。

人不断地在进城与出城之间往复,又有几人能做到决绝呢?奚凝霜快到家门口的时候,竟然看见了范澄喻在那儿来回踱步。她停下脚步,他怎么会知道她的家在这儿,她马上想到了张总,心里就有些懊恼。

范澄喻看到她停下了脚步,站定看着她。奚凝霜心里想,他不是跑了吗?不是怕面对吗?怎么又主动找上门了?她不打算让范澄喻上楼,也就没再往前走。两个人默默注视着彼此良久。

终于,范澄喻向奚凝霜走去,"凝霜,我问张总要了你的地址,你不

要怪他。他也是为了我们。我……"

"去对面的小公园走走吧。"奚凝霜说着转过身，向前走。

两个人依然沉默，对于不会表达的范澄喻来说，真不知如何开口，说什么都怕惹得奚凝霜不高兴。而奚凝霜呢？回来的路上，刚刚想清楚要怎么面对范澄喻，可现在，她好像又说不出口了。

"如果，你需要时间考虑，我可以继续等。希望，不要因为这件事，影响我们以后的合作。"范澄喻最终憋出一段公事公办的话。

奚凝霜冷冷一笑，"是啊，六年都过去了，也不在这一时。"两个人便又陷入沉默，在黑夜的月光中缓缓踱步。

虽然无话，却不知为什么，心底很踏实，这是此刻他们两个人心中共同的感觉，只是他们又习惯性地把这样的感觉放在心里，谁也没有说，这种性格真是急人。

最后，奚凝霜看看手表，说："时间不早了，我要回去休息了。改天再聊。"话音未落，转身就走，留下范澄喻怔怔地站在那儿，看着她的背影，一点点消失在黑暗之中，他恍然回神地向她跑过去，"凝霜，今年的展会，我们各做一件作品，作为回答，可以吗？"

奚凝霜停下脚步，"好！"

既然很多话说不出口，那就用他最擅长的方式来表达，范澄喻终于想到这个不错的解决办法，奚凝霜答应了，这让他很高兴，再过三个月，三个月后，一切就有答案了。

范澄喻知道这一次不能再懦弱，如果他再逃下去，就真的会失去奚凝霜。感情的事有时需要外力推一把，才会有自信去争取想要的一切。如果范澄喻到现在仍然是一事无成，恐怕即便是看到奚凝霜，他也会绕开走，还会选择面对吗？所以，人这一生，最难懂的就是感情，而任何选择都不一定有唯一的结果，只要没走完这条人生的路，万事皆有可能。

范澄喻心花怒放，就像奚凝霜已经答应和他重归于好了似的。他心里只想着，无论如何，他又多了三个月的希望，总比三天之后，拒绝他好。他看得出奚凝霜对他的态度仍然是冷淡的。他要用这三个月融化她，至于作品，他会用心，他突然觉得自己有双重机会。

对奚凝霜来说，范澄喻这个提议是极大的挑战，她的事业心很重，这样的机会也很难得，无论关于琉璃的任何一次突破，都对她有极大的诱惑力。所以，他们两个人啊，对琉璃的理解如此心灵相通，可到了感情上竟会南辕北辙。

在他们两个人的关系中，最微妙的就是精神上的师生关系，有人说，两人心有灵犀最珍贵，可那是神仙眷侣。师生之间更多的关系是一个引导，一个学习；一个在前面走，一个在后面跟；一个回头怜爱，一个仰望崇拜，当然很像爱情的最初模样，最终减少差距，共同向前才能实现长长久久。

在奚凝霜心里，范澄喻还是她的师傅。所以她喜欢这样的挑战，特别是挑战自己的师傅。也只有是范澄喻，她才敢大胆一试。

范澄喻回到牌楼，就把自己关进办公室里，开始他的作品创作。以他的名气，他已经不需要靠参加展会来推广作品了，现在他的订单接都接不完。但这次不同，他有话要对奚凝霜说，他要把千言万语，把自己积聚在心底全部的感情都表达出来。他知道那个故事，那是他们俩心中的故事。

奚凝霜站在画案前整整一天，画纸仍旧是空白的，她要如何回答范澄喻呢？

张总知道范澄喻去找过奚凝霜，所以，那颗老好奇心没忍住特意来看她。他敲敲门，走进奚凝霜的办公室，走到她的画台前。奚凝霜目光空洞地从那张空白的图纸板前转过身，毫无焦点的目光落在张总身上，看起来那么敷衍，"有事吗？"

"怎么？又重新画了？"张总见图纸一笔没动，想到昨天奚凝霜的图纸不是已经有了雏形，怎么这会儿又空空如也了，不由纳闷地问她。

奚凝霜又看看她的图纸，想到昨天和范澄喻的约定，这才想起是张总告诉范澄喻自己家的地址，转瞬，那张清秀的脸上浮起怒意，嗔怪："张总，你怎么能告诉他我家的位置呢？"

张总马上赔笑，"嗨，你们俩啊，总有这样一天，越早面对越好。怎么样？谈得如何？"

奚凝霜瞥了他一眼，"今年的会展，我打算设计一款隐含寓意的作品，让作品有更深远的故事。"所答非所问。

张总一听，马上笑了，"我正想和你说这件事，最近，顾客买的不仅是一件漂亮的琉璃，而是一种迷恋，一种信息，一种情感。你看琉璃工房，已经开始给作品写故事了，你是大学生，能不能也写点？"

奚凝霜无奈地看着张总，"我的作品是要有真的故事，怎么能只写个故事。"

张总听了，也不和她理论，他是最识实务的人，只要有故事就行，至于怎么写，他才不在乎，只是笑着不住地点头，"行，行，有故事就行。"

在琉璃制品最繁荣的年代，陆续出现了许多琉璃作坊，但也大大刺激了市场。琉璃的价格也不再那么昂贵，甚至对于大众小件产品，有点回落的趋势。许多商业区、景点，纷纷出现了各种各样工艺简单的琉璃制品，颇受人们喜爱。这些作品的制作工艺也进入可批量生产的阶段，这类的琉璃制品的价值不高，谁都能买得起，琉璃的神秘感也被人们略带玩味地说成彩色玻璃。尽管这是真正的琉璃师傅们最不愿意接受的，但那是一个经济高速发展，而艺术成了消费品的时代，令人喜忧参半。

而与此同时，限量生产的概念出现了。

限量生产，顾名思义，限止每年作品的上市数量，甚至在生产上市之前，就已经决定了生产数量，到达数量之后就会销毁铸模，不再生产，并且在每件作品底部刻上总数量及该件作品的序号及作者。限量生产对于产品的价值保证具有非常重要的作用。而在当时无疑是巨大的挑战，设计师显得格外重要，很多传统工匠师傅都不敢尝试，仅有几家有影响力的公司愿意尝试，这其中包括范澄喻和奚凝霜所在的瑰丽。

关于限量生产，奚凝霜是真没想到张总会有这样的决定，在她看来，张总绝对不可能放弃现有的舒适圈，而去搞什么限量作品，那简直就是给自己套上一道枷锁，哪怕某一件作品热销了，都不可能有后续的销售，放弃利润还是他张总吗？奚凝霜不可思议地看着张总，眼底尽是疑惑。

那时像范澄喻和奚凝霜这样的人在社会上并不被认为是真正的艺术家，多数人称他们为匠人，而每一个匠人的内心一定都藏了一个艺术家。

艺术家会将自己的签名当做一个标志放在最显著的位置，匠人的签名都放在不为人知的位置，大多是靠口口相传而具有一定的名气。匠人们的这种隐藏就像是在和时间捉迷藏，和世人躲猫猫，等待有一天被有心人发现。

但在一段时期，人们开始神化匠人，将他们诗意化成艺术家。这让许多事情就变了味道，奚凝霜和范澄喻都不喜欢这样的方式，范澄喻的师傅也不在此类，但有些人已经走上神坛，就不乏跟风模仿者。张总这个提议，首先就让奚凝霜想到这一点，所以，她并不认同。但是张总是她的伯乐，她也不想让他为难。

张总有他自己的心思，以他对市场的观察，如果现在不搞限量版，早晚这块蛋糕，他能分得的越来越小。他的产品大多数是委托加工，他自己仅仅有一个工作室，加工效率有限，只适合打样。他也不能总在范澄喻那里生产。他要有自己的绝对客户和渠道，他怕哪一天，范澄喻从他这里嗅到什么，抢走他的资源，说到底还是防人之心不可无。另外一个原因就是，他觉得这样才能体现瑰丽的价值，体现奚凝霜的价值。在文艺圈待久了，他也摸到一些门道，作品仅仅是作品，作品背后的人，才是最大的财富。他想好好经营奚凝霜这块招牌。何况，限量存在着较大的增值潜力，他开始有炒作古玩字画一样的乐趣了。

张总看到琉璃界最著名的品牌"琉璃工房"也在做限量版，他找来各种资料研究了很久，他要紧跟着先锋龙头品牌，他觉得这样准没错，在别人还没有意识到限量版的诸多好处之前，捷足先登。

第十章　衷肠事，托何人？知音者，复又还

几天之后，奚凝霜突然做了一个决定，她匆匆走进张总的办公室，开口就说："张总，我可以请几天假吗？"

"有事？"张总关心地问道。

"我想出去旅游。"奚凝霜回答得非常干脆，"我听说九寨沟的水特别美，有人说美得就像琉璃，所以，我想去找一点灵感。"

"哦，这是个好主意，去吧，去吧。那边我有朋友，回头我联系他一下，让他给你做导游。"张总眉开眼笑地答应了。

"那太好了。"奚凝霜很惊喜。

奚凝霜很快就订好了机票，出发了。

旅游业刚刚开始发展的年代，旅行团也少，很多人出门游玩都是有当地的熟人引路，或者买一张地图。

奚凝霜和张总朋友汇合之后，来到九寨沟。

奚凝霜很爱苏州，她一直认为江南的美就是东方之韵，最能代表中国美，温柔静谧、婉约内敛的独特气质，就是中国人的含蓄特质。可眼前的九寨沟美如仙境，五颜六色的水简直就是活琉璃，任何语言于仙境般的美景都显得匮乏。她静静地享受这场视觉的盛宴，仿佛身陷在一个琉璃作品里，幸福极了。

那句她不以为然的"九寨归来不看水"，此刻让她深深折服。江南水乡、江南水乡，哪里还能有江南的水有韵味呢？可现在，她不再这样认为了，太美了，大自然的巧夺天工，让任何人类的刻意加工都显得惭愧。原来，那些被她运用得十分得意的绝世色彩，早就有了，而且她竟还没学到半分。

九寨沟的水通透、清澈，自然的绿与蓝，结合得毫无缝隙，不止如此，还将水底的植物定格，永不腐烂，真正地留住了生命的某个时刻。

"太美了，这些水都是天然形成的吗？"奚凝霜忍不住问张总给她安排的导游。

"当然，这里一直都是这样。过去没人愿意来，因为这里的地势太险，穷乡僻壤的山沟沟。近些年，开始有全国各地的人来这里旅游，就修了路。"张总的朋友叫吴铭，他耐心地解释。

"张总怎么会有个四川朋友，看来他的交际真不是一般的广泛啊。"奚凝霜好奇地问，不过，张总交友广泛并不在她意料之外。

"我和张总是在深圳认识的，那时候，我去深圳打工，机缘巧合下认识张总，替张总在深圳做过一段时间琉璃转运的事。"吴铭笑着回答，"张总人好，所以，我们从老板和员工的关系，变成了朋友。张总说你要来，让我带你好好转转。"

"那真是麻烦你了，我是为了这些大自然的琉璃而来。"面对美景，奚凝霜极外兴奋。

"你别说，我怎么就没想到呢？这里的景色还真像琉璃。"吴铭极目远眺，不禁感叹，不管怎么说，他接触过琉璃，多少能听懂那些关于琉璃的话。

吴铭中等身材，很典型的四川人面孔，虽然是个男人，皮肤却极好，大概是因为盆地的潮湿，整日泡在水里养出来的细腻。他与奚凝霜年纪相仿，因为有过深圳的打工经历，在本地算是见过外面世界的人。

对吴铭这样的人而言，那座水泥森林的城市存在着另一种诱惑，只是因为父母年迈，身体不好，他才又回到家乡做点小本生意。四川农村很多年轻人都出去打工，他回来后就动脑筋把家乡的特产运出去，特别是四川有名的火锅调料。在全国，四川的饮食有非常鲜明的特色，市场前景非常

好，他把小本生意经营得有声有色，他还想将来成立自己的食品工厂。要不怎么说物以类聚，人以群分。吴铭和张总能成为朋友，必然是因为他们同样是头脑灵活的人。

当然，奚凝霜绝对算得上江南美女，而四川也是个出美女的地方。江南女子的温婉和四川的女子的辣不同，各有各的韵味，就像九寨的水和江南水乡的水一样。而男人面对漂亮的女人，多半是有耐心的。

奚凝霜手里拿着一部相机，这是她采风的必备工具，身穿一套牛仔服，长长的卷发被利落地扎成一个马尾束在脑后。她背着一个红色的大背包，轻盈地跑来跑去，贪婪地拍下九寨沟的水色，嘴里不住地赞叹："太美了，太美了。"

人常在一处，就会有审美疲劳，所以吴铭看这一切很平静。他也带过很多外地人来九寨沟，那些人都说这里美，都会被这里的景色震撼，他始终不能明白，那些人的真实感受是什么样的。在他的眼中，他们这里一直都是这样的，可能生活在画卷中的人自然不识庐山真面目。

九十年代中期，旅游业刚刚开始发展，绝美的自然景色还没有被破坏，要游览这样的地方困难重重，但困难都是为发现美丽的人设下的考验，能通过考验的人，自然会有柳暗花明又一村的惊喜。著名的电视剧《西游记》在此取景，想来看看的人就越来越多了。

"你们每天在这样的景色之中生活，是不是满脑子都是美的东西？"奚凝霜忍不住心底的兴奋，举着照相机，一只眼睛闭着，一只眼睛瞄着镜头，边问吴铭。她觉得这里的人每天过着神仙般的日子，生活在这里的人，一定不喜欢大都市的枯燥，城市里的颜色既单调又死板。

吴铭微扬嘴角，一时竟然不知该如何回答她才好。九寨沟是很美，外面来的人总是夸赞这里的美，当地人就承认这里很美。有些概念是被别人不断地输入形成，这就是吴铭的感受。事实上，他只是觉得这里险峻，很少会想到特意来这儿欣赏景色。吴铭心想，奚凝霜这样生活在大城市里的女性，大概不会明白，那些为了生活而奔波的人，再美的景色，也抵不过他们心中的难事。

直到下山的时候，奚凝霜才感觉到累，便与吴铭到山下一个小村子里想歇歇脚，讨点水喝。从走进这村子，家家户户门前站着的村民，眉头紧锁，目送着她走每一步，心底蓦然有种囧态。

"他们是不是不欢迎我？怎么这样看着我？"她忍不住低声问吴铭，她觉得那些村民们像看外星人似的看着她。

经奚凝霜这么一说，吴铭才四下看看，"不会，不会，最近外面来的游客出现在这里，他们都是这样看的。"他无奈地笑着回答，"他们都是淳朴善良的山里人，没什么坏心思。"

"为什么？"

"他们也很想知道，你们为什么要来这里。"这话是认真的，游客闯进他们生活的地方，闯进他们的清静之地，就像自己家的院子里来了陌生人，注目礼已经算是最礼貌的对待方式了。在那个景区还没有大规模形成商业气氛的年代，只有这些疑惑的眼神。

不过，这里的人还是非常友善的，若是来游玩的人累了，会有村民让一张椅子出来。有人渴了，会有村民打点清澈的井水；有人饿了，即使他们吃得不好，也多少会拿出点当地特色食物。

奚凝霜看到有一户人家，门外摆放桌椅，她想向坐在门前看着她的那位老阿婆讨口水喝。刚一开口，阿婆先看向吴铭。她猜，阿婆肯定听不懂她说的话。吴铭用方言笑着和阿婆聊了几句，老阿婆就转身进屋给她拿水去了。

门口有个娃娃瞪着大眼睛看她，同样像看怪物一样。奚凝霜总觉得自己的脑袋上是不是长出了两只角，才会让那些目光追随着她不放。作为报答，她从背包里拿出几支铅笔，送给那个盯着她的娃娃，那本是她随身带着准备画图稿的。孩子并没有露出笑容，好像对这个奇怪的东西并不熟悉，奚凝霜就又从包里拿出本子，写了几个字。娃娃看了，便笑了。

看到这个贫困的乡村，那些山里的孩子，大多数还穿着各种不合体的衣服，这种不合体明显证明那些衣服并不是他们自己的，或者是几个人穿过传下来的。而他们所住的勉强称之为家的地方，她活了快三十年，从未没见过那样一贫如洗的家。

她对吴铭说："富裕限制了我的想象！原来电视里那些故事都是真的，

这里除了老人就是孩子，身强力壮的男人和女人都到城市里打工，可是打工真的能让他们都富起来吗？那些外来的物质和自身的改变，哪一种才是对的呢？"

吴铭仍然笑而不语，人与人之间存在着差异，这种差异有时候是无法解释清楚的。偶尔一点金钱和物质无法改变一个地区的根本，吴铭是生意人，但他一直想着将来等他有能力的时候，就带着这里的人一起致富，虽然，这时候想这些还很遥远，此刻看起来也很难。

"是啊，你们那里的经济好，改革开放以后，发展得越来越快，但是山沟沟里还要等很久很久，几年、几十年，或者更久，才能真正有所改变。"吴铭颇感慨地说道，他没想到奚凝霜会和他谈这些话题。在他的认知里，这些搞艺术的女孩子既骄傲又娇气。但是奚凝霜有点不一样，他又看看奚凝霜。张总交代过一定带她去最美的地方看看，她是张总公司里最重要的设计师。几天之后，吴铭觉得奚凝霜是一位有思想的女性，和他认识的那些女人都不一样。

"这里有学校吗？"奚凝霜突然问。吴铭苦笑，"镇里有，村里想念书的娃不多。"

"娃娃哪有不想念书的，他们根本不知道读书的重要，是没人和他们说。"奚凝霜一脸严肃。

吴铭搞不懂这个女人到底是来做什么的，问东问西，她不是来看风景的吗？

奚凝霜此行有两个目的，她想看看大自然赋予的独特色彩。还有一个目的，就是把自己从原来的环境中抽离出来，让自己想清楚自己的心。现在她好像多了些额外的收获，那双柳眉微微地涌向眉心，是啊，日子越来越好了，可是谁关心这里的人呢？她突然觉得自己的那些烦恼在这些事面前，如此微不足道，甚至有点可笑了。

在琉璃艺术拥有了一定的市场及社会重视程度的时候，背后的作者，也成为艺术风向标，她突然觉得自己好像可以做点什么。

休息了一天之后，吴铭又带奚凝霜去看黄龙的七彩池，四千二百米的海拔，让奚凝霜吃了些苦头。吴铭不是没提醒她，也做好了简单的准备，可奚凝霜的高反超出他的预料，但奚凝霜的性子拗，非要闯过这一关。九寨沟的水已经让她彻底臣服于大自然的鬼斧神工，她知道越是难以企及的，越是她该去探访之地。

天公不作美，这天的天气不如去九寨沟那天好，飘着蒙蒙细雨，气压很低，这无疑都给她高海拔行走带来难度。可她脸上的坚定让吴铭毫无办法。

去黄龙的路上要跨过一座山峰，当车子向顶峰爬的时候，奚凝霜就感觉到头痛欲裂，她紧咬着牙关，不想让吴铭看出她的痛苦，生怕他突然调转方向，不带她去了。

吴铭大概能猜到奚凝霜肯定不舒服，可他问过张总，张总只说，她决定的事，一般没人能改变。如果不带她去，她也会自己想法去，不如由他陪着放心。一路上吴铭都小心地观察她的脸色，"如果你有很严重的症状，一定要告诉我，这不是开玩笑，性命攸关。"

"放心吧，我还不会拿我的小命儿开玩笑，挺得住。"奚凝霜强挤出笑容。

吴铭不再说话，他觉得这样更适合她保存力气。当车子到达此行海拔最高峰之后，奚凝霜已经感觉到耳边开始嗡嗡作响，她嘴上硬，心里在嘀咕，不会真把小命扔在这儿吧，便问吴铭，"还有多远？"

"快到了，现在开始都是下坡，海拔会一点点降下去，你的高反应该能缓解一点。"吴铭想加快速度，却又不敢，毕竟这段山路太险，又因为雨水，地面湿漉漉，但凡有一点闪失，都可能出大事。

"哦。"奚凝霜轻轻地呼吸，好像连呼吸的力气都非常珍惜。

终于到达目的地，奚凝霜也的确觉得她的太阳穴不再胀痛，头仍然隐隐作痛，但总算可以忍受。七彩池在灰蒙蒙的世界里仍然呈现着碧蓝的色彩，这也是奚凝霜没想到的，毕竟，在大部分人的认知中，水的颜色是由天空和水里的生物决定的，但七彩池里什么生物也看不到，也不与天同色。她听吴铭说过，是地质的关系，地下的矿物质决定了水的颜色。

奚凝霜觉得此行可谓天意，这里的水是琉璃的归宿。

一刹那间，她突然想起了范澄喻。要是他也能来多好啊，他一定会有更多奇思妙想，一定能碰撞出更多火花，会给未来的创作带去更多的启发。

琉璃界一直在争论仿古，还是创新？奚凝霜是新时代青年，作品大部分是以创新为主，她学识丰富，在上海的各大博物馆浸染，又通过网络收集各种美学知识，她走的是一条创新的琉璃之路。而范澄喻喜欢古物，所以，他的作品多是从中华文化中挖掘来的精华，但在功能上不断地创新，让科技与中国的古老文明相结合。他们俩各有特色，都说同行是冤家，可是艺术的魅力和作者的表达息息相关，哪怕是细微的不同，都会吸引不同的追随者。

但无论古今，那些色彩都是大自然赋予的，她想起他们在蠡巷一起游走在古镇，就有了江南系列，那如果他也来这里……

奚凝霜突然觉得，想忘记范澄喻，想摆脱他，是根本不可能的事。在她学琉璃开始，她和范澄喻就被牢牢地拴在一起。他是那个启蒙她，让她走上这条路的人，这样的人，怎么可能说忘就忘？

当她攀上顶峰的时候，前方有一个男人也拿着照相机拍照，而且那个身影看起来十分熟悉，她突然觉得自己是不是缺氧缺出幻觉了。可是那个男人的照相机对着她的时候，她觉得就是范澄喻。她目瞪口呆地站在原地，等着幻觉消失。可幻觉还在继续，范澄喻竟然笑着向她走过来。

随后，天旋地转，世界成了黑色的。

等奚凝霜醒过来的时候，已经在一家旅舍里了。她向四周看看，稍微移动脑袋，脑袋里面好像钻进去一只乒乓球，四处碰壁，跳个不停。

"你醒了？"

奚凝霜看到范澄喻从外面进来，不可置信地甩甩头，难道高原反应真的能让人产生幻觉？还是她要死了？

范澄喻从她惊讶的眼神中猜到什么似的说："我去你公司找你，张总说你出来采风。所以，我就来了。"

又是张总，奚凝霜不知该不该生气。可在山顶的时候，她不是正想着这个男人嘛？那她生什么气，她应该感谢张总才是。但人有时候就是那么奇怪，完全不知道自己心里在想什么。尤其在爱情的世界里，人都不是自己了，甚至没有什么逻辑而言。

"你的高反很严重，吴铭去帮你买药了。你休息一下，我们尽快离开山区。"范澄喻看着奚凝霜那双眨也不眨的大眼睛焦急地说道，看起来奚凝霜还没有回过神。

"凝霜，这一次，我会追着你不放。"他终于说出一句情话。

不止幻觉，还有幻听。

"凝霜？"范澄喻又叫了一遍她的名字。

"真的是你？"奚凝霜本能地反问，就算是幻觉吧。

"当然是我。"笨拙的范澄喻，又不知该说什么更好，但他已经坐在她面前，他温热的气息传来，奚凝霜觉得大概不是假的，也不是幻觉，是真的，她那双漂亮的大眼睛瞪得很大。

"凝霜？"范澄喻除了一遍遍地呼唤她的名字，好像不会说第二句话似的。

奚凝霜终于相信，范澄喻真的来到她面前了，"这里神秘的景色你都看了？"突然问起她惦记的事。

"看了，很震撼，我想我们应该能为这里做更多的事情。"范澄喻的话与奚凝霜的想法不谋而合，虽然他们都没说出来那些事是什么。

在一些人之间就会有这样的微电波。

"是啊，多么神奇的大自然，我们不能把目光只放在江南，即使是放在全国都是渺小的，属于大自然，属于宇宙的美，我们还没有触碰到。"奚凝霜情绪有些激动，是因为高反，还是因为美丽的景色，还是突然出现的范澄喻呢？

四目相对，这一刻，他们似乎应该彼此相拥，那他们的故事就彻彻底底地进入到另一个进程。可他们偏偏没有，仅仅是这样相互凝视，彼此从眼睛里找到他们想听的千言万语，直到吴铭带着吃的回来。

"醒了？头还疼吗？"吴铭关心地问奚凝霜。

刚刚在黄龙的山顶，奚凝霜看到范澄喻之后就晕倒了，两个男人费了

第十章　衷肠事，托何人？知音者，复又还　❋　325

很大的力气，才把她扛下山，还多亏有挑山工帮忙。吴铭提前接到范澄喻的电话，知道他是来找奚凝霜的，两个人抬奚凝霜回来的路上，简单地彼此介绍了一下。

"嗯，这个高反，还真是厉害，以前只是听说过，一直想不到那会是怎么样的奇怪现象，现在总算知道了。"奚凝霜淡淡地微笑着对吴铭说。

自从奚凝霜和范澄喻分手，再次见到奚凝霜，她就再也没有过这样心平气和，略带玩笑地说话了。范澄喻意外地看着奚凝霜，以前的那个奚凝霜又回来了，不禁心头一颤。

吴铭担心地苦笑，"这真不是开玩笑的事儿，每年都会因为高反死几个外地人呢。"看到他严肃的表情，奚凝霜和范澄喻互视一眼，看样子，真要认真对待了。

"你没事儿吗？"奚凝霜见范澄喻面不改色，镇定自如，不免狐疑。范澄喻含蓄地笑了笑，"我身体好呢。"

"我身体也很好啊，这有关系么？"奚凝霜反问，又看向吴铭，像在等他给答案，吴铭只好说："每个人的体质不同，反应也不同。先吃点东西吧。"

奚凝霜没有得到自己想要的答案，她看着吴铭买回来的晚餐，一点胃口也没有，摇了摇头，又窝进被子里，"我吃不下，你们吃吧。我想睡一会儿。"是的，她的头还在剧烈地痛着，现在睡觉对她来说比吃饭重要得多。

范澄喻刚要劝她，吴铭摇摇手。他能知道现在奚凝霜的感受，这个时候让她吃东西并不是好主意，范澄喻只好作罢。

两个男人不放心奚凝霜夜里一个人，吴铭提议轮流陪护她。范澄喻没有回应，犹豫了片刻之后说："我守着她吧，你好好休息，明天还要靠你开车出山。"

范澄喻不想让奚凝霜和别的男人单独相处，何况，奚凝霜现在的样子，他怎么睡得着。吴铭能感觉到这两个人之间的微妙气息，张总也稍有透露，便答应了。

奚凝霜一夜未醒，直到第二天，清晨的阳光透过窗帘的缝隙照进屋子。奚凝霜还没睁开眼睛，意识逐渐清醒，她想起昨天发生的一切，开始怀疑自己是不是做了一个梦，那个一直被动逃避的范澄喻居然会主动不远千里来找她，这怎么可能？

她睁开眼睛，看着雪白的天花板，长舒一口气，这高反的症状之一是不是就是会出现幻觉？心念至此，她不禁苦笑，用力支撑着身体坐了起来。虽然头还有点闷闷的，但已经不那么痛了，这让她安心许多。

"你醒了？"

"啊！"

范澄喻突然发出声音，吓到了奚凝霜。她看着范澄喻蜷缩在单人沙发上的身子慢慢舒展，转向她。

原来，昨天的一切都不是梦，是真的！

奚凝霜仍然保持着那一脸的惊讶，一动不动。范澄喻揉了揉眼睛，连忙解释："昨天，我和吴铭都怕你再出什么事，所以我在这里陪你。"生怕奚凝霜误会。

奚凝霜才算喘上一口气，不住地眨巴那双大眼睛，思绪混乱，竟无言以对。

"你怎么了？"范澄喻看她表情怪异，走到近前。奚凝霜恍然回神地摇摇头，这一摇不要紧，头又开始疼了，看来这高反，不是那么容易就过去的。"我只是头痛。"她闭上眼睛，双手按着两边的太阳穴，告诉自己现在最好什么都不要去思考，尽量放松。

范澄喻的到来，让奚凝霜的心里掀起很大波澜，从黄龙返回的路上，她一直在思考，尽管她仍然头痛，明知此刻更应该让神经放松，但事实上，她无法控制她的大脑。

范澄喻坐在副驾驶位上，奚凝霜整个人斜倚在车后，这样她可以舒服一点，山路蜿蜒险峻，两个男人的精神紧绷，偶尔故意说些轻松的话题来缓解所有人的紧张情绪。

奚凝霜听见范澄喻在和吴铭打听关于学校的事情，收回心神，仔细聆听。范澄喻在问有没有人在这里办技能学校，吴铭说这里没有人会想去办学校学技能，大部分人都是出去打工，通过当学徒学技能。范澄喻又打听

第十章 衷肠事，托何人？知音者，复又还

在这如果办一所学校需要走哪些程序，这个话题，奚凝霜很感兴趣，她竖起耳朵，听得极其认真。

"范先生，你想办学校？"吴铭终于听明白范澄喻话中的意思。

"我在想，这里的水这么美，像天然的琉璃世界，如果我在这里办一所琉璃技术学校，收一些学徒进行技能学习和培训，等他们可以工作了，就去我的工厂里上班，这样也可以解决他们的就业问题。"范澄喻把来到这里后的想法说了出来。

奚凝霜很感动，与他相识以来，她最深切的感受就是，他总会让她觉得低估了他。除了他在面对他们之间的感情如此懦弱之外，范澄喻在她心里一直都是高高在上的。这与学历一点关系都没有，大概就是他的品格吧。所以，奚凝霜总结范澄喻的成功，完全归功于他这种高尚的品格。

吴铭是生意人，他脑子里想的是技术学校的成本费用，还有盈利空间是什么，这所学校所有的运营经费从哪里来？如果让这里的人交学费，以这些山里人的思想，恐怕不会有人来的。他把这些想法告诉范澄喻。范澄喻沉默了一会儿，他并没有想过通过这所学校赚钱，他只是觉得这将是一个定向培训和向外输出成熟劳务的途径。

奚凝霜听得清楚，他们都深深地明白一个道理，只是给贫困地区经济上的补偿是完全不够的，授人以鱼不如授人以渔。可就现在的情况来看，就算他们想把捕鱼的本事教出去，都没人想学，那就是根深蒂固的思想问题了。

"何况，哪里去找专业的老师呢？"吴铭又提出一个难题。

"我。"奚凝霜突然从后面的椅子上坐了起来，"我来教。"

"你到这里来教？"吴铭被她吓了一跳，脚下一抖，狠踩了一下刹车，车里的人都向前涌了去，惯性又将他们带回原位。

"你这……"吴铭觉得这只是他们两个人浪漫细胞在作祟，他们怎么可能放下那么优越的生活，来这里教学，只是他没有把这些话说出来。

"怎么？不行吗？"奚凝霜认真地问吴铭。大概只有范澄喻相信奚凝霜的话，因为早在六年前，他就知道了，她可以为了琉璃放弃大好的前途，她还有什么不会放弃的？他轻轻牵动唇角，一语不发。

"你先说说，如果真的办这么个培训学校，你有办法吗？"奚凝霜继续范澄喻的话题，身子也因此靠过来，确保吴铭能听清楚她的话。

吴铭原本以为只是随口说说而已，看他们如此认真，脑子里飞速旋转起来，"可以。"

奚凝霜和范澄喻都没想到他们仅仅是来采风的，却有了在这里办培训基地的想法。以范澄喻现在的实力，他是可以办一个小小的培训基地，只是，他没想到奚凝霜会想留下做老师，他对奚凝霜说："张总恐怕要生气的。"

一时之间，车里的气氛有点紧张，范澄喻说这话的时候，看了一眼吴铭，大概是担心奚凝霜口无遮拦的话，有人当真。

"我出来教学，也不影响出作品，这里的自然风景，反而有利于我出更多更好的作品。虽然我们一直在表达我们祖国的文化，但艺术是无国界的，你可以在你的领域继续发扬中华文化，我也可以做一些无国界的艺术品。现在已经不像过去交通那么闭塞，我可以把自己的设计图寄回去，就当，我把设计室搬到这里来了。"奚凝霜很乐观地化解范澄喻的担忧。

吴铭尴尬地挠头，他总觉得事情的发展违背了张总的心意，不知该如何向张总交代。

在当时，古法琉璃虽然是中国古老的技艺，但作为中国流传下来的艺术品，还是很年轻，与社会之间的每一次互动都至关重要，在行销概念和策略上，都要有非常准确的判断和精准的把握。这些都是张总的强项，不像范澄喻，范澄喻的成功往往靠的不是对市场的敏感，而是他的人格魅力和他精湛的手艺。

范澄喻一脸淡定，奚凝霜这么说，他心里早已心花怒放。如果，真能如愿地在这里办个培训基地，那他和奚凝霜之间，就必然有了新的联系，打破之前那种简单的工作关系。他用了六年时间打造自己的王国，失去了她，现在他想在这里建立一个属于他们的王国，找回那些失去的日子。

范澄喻趁热打铁地让吴铭帮他物色一个可以做培训基地的地方，将所需要的必备条件一一列举出来。吴铭一时之间反应不过来，心里只觉得眼前这两个人在开玩笑，又觉得他们好像真的认真了，下了决心似的一拍

腿，答应帮他们打听一下具体事宜。

接下来的一路上就是他们的各种畅想，那种真正的白日梦，偶尔在浪漫的地方，就该有这样的白日梦出现，如果没有，那样的人生一定会枯燥许多。

回到成都。吴铭有事不在的时候就剩下他们两个人，他们只能结伴而行。

陌生的城市里，一切都是陌生的，无论是语言、面容、景物、饮食，无处不在的新鲜感，代替曾经那些不愉快的回忆。他们看到蜀地建筑就会被吸引住，去询问路人那些他们所好奇的事物。他们的大脑里不断地涌出创作灵感，他们无时无刻不激荡在创作的热情当中。当这些代替生活中的一切时，精神的愉悦是最快乐的。他们俩是不是也在以此消磨曾经的怨念，他们都没有去细想，就像开启了一个新的起点。只有到静下来独处时，他们才会去想过去。

此刻，他们坐在成都的一条巷子里喝茶，这巷子与蠹巷不同，但那幽深的感觉，总会让他们回想起他们熟悉的那道门，就像他们对面的门一样，黑色的。突然都沉默了，感觉那么强烈，谁先开口呢？范澄喻几次欲言又止，仅仅是端起茶碗送到嘴边，把要冲出口的话再咽回去。

"你说，变脸像不像琉璃？"奚凝霜突然说道。

刚刚他们去看了变脸表演，奚凝霜这么一问，范澄喻略作思量之后，认真地问答她："一种是变幻莫测的，一种却是意外惊奇的。"

"你觉得有区别吗？"奚凝霜抬目看向他。

盯着那双漂亮的眼睛，范澄喻的心装了只兔子似的乱跳，"虽然都是变，但不同。"他觉得说话时，他们之间的空气都变得稀薄了。

"琉璃虽然被我安排了可能要展现的色彩，但它内部呈现的是自我的变化，那种恣意而隐忍的感觉，就是它的美。"这都是奚凝霜的心里话，因为她觉得这就是范澄喻这个人，他简直和琉璃是完美的结合体。

范澄喻赞成地点头，他不会用这样的话说出琉璃的感受，但奚凝霜说的没错。

"而变脸，是人为的，他要给人惊喜，他要听到人们惊讶的欢叫，这算什么呢？"奚凝霜垂眸沉思，"这不能带给人心灵的感受，只是乐趣。"

"所以，我们做艺术品，要呼唤的是人的内心世界，而不是简单地呈现一个物体。"范澄喻明白她要说什么，接道。

两个相视一笑。

艺术，就像是一场梦，是人类潜意识里的审美，它能带人通往心灵的自由之境。古往今来，多少人在艺术的创作与欣赏之中得到欣慰。艺术中的审美，有时候就像一场梦，这梦总有很多对生命的理解。而谁能不说，艺术就是一半清醒，一半醉，由梦里梦外而来的呢。

中华民族是个注重积淀的民族，从古至今，在追求美好事物的收藏上创造了一个又一个盛世。人们也总在追求古物之时，回味那些美好的盛况，追古的同时，不能停下前进的步伐。范澄喻能明白奚凝霜的心思，她更想创造新的历史。

"我们把现在的文化与艺术融合在一起，不就是新的时代，新的产物，那将来也是一段历史故事了。所以，我还是想创新。"奚凝霜把心里的话说了出来，"古意纵然有韵味，但我们是现代人呀。"

范澄喻点点头，"你说得很有道理，尽管都在说我们的生活已经西化，但我相信，一个民族骨子里的特点永远都不会变，而融合文化也是历史发展的必然趋势，既然有些艺术领域已经有去地域化的提法，总不会没有道理，我们不忘自己的文化同时，也应该有新的创作出现了。"

奚凝霜就知道范澄喻会赞同她的想法，转念，她又问："你是真的这么想？还是为了敷衍我？"

被她问得如此直白，范澄喻怔了片刻，"我，我怎么会敷衍？"他的确不是一个会敷衍的人，哪怕面对的是奚凝霜，但他更希望她能开心，他也认为奚凝霜的话不是没有道理。

"我只是觉得，追古和创新，并不是一件冲突的事，可以在不同的领域，实现不同的价值。"范澄喻解释得很清楚，这样，奚凝霜就不会认为他没有原则了。

果然，奚凝霜对这个回答非常满意地笑了。她的脸色并不好，回到低海拔之后，虽然高反的症状有所缓解，但是她还是觉得不舒服，她想大概

高反还要持续几天。范澄喻看得出她很疲惫，就早早地要求回去休息。两个人各自在自己的房间里，心里想的都是这几天来的相处，他们可以重新开始吗？这个问题，在他们脑海中萦绕，一刻都没有离开过，只是他们俩都佯装若无其事，这方面他们一直很有默契。

他们很珍惜在这里的日子，也都没有提什么时候回去。这里是他们逃避过去的巢穴，也是艺术创作的灵感来源，装满了想象力的空间，这对他们两个人来说，是心灵上世外桃源，甚至可以忘记过去，这里只有创作，可以凭着想象的翅膀去神游。

而他们之间好像仍然隔着什么，有些伤痕或许很难抹平，即使日子久了，被灰尘掩埋，但只要轻轻吹起，还是会看到那道疤。他们心里默认了在这里谈梦想，谈创作，甚至偶尔的眉目传情，却从不谈过去。可如果离开这里，他们的心就会再一次被扔回痛苦中去。

梦终是与世俗拉开距离的一种方式，这里是他们的梦。是梦会醒的，把他们推到这梦境里的人是张总，催醒他们的人也是张总。

吴铭在帮他们联系学校的事情的时候，思前想后，还是给张总打了个电话，说明了他们两个人的想法，张总听得目瞪口呆，难道这两个人都不想回来了？他只是想成全他们能在那风景如画的地方重归于好，加强他们之间的合作，怎么也没想到这两个人居然想在那偏远的山区办培训学校。

张总放下吴铭的电话就打给奚凝霜，他完全没有酝酿情绪，生怕耽误一分钟，奚凝霜就不回来了。

奚凝霜和范澄喻正在一起吃饭，见是张总的电话，接了起来，"张总。"

"凝霜，你什么时候回来？"张总开门见山地问。

奚凝霜瞥一眼坐在对面的范澄喻，"怎么？公司里有新订单了？"

"啊？啊，对，有新订单，你马上回来看看，人家要创意作品。"张总显得语无伦次，一心只想尽快把奚凝霜催回来。

奚凝霜淡然又问，"什么创意？"

"哎呀，一句两句说不清楚，何况，这要你和客户去沟通才行。你快回来，是笔大生意。"张总一边催奚凝霜，一边在心里骂着范澄喻不讲义气，居然想拐跑他的人。

"这么着急？"奚凝霜不紧不慢地问，范澄喻就从这些对话中猜到了大半儿，凝眉看着她，等奚凝霜挂断了电话才问："瑰丽有事？"

"他好奇怪，也不说要什么作品，以前都会眉飞色舞地和我大聊客户的要求，这次只说让我尽快回去。"奚凝霜好似自言自语。

范澄喻起身，说："我去查一下机票。"

奚凝霜点点头，现实就那么轻易地把他们从梦境中推了出来。奚凝霜仍然琢磨张总电话中的语气，隐隐觉得哪里不对劲。

吴铭把关于办培训学校的事都打听清楚之后，就去宾馆里和范澄喻他们俩汇报工作。但他没有提他给张总打电话的事，听他们俩说要订机票回去，心里也就有了谱。

"吴经理，谢谢你。我们有急事要先回去，但这个培训学校，我肯定会办的，到时还可能要麻烦你帮忙了。"范澄喻听完吴铭问来的结果，心里进行一番盘算，还有一些事要回去从长计议。

"你不在这里多玩几天了？"奚凝霜疑惑地问范澄喻，毕竟，她是瑰丽的设计师，范澄喻没有必要和她一起回去。

范澄喻耸耸肩膀，"都看得差不多了。"

"可是你比我晚来了两天呢。"奚凝霜觉得如果他错过这里的美景将是最大的损失。

"我脚程快，在等你们的时候，也走了许多地方，对这里的地质地貌都有了初步的了解，也都藏在那里面了。"他抬手指了指桌子上着的照相机，"回去细细体会。"

"现场感与图片相去甚远啊。"奚凝霜觉得大自然的美是多么精湛的数字技术复制，都不如现场看到的生动。

范澄喻不禁一笑，"美的景色的确可以震撼到我们，但最终，我们是在把美用另一种形式体现，我最大的遗憾就是无法体现现场感，而我一直在努力做的，也是现场感。"

范澄喻这些话说得没错。他的创意作品中融入大量的其他元素，都是在努力地强调现场感。奚凝霜一直都认可他的作品与众不同的生动，此刻

听他一番话，茅塞顿开。

他们匆匆结束了这段梦幻之旅，回到上海。

人是奇怪的生物，受环境的影响很大，回到这水泥森林之中，哪怕窗明几净，都觉得呼吸不够自由，这自由甚至包括了感情。踏上这片土地，奚凝霜就要与范澄喻保持一种奇怪的疏离感，她的脸又阴沉下去，不笑了。

范澄喻察言观色，也不敢多说话，默默地跟在她身侧，偶尔帮她拿拿行李。飞机上的两个多小时，他们都没有说话，各自佯装睡觉，他们都能感觉到彼此心里的结并没有完全解开，只是在某种特定的环境下，可以暂时遗忘罢了。

张总早早就等在机场接站口，看到奚凝霜时，两只眼睛简直放光。可他也马上看到奚凝霜身后的范澄喻，若是过去，他肯定热情地和范澄喻打招呼，而这一瞬，他微微皱眉。不过，他马上调整情绪，笑着说："你们一起回来了？"这话就像是说范澄喻完全可以不用回来似的。

范澄喻并不答言，很快，来接范澄喻的司机也到了。兵分两路，连分别时的寒暄都没有。

回牌楼的路上，范澄喻心里想的就是他们要办的培训学校，这一路上，他终于明白，那里将是把他和奚凝霜重新连接在一起的地方。

奚凝霜一上车就问张总，到底是什么创意设计，张总说明天带她到客户的公司详谈。为了让奚凝霜回来，他还真去找了一家公司谈合作业务。张总没问奚凝霜和范澄喻有没有重归于好，他已经顾不上那么多，他可不能把自己公司的灵魂丢到那个偏僻的山区里去。

而这一别，他们之间又像断了线的风筝。张总也很少创造机会让他们见面，甚至会破坏他们见面的机会。

第十一章　俯仰流年七载，双燕终归

琉璃工艺发展步入鼎盛时期，琉璃艺术品也不再是奢侈工艺品，寻常百姓都能买得起一些寓意吉祥的琉璃工艺品。有些国际交流中的礼品赠送也会选择琉璃艺术品，因为琉璃中涵盖了东西方元素，国际化接受程度高。

范澄喻和奚凝霜作为著名琉璃工匠被各地邀约，创作出许许多多不同寓意、不同功能的作品。他们会在各种会议活动场合相遇，也会在创作中有合作，他们不再像以前那样彼此回避，能够正常交谈，正常问候，正常讨论琉璃，唯独不提感情。他们之间的感情仍像一潭死水，无波无澜，就像两口互不相关的枯井，各自守着自己的井口，不接受新水的流入，也不去打扰别人的清静，着急的只有他们身边的亲朋好友，而谁又能看到深潭之下是什么？

张颖的孩子都上小学了，奚凝霜还是孑然一身。这个时候的奚凝霜，已经没有人能劝得动她。梁慧终于明白了什么似的，悔不当初，无论奚凝霜怎么说不怪她，梁慧心底的自责越来越深。

范家更是如此，范父以为帮助儿子把事业做好，就可以抱孙子了，但现在老两口就差亲自去求奚凝霜做他们的儿媳妇。奚凝霜每次因为工作来牌楼，范母都要和她聊一会儿，然后，又一次次地失望，看着他们俩毫无进展。

旁人都看不懂他们，既然不打算在一起，为什么不能重新生活，再寻

找彼此的另一半？

范澄喻来找奚凝霜，两个人就像老朋友一样在一家咖啡馆里坐下。他们相约谈办培训学校的事，深思熟虑之后，范澄喻觉得山区最可贵的是天然的生态环境，他们不应该把这些外来之物带到那里去。

"不办了？"奚凝霜意外地瞪大了眼睛。两年来，她知道范澄喻已经将大量的资金投入到那里，说不办就不办了？眼底的疑惑范澄喻一目了然，连忙安慰她说："只是不办琉璃培训基地，学校还一样办。"

奚凝霜反应了一会儿，似乎明白了他的意思。

"虽然可以教授他们一种手艺，但却是不属于他们的外来物种，会不会在当地水土不服呢？也许，他们更应该去挖掘属于他们自己的特色，将他们自己的东西传播出去，这样对他们来说更容易，也更有意义，还会更有动力。外来的和尚虽然好念经，但我相信，如果自身的观念发生改变而去创造，会是他们最好的选择。"奚凝霜听完范澄喻的想法，也表示赞同。

"我想做一个支教学校，让那里的孩子能读点书。"范澄喻把他最终的决定告诉奚凝霜。奚凝霜凝视他的脸，直到范澄喻难为情地问："怎么了？"奚凝霜微笑着说："范总现在有实力造福他人了。"她并不是在调侃，是由衷地赞美。毕竟，范澄喻为此投入了很多资金，而不作为他自己的培训学校，那意味着他的投入都将是无偿的。

"有空的时候，我也可以一起去那里当老师。"奚凝霜语气平和地说着，目光注视着她手里的咖啡杯。

范澄喻怔了一会儿，他不知道这算不算一种邀约，他只是看着她，希望再听她说点什么。

"对了，我也有些话要和你说。这些年中国的经济发展太快，也有不良的环境影响，将来，中国将进入环保时代，也许，我们又要做点什么了。"奚凝霜认真地说道。

他们都已经是三十多岁的人了，这几年的经历让他们的世界观不断在改变，从自我到普世的思考。共同的成长，让他们彼此之间无须多言，只要一个眼神便心领神会。

"是的，虽然琉璃是中华传统文化的一种，但并不适合过度地去生产。

这几年，我也在想这个问题，我也在不断地采取好的环保措施，减少污染，但我知道并不是所有人都能和我一样做得到。"范澄喻听懂了奚凝霜的话，神情凝重地说。

两个相视而笑，"那这样我们会不会失业啊？"奚凝霜知性的脸上多久没有流露出这样顽皮可爱的笑容了？范澄喻抬目看她的一瞬间竟然怔住了。

他们都已不再年轻，那颗心和琉璃一样被千锤百炼得可以抵抗任何华丽的进攻，也许对他们来说唯一抵不住的是彼此。范澄喻突然说："凝霜，我们是不是不应该再浪费时间了。"

这突然的话题，让奚凝霜一时语塞，她听懂了他话中之意。是啊，他们到底在等什么？在执拗什么？七八年了，他们就这样在那不可名状的心绪中等待着眼前的人，多么可笑。

奚凝霜笑了。

原来，释然就是这样的一种感觉，那一刻不到来的时候，永远都无法逾越。那一刻来了，就是某一个瞬间而已，一切都变得不重要了。

范澄喻握住她的手，两个人依旧选择沉默，他们的语言早就融在那些作品里了。在他们这样的人心中，语言是多余的，这才是真正的灵魂相伴吧。

"那年，我们约定的以作品回答，你最后没有参加展会，是不是不想回答我？"范澄喻问。

"对你的感情我无法用任何一种感觉回答，也表达不出来。也许这就是感情吧？"奚凝霜答，"不过，现在我倒是想再试试。"

奚凝霜想给范澄喻一个回答，这个回答虽然迟到了。现在，她还有一点心思，她要把那个答案藏得更深，如果范澄喻能看出来，那他们之间大概真的可以再续前缘吧。

奚凝霜开始拒绝所有活动，减少外出，减少一切可能分散她精力的事情。她还有一个念想，或许这一次也是一种告别，不由得脑海中浮现出范澄喻的脸，还有他们并肩站在黄龙山顶俯瞰七彩池的画面。

九寨之行，不论是对奚凝霜，还是范澄喻都有不同的洗礼。在刻苦奋斗，实现自己的理想同时，蓦然之间，莫名的使命感向他们袭来。

　　男人和女人对艺术的感悟有相同，亦有极大的不同，相同之处是对精神的追求。范澄喻是男人，想法更广阔，他和奚凝霜一样，拒绝大部分外事，集中精力创作，脑海里那个真实的琉璃世界如果不表达出来，就太辜负大自然了。

　　范澄喻把自己关在一间三百平方米的空旷设计室里，案台在设计室正中央，阳光从四面的窗照射进来，斑驳的光影映在设计室的水泥地上，范澄喻将油泥渐渐堆高，浓眉紧锁，目光深邃，认真地构筑他心灵的世界。

　　相不着相，亦有相。法无定法，亦有法。

　　范澄喻觉得琉璃创作，再不需要中规中矩地追求相，是要从精神上无尽地延伸。这时范澄喻在琉璃创作上已经进入到第二个十年，他要把过去永远地翻过去，他意识到自己应该有一个全新的开始了，而那一刻，眼前突然出现奚凝霜的脸，不禁牵唇一笑，过去的十年，三年认识她，七年离别，未来的十年，他不能再让她缺席。

　　人会因岁月而苍老，事会因异动而变迁，十年之间发生了那么多事，又迎来了那么多未知，唯一不曾变的是他们一生一世相守在这琉璃世界。两人向相同方向走的同时，哪怕还没有相遇，但总有一天，会相遇。

　　年末展会，一切便有了答复，而世事无常，总与愿违。

　　范澄喻的电话响了几十次，始终没人接听……

　　直到夜里十点，范澄喻才放下雕刻刀，他将头向后仰去，来回摇摆，脖颈间发出职业病的异响。他闭着眼睛，仿佛也在等着僵直一天的身体里血液慢慢流动、疏通，以此打通他与这个世界的真实交流。当身体有了知觉，他开始舒展肩膀，他终于从一尊只有手在动的雕像活了过来。

　　他从椅子上起身，拿起手机，看到上面数十个未接电话，而其中绝大部分都是一个人打来的，又皱起眉，张总找他有什么急事吗？范澄喻工作时，手机一直处于静音状态，又因为过于专注，完全没有发现有那么多未接电话。

　　"张总，我刚刚……"电话接通后，范澄喻便开口解释，可是不及他说完，张总那焦急的声音就穿透了耳膜，"凝霜出事了！"

一句话如五雷轰顶，瞬间锁住了范澄喻整个人。他半张着嘴，周围的一切都跟着凝滞，他不知道自己用了多久才从那个真空状态中醒过来，"她，怎么样了？"

"你快来瑞金医院吧。"张总说完就挂断了电话。

范澄喻不顾一切地冲出工厂，开车直奔上海。

奚凝霜在实践琉璃爆发的效果实验中，因为意外，烫伤了。油泥温度过高，加上爆破力太强，特别是有部分烫伤在脸上，这意味着有毁容的风险。对女人来说，特别是她这样年龄的女人来说，无疑是致命的打击。

范澄喻赶到医院与张总汇合，听张总讲了基本的情况后，心痛不已。他想起曾经在老宅时，她第一次做油泥模，毛躁地把油泥弄到衣服上、头发上的一幕，那时他就怕有这样的一天。也因此，他对奚凝霜学琉璃一直心存担忧，但又觉得她做事仔细，不会发生太大的危险，万万没想到，这样的事还是发生了，而且是在她成为熟练的琉璃匠人之后。

"爆破？"范澄喻不解地看着张总，"怎么会有这样的工序？"他百思不得其解。

奚凝霜受伤，张总的难过程度不亚于范澄喻，毕竟这些年来的相处，他非常喜欢奚凝霜，这种喜欢虽非男女之情，但感情绝对深厚。他苦着脸说："她说，她要一种爆发的感觉，那种从地心深处喷薄而出，无法阻挡也不能抗拒的自然感觉。我怎么知道，她会真的去用爆破的方式实现。"他略带哭腔的声音，平时精明的老板形象全无，"我看着她受伤的样子，我，我，哎！"

范澄喻仿佛感觉到张总无法表达出来的话中之意，心疼欲裂。

"你不是不知道，这个傻丫头。她，她的脸……"张总眼底含着泪花，再也说不下去了。

"有我在，她就是最美的女人。"范澄喻毫不犹豫地接了一句。这话让张总怔怔地看着他许久，才伸手在他肩膀上拍了拍，再多的言语好像都失去了意义。

第十一章 俯仰流年七载，双燕终归

梁慧和老奚也很快赶到了医院，毕竟这是大事，家属一定要在。到此，梁慧和老奚已经有七年没见过范澄喻了。奚凝霜和范澄喻重新相遇之后，也很少在父母面前提及，毕竟到了她这样的年龄，已经不再万事依赖父母。可想而知，在医院里他们相见时的惊讶程度，只是那种惊讶仅仅维持了十几秒，就都被医生打断了。

医生简单地说明了情况，的确，奚凝霜的脸有灼伤，虽然不算很重，也不至于毁容，但是恐怕会留下永久性的烫伤痕迹，多少会影响容貌。

"天啊，她还没有嫁人。"梁慧情不自禁地喊了出来，倚在丈夫的怀里，失声痛哭。

"没事，现在的医疗技术很好，可以整容，只要没有大伤就好。"老奚一边安慰妻子，一边看着医生，似乎想从医生嘴里得到支持。

医生却没有吭声，大概那都不算他职责范围内的事了吧。范澄喻上前一步问医生："需要住院吗？"

"家属去办一下住院手续吧。"医生看着他说。

"好。"范澄喻二话不说，拿着所有缴费单据就跑。他猜奚凝霜此刻一定不想见到他，她需要心理建设，所以他先跑开，让她缓和情绪。梁慧和老奚怔了一下，此刻，他们心中有种不可名状的苦涩感。

时间难道就是这样化解一切的么？大概谁也说不清楚。

梁慧、老奚、张总一起到急诊室去看包扎处理后的奚凝霜。奚凝霜的半张脸被包了起来，没人给她一面镜子，她不知道自己的伤到底有多严重。刚刚爆破的那一瞬，她只感觉到头被猛地击中了似的，甚至还没有感觉到炽热，就晕了过去。到医院里才恢复一点意识，就感觉到脸上传来的阵阵疼痛，回忆之前的事情，心底大概就明白了。

她一定是毁容了。

在她开始学习做琉璃，她就知道要注意什么，她知道每一道工序可能会受什么样的伤，伤有多严重。这些她都想过，油泥的温度说高不高，说低不低，最重要的是爆发力的助攻，会让一切皆有可能。她出奇地没有掉一滴眼泪，是因为早就做好了心理准备吗？甚至她想到从前，范澄喻消失之后的一段日子，她甚至盼着会有一个什么意外，那么范澄喻会不会因为她受伤了而回蠡巷？心念至此，她苦苦一笑，原来自己也曾经那么幼稚。人在经历过后，再回想当初，不免会有那种羞涩得不想让任何人知道那些往事的情绪。

父母和张总走进来的时候，看到他们眼底忍着的泪水，她也知道自己不可能完好无损。这张脸上留点纪念恐怕是再所难免。

"张总，实验室怎么样了？"奚凝霜不想听到任何安慰，反而抢先问道。

"这时候，你还在问实验室？没事，没事，那都是小事，人没事才好。"张总哪里知道奚凝霜的心思，被奚凝霜这一问感动不已。

梁慧的眼泪还是没有忍住，珠子似的一颗一颗往外掉。奚凝霜马上安慰："妈，我这不是好好的。不要哭了，我现在的情况，好像不能哭，你们最好不要招惹我。"

奚凝霜的话没错，她的脸包着，要是掉眼泪，很容易浸湿伤口。梁慧连忙拭泪，"没事，养几天就好了，现在医学技术发达，都能治，都能治。"

"所以，不要哭了。"奚凝霜用露在外面的一只眼睛看看眼前的这三个人，她还想看到一个人，又不想看到的那个人。她看一眼张总，很想对他说，不要把她受伤的事情告诉范澄喻，可这话根本就没机会说。

"奚凝霜，可以去病房了。"护士走进来通知的时候，手里拿着缴费单。张总向外望望，看到没有进来的范澄喻，正疑惑，手里的手机响了，正是范澄喻。

"张总，我怕她现在见我有心理负担，等会安顿好了，我再进来。我就在医院里不会走远，有事叫我。"

张总连续"嗯"了几声，挂断了电话。

奚凝霜的伤不算太重，至少不影响日常行动。住院是为了换药，减少伤口感染的风险。所以，并不需要陪护照顾。奚凝霜在病房里的一切安排好了之后，她就请张总把父母送到自己在上海的家里住，尽管梁慧执意要求留下来，但奚凝霜就是不同意，奚凝霜深知梁慧在医院根本不能保证睡眠，她可不希望等她出院了，还要照顾梁慧。

无奈之下，梁慧和老奚只好跟张总走了。张总知道范澄喻还在医院，并不担心奚凝霜。但医院里查房很严格，很快范澄喻连住院部的走廊也不能待了，他就跑到急诊的大厅里坐着，只要没离开医院，他就可以随时在奚凝霜需要的时候出现。

所有人都走了之后，奚凝霜看到同病房的室友，也和她一样缠着纱布，可人家伤在手臂上。从对方看她的目光之中，她都能感受到某种同情。她鼓起勇气去卫生间照镜子，除了包着的半张脸，什么也看不到。那层层叠叠的纱布下面到底是什么样子，她甚至不敢深想，毕竟她是一个女人，还是一个漂亮的女人，不可能不在乎自己的容貌。回到自己的病床上，她不禁难过，在她想给范澄喻一个答案的时候，竟然发生了这样的事。

她可不想因为自己受了伤毁了容，而接受范澄喻。那种奇怪的感觉，她根本无法接受。她不觉得自己配不上他，她的心永远都是高傲而纯净的，她觉得自己配得上任何值得她爱的人，可她为什么会想拒绝范澄喻了呢？就因为她还是个女人，是一个怕在心爱的男人面前有瑕疵的女人？她突然有点鄙视自己的肤浅，认为这种想法也侮辱了范澄喻。

过了三十岁的男女的择偶观越来越成熟，其实他们心里都知道，他们之间不会因为这件事而有任何影响。

范澄喻犹豫了很久之后，终于给奚凝霜发了一条信息，"我在急诊部，你有什么事就叫我。"

这么简单的一句话，奚凝霜看了很久，她本能地想回复时，又不知道怎么回复最好。她敲上几个字："我没事，你回去休息吧。"一会儿又删掉，再写："我可不需要同情的桥段。"发出去之后，马上后悔了。手机再次震动的时候，她甚至不敢去看，会说什么？安慰的话吧？她相信以范澄喻的为人，这个时候，除了安慰她，或许还会再次提出在一起的请求。她也相信他不是同情，可这好像都不是她想要的答案。所以，她闭着眼睛，佯装睡觉，用意志力克制自己去看那条信息的冲动。她想明天早上起来，她的心境就会不一样了，到时候能更好地应对范澄喻。可是，他说他在急诊，难道他真的打算在那儿坐一个晚上？虽然闭着眼睛，她双眉却渐渐凝紧。麻药过后的疼痛感也不饶过她，她根本无法入睡。

不知与自己斗争了多久之后，奚凝霜拿起手机，看到范澄喻的回复。

"我不该向你要答案，答案我早就知道了。你容忍我一次次的懦弱，我们不该这样下去了，未来还有很多事等着我们去做，现在的一切纠结都像是在浪费时间。七年前，我们互补的性格，给了我那么多灵感，为什么我们对这些视而不见？要彼此折磨到什么时候呢？凝霜，不要在没有意义的事情上纠结了，我们应该在一起，不是吗？"

"如果我没有受伤，是不是还不能让你说出这些话？"奚凝霜回复。

"对不起，我浪费了太多时间，去想明白感情，感情世界对我来说实在是太陌生，我不能理解它，也不能解释它。"范澄喻说了句心里话，"而且，当时，我怕你不爱我，我不能确定你对我的感情。直到现在的你站在我面前，我觉得什么语言都是无力的，只能证明我的懦弱。"他大概都没有想到自己竟然能说出这些话。

奚凝霜的眼底藏着两溺泪水，他说他刚想明白自己的感情，她又何尝不是？曾经不顾一切地回到蠡巷，连她自己都觉得她是为了琉璃，到底是不是与做琉璃的人有关，她从来没有想清楚过。

"我是不是毁容了？"奚凝霜转移了话题。

"医生说只是皮肤损伤，没有影响到其他部位，可以通过整容解决。所以，这并不是问题。"范澄喻如实回答，他还是那么简单而直接，没有任何额外的铺垫。

奚凝霜看了不禁心安，她了解范澄喻，他绝不会故意安慰她，他很客观，也追求真实，或者说，他愿意面对现实。

"你还是找个地方休息吧，急诊大厅太冷，熬一夜受不住。我睡了，明天见！"

范澄喻看到"明天见"三个字的时候，心跳得异常快，呼吸也有点急促，"好梦！"他回了简单的两个字，因为夜已经很深了，他不想让她再继续用包扎后仅露在外面的一只眼睛看太久手机。

范澄喻安心地在医院旁边找一家酒店住下。他极听话，奚凝霜要求的事，也从来不违反，至少他们进行了一次非常理智的谈话。不过，他暗下

第十一章　俯仰流年七载，双燕终归　　343

决心，接下来要做几件事。

第二天一早，范澄喻就买好了早点，第一时间等着住院部门外，等着让探病的亲属进去。

"小范！"背后传来老奚的喊声，范澄喻看到奚凝霜的父母，免不了尴尬，时间像又回到了七年前的蠹巷一样，三十多岁的他竟然有点害羞。

"叔叔、阿姨！"范澄喻轻声招呼，看到他们手里也拎着早餐。

"还有五分钟住院部才让进，我们谈谈吧。"老奚看着手表对范澄喻说。

"好。"范澄喻跟着两位老人走到一棵大树下。

站定之后，三个人之间气氛尴尬。梁慧的心情最复杂，当初要不是她的条件吓退了范澄喻，这两个年轻人也不会分开，现在她可能都在带外孙了，可这又怎么能怪她呢？为人父母哪有不希望子女过得好一点。

"叔叔、阿姨，对不起，是我不好，辜负了凝霜。所以，我希望你们能再给我一次机会。"范澄喻诚恳地说道，"我必须为我的懦弱付出代价，我太对不起她，愧对于她。昨天晚上，我已经向她道歉了，我不希望再浪费时间，我们都不小了。"

的确，他们都不小了，听了范澄喻的话，他们还能说什么呢？老奚摇摇头，轻轻叹息。梁慧本来也在想女儿的脸受伤了，范澄喻会怎么想，这样看来，这两个年轻人的感情已经超越了世俗的认识，她内心只恨耽误了这么多年。

"你们的事，你们解决吧。"老奚长叹一声，拍拍范澄喻的肩膀。

总有那么多的不该，会在所谓的浪费时间之后，才明白本心。哪有几人真能活得那么通透。

奚凝霜没想到范澄喻会和父母一起进来，毕竟，她现在包得像半个木乃伊的头，实在滑稽可笑。她本能地想掩饰又无从掩饰，手足无措，更别说，他们昨夜的谈话，已经让她有点羞涩。她只好对父母说："你们怎么一起来了？"

"因为我们都是最关心你的人。"梁慧说着瞥一眼范澄喻。

所有的仪式在真心面前变得虚无，此时的一家四口，自然而然，好像已经相处了很久很久。

他们最了解奚凝霜，所以，没有那些无谓的安慰，就像这里不是病房，而奚凝霜只是来疗养的。

当医生拆开纱布的时候，奚凝霜被烫伤的额头和右颊露了出来，比想象中的好，只是皮肤仍然红着，不知过多久才能恢复正常。医生说这要看个人的恢复情况，仅仅是皮肤问题，以后都可以依靠整容来解决。医生最担心的，还是眉上有三处比较重的烫伤，印迹很深，恐怕整容也会有点难度。他把这件事告诉在场的所有人时，范澄喻马上说：“没关系，这个位置可以通过发型解决。"他故意说得云淡风轻，以此来宽慰奚凝霜。

奚凝霜觉得那天发生的一切，她整张脸没有被烫成皱纹纸就是万幸了，还能奢求什么？

而奚凝霜的父亲反而觉得这个灾难让面前的这对年轻人重新走到一起，不知算不算因祸得福，他们选择而热爱的艺术，终是要让他们付出一点代价的。

医生走后，范澄喻释然地笑着对奚凝霜说：“没事，医生总喜欢把事情说得比较严重，我已经打听过了，你这点伤整容很容易解决。"

奚凝霜向他们要镜子，三个人都有一丝犹豫，奚凝霜噘着嘴说：“现在不看，以后就一直不看了吗？放心吧，我有心理准备。"

有心理准备和真的接受完全是两回事。任何一个过来人都能体会那种心情。梁慧仍然站着不动，一点没有帮女儿拿镜子的打算。奚凝霜见他们如此，直接拿出手机，范澄喻还是看出她的手微微颤抖，就走过去按住她的手，温柔地说：“我帮你拿。"

范澄喻把镜子递到奚凝霜面前，脸部右上方，四分之一的位置皮肤发红，还有三处灼伤比较重，她那张白皙干净的脸，现在看起来有点像唱戏的脸谱。奚凝霜自认为坚强的心，还是被重重地打击到了。

她本能地扔掉镜子。这一刻，面前这三个人的心也像被奚凝霜扔掉的镜子一样，碎了，心疼得碎了。

"你记不记得,你第一个琉璃作品。"范澄喻握住她的手,尽管奚凝霜将头垂得很低,企图不让他看到她的脸,"我还记得,我在那做坏的地方雕了一朵玉兰花。所以,就算有缺点的作品,都可以把它变美了,我们都是做琉璃艺术品的人,把一件事物变美,应该是难不倒我们的事,对吗?"

骄傲的奚凝霜终于承认,她也需要安慰,泪水流出来的时候,她被范澄喻抱在了怀里。她突然觉得这个怀抱,好像第一次如此真实地感觉到,原来,他们相爱了那么多年竟然连个拥抱都不曾有过,只是默默地、含蓄地爱着彼此,谁也不说,谁都在为对方着想,所以,一切才变成了现在的样子。

梁慧掉下眼泪,不知是悲是喜。他们离开医院,给这两个年轻人一点时间相处,梁慧突然叹息,对丈夫说:"没想到,兜兜转转,还是他。早知如此,何必当初。"

老奚亦是苦笑,"是啊,命运早就安排好了一切。"

奚凝霜出院后,张总让她好好休息一段时间。接她出院的是老奚和梁慧,范澄喻没有来。奚凝霜虽然没问,但她脸上的期盼显而易见。

老奚看出女儿的心思,只说:"小范今天有点事,他让车来接我们。我们先回家。"

"哦。"奚凝霜应了一声,她不知道范澄喻为什么在这么重要的日子不来。前些天,他可是抛下所有的事情在医院陪着她。

回蠡巷的路上,奚凝霜坐在后面一声不吭,只看着窗外的风景,又好像什么风景也没看到。

车子到蠡巷的巷子口停下来。奚凝霜戴着一顶能遮住半边脸的大檐帽,围着一条围巾,虽然已经是晚秋的天气,但她这样的打扮还是招惹了不少异样的目光。奚凝霜猜想蠡巷的人应该都知道她受伤的事,所以才这样看她。那些眼神中好像都是同情和惋惜。奚凝霜垂着头,谁也不去看,也不打招呼,只顾往家走。她在这条巷子里的传言还少么?现在她更是疲于敷衍,也没有心情去强颜欢笑。

"妈,是不是他们都知道我受伤了?"她小声问母亲。

梁慧知道女儿最不喜欢她参与巷子里的"广播队",马上反驳:"我可什么都没说,那天你出事,我们就匆匆忙忙走了,今天和你一起回来的。我怎么可能说什么?"嗔怪女儿的不察之情。

老奚听了心里不是滋味,小女儿从来都是个我行我素的姑娘,什么时候在乎过别人的看法。他想女儿心里还是伤着了,这让他心疼不已。

奚凝霜只低着头往巷子里走,有些长辈看到了,打招呼说:"呀,凝霜回来了?""艺术家回来了?"这几年,奚凝霜有了点名气,巷子里的人不知是玩笑话还是出自真心。

奚凝霜越走越快,只想马上钻进自己家里。

老何突然迎上来说:"都回来了?"那张布满了皱纹的脸上笑得格外开心。

老何这么关心奚凝霜让奚凝霜意想不到,她就越觉得这些人一定是知道了什么,在同情她。梁慧和老奚互视,也觉得这巷子里的人突然变得十分古怪。

终于走到自家门口,张阿姨不知道从哪里冒了出来,满脸堆笑地对老奚和梁慧说:"我就说今天肯定有喜事,果然被我说中了。那天,我看你们俩急急忙忙地走了,我就知道一定有大事。"

"啊?"梁慧都被张阿姨说迷糊了,"什么大事?谁家的喜事?"

"不是你们家嘛?老宅的门都开了。"张阿姨瞪大了眼睛,以为自己又发现了什么新情报,正准备接收更有爆炸力的信息,填充她的信息库。

"老宅?"梁慧还没从惊讶中回过神,老奚仿佛明白了为什么范澄喻没有在医院出现。

"对呀,都收拾了好几天了。"张阿姨不死心地继续说道,同时,那双眼睛也不断地在奚家这三个人的脸上来回游移。

奚凝霜向巷子深处望去,他回来了?

"啊,对、对、对。"梁慧终于缓过神,忙笑着回张阿姨。张阿姨却好像有点失望,没有得到新闻传播,对一个播报员来说是枯燥的。

"你们先回家休息,我去看看。"老奚马上说。

"爸,我也去。"奚凝霜跟上老奚。

这条巷子是她生长的地方,那么熟悉,又那么陌生。因为,从奚家到

老宅的这段路被她强行封存在记忆里七年了。她记得那时年轻的自己踏着欢快的步子往巷子深处走的每一幕，谁会想到已经过去七年了。

老宅的门口堆了很多沙石泥土，看上去还真是个不小的工程。三个人心下狐疑地互相望望，范澄喻不是租了十年嘛？现在已经到期了，他为何要这么大动干戈？还是这宅子来了新主人？

直到他们走到大门口，踏着杂乱的泥石走进院子里，三个工人正在忙碌，曾经在这院子里熟悉的一切都不见了。奚凝霜紧锁秀眉，往里屋跑去。尽管，她已经七年没再踏足这里，可是这里的每一件物件的摆设，她都清清楚楚地印在脑子里，没有一刻忘记过。可是现在，那些摆放的东西都没有了，里面被重新粉刷装饰得焕然一新。

睹物思人，或者是故地重游，都可以成为心灵慰藉的方式。好像能抓住一点过去的影子，可如果那些记忆中的事物都没了，心灵寄托会像空中飘舞的雪花一样抓不住，摸不着，虚无得让心空落落的。

奚凝霜的眼泪毫无征兆地落了下来，"怎么回事？"她嘴里念叨着，难道前几天在医院里的范澄喻都是假的？她抓住一位工作人员问："这里的东西呢？"

"搬走了。"工人头也不抬，忙着自己手里的活回答。

"为什么搬走了？"这里有奚凝霜最美好的回忆，她无法接受地瞪着眼睛问那工人。

可是，干活的工人跟没有心思领会奚凝霜脸上的悲伤，仍然头也不抬地说："这我们怎么知道？"

"这里的主人呢？"奚凝霜又问。

"出去了。"工人的回答永远都不是问话者想要的。

"他为什么要这样？他想抹去一切吗？"奚凝霜的大脑一片纷乱，兀自念叨着。老奚和梁慧也一样眉头紧锁，不知道到底发生了什么事。

"凝霜？"范澄喻终于出现了。

或许，他再晚回来一会儿，奚凝霜的精神就会完全崩溃。但只要他出现了，就是最好的答案。

"我想把这里重新装修一下，以后，你的工作室就放在这里。至少，短期内，你可以在这里工作。我已经和张总说好了。"范澄喻根本不知道奚凝霜的内心刚刚经历过什么。

震惊的奚凝霜鼻子一酸，眼底轰然一热，眼泪倒不如刚才看到这一切时憋得好。她看着范澄喻没说出一个字，而此时，她却突然懂了自己对范澄喻的感情。

"怎么了？"范澄喻看着她脸上愕然的表情和泪水，刚才那愉快的心情转瞬即逝，快步走到她面前，又睇一眼老奚和梁慧。这老夫妻俩也是吓了一跳，他们更知道女儿刚才的心情，老奚开口说："你想得真周到。"

"凝霜，对不起，今天工人进来做内墙的修补，因为我做了特殊的设计，怕他们做不好，只能盯着，以免耽误工期，我希望，你能早点来这里工作，所以，没去接你，我想这次换我在蠹巷等你。"范澄喻歉意地面露微笑，对凝霜说道。

奚凝霜只想一拳打在他身上，似乎没有什么语言可以形容她的心情，她气他的木讷。

"是啊，我一直在这里等你。"奚凝霜唏嘘，是的，她在这里等很久了。

范澄喻这回听懂了她话中之意，难为情地说："对不起。我刚刚又给何伯续了十年的租金。"

"什么？十年？这个老何，这不是骗钱嘛？小范，他那么大年纪了，你可要签好合同，不然，十年后……"梁慧没说下去，但她的意思，大家都听懂了。

"没事，阿姨，只要这里的主人不收回，我想一直住在这里。"范澄喻的心意他们都看在了眼里。十年前，他租老宅的时候，除了修整了门上的金属部件、换了把新锁，没有做任何改动。虽然那时候范澄喻穷，但也看得出并没有更多打算。可现在，从老宅的工程来看，算得上是重金打造，显然是有长期打算的。

"毕竟这是别人的房子。"随时会失去的感觉，让奚凝霜没有什么安全感。

"我已经拜托老何帮我联系房子的主人了，我会和房子的主人好好聊聊。"范澄喻做事一直都很有条理。

虚惊一场之后的心情永远是愉悦的，受惊吓时的心情被喜悦代替时会放大喜悦。范澄喻拉着奚凝霜在老宅里四处走，指着每一处给她讲自己的计划。老奚和梁慧也放心地回去准备晚餐了。

　　接下来的一切，都那么自然而然。范家人来到蠡巷，再次来见奚凝霜的父母，这一次，气氛融洽而亲热。奚凝霜虽然受了伤，但范父、范母在之前的日子与奚凝霜已经有过多次接触，好像并不在意。奚凝霜之后做了几次整容修复，脸上的皮肤大部分都恢复到过去的样子，只是眉上灼得比较重的那几处，还有很深的疤痕。奚凝霜用额前的头发挡着，看上去对她的面容并没有太大的影响。

　　两家人郑重地商量了婚事，这迟到七年的婚事，总算提上日程。

第十二章　触目皆新，谁知当年旧主人

三个月后，老何急匆匆地来找范澄喻。老宅外部墙体的修缮和内部的装修已经焕然一新，范澄喻为奚凝霜买了一些基础的琉璃制作设备，正在调试。见老何进来，就知道一定是他托老何打听的事儿有眉目了。

"小范，这家主人回信了，说过几天就回国，到时候要来老宅看看。"老何有点担心这家宅子的主人是回来收房子，他刚刚赚到手的出租中介费还没捂热呢，他怕范澄喻和他要回去。

"哦，这家主人没说什么？"范澄喻闻言，心中一沉。

"没说。我本来想问问，但人家说很快就回来，我想你们还是面谈吧。"老何几次欲言又止，最后什么也没多说，心里只在祈祷着不要生什么变故，这十年的租金他已经存起来防老了。

"也好。"范澄喻早就想好了见这宅子主人要说些什么。

没过多久，一位满头白发的老人，走进蠹巷。他的步子不急不缓，每走一步都在品味着什么，直到他来到老宅前，停下。

从大门口就能看出这宅子被装修得一新，但并没有破坏宅子本来的面貌，仍然十分熟悉。他欣慰地笑着打量老宅，宅子的主体部分和老宅原建筑中的特点一点都没有被修改，只是修整过，所有的重新装饰都在原建筑的基础之上，新旧融合得极好，形成了另一种美感。老人满意地点点头，对这个主人的兴趣愈发浓厚了。

奚凝霜的长发在脑后挽起,坐在院子中央的石桌前,背对着大门捏油泥。老宅的古旧与她藏青色的棉麻长裙形成一幅无与伦比的和谐画面。老人在外面站了很久,似在品读一幅江南画卷。

"您是?"范澄喻远远看到这位穿着考究的老人,见他在老宅的大门口站了很久。他有一种预感,这位老人就是这座宅的主人。

老人转过头,虽然他已经满头白发,但他的脸并没有那么苍老,并非因为他年纪轻,而是那种保养得很好,并且自带某种无法形容的特殊气质的老人。

"你是范澄喻?"老人慈眉善目地笑着问他。

范澄喻点点头,"是我,您是这宅子的主人范老先生?"

"是啊,真巧,我们还是本家。"老人笑得十分和善。范老和范澄喻相见如故,莫名亲切。

奚凝霜闻声走了出来。范老先生由他们两人引入院中,"范老,我把这里进行了修葺,但并没有破坏房子的主体。您这次回来……"

"你们不用太担心,我并不是回来收房子的。"范老一边打量着宅子里,一边和蔼地对他们说,首先打消这对年轻人的顾虑。照顾别人感受的人,本身就说明了自身的修养,他踱步到石桌前看着奚凝霜捏的油泥模问:"这是在做什么?"

"琉璃。"奚凝霜脱口而出。

"琉璃?"范老惊讶地看向他们。

范澄喻憨笑,"是啊,我们俩是做琉璃的,屋子里还有很多作品。"

范老不请自便地往屋里走,范澄喻和奚凝霜互视一眼,跟了上去。

重新装修后的老宅主屋一进门就是一面中式木格子做成的屏风墙,每一个格子里摆着一件琉璃作品,绚丽的色彩将整间屋子都点亮了,仿佛进入一个童话的世界。

范老显然被眼前的景象惊讶到了,他双目微瞪,片刻之后,走上前,小心翼翼地拿起一件作品,细细端详。现下,琉璃已经是人们都熟悉的艺术品,奚凝霜和范澄喻见范老这般,猜他大概也对琉璃有所了解。正欲说话儿,只听得范老口中念念有词道:"琉璃自若白花,梦中再醉年华,一杯离愁,送你他乡莫忘。一念相思,半世琉璃。"眼底闪起泪花。

范澄喻和奚凝霜听怔了,觉得眼前这位老人或许也有一段与琉璃之间的故事。这些年来,他们走在这条路上,不断地与琉璃相遇,与那些与琉璃有缘的人相遇。

"看来范老对琉璃很了解。"范澄喻轻声问道。

范老这才回神,打量着眼前这对年轻人,他能从他们的脸上看到那笃定而深厚的感情,就像树和藤一样缠绕在一起密不可分,他们大概是经历过考验的一对儿吧?什么叫过来人,就是一眼就能看到被深藏的故事的人,这就是阅历。看得多了,自然而然地知道那些所谓的秘密。

范老不禁欣慰地笑了,"是啊。我们范家与琉璃的缘分,岂是千年,没想到……"他又看看眼前这两个人,"没想到,我在最动荡的时期离开,本以为回来会是一番物是人非的景象,却不曾想,会以这样的方式继续与琉璃的缘分。"

范老的这些话,范澄喻和奚凝霜听得糊里糊涂。

"姑娘,你叫什么名字?"范老看着奚凝霜问。

"我叫奚凝霜。"奚凝霜柔声回答,这是对长辈的尊重。

"凝霜不足方其洁,澄水不能喻其清。"范老不免又露出惊讶的神情,脱口而出,"妙,太妙了!"

他们正不解,范老复又说:"中国琉璃是东方人的精致、细腻、含蓄的体现,是思想情感与艺术的融会。它从中国古老的传说中走来,风靡了多少朝代。你们知道为什么吗?因为琉璃每一部作品的独一无二,寄托着创造者对人生的理解和感叹,和创造者息息相通,琉璃特有的魅力诱惑着东西两极,在艺术史上飘然而过却留下艳丽的光芒,就像一个美丽的女郎,从天堂中翩然而至,又在尘世中神秘消逝。"说着,他又打量打量奚凝霜,目光不仅瞥向她被刘海遮住的前额,好像看到了她的伤。

奚凝霜和范澄喻听范老的这些话,只觉得,眼前这位老先生是否也是一位做琉璃的前辈。这样猝不及防的相遇,又充满了惊喜,不禁相见甚欢。

范老对他们的作品细细品评了一番,总会看着他们两个人微笑,就像

家长看着自家的子女一样高兴。

"范老,难道你过去也是做琉璃的?"范澄喻在琉璃界浸染已久,还没听过有一位姓范的前辈,心下十分好奇。

范老摇了摇头,"我不会做琉璃,但琉璃却因为范家而起。"

"难道?"奚凝霜惊呼,一双清澈的眸子瞪圆,"难道是那个传说?"

范老又笑了,笑容意味深长,奚凝霜激动得眼底泛起泪花来,一只手捂着因惊讶张大的嘴。范澄喻越听越糊涂,看看范老,再看看奚凝霜,"什么传说?"他喃喃问道。

"范蠡赠西施以琉璃。"奚凝霜眼睛仍然盯在范老的身上,嘴里说着。

这老人姓范,这巷名为蠡,不偏不倚地,范澄喻选中了这里做琉璃,认识了奚凝霜。刚才范老念着:"凝霜不足方其洁,澄水不能喻其清。"说的正是琉璃,这句诗中包含了他们两个人的名字,难道一切真的是命中注定?

正如那段离殇,漫过四季,在岁月的涯间停留。思无邪,轻掩忧伤,溢满相思的酒杯,琉璃成半世凄凉。奈何!含情泪陨,伴花落无声,空自嗟叹,一念相思,半世琉璃。

范老面含微笑,那微笑仿佛就是答案。范澄喻也露出和奚凝霜一样的惊讶表情,这实在是太巧了。

范老笑着说:"没想到这宅子竟然带来了你们。"

"也许是这宅子召唤我们来的。"奚凝霜感动地说。

谁说不是呢?这个宅子引来了范澄喻,范澄喻又吸引了奚凝霜。而这一切的起因都是因为琉璃,这样想来,合情合理。

"不,是中华文化召唤你们来的,你们不仅仅是因为这琉璃漂亮才进入琉璃世界的吧?"范老边说边瞥一眼那面摆满琉璃作品的木格子屏风。

"范老,不瞒您说,我最初是对美好事物的追求才走近琉璃。只是没想到,一头栽了进来之后,就越陷越深了。"奚凝霜稍显羞涩地诚实回答,目光不时地瞥向范澄喻。

范澄喻就更是觉得一切都像命运的安排,从他在旧物摊上发现一颗琉璃开始,就被牵引着走到了今天,与琉璃之间的缘分真是深不可测,包括父亲的琉璃工厂,包括现在遇到的范老。他一边摇头一边笑,"真是不可思议。"已经找不到更合适的语言说什么了。

"其实,我这次回来,就是听说,租这宅的人是个做琉璃的,所以,我才一定要回来看看。不然,我也不会特意回国。"范老又环顾四周,"现在看来,我可以放心了。"

"您的意思是继续租给我们吗?"范澄喻追问,这是他最关心的问题。

范老点点头,"我们之间这缘分,我想不租也难啊。"说完,爽快地大笑起来。

范澄喻和奚凝霜也没想到会有这样的奇遇,他们也看得出,眼前这位老先生肯定是不缺钱的主,不会指望着卖了这套房子变现。现在,就更加放心了。

奚凝霜看着这位神秘的老人,心里还在想:如果范老是范蠡的后人,那也一定是位成功的商人。所以,他不会在乎这宅子能收多少租金,恐怕成全他们的,还是琉璃,不禁暗暗庆幸。

接着,三个人聊了很久,都是关于琉璃的事情。

范老走的时候与他们交换了联系方式,便于以后的联络。范老只说,现在国外也对琉璃工艺品很感兴趣,他希望他们能出一些优质的作品,特别是蕴含着中华文化的作品,他要把中华文化传播出去。

"真的?"范澄喻和奚凝霜异口同声地问,那高兴劲儿可不是因为又可以赚钱,而且他们寻找到了共同走这条路的人,还可以将这条路走得更远更广阔。

现在的范澄喻和奚凝霜已经不是初涉世事的年轻人,他们对自己所做的琉璃有了更深刻的理解。他们知道这琉璃只是文化的载体,就像中国的瓷器一样,其中包含的文化内涵才是重中之重。文物、文物,在科技高度发达的现代,物的形态已经可以被更好替代,不可替代的是物中之文化。

范老的提议让范澄喻和奚凝霜眼前一亮,是啊,他们可以做更有意义的事情。这是再次点燃他们创作热情的提议。十年来,他们经历过艺术的贫瘠阶段,盲目地跟风,越来越浮躁、空洞、焦虑包裹的社会人,是需要一点精神追求的时候了。他们可以借着琉璃,呼吁人们在吃饱穿暖之后,

去追求精神上的升华与成长。

　　中国进入环保时代，为了减少污染以及处理污染的浪费，范澄喻的琉璃工厂开始减产，但这并不影响他对琉璃的热爱。前些年的琉璃热，让这个市场变得太浮夸，大规模的生产，低劣产品的出现，严重破坏了这个行业的生态。对于赚钱这件事，范澄喻始终是有自己的底线，他宁愿不赚或者少赚，也不希望看到那么多劣质产品充斥这个市场，不仅失去了艺术价值，更让许多琉璃工匠失去了对艺术的追求，变成以逐利为目标。

　　范澄喻和奚凝霜都认识到了这个问题之后，开始做订制品，以及开展限量品为主的经营模式，虽然可能会失去很多利润，谁让他们更热爱的是琉璃艺术呢？

　　努力的人只要有心，寻找正确的方向走，就永远不怕脚下没有路。他们看着老宅里的灯光，看着灯光之下五光十色的琉璃夺目的光彩，几千年都不能将它们彻底埋没，现在就更不可能被埋没，现代人对文化、对艺术的追求和爱护越来越强烈，现在是成就文化的时刻。他们相视一笑，"新的挑战来了！"范澄喻笑道。

　　"准备迎战吧！"奚凝霜目光坚定。

　　任何艺术的追求都像是一条寂寞的路，能在这条路上遇见彼此，怎能说不是最大的幸福？他们觉得他们是这世间最幸福、最幸运的人。

　　一滴千年泪，几世不了情！

后 记

借我六道轮回，允他再续前缘，笙笙曲曲，许我昼昼夜夜。借我七百流年，让他把酒当歌，是是非非，许我风风韵韵。借我八分本意，对他芳心是问话，羞羞涩涩，许我期期艾艾。借我九命一心，换他眉目如初，思思念念，许我郁郁欢欢。借我十里红妆，看他青丝白首，冥冥姻姻，许我生生世世。

琉璃需要高温烧灼，更需要耐心等它冷却以免碎裂，这就像一段真挚的情感，历经高温与时间的考验，人生与琉璃，终成最动人的创作。

琉璃，中国古代玻璃，是中华民族历史文化遗产瑰宝中的重要一项。它从西周以来三千多年的发展史，闪耀着先人的勤劳、智慧和科学的艺术光芒。而这道光芒曾被我们的民族忽略了很久、很久，久到被遗忘，直到一批热爱琉璃的人不断地寻找、探索，发展了琉璃牧环、琉璃簪等中国特有形制的物品，证明了中国最早制造琉璃的事实。

我们何其幸，能在历史长河之中将这件中华民族的智慧彩石打捞而出，现代人在对琉璃的继续研究和探索之中，看到了民族的生命历程，看到历代冶炼技术水平，还有数千年来中华民族的生活、审美、文化、思想。据考，世界仍然无法完全解开中国琉璃之谜，史料中追溯到商、周时代的玻璃璧，战国时代的琉璃珠，唐朝神秘的琉璃杯盏，清朝的鼻烟壶，中国琉璃在不同历史阶段有不同化学成分是什么原因，中国琉璃的制造方法以及与中国其他炼制技术有什么关系，仍然没有更加完整的文献资料记载，琉璃悄然退出的一百年后，直到二十世纪八十年代，才又回到中国，并通过一代又一代人的努力、开创，才让琉璃的艺术生命再放光彩，延续下去。

本书中的古法琉璃工艺技术及发展过程是根据娄东工匠琉璃大师孙武老师讲解创作而成。